LA
PUERTA
DE LOS
TIEMPOS

GUILLERMO FERRARA

LA
PUERTA
DE LOS
TIEMPOS

El papel utilizado para la impresión de este libro ha sido fabricado a partir de madera
procedente de bosques y plantaciones gestionadas con los más altos estándares ambientales,
garantizando una explotación de los recursos sostenible con el medio ambiente y beneficiosa para las personas.

La puerta de los tiempos

Primera edición: marzo, 2024

D. R. © 2023, Guillermo Ferrara

D. R. © 2024, derechos de edición mundiales en lengua castellana:
Penguin Random House Grupo Editorial, S.A. de C.V.
Blvd. Miguel de Cervantes Saavedra núm. 301, 1er piso,
colonia Granada, delegación Miguel Hidalgo, C.P. 11520,
Ciudad de México

penguinlibros.com

ISBN: 978-607-382-976-2

Impreso en México – *Printed in Mexico*

"El tiempo es muy lento para los que esperan, muy rápido para los que temen, muy largo para los que sufren, muy corto para los que gozan; pero para quienes aman, el tiempo es eternidad...

El tiempo no vuelve atrás, por lo tanto, planta tu jardín y adorna tu alma en vez de esperar que alguien te traiga flores".

WILLIAM SHAKESPEARE

"Eternidad no significa tener tiempo eternamente, es intemporalidad. Si quieres experimentar iluminación infinita tienes que borrar el pasado y el futuro y permanecer en el presente".

SHAMS-I TABRIZI

"Yo conozco tus obras; he aquí, he puesto delante de ti una puerta abierta, la cual nadie puede cerrar; porque aunque tienes poca fuerza, has guardado mi palabra, y no has negado mi nombre".

APOCALIPSIS 3:8

"Para ver el mundo en un grano de arena y el cielo en una flor silvestre, abarca el infinito en la palma de tu mano y la eternidad en una hora".

WILLIAM BLAKE

Dedicatoria y agradecimientos

Quiero agradecer en primer lugar a todo el equipo de Penguin Random House. A David Escamilla, editor jefe, por tu fina visión, positivismo contagioso y amistad a lo largo de los años. A Miguel Ángel Moncada, mi nuevo editor, por tus palabras de aliento en la historia del manuscrito y el impulso positivo. También a todo el equipo de diseño y corrección, gracias por cuidar cada detalle.

A mi amigo Arnold Brinkmann, por tu amistad y por tanta información compartida y esfuerzo en el trabajo del despertar colectivo, y por el apoyo terapéutico en momentos de mi vida en que sentí incertidumbre.

A Simón, mi hijo, por leer el final y alentarme con palabras positivas.

A Lourdes Loubriel, la mujer que me enseñó que el amor incondicional es la fuerza más poderosa del universo y con su presencia me ayudó a producir la alquimia para ser la mejor versión de quien soy.

A todos los lectores que aman mis obras, gracias por el apoyo a lo largo de los años, prometo escribir más rápido.

A Reinaldo Loubriel, un joven brillante, ingenioso y divertido que me inspiró para crear el personaje de Farías.

A mis amigos despiertos de todo el mundo.

A mi madre, que constantemente me preguntaba sobre la obra y cuándo estaría lista, ella fue también otro motor que me movilizó a concluirla.

A mi hermana Gabriela por enviarme sabiduría a través del tarot cuando la necesité.

A mi padre Julio, por impulsarme en mi mejoramiento.

A todos los seres de voluntad noble que se esmeran en propagar el despertar sobre la tierra.

A Alegra y Hagen Wolff, amigos del camino de la vida.

A Virginia Solano, una valiente iniciada mexicana que esparce su luz dondequiera que va.

A los jóvenes de nueva conciencia que son alumnos de la escuela Shakespeare School.

A las Sacerdotisas, Emperatrices y Diosas que estudian conmigo desde varios países en mi escuela de la Universidad de la Conciencia.

A ti, lector, que a partir de ahora participarás en la aventura de este libro.

ntes de empezar, quiero hacer cuatro decretos.

El primero es pedir perdón.

Perdón a mis lectores por demorarme más de la cuenta en escribir la continuación de *Almas en Juego*; por un lado, hemos pasado varios años difíciles como humanidad y, en mi caso personal, atravesé un divorcio que me desvió un poco del camino. Por otro lado, he realizado múltiples tareas de creación de emprendimientos para ayudar a elevar el nivel de conciencia.

Lo siento.

Lo siento porque, por ignorancia, hemos tenido que aprender a evolucionar de maneras complejas, aunque esos períodos hicieron que estemos avanzado vertiginosamente en los niveles de crecimiento personal para que actualmente haya un veloz despertar masivo.

Gracias.

Agradezco a cada persona en el mundo entero que manejó con libertad y expresión consciente los difíciles períodos que los habitantes del planeta hemos vivido. Gracias por estar vivos, por sentir que pertenecemos a un grupo de almas fuertes en el camino hacia la luz.

Te amo.

Aunque te conozca personalmente o no, siento que te amo, como expresión de energía, porque si yo no tuviera amor en mi interior, no podría amar a nadie, o simplemente amaría a un selecto círculo de personas cercanas o conocidas. El amor es un nivel energético elevado, un estado interior; si lo tenemos a flor de piel como un perfume metafísico, es inevitable que la fragancia se extienda dondequiera que vayamos. No puedes estar perfumado y ofrecer el aroma a unos y a otros no, todo el mundo que pase por tu lado lo sentirá. El amor propio compartido es la clave para amar a los demás. Se brinda lo que se siente. Sembrar ese amor transpersonal hará que la Tierra salte a una dimensión superior de celebración espiritual para todos los que la perfumamos con esa fragancia.

Guillermo Ferrara
Lago di Como, Italia

Introducción

Todos los datos sobre monumentos, historia, expertos, profesores, obras de arte y científicos son reales y se ofrecen a los ojos de los lectores bajo una extensiva labor de investigación. Los trabajos con referencias científicas del doctor Jacobo Grinberg y Carl Sagan —por citar solo algunos— mencionados en este libro, así como las investigaciones acerca de los avances sobre la conciencia, la posición del planeta en referencia a las eras, los cambios geomagnéticos y el ingreso a la quinta dimensión de la evolución del ser humano, son reales.

La renombrada organización de los Illuminati —o La Orden de los Iluminados de Baviera— es una sociedad secreta fundada el 1 de mayo de 1776 en Alemania, actualmente sigue vigente de manera (no tan) encubierta y al mismo tiempo visible en varias ramas del arte, la política, la vida social y los medios de comunicación. Esta y otras organizaciones que se mencionan en esta obra también son reales.

Las organizaciones de los masones, rosacruces y diversas instituciones y sociedades como el Opus Dei, el Club Bilderberg, los caballeros del Temple y Skull & Bones, así como el Club de Roma y la Cienciología que se menciona, existen realmente desde hace mucho tiempo, algunas incluso desde hace siglos.

Los rituales mágicos de índole ocultista que se exhiben a la vista de todos en eventos multitudinarios, orquestados tras bambalinas, con las intenciones que los ideólogos Illuminati les imprimen, también son reales. Las historias de la antigua Europa medieval y nórdica, como los ritos poderosos y ancestrales de los misterios de Eleusis, realmente existieron.

Los textos citados de memoria de William Shakespeare por Mark Chairman son literales, pero los diálogos del poeta con los protagonistas son ficticios.

De acuerdo con las investigaciones hay grandes posibilidades de que los portales para viajar en el tiempo sean también reales y que hayan sido heredados por civilizaciones antiguas y seres extraterrestres que han visitado antes la Tierra, mismos que grupos de poder contemporáneo podrían utilizar en secreto.

0

Bosques de Noruega,
19 de enero de 2025

El sexagenario doctor de la universidad de Antioquia corría desesperado con sudor y frío deslizándose al mismo tiempo por su piel.

A juzgar por la velocidad con la que su corazón estaba latiendo, aquel aterrado hombre sabía que era cuestión de poco tiempo para que su presencia en el planeta Tierra desapareciera. Su larguirucho cuerpo estaba marcado por ajadas arrugas, producto de largas horas recordando los fracasos internos de una vida vivida con amargura, que se habían marcado con intensidad en su rostro. Parecía haber envejecido de golpe al sentir los pasos del gigantesco y amenazante pelirrojo que corría detrás suyo en medio del bosque.

El perseguido era el doctor Fernando Loscano, un resentido de la vida que se jactaba de haber sido doctor y decano por muchos años de una universidad que, de éxito, no tenía nada.

Al perseguidor lo llamaban Thor. Así lo conocían en una sociedad secreta que se encargaba de saldar cuentas pendientes. Su barba tupida, larga y pelirroja, su estatura de dos metros y sus brazos fuertes llenos de tatuajes con motivos ancestrales de su genética vikinga, impactaban a cualquier ser humano que lo observase. Había nacido en algún lugar remoto de Estocolmo que ni siquiera recordaba, ya que había sido abandonado por sus padres en un orfanato estatal. Thor vivía como un ente sin pasado, historia ni familia, un ser que funcionaba en modo automático dominado por su cerebro reptiliano.

Llevaba un poderoso martillo en la mano derecha. Él mismo lo llamaba el martillo de la justicia por mano propia.

Habían sido muchas las veces que Thor obedeció las órdenes de sus superiores para bajar el martillo sobre la cabeza de los traicioneros.

Esta vez, el doctor Loscano sentía que sus pulmones no resistirían mucho más, ni tampoco sus desgarbadas y venosas piernas. Dos décadas atrás, el doctor había corrido media docena de maratones sin grandes resultados, pero en aquel paraje con el suelo desnivelado, el doctor era como un venado confundido frente a la carrera de un veloz puma. Jadeaba entre los árboles de uno de los bosques más pintorescos de Noruega; se le habían empañado los espejuelos de las gruesas gafas por el humo de su aliento y el frío de aquel invierno. Lo único claro que su vista le ofrecía era el futuro con un final desolador. Corría exhausto y trastabilló sobre la húmeda tierra cuando Thor aceleró sus pasos.

"Todo esfuerzo por escapar es inútil, traidor", pensó Thor a solo tres metros de distancia.

El asustado doctor sabía que los escandinavos tenían fama de no aceptar demasiado a los extranjeros, ya que la historia contaba que, desde tiempos del Duque de Södermanland hasta el Rey Carlos IX, en 1611, el reino abarcaba el territorio de Suecia y de Finlandia y había sido invadido múltiples veces, lo que lo había obligado a defenderse en cruentas batallas. En aquellos tiempos, los campesinos locales que vivían de la tala y quema no vieron con buenos ojos la presencia de los inmigrantes, empezando una persecución contra estos.

Pero el doctor intuía que no era por las antiguas historias medievales por lo que estaba siendo perseguido.

Con un preciso movimiento, Thor saltó ágilmente sobre unos árboles caídos, al mismo tiempo que el doctor Loscano tropezó con una piedra, cayendo bruscamente al suelo. Rodó unos metros sobre las hojas y ramas por el impulso que llevaba. Con el corazón a punto de explotarle y el rostro marcado por la desesperación, aquel hombre cayó abatido.

Los ojos de Thor se clavaron en los de su debilucho contrincante. Un cuervo espantado levantó un rápido vuelo desde la desnuda rama de un árbol.

—No sé cómo de un cuerpo tan débil pudo haber salido una maldad tan grande —espetó Thor con la boca jadeante en medio del vapor invernal. El indefenso doctor lo miraba desde abajo, como un David sin piedra frente a un Goliat armado con un martillo.

—Espera, espera… —jadeó el doctor— te daré lo que sea.

Thor esbozó una sonrisa irónica.

—Lo que usted tenía que dar en el pasado no lo puede dar ahora, doctor. Es demasiado tarde.

El doctor Loscano trató de imaginar a qué asunto se refería aquel gigante que parecía haber salido de otro tiempo. Fernando Loscano no entendía por qué esa situación tan desagradable estaba sucediendo, ya que, minutos antes, se encontraba tranquilamente caminando de vacaciones con el propósito de conocer los bosques de Noruega y las auroras boreales.

El martillo que Thor portaba con fuerza en su mano derecha parecía ser de otro mundo. Tenía grabadas unas runas nórdicas —el antiguo alfabeto vikingo— en la empuñadura de madera, y la cabeza de aquella arma mortal pesaba más de cinco kilos de puro plomo. Los ojos llorosos del doctor Loscano observaron aquel musculoso brazo y de inmediato sintió que le era difícil retener la orina de su gastada vejiga de más de sesenta años. Padecía el mismo problema que su difunta esposa, adquirió casi por ósmosis la herencia de la incontinencia urinaria que ella había padecido mientras vivía. Habían sido varias las veces que su esposa se orinó en público en medio de fiestas y banquetes de la universidad y en la entrega de premios de honores. El olor del líquido volvió otra vez, ahora en sus propios pantalones.

—¡Te pagaré lo que sea! —espetó desesperado.

—¿Usted cree que con dinero se puede saldar el honor? Es una persona de baja clase. El honor no se compra.

Si bien Thor tenía el aspecto de ser un malhechor contratado para saldar cuentas, sentía que realizaba una labor para brindar justicia donde la aparente justicia legal no llegaba. Del mismo modo que un país va a la guerra para defender su soberanía e ideales, Thor iba a la guerra contra los fieles a una causa que se remontaba en el tiempo como uno de los más grandes venenos del ser humano: la traición.

Thor sabía, debido a sucesivos entrenamientos que había recibido en la organización para la que trabajaba, que tanto Julio

César, emperador de la antigua Roma, quien había sido traicionado y apuñalado por Brutus y miembros de su propio Senado; como el mismísimo Jesús, nacido en familia judía, traicionado por el mismo resentido Sanedrín judío; así como John Lennon, muerto a manos de un loco en busca de fama o bajo hipnosis, o John F. Kennedy y Abraham Lincoln, víctimas de oscuros disparos, todos habían sido traicionados por un círculo próximo a su entorno.

—Un miembro de su familia cometió un error, doctor Loscano.

—¿Un familiar cercano? ¿Quién?

—Usted lo sabe, fue cómplice y apoyó esa turbia maniobra. Usted será el inicio del ajuste de cuentas por la traición de su hija.

—¿A qué te refieres? —gimió con voz temblorosa—. Mis hijas son una luz en mi vida.

Thor soltó una carcajada.

—Usted ve lo que le trae beneficio, doctor Fernando Loscano. Le conviene porque ellas lo mantienen dándole dinero que usted no ha ganado y vive una vida sin preocupaciones a costillas de ellas. Es un vividor, un fracasado, y por eso ha traicionado a alguien que no lo merecía. Traicionó por su avaricia y la de sus hijas.

En el mismo momento en que el doctor comenzó a llorar, empezó a caer una fina lluvia sobre aquel frondoso y solitario bosque.

—Mis hijas son honestas —replicó.

—Doctor, usted, como mucha gente, solo ve su pequeño mundo con mirada egocéntrica de costo-beneficio. ¿Honestas a los ojos de quién? De los suyos, será. De sus cuatro hijas, que, dicho sea de paso, fueron sus forzadas eyaculaciones para llenar de tareas a su esposa debido a sus propios celos de ser abandonado, como lo hizo su propio padre con su madre, quien tuvo sus deslices con otros hombres. ¿Vamos a abrir la caja de Pandora de su pasado? Para empezar, su hermano es hijo de otro padre. ¿No lo sabe o no lo recuerda, doctor Loscano?

El doctor supo en ese preciso momento que aquel hombre comenzó a revelar cosas que ni siquiera él contemplaba, ya que la vida de una persona muchas veces se rige por sus propias mentiras pactadas como verdades, grabándolo en su inconsciente sin saberlo.

—Mis hijas fueron fruto del amor —retrucó tratando de defenderse.

—No sea estúpido, incluso tres de sus cuatro hijas se han realizado abortos cuando estuvieron embarazadas sin querer estarlo, incluso la quinta hija adoptada abortó también. Eso ni siquiera usted lo sabe. Lo que pasa es que es mejor dejar la basura debajo de la alfombra que ver la realidad y corregirla. ¿Cree que eso no influye en nada? Usted, doctor Loscano, como mucha gente, padece del síndrome del avestruz: oculta la cabeza en la oscuridad de la ignorancia para no ver la luz de la verdad.

Inmóvil, mojado y abatido, el doctor Loscano percibió una puntada en el corazón, que latía como un caballo de carreras.

"¿Mis hijas se han realizado abortos y yo nunca lo supe?"

Su estricta educación católica se desmoronaba.

Si bien no era un hombre de ir a misa los domingos, ya que su escueto culto religioso consistía en unas breves plegarias por la noche antes de dormir y su crucifijo colgado en la cabecera de la cama, aquellas palabras movilizaron su mente.

Medio planeta estaba a favor y el otro en contra de frenar una vida naciendo dentro de un cuerpo femenino. Ese, como muchos otros temas, mantenían actualmente en división a la gente en la Tierra, sin encontrar un consenso ni una clara respuesta desde hacía milenios.

—Si eso fuera cierto, ¿qué tienen que ver los abortos conmigo? —dijo a modo de Poncio Pilatos tratando de lavarse las manos.

—No es por eso que pagará la traición, de eso se encarga la vida misma abortándoles sueños, metas, carreras y orgasmos. Usted pagará por encubrir y avalar lo que hizo una de ellas.

Un trueno sonó poderosamente en los cielos. La lluvia aumentó su intensidad.

—¡Perdón! ¡Clemencia! —balbuceó el doctor con agonía.

—¿Pide perdón ahora? ¿Por qué no tomó conciencia y lo hizo antes de cometer su mal actuar? ¿Acaso no se jacta de ser tan sabiondo y viajado, doctor Loscano? Usted se adhiere al perdón que pidió Jesús para sus enemigos, pero, verá usted, por mi ADN vikingo corre sangre con otra ideología: sin arrepentimiento, el perdón es una falsa moneda. El mundo está cansado de falsedades y mentiras. Además, su salvador dijo que la verdad hará al mundo libre,

¿verdad? Usted no ha sido amigo de la verdad, sino que conspiró y apoyó la mentira de su hija.

Los dos hombres estaban empapados, chorreaban agua, como si aquella catarata de los cielos los intentara purificar.

Para Thor, que el perdón estuviera o no en juego en beneficio del traidor era irrelevante para el mecanismo de fuerzas que se activaban cuando la traición se ejecutaba, era el acto más cobarde y malicioso del oscuro corazón humano. Para el gigante, la vida tarde o temprano ponía todo en balance.

—Doctor, quien traiciona está destinado a recibir el embate de la ceguera espiritual para sí mismo y el entorno cómplice en el cual se ha apoyado. No hay ceremonia de honores para los traidores. ¿Acaso esperaba un premio?

Luego de aquellas palabras del gigante, el atormentado doctor Loscano vio todo oscuro cuando el martillo de Thor bajó firme, pero con cierta delicadeza, sobre su cabeza.

Thor lo observó con ojos fríos y carentes de emoción. Tenía la orden de no matarlo, ya que una muerte lo colocaría en el rango de asesino. Su organización secreta se empeñaba en corregir a los traidores y hacerles pagar el daño que habían hecho en vida. Matar a los traidores los beneficiaba, ya que los enviaba a un estado de conciencia mucho mejor que en el planeta Tierra y, por otro lado, ya no quedaba cuerpo ni mente para corregir.

Thor se agachó para tomar el pulso del desvanecido doctor.

"Debo conservarlo vivo", recordó la orden recibida.

—La persona que comete una traición es presa de su propia ignorancia y maldad —dijo Thor, frente al cuerpo inconsciente de Fernando Loscano, observando cómo el agua resbalaba por su rostro—. Ahora va a iniciar su purificación, doctor —el gigante elevó el martillo hacia el oscuro cielo y recitó con voz tronante—: *Venit tempus ad rationes componendas* —dijo en latín antiguo, haciéndole saber que venían tiempos de saldar cuentas.

Thor ya en parte había comenzado a darle una lección, pues el doctor ignoraba las consecuencias que aquel ritual le traería con el tiempo. En aquella organización secreta creían que, si no existiese el hábil contraataque del traicionado, el traidor seguiría haciendo lo mismo una y otra vez sin ser corregido, o bien estaría bajo las consecuencias de la vida misma, que ejecutaría lecciones para corregir las causas antiguas. Algunos lo llamaban *karma*, la acción y reacción de una causa y su consiguiente efecto.

Para Thor, corregir a un traidor era un símbolo de beneficio a la humanidad, aunque mucha gente se rasgaría las vestiduras por esa forma de pensar. Muchos preferían poner la otra mejilla o dejar que los traidores siguieran cometiendo injurias sobre la gente. Thor sabía que todas las guerras mundiales eran traiciones a gran escala, ya que, si eran entre países, estaban justificadas bajo falsos motivos, o bien por "motivos religiosos", "luchas territoriales", "medidas económicas" o "cuidados de salud", y así, durante la historia, poco pudo hacer la gente al respecto para evitarlo, debido al poder y las habilidades de quienes generaban las guerras bajo esos pretextos.

El gigante ató con una soga los pies y las manos del inconsciente cuerpo del doctor y luego sacó de su espalda una pequeña pala plegable con la que comenzó a cavar rápidamente una fosa. En pocos minutos la completó. Con fuerza, alzó el cuerpo inerte y lo depositó dentro del hueco, luego tiró tierra con la pala sobre el cuerpo hasta que enterró al doctor, cubriéndolo de barro hasta el cuello. Le abrió antes la boca y le introdujo una delgada caña de bambú de un metro de largo para que pudiese respirar bajo tierra, dejando aún su cabeza visible.

Cuando casi terminó de enterrarlo, apoyó una de sus botas embarradas sobre la tumba del doctor, quien agonizaba como un muerto en vida.

—Aquí comienza su corrección y su crecimiento personal real, doctor —dijo Thor en voz alta, formando una nube de humo por el calor de su aliento, en contraste con el intenso frío y la lluvia que se esfumaban como un mensaje hacia el inframundo.

"Debo leerle el escrito que mi jefe mandó", pensó Thor al tiempo que sacó un papel de su bolsillo.

—Seguramente te sientes extraño por lo que estás viviendo ahora, traidor —leyó Thor—. No has pensado en las consecuencias de tu indigna actitud. Era cuestión de tiempo para que pagaras por lo que no deberías haber hecho. Llegó el momento de desenmascarar tu falsedad. Ahora tendrás tiempo para pensar y arrepentirte por haberte metido con una persona que pisoteaste con tu egoísmo, ignorando todo lo que hizo por ti, tu hija y tu familia. Llegó tu hora, doctor Fernando Loscano.

Thor terminó de leer aquellas palabras con cierta lentitud.

Con apenas un hilo de aire entrando por su boca, el doctor yacía inmóvil entre la vida y la muerte. Thor se preguntó si las plegarias bajo tierra del doctor llegarían hasta el cielo clamando ayuda para corregir su propia alma.

El gigante colocó dos monedas en sus ojos y algodones en sus fosas nasales, hundió sus manos en la tierra y terminó de cubrirle el rostro con barro. El cuerpo quedó cual tumba viviente sostenida por el aire que entraba a través de la caña de bambú.

Al inhalar solo por la boca, la respiración se convirtió en unitaria: llevaba el aire directo al centro del pecho y las emociones, muy diferente a respirar por las dos fosas nasales, lo que activaba los dos hemisferios cerebrales.

Aquello era un encuentro directo con el corazón.

Terminado el trabajo, Thor cubrió su cabeza con la capucha de su vestimenta y comenzó a alejarse a paso veloz hasta desaparecer entre la espesura del bosque.

1

Cambridge, Massachusetts, 19 de diciembre 2024

El suelo de los jardines de la Universidad de Harvard estaba teñido por una amplia gama de colores ocres, marrones y granates debido a la inmensa y bella alfombra natural de las hojas del otoño.

La Harvard Divinity School, en la 11 Divinity Avenue, era un enorme departamento especial entre toda la famosa universidad, con un edificio de rojizos ladrillos y amplios ventanales hacia donde Mark Chairman se dirigía a paso veloz. A sus veintitrés años, Mark tenía un privilegiado cerebro que destacaba en varios estudios que iban desde las matemáticas y la literatura hasta la mecánica cuántica y la historia de las antiguas civilizaciones. El brillante joven apuró el paso entre la estrecha calle y avanzó a zancadas, subiendo de dos en dos los escalones de una pequeña escalera previa a la entrada al edificio. Si bien faltaban treinta minutos para iniciar la reunión que tenía con otros estudiantes, a Mark Chairman siempre le gustaba llegar temprano a todos lados.

"Es mejor llegar tres horas antes que un minuto tarde", argumentaba parafraseando una de las máximas de William Shakespeare, a quien Mark admiraba y estudiaba.

Abrió la puerta principal y subió al primer piso. Para su sorpresa, al entrar en una de las habitaciones reservadas para reuniones de estudiantes de Harvard, se encontró con dos de los cinco estudiantes que habían quedado en encontrarse allí.

Mark había nacido en Boston, y se dedicaba completamente a leer e investigar.

Vicky Solianos, una joven sobresaliente en matemáticas avanzadas, estaba ya con su computadora abierta y sus chispeantes ojos concentrados en la pantalla. A su lado se encontraba otro de los integrantes del quinteto de jóvenes estudiantes de Harvard.

Farías Luvryel era un superdotado genio en tecnología, enfocado en la creación del nuevo arte digital de los tokens no fungibles (NFT, por las siglas en inglés de *Non-Fungible Tockens*) y dueño de una memoria prodigiosa. Su leve autismo le otorgaba un superpoder de concentración inigualable.

—Llegaron temprano —dijo Mark mientras se quitaba el abrigo verde oscuro y la amplia capucha que le cubría la cabeza como si fuese el mago Merlín.

—Después de la última reunión, ya nos quedó clara tu obsesión con la puntualidad —respondió Vicky con chispeantes ojos—. Tú y Farías están obsesionados con no llegar tarde a ningún lado —agregó.

—¿Con eso solamente? —respondió Farías, con cierto sarcasmo—. Con la puntualidad, con la historia, con la física cuántica, con Shakespeare, con el orden…

—No me obsesiona llegar temprano, sino el tiempo —respondió Mark con un sutil tic nervioso en sus ojos—. El tiempo es lo realmente importante. Por eso estamos metidos en este proyecto, ¿verdad?

Mark se sentó frente a ellos en uno de los sofás.

Ambos jóvenes asintieron. Mark tenía razón. Aquellos estudiantes de Harvard estaban envueltos en uno de los proyectos más ambiciosos del siglo.

Farías miró su celular al percibir el sonido de la campanilla de un mensaje.

—David y Sarah están a cinco minutos —dijo.

—Avancemos desde donde nos quedamos la última vez —pidió Mark.

Farías abrió un archivo en su computadora y la giró para que Vicky y Mark la observaran.

—Esta es la evaluación de los últimos detalles antes de mostrar el descubrimiento al mundo.

Los ojos de los estudiantes se centraron en un dibujo al estilo de los inventos de Leonardo da Vinci. Aquello era un complejo mapa que contenía fórmulas, círculos y precisos datos matemáticos que mostraba un intrincado material de lectura reservado para expertos.

—¿La patente ya está confirmada? —preguntó Vicky, quien había nacido en la Ciudad de México y emigró a Boston a los diez años de edad, cuando su padre fue reclutado para trabajar de físico matemático en una multinacional.

—Fue registrada a nombre de los cinco que componemos el equipo y del profesor Kirby, por supuesto —afirmó Mark Chairman.—. Debemos darle los planos y la placa de memoria cuando llegue. La parte más delicada fue tener la patente.

El joven se refería a la certeza de patentar el diseño con seguridad y sigilo, ya que una obra de esa magnitud valdría un precio tan inconmensurable que ni la fortuna de Elon Musk podría comprar.

—El diseño ha quedado sublime, ¿verdad? —preguntó Farías.

Mark asintió.

—Este hallazgo revolucionará el mundo tridimensional y lo elevará a una nueva dimensión —afirmó Mark—. Será la tecnología futurista y científica más ambiciosa de todos los tiempos.

—*Forever?* —preguntó Farías.

Mark y Vicky se miraron, sabían que Farías, también obsesionado con el tiempo, siempre hacía esa pregunta, cual muletilla repetitiva, cuando estaba altamente entusiasmado.

Por la puerta entraron Sarah y David Newman, los mellizos que componían aquel equipo de genios. Los cinco pertenecían a la nueva generación de jóvenes con el ADN funcionando con una hebra más que el común del *Homo sapiens*; se les conocía como *Homo universalis*, aquellos que recordaban su luminoso origen cósmico.

—Hola, ¿cómo van? —preguntó Sarah, mientras se frotaba las manos debido al frío. Sarah los observó a todos con sus profundos ojos azules y se acomodó la larga cabellera pelirroja al quitarse el abrigo.

—Todo en orden. Esperando al profesor Kirby para encriptar la patente aprobada. El diseño está terminado. Ya estamos listos para dar a conocer el procesador al caótico mundo actual —respondió Mark, refiriéndose al presente estado del planeta: una nueva pandemia, varios países en guerra y un desbaratado panorama económico.

Mark Chairman, el cerebro de aquel grupo, se refería a que, luego de dos décadas de sucesivas olas con problemas de salud en las que desfilaron el virus de la vaca loca, el virus del cerdo, la gripe aviar, el mal de Chagas, el virus del murciélago y el virus del mono, ahora se sumaba la pandemia del virus del avestruz. Dicha enfermedad atacaba al cerebro, la conducta y la memoria. Afectaba a una gran parte de la población, los individuos perdían el recuerdo de quiénes eran, olvidando sus nombres e identidades, se tornaban sumisos y obedientes y, lo que era peor, no recordaban su origen cósmico. Carecían de poder personal y del uso del libre albedrío para expresar sus opiniones; eran poco más que zombis que podían realizar solo las funciones motoras como comer, bañarse, dormir y trabajar, además de ver las redes sociales, pero habían bajado considerablemente los comentarios y los "me gusta" de las publicaciones debido a que los avestrucianos, como eran conocidos quienes padecían de este nuevo brote pandémico mundial, no tenían la capacidad de opinar ni de racionalizar si les gustaba o no una publicación. Vivían en una especie de apatía existencial en donde no experimentaban sorpresa ni admiración.

En definitiva, los avestrucianos, que vivían espiritualmente dormidos colocando la cabeza debajo del hoyo de la ignorancia y el olvido, se sentían más tranquilos por no ver la verdad de las cosas ni tan siquiera investigarlas. Las votaciones políticas y opiniones controversiales habían mermado en un setenta por ciento, como también los nacimientos, ya que los avestrucianos habían perdido hasta el impulso de reproducción genética. Además, que la gente perdiera la memoria y la capacidad de expresarse, tenía múltiples consecuencias negativas, tanto sociales como políticas. Aunque para los gobiernos mundiales esto representaba una ventaja porque eliminaba toda discusión sobre la autoridad del Nuevo Orden Mundial que trataban de implementar. Había un perfume de miedo y separatividad en los avestrucianos, quienes mostraban una fisiología temerosa y sin brillo en los ojos. Sus modales eran automáticos y pasaban casi la mayor parte de su día trabajando o mirando sus teléfonos. En los restaurantes había ofertas de menús previamente elegidos porque aún seleccionar la comida libremente les era difícil. En este punto, los líderes mundiales se veían especialmente satisfechos porque no elegían comidas sanas y nutritivas, lo que hacía que la obesidad y los problemas de salud aumentasen y, con ello, la venta de fármacos y medicinas que los enriquecían.

Lo cierto era que el mundo estaba dividido en los iluminados creadores y los pandémicos. Pareciese que los primeros eran super-dotados en su ADN y el resto había caído en desgracia.

—¿Entonces estamos listos para activar el nuevo Vórtex Maestro con el Microprocesador 369? —respondió David con énfasis, el mellizo de Sarah, quien ejercía influencia en el grupo por su proactividad, fuerte carácter y determinación.

—Bueno, la última sesión fue la decimoquinta que hemos aplicado con éxito y volvió a funcionar mucho mejor por anexar micropartículas de cuarzos blancos dentro de la cúpula de luz.

Sarah miró a su hermano David, sonrieron con complicidad.

—¿Ya no te generó dolores de cabeza después del viaje? —le preguntó Sarah a Mark.

—Creo que hemos solucionado ese impacto sobre los neurotransmisores del cerebro debido al beneficio de las ondas de vibración del silicio que poseen los cuarzos. Las plaquetas conductoras también se sentían con más fluidez anexando más cristales —respondió Mark.

Los jóvenes hicieron una pausa, sabían que aquello era un avance significativo en el proyecto.

—Creo que fue más fácil acceder al Punto Cero, y la alta vibración del sistema operativo marcó una notoria tendencia a dinamizarse más rápidamente. Podemos afirmar que la biología de nuestros cuerpos mutó a través de los cuarzos para que las células, los átomos y el ADN se volviesen más receptivos y empoderados, de ese modo generó unas ondas neurológicas y nuevos péptidos electromagnéticos para acceder al plano astral más fácil, sin los dolores y mareos posteriores que estábamos experimentando.

—Excelente. Ya es un hecho certificable en ciencia que los genes y los cuarzos se vuelven un arma de creación y poder —remarcó Vicky, quien era experta en física cuántica y matemáticas—. Este avance en la reprogramación nos da como dato estadístico la primera actualización y mejora del Programa. ¿Ya le reportaron al profesor Kirby la decimoquinta prueba completamente? —preguntó.

—Así es, fue enviada por nuestro circuito privado de internet y el profesor ya la tiene en su poder —sentenció Mark—. Aquí está la filmación de lo que sucedió en el viaje pasado. —Abrió su computadora y dejó correr un video que comenzó mostrando extraños gráficos.

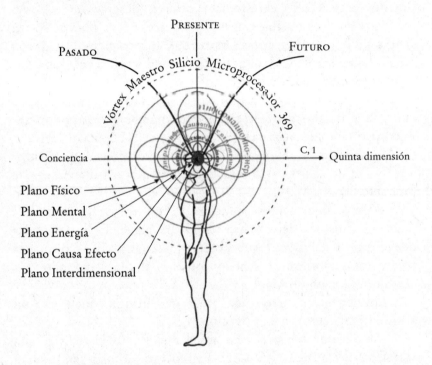

Un visor futurista dejó ver coordenadas numéricas hasta que pronto se transformaron en imágenes vívidas de seres humanos interactuando.

—Es mucho más avanzado que el modelo anterior — argumentó Mark Chairman con un dejo de satisfacción.

—No me cabe duda, esto es la realidad que la humanidad ha venido esperando —respondió Sarah con voz suave—, aunque tenemos que arreglar la vestimenta —añadió al ver en la pantalla que la ropa de Mark no combinaba con la de las personas que tenían enfrente.

—Me vistieron como a un indigente —añadió Mark, refiriéndose a que su camiseta y pantalón no coincidía con la engalanada ropa medieval de los otros sujetos.

—¿Pudiste hablar con él? —preguntó Farías a Mark.

Mark Chairman asintió con emoción en los ojos.

—Lo he visto escribiendo una de sus famosas obras —respondió con los ojos húmedos.

—¿Y qué dijo? ¿Y qué dijo? —preguntó Farías emocionado, caminando nerviosamente de un lado a otro y moviendo los dedos casi compulsivamente entre su larga cabellera color petróleo.

—Así es. Verlo personalmente y comprobar que todo está interconectado ha sido una experiencia mística —respondió Mark—. Incluso es más alto de lo que pensaba.

Todos observaban en la pantalla de la computadora a Mark hablando con aquel personaje.

—Lleva un aro de oro en la oreja —añadió Sarah, quien estaba cubierta de tatuajes con motivos místicos y lucía un sensual piercing en la nariz. De no haber tenido el espíritu científico y rebelde, Sarah bien podría haberse ganado la vida como modelo de revistas, ya que su belleza era deslumbrante. El marco de su exquisito rostro estaba engalanado por una abundante melena pelirroja.

—Era de librepensadores llevar un arete en aquellos tiempos —afirmó Mark. Pausó el video y se puso de pie con gesto serio.

—¿Qué sucede? —preguntó Sarah.

Mark se mostró pensativo.

—Antes de ver todo el encuentro, quiero alertarlos de algo importante.

—¿A qué te refieres?

—Me refiero a que se vendrá una vorágine de ofertas y agendas, un sinfín de amenazas y premios, seremos la gran noticia mundial en todos los canales de televisión e internet. Habrá ofertas de dinero, fama y gloria, pero no debemos perder el objetivo. Nosotros no buscamos eso, sino exponer…

—La Verdad —repitieron al unísono todos como un ensayado coro de cantantes entonando una canción sacra.

Aquellas palabras hicieron eco en el techo abovedado de aquella sala de reuniones que pronto sería histórica, tal como el garaje inicial de Steve Jobs o la diminuta buhardilla de Jeff Bezos, lugares que usaron antes de crear a los gigantes de Apple o Amazon. En aquel recinto se estaba gestando la posibilidad de que toda la especie humana comprendiera su verdadera historia pasada y sus próximos futuros alternativos.

Querían que el mundo viera y comprobara empíricamente y de primera mano los enigmas más ocultos de las civilizaciones de la antigüedad y también sus posibles caminos del tiempo venidero. Aquella tecnología diseñada por esos cinco estudiantes de Harvard sería el precedente al cambio de las bases y mentiras que sostuvo toda la humanidad por milenios. Con aquel descubrimiento vendrían cambios en la religión, la política, la arqueología, en los misterios no resueltos y en quienes habían escrito una parcialidad de la verdadera historia.

La auténtica verdad estaba a un paso de ser observada por todos, la tan buscada y anhelada verdad de los eventos del pasado cambiaría completamente el presente y usaría una mano limpia e inocente para crear un futuro diferente de un mundo que se trastabillaba cada vez más entre mentiras refritas como una vieja tortilla de patatas cocinada vuelta y vuelta.

Aquel sofisticado invento les permitía viajar a través de agujeros multidimensionales a cualquier momento y en cualquier franja espacio-temporal. Viajar a través de las épocas para descubrir la realidad de cómo sucedieron los hechos sería el gran paradigma para nunca más usar la mentira o la ignorancia como arma de engaño global. Aquellos jóvenes estaban encaminándose a dar el paso más ambicioso jamás visto por ningún ojo humano. La humanidad poseería la llave más buscada durante siglos, la llave que le permitiría abrir la puerta de todos los tiempos.

Por las escaleras se escuchó un leve ruido.

"El profesor Kirby", pensaron al unísono usando la telepatía.

Súbitamente, los estudiantes empalidecieron.

El abrupto ingreso de tres hombres a punta de pistola los dejó paralizados.

—¡De espaldas contra la pared! —ordenó uno de ellos.

—*Forever?* —dijo Farías involuntariamente, notablemente nervioso.

—¡Silencio! —gritó otro de los encapuchados.

Los otros dos hombres rápidamente observaron la habitación, y con pasos veloces y decididos, recogieron la computadora, los bolsos y las carpetas con documentos, papeles y diseños.

—¡No pueden tocar eso! ¡Alto! ¡Es material confidencial! —exclamó Mark.

—¡Quieto o disparo! —lo amenazó otro hombre con cubrebocas y gafas oscuras, quien sostenía una pistola con silenciador.

—¡Mark, no te muevas! —gritó Vicky.

Impotentes, los estudiantes se colocaron de pie contra la pared y las manos en alto.

Los hombres se les acercaron por la espalda a Sarah, David, Farías y Vicky y rápidamente noquearon a los cuatro jóvenes con un preciso golpe en la nuca, dejándolos inconscientes sobre el suelo de parquet.

El único que se libró del impacto fue Mark.

En menos de dos minutos, los tres enmascarados desaparecieron con el valioso invento en su poder, llevándose con ellos a punta de pistola a un amordazado Mark. Tantos años de investigación y prácticas robados en un par de minutos.

Mark Chairman no podía creer lo que estaba sucediendo.

2

Tulum, México,
20 de enero de 2025

Eran las 9 de la mañana y el aire cálido entraba por una de las lujosas aunque rústicas habitaciones, ondeando suavemente las cortinas de unos ventanales sin vidrios.

En la mesa principal, junto a la ventana, se hallaba una canasta con frutas, varias botellas de vino y los restos de la cena de la noche anterior.

En un rincón, el escritorio de fina madera trabajado con artísticos diseños precolombinos y una elegante lámpara con bombillas de bajo consumo. Los imperiales y cálidos rayos del sol iluminaban la habitación. Por las ventanas entraba una agradable brisa del mar sobre la cama.

Tulum significaba *ciudad del amanecer*, y había sido uno de los epicentros donde la sabia e inteligente civilización maya había desplegado su conocimiento antes de la invasión de los españoles.

Aquel hotel se ponía en movimiento desde temprano, ya que se caracterizaba por un desayuno lleno de frutas, huevos, panes recién horneados, todo tipo de zumos naturales y malteadas de proteína vegetal.

En la espaciosa cama de roble, los sensuales cuerpos desnudos de una atractiva pareja estaban abrazados, desnudos. La sonora respiración sexual parecía llevar casi una secuencia musical; se diría que cuando la mujer exhalaba el aire, el hombre lo inhalaba. Aquello parecía una ordenada y profunda danza de amor y erotismo. Los largos cabellos oscuros de la mujer se mecían hacia atrás por su espalda y hacia adelante, entre sus erguidos pezones que el hombre besaba con suavidad. El abrazo de sus finas manos por la fuerte espalda masculina le daban la seguridad y firmeza de su consorte. Resbalaban gloriosas gotas de sudor cual néctar de unidad en aquella intimidad arrebatadora y la sangre elevaba su frecuencia hacia la sangre real del origen.

Ella, una hermosa mujer, portadora del divino femenino, se sentía la hembra del inicio de la humanidad, encendida, penetrada y conectada, elevándose en la cumbre del placer, el éxtasis y la conciencia sexual.

Ahora las bocas húmedas y los largos besos se mezclaban en la respiración profunda a un ritmo que les permitía estar conscientes de extender el placer durante horas. Aquella pareja lograba una profundidad consciente aplicando diferentes técnicas de sexo tántrico y alquimia sexual.

Ella, con suavidad, empujó a su hombre sobre las mullidas almohadas. Él se acostó boca arriba estimulando sus pechos con delicada maestría. Ambos sabían que los pezones de la mujer generaban una electricidad orgásmica sobrecogedora. La hermosa mujer deslizó las piernas flexionadas y abiertas, se subió sobre él y se sintió profundamente penetrada.

El hombre que observaba el exquisito rostro de Freyja O´Connor con un deseo consciente y amoroso, era el detective Arthur Parker.

Aquel era un ritual de éxtasis con el que acostumbraban despertar por las mañanas para elevar la frecuencia de su amor y su vínculo espiritual.

Ellos realizaban ritos tántricos por la noche y hacían el amor por la mañana para seguir manteniendo la llama del deseo elevada. Rituales nocturnos de sexo con alta magia y amor matutino eran una fórmula para generar energía y conciencia desde que se habían conocido.

En medio de aquel trance, el teléfono sonó, inoportuno.

La mano del detective Arthur Parker quiso estirarse para desconectarlo, pero no movió ni un músculo.

"Estamos de vacaciones" —alcanzó a pensar, con la mente en un elevado estado de conciencia, absorto en medio del intenso frenesí.

El insistente sonido se tornaba peor que un mosquito en el oído. Una brisa cálida entró por la ventana desde las trasparentes aguas turquesas del mar. La negra cabellera acalorada y abundante de Freyja pasaba más de la mitad de su espalda y su constante ejercicio y disciplina en la práctica del yoga le otorgaba el cuerpo de una diosa celta.

Arthur Parker suspiró con desdén.

—Atiende —dijo ella—, quizás es importante.

Arthur se incorporó sobre las sábanas y estiró la mano.

—Buenos días, disculpe la molestia, señor Parker, hay una persona en recepción que insiste en llamarlo —dijo la suave voz de la recepcionista del hotel.

—No espero a nadie —respondió el detective.

Del otro lado, la voz de un hombre sexagenario se escuchó fuerte y con cierta urgencia.

—Mis disculpas, detective Parker, soy el profesor Kirby, de la Universidad de Harvard, he volado hasta aquí personalmente para contactarlo. Necesito su ayuda urgente.

Si bien a Arthur la voz le sonó desesperada, estaba acostumbrado a recibir propuestas de investigaciones desde que se había hecho famoso luego del caso del multimillonario Christopher Raví.

—Lo siento mucho, profesor Kirby —respondió Arthur lo más amablemente posible tratando de contener su molestia por ser abruptamente incordiado en su descanso—. Ahora me encuentro de vacaciones y no estoy disponible para trabajar.

—Lo sé, y créame que si no fuera un asunto tan importante, no lo molestaría. He realizado un viaje muy largo para encontrarlo.

—¿Y cómo sabe que estoy hospedado aquí? No le he dado la dirección...

El profesor Kirby lo interrumpió.

—Soy amigo personal del rector Nicholas Demus, de la Universidad del Trinity College de Irlanda, y él me dio su contacto. Me dijo que usted me respondería cuando le dijese que... "debía continuar el trabajo pendiente".

El profesor Kirby pronunció aquella frase como si estuviera revelando un mantra secreto.

La mente del detective Arthur Parker se detuvo por un momento.

Recordó cuando, años atrás, había estado envuelto en un famoso caso mundial con el rector Demus, mismo que había llevado al Trinity College al estrellato mundial por un descubrimiento internacional sobre los estudios de la psique de los seres humanos y el funcionamiento de su energía metafísica.

Desde aquella vez, Arthur Parker había tomado casos exclusivos para poder dedicarse a explorar junto a su pareja, Freyja O´Connor, el mundo del inconsciente, los poderes extrasensoriales, la magia ancestral pagana y todo lo referente a los celtas y druidas antiguos. Parker sabía que tenía algo pendiente con aquel caso y que llegaría el momento de ponerse a trabajar en eso.

—Detective Parker, por favor, baje al *lobby*, tenemos que hablar.

Arthur observó a Freyja.

Ella asintió con la cabeza.

—De acuerdo, estaré allí en unos minutos.

Dicho esto, colgó el teléfono y abrazó a Freyja con un amor inmenso.

3

Tulum, México,
20 de enero de 2025

Parker se duchó rápidamente, se vistió y en pocos minutos estaba caminando rumbo al *lobby* del hotel.

Se sentía invadido en su intimidad, pero sabía que su actual responsabilidad como investigador muchas veces le hacía vivir momentos inesperados.

—Detective Parker, muchísimas gracias por acceder al encuentro, lamento conocerlo en estas incómodas circunstancias —dijo el profesor Kirby, al tiempo que extendía su mano derecha con fuerza.

En aquellos tiempos donde poca gente extendía la mano y evitaba el contacto físico después de lo sucedido con los virus mundiales, a Arthur Parker le pareció un detalle humano remarcable.

—Ya estamos aquí —respondió Arthur Parker—, devolviendo el saludo y mirando a los transparentes ojos verdes del profesor.

El profesor Kirby era alto como Arthur, con una abundante cabellera rojiza típica del ADN europeo nórdico. Por la impecable camisa blanca arremangada prolijamente a la mitad del codo, su pantalón caqui y un intenso perfume de maderas, se adivinaba una persona pulcra y detallista. Bien viajado, culto, dominaba cinco idiomas y era poseedor de una fortuna que había hecho con su empresa de telecomunicaciones, además de contar con inversiones en la bolsa y las criptomonedas.

Arthur hizo inmediatamente un recorrido mental para intuir con sus facultades psíquicas las características de su interlocutor y observar su lenguaje del cuerpo. Kirby llevaba dos guardaespaldas vestidos de civil a pocos metros.

—¿Y bien? Soy todo oídos, profesor Kirby.

El magistrado condujo al detective sutilmente hacia un rincón para sentarse en unos sillones de cuero y estar lo más alejado posible de las personas que caminaban por el hotel.

—Detective Parker, iré directo al grano. Me he visto en la necesidad de contactarlo ya que este tema no puede ser divulgado hacia la policía y mucho menos a los gobiernos mundiales debido a que, quien lo posea, literalmente tendrá el mundo en sus manos.

Una mueca de sorpresa se dibujó en el rostro de Parker.

—He hablado por teléfono con el rector Demus, en Dublín, y me dijo que algo de este calibre debía estar en el más absoluto secreto confidencial. Yo sé muy bien que me arriesgo al involucrarlo, pero mis largos años de amistad sincera con el rector me dan la confianza que él tiene en usted.

—Estoy unido de por vida con el rector debido a una historia para toda la vida —remarcó Arthur. El rumbo de la humanidad ha cambiado y estamos viviendo tiempos difíciles, profesor Kirby, el número de avestrucianos adormecidos está aumentando cada día mucho más que en tiempos de los covidianos, y, además, los despiertos iluminados escasean. Yo sé que si usted ha venido hasta aquí personalmente se trata de algo…

—De vida o muerte —completó el profesor Kirby con cierto desespero en su voz. Esto es algo que puede mover a la humanidad hacia la evolución o hacia el completo control mundial. La elite oscura se enteró de este descubrimiento.

—Entiendo, pero sea más claro.

El profesor Kirby giró la cabeza hacia los lados para asegurarse de que nadie escucharía lo que iba a revelar. Clavó sus ojos en los de Arthur con la confianza de un buen amigo.

"Tiene un alma honesta, es auténtico y dice la verdad" —intuyó Arthur, aplicando sus dotes empático-intuitivas altamente incrementadas por la práctica mágica y por las elevadas frecuencias solares que el planeta tenía en ese instante. Arthur y Freyja habían elegido Tulum como lugar de descanso y recuperación, sobre todo para tomar contacto con el sol y con la alta vibración que había en la Riviera Maya de México.

—Usted sabe que los iguales se atraen, —dijo el profesor—. Sé que usted es un alma despierta, además de uno de los mejores detectives del mundo. Usted va a entender el alcance de mis palabras.

—Profesor Kirby, no perdamos el tiempo, sabe usted que es nuestro bien más valioso.

—De eso se trata, detective Parker, del tiempo —remarcó cuidadosamente.—. Usted ya lo ha intuido.

—¿El tiempo?

—El descubrimiento que está en peligro tiene que ver con la posibilidad de conocer la verdad de todos los tiempos.

El profesor se inclinó hacia adelante y solo dejó pocos centímetros entre ambos sofás.

—Estoy trabajando junto a un grupo de cinco alumnos superdotados de Harvard desde hace más de dos años en un proyecto secreto, hemos tenido éxito, y creo que las consecuencias de ello pueden cambiar la confusión y el caos que hay en todo el mundo.

Arthur hizo una mueca con sus manos para que continuara.

—Usted sabe que hay miembros de servicios de inteligencia de varios países censurando información, rastreando informáticamente, como perros de caza, todo lo que huelan en contra del Nuevo Orden Mundial y que todo disidente es visto como rebelde y censurado. Hemos tratado de mantener esto en el más estricto secreto, pero los muros tienen ojos, y del mismo modo en que Siri, en su teléfono celular, escucha sus palabras y forma un algoritmo que le identifica la personalidad, sus gustos, anhelos y deseos de compra, también le hace una radiografía intelectual de su perfil como ser humano.

Arthur asintió con cierta resignación.

El profesor sacó del bolso de cuero que llevaba colgado al hombro la estilográfica y un cuaderno. Cruzó su dedo índice sobre sus labios, como queriendo sellar sus palabras.

Comenzó a escribir con letra clara, aunque le temblaba un poco el pulso.

Luego de unos segundos, el profesor Kirby le pasó el cuaderno.

Arthur leyó con detenimiento:

"No quiero hablar de esto por lo que le acabo de comentar. Por ello, le escribo brevemente, para que sepa que lo que tenemos entre manos es vital para el avance de la humanidad.

Nuestro invento incluye el uso de cristales de cuarzo y ciertas fórmulas ocultas que, usados y empleados en conjunto con la tecnología actual, amplifican, trasmiten y generan un poderoso voltaje energético-psíquico con la posibilidad de construir puentes que unen a la mente humana con espacios aún inexplorados en la conciencia del hombre.

Detective Parker, hemos construido con éxito un artefacto tecnológico que funciona como un portal dimensional para viajar a través de los tiempos."

4

Oslo, Noruega,
20 de enero de 2025

Thor estacionó el coche alquilado en una gasolinera para hacer una llamada desde su teléfono celular. Su voz sonó fuerte y confiada por el auricular, estaba a unos veinte kilómetros del bosque donde había enterrado a su víctima.

—El trabajo está hecho —afirmó.

—¿Te aseguraste de que el traidor haya quedado con vida? —preguntó la voz con marcado acento nórdico.

—He seguido todos los pasos al pie de la letra. Está con vida y ha recibido la lectura del decreto de redención.

Hubo una pausa, el interlocutor sonrió en silencio.

Thor sabía con precisión los pasos que seguía la psiquis humana bajo la inminencia de la muerte.

—Ya estoy cerca de la ciudad —dijo Thor—. Mañana regresaré al bosque, donde seguiré con la operación.

—Revelará su traición. No tengo dudas. Su mente es frágil, no necesitarás más que descubrirle el rostro y hablará.

Al interlocutor le hubiese gustado estar allí, pero sabía que debido a su conocido pasado en conflicto y público con el doctor Fernando Loscano, debía estar en otro extremo del mundo para blanquear su paradero, tener coartadas válidas y no ser acusado absolutamente de nada. Todo había sido planeado con anticipación. Thor aún no conocía personalmente con quién hablaba, solo sabía que era el jefe líder, a quien en la organización llamaban El Maestre.

—Tendrás tu paga mañana, luego de que el doctor confiese —dijo El Maestre.

—No hay prisa, señor. Sabe que me moviliza la misión de la justicia más que el dinero. En unas horas quedará todo en su sitio y tendrá nuevamente el trabajo bien hecho.

—El doctor tendrá su propia noche oscura del alma, el tiempo suficiente para reflexionar y ver en el espejo de su conciencia lo que hizo.

El Maestre apretó la dentadura con mordaz síntoma de triunfo. "Pensabas que te librarías del peso de la justicia, viejo traidor".

A lo largo de la historia, las diferentes formas en que las culturas utilizaron estrategias para hacer confesar secretos a las personas fueron de diversa índole, algunas muy variopintas y excéntricas, como la famosa tortura de la gota de agua de los chinos, que consistía en colocar al prisionero debajo de la caída constante de gotas de agua durante día y noche sobre su cara, hasta que la tortura de esa simple gota cayendo miles de veces lo obligaba a confesar.

Una de las más conocidas torturas también era la llamada "doncella de hierro", con forma de sarcófago con dos puertas y con largos clavos con afiladas puntas en su interior, mismas que, al cerrarlas, penetraban lentamente en el cuerpo de la víctima. La historia certificaba que la primera ejecución con este doloroso método se remontaba al año 1515, cuando un falsificador de monedas fue introducido y las puntas afiladísimas le penetraron los brazos, las piernas, la barriga, el pecho, la vejiga y la raíz del miembro, los ojos, los hombros y las nalgas, pero no tanto como para matarlo, y así permaneció, emitiendo un gran griterío y lamentos durante dos días, después de los cuales murió.

Muy diferente estímulo era el de los rusos, que utilizaban la fuerza de precisos golpes a puño limpio.

Otro método más conocido y elaborado para generar pánico en la sociedad fue durante la Inquisición de la Iglesia católica, cuyos sacerdotes anudaban los pies y los brazos extendidos de la víctima, colocándola sobre una mesa con una manivela que, al girarla, extendía el cuerpo del acusado en direcciones opuestas hasta llegar a quebrar sus huesos si no conseguían que confesara y aceptara su credo como única doctrina religiosa. Podría decirse que la Iglesia había sido la más experta en modos de tortura, tal como se exponía en el Museo de la Tortura en Cantabria, España, que incluía modos rudimentarios, como la lapidación, hasta lo que comúnmente fue llamado "horquilla del hereje"; este aparato consistía en un collar de hierro del que nacían cuatro puntas muy afiladas y que se clavaban en la barbilla y el esternón.

Los acusados, en su mayoría, ignoraban que la palabra hereje venía del griego *hairetikós*, que literalmente significa "los que son libres de elegir". En latín posterior se le llamó *hereticus*, y significaba "los que buscan otras opciones". Con esta terminología, una persona sí podía elegir libremente en un restaurante la comida que más le gustase, o qué ropa ponerse o ser libres de elegir hacer un viaje, pero en cambio, no podían elegir una creencia, idea, filosofía o libro diferente a lo establecido de manera obligatoria en aquellos tiempos.

A la Iglesia medieval no le convenía aquello, y aquella era la acusación predominante para controlar al pueblo. Ser un hereje significaba literalmente ser un ser humano ejecutando su libertad de elegir.

La lista de modelos de tortura era extensa, aunque la Iglesia también quemaba en vida a los acusados en el fuego de la hoguera, o usaba la más famosa y limpia de todas: la horca. La guillotina, en la que se cortaban las cabezas con una afilada hoja de acero a manos de un anónimo verdugo encapuchado, fue la más popular en Francia.

En todos los casos, el pueblo que observaba impávido en las plazas públicas, incluso al ser una mayoría que podría detener la barbarie, no se rebelaba y aceptaba la tortura y muerte del acusado a la vista de todos.

Lo cierto es que el doctor Loscano estaba recibiendo un escarmiento sin igual: era mantenido con vida gracias a un hilo de aire en su boca y tenía todo el cuerpo cubierto de la húmeda tierra nórdica.

—La oscuridad de estar bajo tierra hace valorar los momentos vividos y las experiencias que se han experimentado sobre la superficie —afirmó Thor—, es increíble lo que he visto en su rostro, señor.

—Cuéntame.

—La muerte es un motor de vida —afirmó Thor—. Los seres humanos parecen haber olvidado este suceso y viven hipnotizados como avestruces, con la cabeza dentro del hueco oscuro del olvido, y creen que vivirán mil años. El doctor Loscano, además de orinarse en los pantalones, tomó conciencia de que le queda poco tiempo bajo nuestro martillo de justicia propia, o bien, porque el tiempo natural se le terminará.

—Así es, Thor. *Memento mori* —añadió El Maestre, parafraseando la famosa frase del Medievo que enfatizaba la premisa inminente "recuerda que morirás".

La frase latina traía a la memoria la mortalidad del ser humano y solía usarse como un detonante para identificar un tema en el arte y la literatura sobre lo fugaz de la vida. Era costumbre en la antigua Roma que, cuando un general o un hombre de poder andaba victorioso por las calles de Roma, tras él, un asistente del gobierno se encargaba de recordarle mantener la humildad, con el fin de impedir que incurriese en la soberbia y pretendiese usar su poder olvidando las limitaciones impuestas por la ley y las buenas costumbres. El recordador lo hacía pronunciando esta frase como un mantra para despertarles la conciencia.

—Esta noche, el doctor estará valorando la respiración como el más preciado de sus bienes.

—Quizás sea el único bien que le quede luego de que confiese lo que necesitamos saber. Estoy impaciente por escuchar sus palabras.

—Tranquilo, Thor, la hora de la justicia les llega a todos. El doctor Loscano pensó que el tiempo borraría su acto cobarde o que yo no me lo tomaría personal. Cuando alguien dispara una flecha hacia tu cabeza es inútil, incluso estúpido, no tomarlo personal. Al ir a la guerra, se debe conocer al enemigo. Él creyó que yo lo olvidaría. El tiempo lo que hizo fue agravar la situación y darme justamente eso, tiempo para elaborar el modo en que la balanza quede en equilibrio. Nada más necio que desvalorizar o ignorar a tu enemigo.

Las palabras de El Maestre estaban llenas de autoconfianza en un plan que estaba siguiendo los designios trazados por su mente.

5

Tulum, México, 20 de enero de 2025

Arthur Parker volvió a leer la nota del profesor Kirby. El profesor hizo un gesto para salir a caminar hacia la playa.

A primeras horas de la mañana, el aire se sentía espeso por el cálido sol. Arthur observó a Freyja recostada sobre su reposera.

—Explíquese, profesor, ¿qué es lo que han logrado?

Arthur trató de imaginar lo que tantos escritores, visionarios y futuristas habían ideado.

—Detective Parker, literalmente hemos podido viajar fuera de este tiempo actual.

La sorpresa se instaló en el rostro de Arthur. Si bien estaba acostumbrado a tratar con personas excéntricas, intelectuales, místicos e iniciados de grados superiores en cuestiones de avance espiritual, aquello tenía la ambición más amplia que ninguna mente humana pudiera tener.

—Viajar en el tiempo ha sido el sueño de muchas mentes ambiciosas.

—Correcto.

—¿Cuál es el problema en el que yo podría ayudar?

El profesor Kirby hizo una mueca de desdén.

—Nos han robado algo muy importante del proyecto, y en manos oscuras, corre un grave peligro. Alguien nos ha traicionado.

—¿Cómo un proyecto de semejante protagonismo puede ser robado? ¿De qué modo lo estaban protegiendo?

—Ha sido desde dentro de la Universidad de Harvard. Un infiltrado con altos contactos. Usted debe saber que los gobiernos tienen espías de servicios de inteligencia camuflados en todos lados.

Arthur sabía que lo que decía el profesor era correcto. Tanto en la ciencia como en la medicina, la informática y la inteligencia artificial, varios gobiernos tenían equipos de servicios de inteligencia infiltrados para investigar o robar cualquier descubrimiento o trabajo de tecnología avanzada.

Tener la posibilidad de viajar en el tiempo superaría cualquier invento hecho hasta la actualidad, ya que permitiría conocer la verdad de toda la historia y el futuro venidero. Una especie de bola de cristal como el máximo superpoder nunca antes descubierto.

Arthur Parker se mostró pensativo, tratando de reflexionar sobre la situación.

—¿Cómo han logrado semejante proeza? Viajar en el tiempo suena como a ciencia ficción para la mayoría de las personas. ¿Cuál es la lista de posibles sospechosos que han robado el descubrimiento?

El profesor Kirby clavó sus ojos en el horizonte buscando inspiración.

—Responderé la primera pregunta. Desde que se conoció la fórmula de Einstein, $E = mc^2$, la energía es igual a la masa multiplicada por la velocidad de la luz al cuadrado; hemos podido basarnos en eso e ir más allá con la ayuda de los nuevos implementos fotónicos cuánticos. Hemos creado una burbuja para que el espacio-tiempo se distorsione e impulse los átomos del cuerpo físico a otros espacios-tiempos, e incluso a otras realidades multidimensionales.

Parker tenía los sentidos extrasensoriales totalmente alertas y activados.

—¿Cómo obtienen la energía para hacer eso, profesor? Somos seres multidimensionales, pero ¿cómo se entiende esto en términos científicos?

—Allí está el *quid* de la cuestión. Ni siquiera toda la energía del sol o de nuestra galaxia sería suficiente para alterar el espacio-tiempo; sin embargo, uno de nuestros estudiantes logró obtener el camino para tener una partícula de energía negativa del sol, y condensó el poder de mil soles en una sola partícula.

Parker abrió los ojos, sorprendido.

—Eso es poderoso, revolucionario y altamente peligroso, en iguales proporciones.

—Correcto. Sobre todo en manos oscuras. Incluso nosotros, si lo manipulamos mal, crearíamos la destrucción del planeta y eso repercutiría en toda la galaxia.

Hubo un silencio.

—¿Y qué le hace pensar, profesor Kirby, que están seguros? ¿Y de qué mente salió la idea de este mecanismo? Todo lo que el ser humano ha creado fue previamente imaginado por alguien. ¿Quién fue la primera mente en esto?

—Esta tecnología le fue revelada en sueños a uno de nuestros estudiantes, él sintonizó con la información desde otro plano dimensional y por seres de avanzada inteligencia no humana.

—Lo intuía.

—En los sueños se revelan aspectos abstractos para crear en esta realidad tridimensional, pero desde la quinta dimensión en adelante, las ideas están flotando disponibles para ser captadas por las almas sensibles que alcancen dichas octavas de conciencia.

—Profesor, junto a mi compañera Freyja, en viajes astrales hemos podido comprobar de manera empírica diferentes realidades multidimensionales, tanto en sueños como en rituales con el cuerpo astral mientras el cuerpo físico está acostado. Pero lo que usted está afirmando... ¿ir con el cuerpo físico a viajar en el tiempo? ¡Eso es algo absolutamente superior y revolucionario!

Arthur le echó una mirada a su compañera, quien seguía tomando el sol a unos metros de distancia.

—Los milagros están a una vuelta del pensamiento, detective. De hecho, un milagro es crear algo que no ha sido creado; en nuestro caso, con el ojo científico abierto lo hemos creado a partir de un sueño.

—Entiendo, profesor. Respóndame la pregunta sobre los sospechosos, por favor.

—¿Del robo? —bufó Kirby notablemente molesto—. Por suerte solo capturaron un solo componente. Es como si hubiesen robado el cable de carga de la batería de un teléfono inteligente, no robaron el portal por donde... —Hizo una pausa mirando hacia los lados en el momento en que dos hombres pasaron caminando a pocos metros, por la playa.

—¿Por dónde qué?

—Déjeme mostrarle.

El profesor abrió el bolso de cuero, sacó un iPad y le mostró un video.

—¿Qué es esto? Parece un reloj de arena.

—Es uno de nuestros estudiantes, es quien ha sido secuestrado junto con el interruptor.

—Muéstreme el video.

El profesor activó el video y Parker observó atónito cómo el hombre que estaba de pie frente al portal desaparecía en una explosión de luz al atravesar la puerta.

—La puerta de los tiempos, así es como la nombramos. Contiene varios Vórtex que componen el sistema operativo cuántico, lo llamamos Microprocesador 369, y utiliza la vibración de sonidos de alta frecuencia, de entre 432 y 528 hercios, junto a millones de diminutas partículas de cuarzo y silicio para generar la transmisión. Dentro de los dos barrotes de la puerta se encuentra una sofisticada tecnología cuántica que activa el fotón negativo propulsor que está blindado por dentro. Allí desencadena una ultra aceleración de los fotones del cuerpo físico y bum… ¡el viaje comienza! Un complejo mecanismo y a la vez simple.

—Simple para usted, profesor. El común de los mortales no entenderá nada.

El profesor volvió a guardar el iPad en su bolso y se giró hacia él.

—Detective Parker, ¿acaso sospechábamos en los años setenta y ochenta que vendrían las computadoras, los teléfonos inteligentes o el wifi, o que podríamos pasar una fotografía de un teléfono a otro inmediatamente por AirDrop?

—Claro que no. Hasta que la conciencia no llegó a ese nivel, ni por asomo podía sospecharse en aquellos años.

—Correcto. Estamos en el umbral del descubrimiento. Ahora nos encontramos como en los años ochenta, en el inicio de las primeras computadoras, solo que a nivel de viajes en el tiempo. El ser humano común lo ve como algo inalcanzable, ciencia ficción de Hollywood. —Gesticuló Kirby haciendo un ademán con las manos.

—Un momento, déjeme reflexionar algo. No me queda claro el proceso. ¿Qué pasa con el cuerpo físico?

—Eso es lo más revolucionario, detective. El viaje es con todo el cuerpo físico de carbono mutando al silicio.

—¿Dice que el viaje es con todo el cuerpo físico? —Arthur abrió los ojos, asombrado. A Parker eso le resultaba sumamente revolucionario.

—El Vórtex cuántico es el que desmaterializa al cuerpo físico y lo lleva a otro tiempo.

—¿Cómo funciona eso? —Parker tragó saliva.

—El primer paso es que la partícula de luz activada hace que la persona se conecte con el presente real, porque sabrá usted, detective Parker, que no vivimos en el *ahora*, sino en el pasado. El cerebro humano está a una millonésima de segundo detrás del momento presente. Hasta que la mente capta que alguien llama y el sonido de la voz del otro pronuncia su nombre, pasa un momento que nos distancia del ahora. El momento del ahora es la eternidad, y no estamos conectados a ello, por eso la sensación de separación. La mente humana está dividida en dualidad, ha sido mutilada de la unidad original. Eso dio comienzo a la creación de religiones que quieren *religar* la conciencia del individuo a la conciencia del todo. Sin mucho éxito, dicho sea de paso.

—Continúe.

—La luz tarda ocho minutos en llegar a la tierra, ¿verdad?, o sea que siempre recibimos la luz del antiguo sol; las estrellas que vemos son las estrellas del pasado, porque la luz atraviesa un extenso recorrido hasta llegar al ojo humano por la enorme distancia de años luz.

El detective trataba de asimilar aquello.

—Entiendo, profesor, pero ¿cómo sabe usted previamente hacia dónde se dirigirá concretamente dentro del laberinto del tiempo?

—Quien no sabe dónde va, acaba terminando en otra parte, dice el proverbio, ¿verdad? Al acelerar la luz, el cuerpo fotónico del ser humano cambia, y ya sabes que la ley dice: "la energía sigue al pensamiento"; o sea, al concentrarte en algo, allí va la energía. En la parte técnica, tenemos coordenadas numéricas exactas que se dirigen a un tiempo y espacio específico.

Kirby hizo una pausa.

—Es como si revolvemos huevos con aceite de oliva a gran velocidad durante unos minutos —continuó Kirby—, se transforma en mayonesa, ¿verdad? O si mezclamos leche con azúcar y batimos vertiginosamente la combinación durante unos minutos, se produce una espesa crema de leche, ¿me sigue, detective Parker?

"No son los mejores ejemplos de ciencia al mezclarlos con gastronomía, pero se entiende", pensó Arthur.

—Hay un proceso previo importante a nivel mental, fotónico y del estado de conciencia. Ya sabe que el universo es mental, tal como enseñan los principios del Kybalión; o sea, cada persona, o mejor dicho —se corrigió—, cada mente humana que se concentra antes de entrar a La puerta de los tiempos, activa su emisión de luz negativa a velocidad lumínica real y hace que el cuerpo físico se autotransporte con la fórmula luz positiva solar + intención + luz negativa cuántica, lo que da como resultado la fórmula de alteración del tiempo. Cada persona vive donde vibra en el plano tridimensional, ¿correcto? Allí donde está tu corazón, está tu tesoro, ¿verdad? En otros tiempos es igual, salvo que no lo recordamos.

Arthur guardó silencio, aquella información era algo difícil de digerir.

El profesor Kirby dejó que el detective lo asimilase.

—¿Usted está consciente, profesor Kirby, de que arrasaría con todo lo conocido hasta el momento? Déjeme intuir algunas cosas. ¿Usted podría viajar al pasado y ver exactamente la verdad de la historia de Cristo, de Buda, de las decisiones de Alejandro Magno o participar de los descubrimientos de Leonardo da Vinci o inmiscuirse en reuniones secretas para conocer los planes de sus miembros? Simplemente ir al pasado sería una revolución, no quiero ni pensar las consecuencias de viajar al futuro.

—Ahí debe detenerse, detective.

—¿Detenerme?

—Hemos podido ir hacia el pasado, no hemos podido ver el futuro aún.

Arthur inhaló profundamente.

—¿Por qué solo al pasado? ¿Y a qué tiempo se dirigieron?

—Mark, el estudiante que obtuvo la fórmula exacta y ejecutó el diseño del Vórtex, solicitó el derecho de ser el primero en el viaje.

—¿Cómo sucedió?

—Él es brillante en muchas disciplinas, desde la historia hasta la metafísica, escogió la literatura como primera parte de la prueba. Concretó su sueño de viajar hacia los tiempos de William Shakespeare.

Arthur tragó saliva.

—¿Shakespeare?

El profesor asintió. Una ladeada sonrisa de orgullo se dibujó en su rostro.

—Mark ha investigado su obra y no solo lo considera, como todo el mundo literario, el escritor más famoso de todos los tiempos, sino un místico que encriptaba mensajes secretos en sus obras.

Arthur Parker sabía que Shakespeare pertenecía al linaje de seres humanos ilustres e iniciados esotéricos junto a nombres célebres como Botticelli, Da Vinci, Julio Verne, Isaac Newton, entre tantos otros.

—¿Qué sucedió, entonces? ¿Cómo interactuó? ¿Qué sintió? Explíqueme, profesor, ¿y cómo es que el viaje por el tiempo incluyó el cuerpo físico y no fue solo una proyección mental? Eso aún no puedo entenderlo, ya que la ley física dice que la materia no puede viajar más rápido que la velocidad de la luz en el vacío. —Parker no lograba digerir aquello—. Además, ¿qué sucede si se cambia algo del pasado?, ¿influye en el futuro, o sea, nuestro presente? ¿Y cómo se regresa al momento de donde se parte?

Tenía mil preguntas desfilando por su mente.

—Es un tema que debe ser visto con ojos científicos y cuánticos, detective. Es como un castillo de naipes: si tocas uno de los que están debajo, pueden desmoronarse los que están arriba. Cada suceso del pasado afecta el presente y el futuro. Este mecanismo espacio-temporal funciona con leyes de la quinta dimensión en la tercera, ese es el punto que una mente tridimensional no logrará comprender.

—Continúe.

Kirby se pasó las manos por el cabello.

—Detective, ¿ha escuchado hablar de la paradoja del abuelo?

Arthur recordó cuando su abuela le había comentado aquella teoría.

—Es un ciclo de creación y destrucción al mismo tiempo que se repite —respondió Arthur.

—Déjeme refrescarle la memoria. —El profesor le enseñó una imagen en el iPad.

LA PARADOJA
DEL ABUELO

Yo nazco — Creo la máquina del tiempo — Voy al pasado — Mato a mi abuelo — Mi padre no nace — Yo no nazco — No creo la máquina del tiempo — No voy al pasado — No mato a mi abuelo — Mi padre nace

—Esa es la paradoja —añadió el profesor—. Un bucle infinito que crea una inconsistencia lógica y que destruye la ilusión de los viajes en el tiempo. Hay muchas paradojas, pero esta es una de las más famosas. Y se le llama la paradoja del abuelo porque su versión original plantea un escenario en el que un nieto viaja al pasado para matar a su abuelo antes de que tuviera a su padre. El problema es que si mata a su abuelo, el viajero nunca podría haber nacido. Si no puede nacer, no puede viajar, así que el viaje en el tiempo tampoco sería posible.

—Eso deja en un punto sin retorno. No es posible esquivar la paradoja, ¿verdad?

El profesor elaboró una sonrisa enigmática.

—Para resolver esta paradoja se han propuesto varios ejercicios mentales, pero ahora, nuestros chicos propusieron una solución matemática para evitarla. Analizaron cómo se comporta la dinámica de un cuerpo, su movimiento en el espacio-tiempo, al entrar en una curva de viaje al pasado. Para eso crearon un modelo matemático con el que calcularon que un viajero que entra en un bucle de viaje al pasado, puede tomar distintos caminos sin que se altere el resultado de sus acciones.

—Muy interesante. Continúe.

—El ejercicio abstracto que realizamos en una primera demo antes de que Mark viajara, mostró que el viajero imaginario pudo comunicarse en el pasado y el presente sin que hubiera una relación causa-efecto. Eso significa que "los eventos se ajustan a sí mismos, de manera que siempre habrá una única solución consistente".

—¿Y qué significa eso?

—Por ejemplo, en pasadas pandemias, lo que dice el estudio es que si viajas al pasado podrías hacer lo que quisieras, pero sería imposible que cambiaras el resultado de los hechos. Es decir, tendrías libre albedrío, pero no podrías evitar que se desatara la pandemia. Podría ocurrir, por ejemplo, que mientras tratas de detener al paciente cero, sea otra persona la que se contagie, o incluso tú mismo. Según el modelo científico, los hechos más relevantes se calibrarían constantemente para evitar cualquier inconsistencia, o sea una paradoja, y así llegar siempre a un mismo resultado, en este caso, el inicio de la pandemia.

Arthur dejó una pausa para reflexionar.

Kirby añadió más leña al fuego.

—Si hay un cambio una vez, todo cambiaría interdimensional-mente —argumentó—. Incluso ahora, con la energía solar de altos fotones que están acelerando la ascensión, los cambios influyen mucho más.

—¿Usted se refiere a que los velos entre dimensiones están interconectándose? ¿Se refiere al salto cuántico?

—Así es. Hemos tenido que entrenarnos en ser impecables en movimientos, pensamientos, emociones y, sobre todo, en el ego, para no querer hacer nada que no haya sido hecho. Es convertirse completamente en espectador y al mismo tiempo creador, observar sin juzgar, ver para aprender, vivenciar para conocer la verdad de los sucesos. Ahora estamos en peligro porque hace unos días mis estudiantes fueron atacados por desconocidos y golpeados, y al despertar, no tenían las carpetas de los archivos ni los USB ni los planos con actualizaciones en las piedras de cuarzo que ese día iban a mostrarme para actualizar el último Vórtex Maestro.

—¿Tiene idea de quiénes pudieron ser?

El profesor apretó los dientes con cierta bronca.

—No lo sé. Hemos sido lo más herméticos posibles.

Arthur frunció el ceño.

El profesor Kirby sacó su iPad del bolso y le mostró al detective una captura de pantalla.

5 9 3 3 9 1 4 1 8 1 2 5 1 7 5 1 9 5

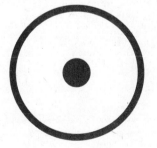

Arthur observó los números y el símbolo.

—No le veo sentido, profesor. ¿Qué es esto?

—Un código numérico que está ahora titilando sin parar en nuestras computadoras.

—¿Quiénes tenían acceso a esta información?

—Creíamos que solo nuestro equipo tenía acceso, pero, al parecer, los muros tienen ojos donde menos los esperamos.

A Kirby le picaba la piel de impotencia.

—¿Y ahora cómo piensa recuperar a su estudiante y el Vórtex que robaron?

Arthur volvió a observar los números. No le decían nada.

—Detective Parker, puedo explicarle todo con detenimiento y desde el principio durante el vuelo.

—¿Cuál vuelo? —preguntó Arthur con gesto de sorpresa.

—Tengo un avión privado esperando para llevarnos a Milán.

A Arthur no le hizo gracia escuchar aquello.

—Profesor Kirby, estoy recorriendo la Riviera Maya de vacaciones con Freyja. No tengo pensado viajar en estos momentos. Además, ¿qué hay en Milán?

Kirby hizo una pausa, giró la cabeza a los lados para comprobar que estaban solos y lo miró a los ojos.

—Detective, allí tenemos el laboratorio secreto donde está La puerta de los tiempos.

6

Londres, 20 de enero de 2025

—¡Que activen las dosis! —espetó enojado Jim Bates en medio de una importante reunión empresarial.

Desde lo alto de aquel edificio, se observaba toda la metrópolis con un cielo plomizo que la volvía a teñir de un ambiente gótico y siniestro.

El grito de Bates entre aquel grupo de poderosos magnates sentados en sillas tapizadas con cuero oscuro en torno a una mesa de roble fino, hizo que la docena de empresarios se sorprendiera sobremanera, ya que Bates raramente alzaba la voz.

—Entiendo tu malestar, Jim, pero ya hemos dado orden mundial general y solo estamos a la espera de que los noticieros lo confirmen —respondió Claude Schawapp, un septuagenario calvo y con el rostro ajado por llevar una vida enfocada en el poder y no en el placer.

Jim Bates se puso de pie con cierta dificultad debido a su prominente abdomen. Su estatura pasaba el metro ochenta y cinco y llevaba unos gruesos lentes de aumento. Era conocido como el Diablo entre la élite de magnates que literalmente luchaban por dominar el mundo desde las sombras. Y su apodo era debido a que no tenía ni una pizca de bondad en todos los emprendimientos que realizaba. Era un cerebro calculador y un cuerpo de sangre fría cual híbrido reptil que especulaba y actuaba a su propia conveniencia, disfrazándose a los ojos públicos de buen samaritano filantrópico.

En aquella élite todos trabajaban con una ideología de control mundial, para gobernar mediante el miedo y servir a unas entidades de calibre suprahumana. Allí no tenían ni piedad ni compasión, y por ello, eran compensados con turbios negocios multimillonarios, poder, lujos y posesiones.

—La nueva dosis los perderá por completo, quitándoles otro 10 % de memoria —le dijo Schawapp a Bates tratando de calmarlo.

Los ojos de Claude Schawapp cambiaban de manera extraña cuando él se estresaba: se agigantaban aún más y se volvían grandes como dos huevos cocidos, por ello había recibido el mote de el Sapo dentro de la organización.

En aquella asamblea secreta estaban los presidentes de varios países europeos que habían llegado con la excusa de una reunión multinacional de las Naciones Unidas. De carácter extraoficial era lo más importante de la presencia de los mandatarios en la capital del Reino Unido.

El presidente francés opinó con cierto orgullo:

—En Francia ya declaramos alerta roja con el virus del avestruz y la gente infectada está olvidando todo sobre nuestro pasado: la revolución, la libertad y los valores por los cuales los franceses hemos luchado durante siglos, desde Napoleón hasta ahora. Creemos que es un éxito y que…

—No es Francia a quien queremos gobernar, sino al mundo entero. Después de lo que sucedió años atrás con las protestas de los franceses en las calles, los pocos rebeldes que desobedecen deben ser aniquilados de la faz de la tierra. Esa es la orden que tenemos de la Jerarquía —respondió Jim Bates. Las palabras del Diablo por primera vez adquirieron un tono más condescendiente. Posiblemente porque esa Jerarquía marcaba un poder que estaba por encima de sus billones de dólares.

—Lo sé, pero al menos somos los pioneros en el mundo —añadió el presidente francés—, luego se sumarán más países con la nueva implementación de nuestra tapadera Memoria por Todos.

El mandatario se refería a una seudocampaña que alertaba a la población sobre conservar su memoria por los muertos en las sucesivas pandemias, cuando en realidad lo que hacían era lo opuesto. Sus maquiavélicas maniobras no eran cuestionadas por la gran mayoría, solo por aquellos que tenían el poder de su ADN intacto o incluso aumentado, con una memoria e intuición sobresalientes.

—Sí, los franceses ahora son los pioneros, pero eso es solo una pequeña parte del queso —espetó el Diablo, volviendo a sentarse y a clavar la vista en el Big Ben—. Debemos ir por toda la supremacía mundial. ¡Quiero el queso completo, no solo una parte! Rusia, China, México, Irlanda del sur y Brasil no obedecen.

—En eso estamos, Jim —aclaró el Sapo—. Créeme que los noticieros tienen la orden de generar aún más pánico. Mucho más que años anteriores. La televisión y los medios han sido nuestro mayor recurso a la hora de sembrar nuestras semillas. —Los ojos del Sapo se agigantaron nuevamente, como si estuviesen a punto de salirse de su rostro.

—Tengo cierto recelo con los rayos solares —dijo Bates—, todos recibieron el último informe de la NOAA, ¿verdad?

El Diablo se refería a las siglas de la National Oceanic and Atmospheric Administration, la oficina nacional que estudiaba la atmósfera y los océanos y que alertaba del poder del sol.

—Hemos podido ver el aumento en la frecuencia de los fotones solares y eso no nos beneficia en nuestro plan. Los rebeldes iluminados despiertos reciben más poder, y corremos el riesgo que los avestrucianos se despierten y recuerden —añadió un científico británico llamado Paul McKarts, proyectando unas imágenes en la pantalla colgada en la pared.

—Fotones del despertar, los bautizaron los científicos. Eso está fuera de discusión, y debemos enfatizar también el miedo al cambio climático. Ese es un punto crucial si queremos mantener a la población más...

—Anestesiada —añadió Jim Bates—. Si los fotones solares están aumentando su intensidad y la información que llevan dentro llega a los avestrucianos, no habrá nada qué hacer. —La voz del Diablo ahora mostraba más preocupación que enojo.

—Lo sabemos, Jim, y créeme que los aviones están tratando de tapar el sol lo más posible, pero sabes que las naves también están apareciendo con más frecuencia y la guerra se está volviendo más difícil.

El Sapo se refería a los vuelos químicos, los *chemtrails* que rociaban con metales pesados la tierra desde hacía décadas y de los que solo un pequeño puñado de individuos sabía.

—No pueden hacer más que subir videos a las redes sociales —balbuceó el Sapo.

—Correcto —afirmó Paul McKarts—. De todos modos, los avestrucianos ni cuenta se dan. Siguen en sus vidas de rutina, olvido y agonía.

—No seamos tan optimistas. He visto los informes —argumentó el Diablo sacando una carpeta—, una frecuencia mayor a trece hercios haría que toda la Matrix se desmorone. Empiecen más campañas de miedo al sol con urgencia —ordenó el Diablo.

Uno de los apuntadores de la reunión tomaba estricta nota para comunicarlo a los medios de comunicación mundial. Estos harían lo que aquellos jerarcas sin escrúpulos les ordenaran.

—¡Vamos a ganar esta guerra! —espetó el Diablo antes de ponerse de pie e ir rumbo al baño. Su voluminosa vejiga necesitaba vaciarse.

7

Cielos de México,
20 de enero de 2025

El avión privado Cessna Citation M2 había despegado hacía ya cincuenta y cinco minutos. A bordo del mismo iban sentados Arthur Parker y Freyja O´Connor junto al profesor Kirby y sus dos guardaespaldas.

—Necesitamos saber todo lo que está pasando, esta situación es sumamente extraña —dijo Freyja, que estaba al corriente del caso.

—Lamento mucho haber tenido que involucrarlos —argumentó Kirby—, pero mi colega, el rector Demus, enfatizó con palabras textuales: "contratar a Parker es como tener el viento de tu lado".

El profesor Kirby se refería al que había sido decano del Trinity College de Dublín, Irlanda; quien ahora retirado, amigo del detective, había sido consultado sobre el descubrimiento.

El profesor Kirby abrió su teléfono y en menos de tres minutos transfirió doscientos cincuenta mil dólares en criptomonedas a la cuenta de *blockchain* del detective. Las transacciones a las billeteras digitales de criptomonedas eran inmediatas y no cobraban comisiones tan elevadas como los bancos por transferir dinero fíat.

—Este es el adelanto prometido —dijo Kirby—, la otra mitad se la daré al completar el trabajo.

Parker solicitó medio millón de dólares en *bitcoin* y otras criptomonedas para poder abandonar sus vacaciones con Freyja y poner manos a la obra para resolver el secuestro de uno de los creadores de lo que Kirby llamaba La puerta de los tiempos.

Si una empresa como SpaceX, la compañía de viajes al espacio y satélites de Elon Musk, valía miles de millones por los servicios de internet, viajes a Marte y demás aplicaciones mundiales, aquella maquinaria de viajes en el tiempo estaba fuera de precio por el alcance social que tendría.

Arthur Parker ganó una brillante reputación mundial luego de haberse hecho pública la resolución en la que había colaborado años anteriores, el caso del multimillonario Cristopher Raví.

Freyja y él habían acordado dejar las vacaciones para más adelante. Semejante cantidad de dinero les permitía invertir y embarcarse en muchos proyectos que tenían pendientes. Y a ambos, de almas despiertas e idealistas, los motivaba sobremanera acceder a ese conocimiento.

La azafata se acercó con una mesa de ruedas llena de bebidas y bocadillos.

—Gracias.

—Profesor Kirby, necesito que me informe desde el principio. Los secuestradores entraron, se llevaron a uno de los genios constructores de Harvard y el visor de las grabaciones, ¿correcto?

Kirby asintió.

—Así es, todo ha sido abrupto. A partir de ese suceso, en las pantallas de nuestras computadoras cuánticas se reproduce este extraño código numérico. Creemos que es un posible error del sistema.

—¿Piensa que han tocado algo del diseño informático operativo?

Freyja y Arthur volvieron a observar el documento.

5 9 3 3 9 1 4 1 8 1 2 5 1 7 5 1 9 5

—¿Y todos estos símbolos qué representan? ¿Por qué la vez anterior solamente me mostró el círculo con el punto? —preguntó Arthur.

Kirby hizo una mueca.

—Todavía no había aceptado trabajar en este caso, detective Parker —dijo Kirby a modo de disculpa—. Ahora ya tenemos un acuerdo privado y confidencial.

Freyja miró a Arthur con complicidad. Al parecer, comenzaba a liberarse información relevante.

—Me gustaría colaborar desde mi experiencia en viajes astrales —dijo Freyja—. Seguramente Arthur le ha comentado que tenemos la capacidad de viajar con el cuerpo astral, ¿verdad? De este modo podríamos recoger información.

Arthur asintió.

En una parte de la humanidad, los poderes extrasensoriales se habían incrementado debido a la gran carga magnética de los fotones del sol que activaban el ADN humano.

—Gracias, Freyja —dijo Kirby—, estoy muy interesado en los poderes que ustedes tienen más de lo que piensan; ahora tenemos que tener en cuenta que iremos un paso más allá con esta tecnología, ya que los viajes se realizan con el cuerpo físico completo, no solamente a nivel del cuerpo astral.

—Eso es lo especialmente revolucionario —dijo Arthur.

—¿Cómo entiende usted el tiempo en este vasto universo inconmensurable, profesor? —preguntó Freyja.

Kirby se acomodó hacia adelante en el confortable asiento e inhaló ampliamente.

—Señorita O'Connor, imaginemos que cada línea de tiempo son cables de fibra óptica que transportan información. Cada línea espacio-temporal es uno de esos cables. Y muchas líneas se agrupan en el gran cable central o fuente suprema que las interconecta, aunque a simple vista no se tocan. Unos cables son la grabación del pasado y otros tienen el potencial de grabar, a esos los llamamos *futuro*.

—¿Y qué hay de los futuros alternativos, profesor? —preguntó Arthur.

—Un futuro alternativo nace de toda potencialidad de crear en el presente un evento que repercuta en cada cable grabando la experiencia a nivel akáshico, o sea, en la biblioteca del universo, donde todo está grabado.

—Si los eventos quedan grabados, veo claramente que no puede modificarse nada que haya sucedido, ¿verdad? —preguntó Freyja.

—Ahí está el punto.

Parker frunció el ceño.

—Modificar el pasado cambiaría el presente. No hay mucho que pensar, a no ser que usted esté hablando de... —Freyja no terminó la frase.

—De futuros alternativos y realidades paralelas, querida. Así es.

—Mmm... muy interesante —agregó Parker con cierta incertidumbre—. Los futuros alternativos están directamente ligados con el proceso de la tierra, ¿correcto? Con el proceso de...

Kirby volvió a interrumpir.

—¡El proceso de ascensión planetaria!

Hubo un silencio.

El trío de intelectuales se refería a las edades en que el universo se mueve y cómo todo está en constante evolución y perfeccionamiento.

—Este robo nos entorpece mucho porque la tierra está entrando en una graduación hacia la quinta dimensión de conciencia y el tiempo es algo que va a modificarse. Nuestra primera intención al crear esta tecnología, era que las personas tomaran conciencia sobre el hecho de que para acceder a dicha dimensión elevada, hay que corregir cosas de nuestro pasado.

—Aquí me perdí, profesor —dijo Freyja—. Explíquese.

—La mayoría de las personas carga con emociones, experiencias y eventos molestos, dolorosos y hasta traumáticos del pasado; muertes, momentos difíciles a todo nivel, y eso debe corregirse.

—¿Está diciendo que el objetivo de La puerta de los tiempos es que las personas corrijan su pasado?

—Así es. Esa es la primera etapa. Si alguien carga con esas emociones en su mente subconsciente, no podrá entrar a la quinta dimensión; es como querer ir a una cena de gala de la monarquía británica donde todo es lujo, armonía y belleza, y aparecer con la ropa sucia o con un solo zapato. Hay que dar la talla, en las dimensiones elevadas espaciotemporales hay un orden inalterable que debe respetarse y un nivel de amor supremo. Simplemente no se puede ingresar con una carga de enojos, resentimientos o traumas pasados.

—¿Eso quiere decir que el Vórtex del Microprocesador 369 que han robado sería algo así como la entrada al estadio para ver el evento correcto? —preguntó Arthur.

Kirby sonrió.

—Lo ha simplificado muy bien, detective. Así es. Han robado la entrada para que la gente ingrese al espectáculo.

Freyja hizo una pausa.

—Muy inteligente de su parte, profesor —añadió ella—. Esa entrada sería para ver su "yo pasado", las experiencias vividas que dejaron emociones densas y liberarse.

Kirby asintió.

—Allí se liberaría gran parte del peso kármico de la tierra y la ascensión sería más rápida.

—Muy loable —añadió Arthur—, es una forma de que la gente tome conciencia de que deben hacer el trabajo personal sí o sí para liberarse. Eso hecha por tierra la idea de…

—Ser salvados por alguien —dijo Freyja. Ella, por sus raíces celtas, sabía que había que potenciar la fuerza personal y la valentía de tomar acción sobre las propias decisiones y corregirlas.

—Correcto. La idea de que alguien nos va a salvar y se hará cargo de todo lo que hemos hecho y pagará la cuenta y lavará los platos, nos aleja de tomar responsabilidad, y la responsabilidad es la habilidad de responder. Una persona responde cuando tiene conocimiento. Ese es nuestro propósito con esta tecnología, que cada uno tenga el conocimiento de lo que debe corregir de su pasado para modificar su presente —añadió Kirby.

—Muy brillante, profesor —dijo Freyja.

Arthur respiró profundo. Activó su poder de canalización desde su alma a su intelecto.

—Entiendo la teoría y el propósito de su creación —dijo Arthur Parker—. Ahora, con las herramientas que tenemos, creo que debemos centrarnos en saber qué significan esos números encima de los portales simbólicos que integran el Microprocesador 369.

—Eso es lo primero, coincido, pero debemos recuperar a Mark y al Microprocesador con urgencia. —Kirby estaba ansioso, había perdido al cerebro del grupo y una pieza vital.

—Explíqueme algo que no comprendo todavía, profesor, ¿qué tienen que ver estos símbolos ancestrales y la fila de números?

Kirby bebió un buen trago de agua.

—El Microprocesador tiene símbolos y el Vórtex justamente para codificar la información y que nadie pueda acceder al programa ni alterarlo. Lo de los números no lo sabemos. Aparecieron inexplicablemente en las pantallas, titilando constantemente.

—¿Los símbolos son como llaves secretas encriptadas? —preguntó Freyja, quien sentía que su sangre se encendía al avanzar en ese caso.

—Lo son, correcto. Los símbolos, los números y las frecuencias hacen que se complete todo el funcionamiento.

Arthur percibió que se guardaba un as bajo la manga.

—Hay más que eso, ¿verdad?

Kirby sabía que la percepción de Parker era altamente elevada.

—Así es. Involucra más tecnología, pero no puedo revelar todo. Les diré que hemos colocado con éxito plaquetas de cuarzos para que el ADN suba su frecuencia y el cuerpo físico viaje a otros tiempos sin dolores o efectos secundarios.

—Sigamos con los símbolos, profesor —pidió el detective—. Explíqueme cuál es el simbolismo al colocarlos juntos.

Kirby se inclinó hacia adelante y bajó el tono de voz para que los guardaespaldas no escucharan nada.

—En realidad, hemos replicado la evolución humana, se trata de una secuencia iniciática a través de símbolos. Comienza con un círculo y una línea recta horizontal que representa el principio femenino de todas las cosas. Es el inicio matriarcal y el motor erótico femenino.

Arthur observó a su hermosa compañera. Freyja llevaba a flor de piel la personificación de aquel principio. El abundante cabello largo y negro le caía como una cascada de vida sobre los hombros. Sus pechos asomaban llenos de fuerza y poder. El enigmático y sensual rostro de aquella mujer enmarcaba el emblema de la belleza en su máxima expresión: cejas pobladas, labios carnosos, ojos profundos, delicada nariz; el compendio de los misterios del espíritu en la carne.

Kirby sintió que Parker estaba lleno de amor al observar con tanta admiración a Freyja.

—El hermoso principio del divino femenino —replicó Arthur—. El principio transpersonal de vida en femenino que las mujeres portan como un tesoro viviente.

—Correcto, el inicio de los símbolos significa el elemento receptivo femenino que existió desde el principio y que se manifestó como una vasija, un recipiente mágico que materializa todas las cosas. Es el útero cósmico —agregó el profesor—. Simboliza también el movimiento en los dos mundos, el mundo del espíritu y el mundo material.

—Entendido —dijo ella, que sintió orgullo de ser mujer y representar ese principio de vida.

Kirby deslizó el dedo por la pantalla de su iPad.

—El siguiente círculo, con la recta vertical, es el elemento fálico activo masculino. Lo que viene de lo Alto. La efectividad del tiempo: "Y Dios separó la luz de las tinieblas".

Freyja y Arthur pusieron toda su atención.

—Posteriormente, el círculo con dos líneas rectas cruzadas, horizontal y vertical en forma de cruz, significa la unión del elemento masculino recibido por el femenino, y allí tiene lugar la creación, puesto que todo cuanto pertenece al mundo viviente está formado por esta unión.

—Lo femenino se une a lo masculino —susurró Arthur.

Freyja asintió con cierto gusto.

Recordó las muchas veces que ella y Arthur se habían unido a través del sexo con alquimia, habían ejecutado rituales de poder con la energía sexual unida; eso, además de elevar los niveles de placer a cotas sublimes, los impulsaba en su evolución espiritual al expandir su conciencia por el sexo. Muchas veces, en luna llena, iban a los frondosos bosques del norte de Europa a realizar sus ritos de iniciación.

—Continúe, profesor —le pidió Arthur—. La doble épsilon, ¿verdad?

—Este símbolo del círculo con la cruz representa las cuatro secciones del círculo. La Tierra es lo sólido; el agua, lo líquido; el aire, lo gaseoso, y el fuego, la temperatura cálida que produce las transformaciones de la materia.

Parker trataba de encajar toda aquella teoría en su mente.

—Cada símbolo es un mundo dentro de los viajes en el tiempo, y nos permite abrir la puerta para movernos —enfatizó el profesor Kirby—. Este signo se asoció en la antigüedad y en los estudios ocultos con el símbolo de la fuente creadora de todas las cosas, comúnmente llamada Dios. —Kirby resopló.

Según él y sus años de investigaciones, la palabra Dios había sido degradada a un hombre de barba blanca sentado en un trono en el cielo, que se enoja y castiga o se pone contento y premia.

—En la tradición celta druida hay un concepto similar —agregó Freyja, quien desde hacía años estaba inmersa en aquellas raíces—. Se menciona que, supuestamente en el origen, cuatro ríos parten del pie del Árbol de la vida y se separan en dirección a los cuatro puntos cardinales. Se considera que la fuente es "agua en surgimiento" o, "ríos de agua viva", en palabras de Jesús; y simboliza la fuerza vital del hombre y de todas las sustancias.

—Así es, querida, el origen de la misma fuente que no es ni más ni menos que la fuente de la juventud, y cuyas aguas simbolizan la inmortalidad, o sea, la victoria sobre… el paso del tiempo.

Arthur hizo un gesto para que el profesor hablase del siguiente símbolo.

—El círculo con ambas líneas juntándose representa la ancestral cruz solar, llamada "cruz celta". Freyja, ¿puede comentar su interpretación desde su experiencia? —pidió el profesor.

—Claro que sí —dijo ella—. Es el símbolo que surge tras girar hacia adentro el símbolo previo de la doble épsilon. En la mitología nórdica, este signo de la cruz celta fue, en realidad, un símbolo del Sol. El significado más común de la cruz es el de la conjunción de contrarios: lo positivo es lo vertical y lo negativo lo horizontal, lo superior y lo inferior, la vida y la muerte. La cruz es un símbolo que establece la relación primaria entre el mundo terrestre y el celestial, el mundo del tiempo y del no-tiempo. También existe una relación entre la cruz y la espada, la espada es un símbolo mágico que...

Kirby la interrumpió.

—El mundo del tiempo y del no-tiempo —repitió—. En eso se basa este experimento. Pero disculpe, la interrumpí. Continúe, por favor. Perdón, ¿te molesta si te llamo de tú, querida?

Freyja sonrió, percibía el entusiasmo del profesor Kirby.

—Claro, nunca consideré que tratar de usted fuese un símbolo de respeto, el tú es más cercano, profesor.

Kirby asintió.

—La cruz solar, una cruz dentro de un círculo, es un símbolo común en la Europa prehistórica, en particular durante el período Neolítico —sentenció Freyja—. La combinación de la cruz y el círculo es la representación más simple y concebible de la unión sexual de las polaridades, y se asocia, como dije, con el Sol, que es la luz en la Tierra. En la antigüedad era muy aceptada, sobre todo entre los celtas, la idea del Sol visto como una rueda.

—Gracias, querida —dijo Kirby—. Expresa también la vía para escapar del mundo de la tercera dimensión, que, en este caso, simboliza la rotación del planeta para acceder al centro de la galaxia, entrar a una dimensión superior y... salir del tiempo.

Los tres guardaron silencio, tratando de ir juntando las piezas de aquel enigmático conjunto simbólico.

—El paso del tiempo a otro tiempo, hacia allí íbamos, si no hubiera sido por esos bastardos que...

—No hace falta enojarse, profesor, vamos a resolverlo —dijo ella tratando de calmarlo—. ¿Y el resto de los símbolos? —preguntó encendida.

—Creo que debemos hacer una pausa y descansar —dijo el profesor Kirby—. Han sido muchas emociones, y ya se ha hecho tarde. Es mejor dormir un poco, al menos mi mente y mi cuerpo lo necesitan.

—Entendido —dijo ella—. Mañana aprovecharemos el poco tiempo que tenemos para avanzar rápidamente.

El profesor reclinó el asiento.

—Querida Freyja —respondió Kirby—, dijo el filósofo Séneca: "No es que tengamos poco tiempo, sino que perdemos mucho".

8

Cielos de Milán, Italia,
20 de enero de 2025

El profesor Kirby se sentía renovado. Había dormido cuatro horas corridas y su mente estaba lúcida nuevamente.

En cambio, Freyja se quedó bebiendo un *whisky* y reflexionando sobre todo lo expuesto, estaba llena de energía. Arthur, a su lado, estiró la mano y tomó la suya.

—¿Estamos cerca?

—Faltan un par de horas —dijo ella, inclinándose para besarlo.

—¿Cómo se encuentran? —preguntó el profesor Kirby, poniéndose de pie para ir al baño.

—Deberé entrevistar a los demás miembros del equipo —le dijo Arthur.

—Eso mismo iba a pedirte.

En pocos minutos, el profesor Kirby regresó a su asiento.

—Los cuatro miembros del equipo nos esperan allí. Luego de lo sucedido, están bajo alta seguridad.

—¿Cuándo podré hablar con ellos? Necesito que me aporten datos y sentir la energía de cada uno para poder intuir dónde encontrar a Mark.

—Gestionaré una reunión ni bien lleguemos.

—De acuerdo.

La sonriente azafata llegó con café y el desayuno. Al fondo del avión, los guardaespaldas también empezaban a moverse.

—Profesor, es evidente que sin ese chip de funcionamiento ahora nadie de su equipo puede regresar al pasado para evitar el robo y el secuestro de Mark. ¿Por qué no tomaron más precauciones en este último proceso?

—¿Precauciones? No hay nadie más precavido que yo, se lo aseguro, detective. El problema fue que decidimos hacer una actualización con las plaquetas de cuarzo y eso hizo que a último momento la emoción nos superara.

—¿Una actualización? ¿Quiénes sabían de esto?

—Solo los chicos y yo. Tenemos un código matemático particular y únicamente nosotros lo entendemos. Nadie pudo haberlo sabido, es imposible.

—Es evidente que ha pasado lo contrario —dijo Freyja.

Kirby se sentía molesto.

—No se preocupe, voy a elaborar un plan de recuperación —respondió Arthur, mientras bebía un sorbo de café—. ¿Qué sigue ahora, profesor?, quiero comprender el resto de los símbolos.

—El cuarto círculo representa al laberinto.

Kirby le mostró la imagen en el iPad.

—Es una parte importante dentro del viaje, ya que necesitamos dirección para no perdernos —agregó Kirby—. Y, al mismo tiempo, regresar al momento presente. A lo largo de la historia, para las antiguas civilizaciones, el laberinto tenía una cualidad atrayente, como el abismo, el movimiento de las aguas, la búsqueda del centro. Por ello se habían dibujado algunos laberintos con la intención de engañar a los demonios y convertirlos en prisioneros una vez estuviesen en su interior. El laberinto simboliza el inconsciente, la pérdida del centro espiritual en el hombre y el alejamiento de la fuente de la vida. En nuestro Microprocesador 369, el laberinto es la dirección de quien viaja, en ese archivo programamos la hoja de ruta con coordenadas de tiempo específicas a donde queremos viajar.

—Un GPS del tiempo y lugar.

—Para nosotros los celtas, el laberinto es el retorno al sendero espiritual —agregó Freyja—, es lograr el acceso iniciático a lo sagrado, a la inmortalidad más allá del tiempo.

—Así es, querida. Todos los pueblos han recurrido al símbolo del laberinto, que posee un significado subconsciente. El laberinto es un símbolo de gran fuerza en todo el mundo, y ha sido origen de fascinación humana. Los primeros ejemplos conocidos se sitúan en Europa. La palabra laberinto es la unión etimológica de *labrys*, que significa trabajo, e *intus*, que significa interno. El trabajo personal de perfeccionamiento hasta llegar a sentir la magnificencia con la que hemos sido creados. Es el trabajo interior bien representado en el mito relacionado con el laberinto construido por el rey Minos, de Creta, para mantener sujeto y escondido a su hijo Minotauro, un monstruo mitad hombre, mitad toro; o sea, el inconsciente. Todos sabemos que acabó muerto por Teseo, la conciencia, quien se adentró en los complejos pasillos dejando una huella de hilo que le había dado la princesa Ariadna, hermana del monstruo. Además, el monstruo del Minotauro está relacionado con el dios Cronos, quien simbólicamente cronometra el espacio de vida de cada uno y luego se devora a sus hijos con el paso del tiempo.

Hubo un silencio.

—En Escocia —añadió Freyja—, hubo un laberinto trazado en la arena denominado El Camino. Simboliza el espíritu de todo ser humano que, una vez muerto, tenía que recorrer ese camino a la tierra de los que partían, y en él encontrar el espíritu guardián femenino. Cuando un alma se aproximaba, su guía protectora borraba parte del camino para que el espíritu tuviera que recomponer el itinerario para continuar su viaje y poder renacer en una nueva vida. Los antiguos laberintos solo tenían una senda que llevaba al centro, y casi siempre eran diseños tallados en la roca.

—Ahora mismo, nosotros estamos en un laberinto —dijo Parker.

—No solo nosotros tres, sino toda la humanidad, en la actualidad, con todo lo que estamos viviendo —respondió Kirby. Y agregó—: recuerdo que, cuando decidimos qué representaba la dirección del viaje en nuestra tecnología, eso planteó algunos problemas a la hora de crear el Vórtex Maestro y el Microprocesador 369 completo. —Kirby observó por la ventanilla—. Quisimos que el *software* representara a los laberintos circulares; y por ello el viajero, al pasar por La puerta de los tiempos, entra en una espiral centrífuga, ya que el mecanismo es similar a las espirales que aparecen grabadas en muchas tumbas prehistóricas, como la espiral triple de la galería de Newgrange, en Irlanda. Sabíamos que los laberintos fueron mapas del más allá para que el alma en tránsito supiera qué camino seguir. En tal caso, serían símbolos de la liberación del alma cuando es capaz de llegar al centro del laberinto, pues puede volver a la salida, vencer el tiempo y renacer.

—La antigüedad de Europa es la cuna de los misterios iniciáticos espirituales —remarcó ella.

—Correcto. Lo cierto es que esta fase del proyecto es vital para controlar el tiempo —remarcó el profesor.

La azafata volvió para preguntar si alguien quería más café.

—Aterrizaremos en cuarenta minutos —dijo con una sonrisa.

—¿No tienen la sensación de que el tiempo ha pasado muy rápido? —dijo Freyja.

—La aceleración —añadió Kirby.

—Profesor, de todos los miembros, ¿de qué mente surgió la idea de colocar los símbolos en los pasos del viaje espacio-temporal?

—Fue realmente un trabajo en equipo, Mark dirigía, Farías y Vicky se encargaban del diseño y las matemáticas, David del *software*, Sarah de los controles en la energía fotónica.

—¿Mark tenía acceso a alguna información más sensible o profunda?

Kirby dudó por un momento.

—Puede ser, él estaba en más cosas; los demás, en cambio se encargaba de diferentes áreas y de sus partes en los componentes del sistema operativo. Lo último que implementó Mark fueron las plaquetas de los cuarzos para lograr una mejor superconductividad a la hora de regresar al presente. Fue justamente lo que robaron, la pieza clave para que funcione todo el mecanismo. Sin esa plaqueta, no tenemos posibilidades de hacerla funcionar.

—Entiendo. Me gustaría que me explicara el restante *modus operandi* de cada Vórtex del Microprocesador, para que pueda decirle lo que opino —le pidió Arthur.

Kirby tomó su iPad.

—La simbología del círculo con un punto en el centro tiene su origen en el antiguo Egipto, que en efecto era una cultura solar, siendo el dios Ra el símbolo del Sol.

Freyja y Parker observaron la imagen.

—Aquí, el mecanismo emite un haz de luz fotónica que descompone el ADN en este plano y lo transporta al siguiente. La luz es vital en esta etapa. Es como un sol en miniatura. Este símbolo también tiene relación con los conceptos de alfa y omega, o sea, el principio y el fin. Así mismo, para los egipcios, el círculo simbolizaba el universo y el punto central del Sol, que desde esa posición irradiaba sus rayos, o sea, su sabiduría, en igual proporción a todos los que la quisieran comprender. El Microprocesador está conectado a la energía solar, de allí tomamos el poder para encender todo el funcionamiento. ¿Comprenden?

—Está claro, profesor, sobre todo ahora que las partículas atómicas del Sol que llegan a la Tierra en estos tiempos de ascensión a la quinta dimensión, también tienen información en sus fotones para despertar la conciencia del humano que está recibiendo sus rayos.

Kirby asintió y añadió:

—El círculo y un punto en su centro representa también que el ser humano no podrá extraviarse, ya que tanto él como los iniciados conforman simbólicamente la circunferencia externa del círculo. Es la gota de agua del alma viajando en la rueda espacio-temporal dentro del océano eterno del universo.

—Han sido muy ingeniosos, mis felicitaciones nuevamente —dijo Parker.

—Gracias.

—Evidentemente, quienes hayan robado uno de los símbolos deberán saber de ocultismo y simbología para descifrarlo —razonó Freyja.

—Hay muchos gobiernos, incluso sociedades secretas, tras todos los nuevos avances y descubrimientos. Nosotros debemos ser el ojo del huracán —dijo Kirby—. Es importante que recordemos que el círculo y el punto en el centro representa también el ojo vigilante de Dios, el centro del universo, la causa primera. El objeto de la revelación. "Y Dios dijo: 'Hágase la luz'…" de allí para abajo, todo es luz en movimiento. Toda la creación es luz. El centro equivale al uno y al poder creador.

—Los Illuminati siempre han usado el ojo como símbolo de identificación entre ellos. ¿Hay sospechas de que ellos orquestaron el robo y el secuestro? —preguntó Freyja.

—Puede ser. Ellos han usado el ojo como estandarte de su organización, pero el ojo es, en realidad, el símbolo de la penetración del Todo, de omnipresencia —dijo Parker—. La luz en el centro simboliza la fuerza espiritual y la adquisición de conciencia. Dijo Carl Jung, citando una antigua enseñanza oriental: *Deus est circulus cuius centrum est ubique, cuis circumferentia vero nusquam.*

—¿Y eso qué significa? —preguntó el profesor Kirby.

—Dios es un círculo cuyo centro está en todas partes, pero cuya circunferencia no está en ninguna.

—Enigmático.

Parker asintió.

—Eso nos lleva al último símbolo, el símbolo de la totalidad por excelencia. Es el círculo: el símbolo de lo perfecto —dijo Kirby.

—El círculo, al carecer de principio y fin, es también el signo de Dios y de la eternidad —continuó explicando el profesor—.

Representa el infinito, el universo o cualquier objeto en su totalidad. El círculo es el elemento geométrico perfecto, representación de lo celestial. Es un símbolo solar y de connotación divina. Un círculo se cierra sobre sí mismo y por ello representa la unidad, lo absoluto, la perfección.

—El círculo sin nada dentro representa también el ciclo donde todos los procesos coinciden: el año, el mes, la semana, un simple día de una vida humana —agregó Freyja.

—Correcto. Esta es la última etapa del viaje en el tiempo, el Vórtex que hace que funcione como una rueda de vida que hace girar a la naturaleza entera, con sus ciclos, sus ritmos y su movimiento eterno. Así logramos viajar desde el presente a otros tiempos.

—Dominar el tiempo y el no-tiempo —reflexionó Freyja en voz alta—, han realizado una labor inigualable.

Ella y Parker observaron al profesor Kirby. Tenía los ojos húmedos de emoción.

—Profesor, entiendo paso a paso todo el proceso que generó la posibilidad cuántica de viajar en el tiempo. ¿Cómo funciona? ¿Entra en una cápsula, una puerta, un portal? ¿Qué forma tiene lo que han construido?

—Detective Parker, la puerta del tiempo es como un reloj de arena circular de dos metros de altura que forma un ocho en movimiento de luz acelerada. A los secuestradores les falta lo más importante.

—¿Lo más importante? ¿A qué se refiere?

—Al símbolo que completa La puerta de los tiempos.

El profesor Kirby abrió otro archivo.

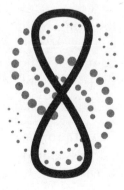

—¿El símbolo del infinito? —preguntó Arthur Parker.

Kirby asintió.

—Es la puerta que conduce al pasado o al futuro para vivir otras realidades. Se puede ir al pasado a conocer de primera mano eventos, o también que las personas revivan situaciones con familiares para pedir perdón, sanar, reparar y volver a aprender a abrir esa puerta maestra. Ese es el aspecto terapéutico de lo que inventamos. La primera puerta es la que sana, la segunda es la que eleva.

Parker guardó silencio, pensativo.

—Veo el significado, digamos, terapéutico de su trabajo para limpiar las almas humanas y elevar las frecuencias, pero… hay algo más, ¿verdad, profesor? —preguntó Parker intuyendo algo oculto.

—Este es el símbolo más importante, el que activa la tecnología avanzada y el Vórtex Maestro.

—Es el más importante, ¿verdad?

—Sí. Es un Pin Vórtex especial dentro de toda la secuencia, porque es la llave maestra que complementa todo el Microprocesador 369. La puerta secreta que conduce a otra dimensión más allá de esta tercera dimensión. Como dije, se viaja al pasado por la puerta de arriba, y por debajo se abre la puerta al tiempo futuro que aún no hemos ido. El Pin Vórtex es lo que permite alcanzar el punto máximo y el ingreso a otra dimensión, no solo al pasado o al futuro. Es el que genera un viaje interdimensional.

—¿Han podido viajar interdimensionalmente? —preguntó Freyja, asombrada.

—Era justamente lo que estábamos a punto de ensayar antes de lo sucedido.

Hubo un silencio.

—Déjeme hacer un resumen de lo que entendí, profesor —dijo el detective—. Los símbolos contienen todo el sistema operativo con la tecnología cuántica, que es lo que hace que el ADN viaje de manera espaciotemporal. Pero, si es solo el *software*… ¿cuál es el programa operativo?

Kirby sonrió.

—Muy listo, detective. El programa operativo es lo que nos permite el acceso a través de los agujeros de gusano. Lo que llamamos el Portal de Hércules.

Freyja frunció el ceño.

—Explíquese.

—Toda puerta necesita una llave, y eso es lo que ellos están buscando: la llave de la puerta. El Portal de Hércules es el programa operativo, lo que le da valor a todo el mecanismo.

—Me perdí —dijo Freyja.

Hubo un silencio. Aquello ya iba demasiado lejos.

—Platón dijo: "El tiempo es la imagen de la eternidad en movimiento" —recitó Kirby, con cierto entusiasmo—. Sabiendo esto, comprobamos que también se puede viajar interdimensionalmente.

El profesor deslizó los dedos por el iPad. Apareció otra imagen.

—Permítanme leerles un artículo del físico Sean Carroll, del Instituto Tecnológico de California, esto lo aclarará más.

El profesor comenzó a leer.

Esta novedosa perspectiva en la física podría ofrecer respuestas a una curiosidad que incluso Einstein no pudo descifrar. En el mismo año que presentó su teoría sobre los puentes de Einstein-Rosen, 1935, Einstein también expresó su inquietud respecto a un enigma cuántico: la manera en que dos partículas entrelazadas pueden permanecer conectadas a pesar de la distancia. Hay teorías que sugieren que tal espectacular comunicación se mantiene mediante un túnel cuántico, conocido como "agujero blanco". Esto podría sugerir que el universo opera como un gigantesco dualismo de Yin y Yang, más que emergiendo de un singular Big Bang.

Podría parecer una noción esotérica, pero es una interpretación válida para entender la relación entre los conocidos agujeros negros y sus parientes menos famosos, los agujeros blancos. Mientras que los agujeros negros son sujetos de constantes noticias y tenemos entendimiento de su formación y comportamiento, sus gemelos, que parecen seguir sus pasos pero de manera inversa, son menos discutidos. Un agujero negro es un punto sin retorno, un umbral que se puede cruzar pero del cual no se puede volver.

Por el contrario, un agujero blanco sería el misterioso portal del cual se puede emerger pero que prohíbe cualquier retorno. Los agujeros blancos serían entonces los espejos de los agujeros negros. En lugar de consumir todo a su alrededor, expulsan y rechazan la materia que llega a su esfera.

—¿Agujero blanco? —interrumpió Freyja.

—Así es. Sabemos que un agujero negro es algo que absorbe todo: la materia e incluso la luz que cae en él, y no vuelve a salir. Un agujero blanco es lo opuesto: no se traga nada, sino que escupe todo. La idea es que todo lo que cae en un agujero negro es expulsado al otro extremo, que es un agujero blanco. Es como tomar un atajo en el viaje, ir por un camino más corto, y esto sería, interdimensionalmente, no solo el pasado y el futuro. Así es como hemos creado el Portal de Hércules, lo que posibilita darle el valor práctico de poder viajar.

El profesor proyectó otra imagen.

—¿Los símbolos del dólar, el euro y la libra esterlina? ¿Qué significan? —preguntó el detective.

—Símbolos de valor. Miren de dónde salió el valor del peso y del dólar. Fue tomado de las columnas de Hércules. Por eso, el valor de los viajes interdimensionales está inspirado en ello. Sabíamos que debíamos tener un par de columnas que sostuvieran todo el programa operativo en su interior. Solo que nosotros creamos columnas cuánticas, que emiten luz solar, y al pasar por allí… *voilà*! El viaje con todo el cuerpo físico comienza.

—¿De ese modo nació el símbolo del dinero?

—Simboliza lo que da poder. Entre todas las interpretaciones sobre el origen del símbolo $, la más ampliamente aceptada y respaldada por la Oficina de Grabado e Impresión de Estados Unidos, es que se trata de una evolución de la abreviatura española PS, que abreviaba la palabra *pesos*, monedas cuyo uso estaba ampliamente extendido por los mercados de Norteamérica cuando se adoptó el símbolo del dólar en 1785. Así, varios estudios sobre manuscritos de los siglos XVIII y XIX explican que la S pasó gradualmente a escribirse sobre la P, desarrollando un equivalente próximo a PS o $.

—Hablando en términos de dinero y de valor, profesor, a juzgar por la enorme suma que nos ha pagado para recuperar a Mark y el Vórtex, ¿cómo monetizará toda esta inversión? Me imagino que los números en cuanto a inversión y ganancias están fuera de todo límite.

El profesor esbozó una sonrisa de triunfo.

—El valor de esta tecnología revolucionará el mundo y no solo a nivel económico. Lo primero que debo decirles es que en el laboratorio de Milán me he anticipado encriptando muy bien las columnas, ya que son la llave que abre la puerta maestra. A nivel económico...

En ese momento se escuchó por el altavoz al capitán de la aeronave.

—Aterrizaremos en el Aeropuerto de Milán-Malpensa en aproximadamente treinta minutos. Por favor, colocarse los cinturones.

Los tres se acomodaron.

—El dinero entrará en abundancia también, aunque no es el propósito principal. ¿Quién no querrá hacer un viaje en el tiempo?

—Claro, pero ¿de qué manera piensa hacerlo? El mundo entero querrá viajar, descubrir el pasado, el futuro, conocer qué es el tiempo en la eternidad.

—Por ello hemos trabajado en este proyecto —respondió el profesor—, para hacerle comprender a la masa lo efímero del tiempo de la vida humana y, de este modo, salir de la Matrix y expandir las conciencias.

—¿Cuál es el propósito final de este trabajo, profesor Kirby? En una escala masiva, ¿de qué modo su proyecto haría que los humanos suban a la quinta dimensión y salgan de la Matrix de la ilusión? —preguntó Arthur—. La nueva pandemia del avestrucismo es un gran problema porque son muchas las personas que viven con esta enfermedad como muertos vivientes, y dicho virus hace que lleven una vida hipnótica.

Kirby esbozó una sonrisa.

—Lo sé, el cerebro de los avestrucianos está adormecido, pero una vez que la gente conecte con... —el profesor guardaba un as bajo la manga— el viaje en el tiempo, nos dará la visión de la expansión más allá, justamente, del tiempo y la ilusión. A nosotros ya nos ha dado la perspectiva de la inmortalidad de la vida.

El profesor le mostró una fotografía en su iPad.

—¿Qué es esto?

—Lo hemos llamado *Time World*, comunidades para viajar en el tiempo, detective Parker. Es nuestro gran objetivo. ¿Se imaginan? Por ejemplo, ir al pasado a solucionar momentos y emociones, ver antiguos familiares, hablar con ellos. Ahora, las personas sanan mediante terapia, constelaciones familiares, regresiones, meditación, ayahuasca, etcétera... ¡Esto será como un parque de diversiones! ¡Un Disney World de la conciencia!

Arthur y Freyja se miraron atónitos.

—Me ha dejado sin palabras.

—¿Tiene sentido? ¡Claro, sí! Si algo hemos hecho mal como especie, es no aprender las lecciones del pasado —dijo Kirby emocionado—. De este modo, una persona iría a vivenciar y cambiar muchísimos patrones autodestructivos, hábitos tóxicos, relaciones enfermizas, traiciones... ¡incluso asesinatos! A juzgar por cómo está el mundo en la actualidad, la mayoría de las personas está distraída, ajena, lejana a recuperar la búsqueda de lo sagrado y lo eterno.

—Eso está cambiando con la ascensión y el despertar masivo —respondió Parker—. Soy positivo en eso, a pesar de cómo han estado los controles de los últimos años respecto a las pandemias. Ya sabe lo que puede pasar: si los gobiernos continúan con la presión de ir con zapatos ajustados, la gente empezará a querer andar descalza, profesor.

—Su proyecto es altamente revolucionario —afirmó Freyja.

El profesor soltó una carcajada de buena gana.

—¿Se imaginan la cara de Elon Musk? ¡Qué impacto para la humanidad!, ¿verdad? Wifi en todo el mundo, viajes a Marte, viajes en el tiempo. ¿Creen que este mundo tan vertiginoso tiene cabida para nuevos descubrimientos de este calibre?

Parker hizo una pausa. Necesitaba digerir aquello. Tomó unos minutos y cerró los ojos. Su ojo mental se abrió.

El detective lo pudo imaginar claramente en el futuro próximo.

9

Londres,
20 de enero de 2025

A paso vivo y con un talante autoritario se dirigía por un extenso pasillo una mujer alta, de porte aristocrático, quien había nacido en Praga hacía más de sesenta años; por sus hombros y espalda caía una larga mata de cabello oscuro.

Las grandes pupilas de sus oscuros ojos color ónix proyectaban poder y autoridad. Una afilada nariz parecida a la aleta de un tiburón se lucía como el mango de un rostro atiborrado de bótox. Su esbelto cuerpo iba rodeado por el aura de alguien que tiene la maldad como su bien más preciado.

La mujer se llamaba Martina Avraloviz, y en la organización para la que llevaba trabajando más de tres décadas era conocida como la Bruja.

El sonido de sus altos tacones repicaba en las paredes cual soldado a las órdenes del nazismo. En su mano derecha sujetaba con fuerza un pesado maletín de cuero negro.

Hervía de fastidio cuando la llamaban de urgencia. Y sobre todo, para lo que ella denominaba "trabajos menores". Dobló el corredor y se detuvo frente a la primera puerta.

Había una insignia colgada en la entrada, como en las habitaciones de los hoteles, que rezaba DR-24-666.

Los nudillos de su mano derecha golpearon con fuerza.

Casi de inmediato, alguien le abrió.

—Señora, sea usted bienvenida, la estábamos esperando —dijo una ajada voz masculina.

En aquella oscura, aunque lujosa habitación a las afueras de Londres, se encontraban Blake Morgan y Jey Zeech, miembros del servicio de inteligencia de uno de los diferentes brazos de acción de la famosa organización de los Illuminati.

Ambos cumplían la función de programadores de la mente a través de técnicas que habían heredado de los antiguos nazis alemanes. La Orden de los Iluminados, como se les conocía, se remontaba históricamente a una organización nacida en Baviera, Alemania; una sociedad secreta fundada el 1 de mayo de 1776 con el propósito de influir en la sociedad e instaurar sus ideales.

Jey Zeech estaba vestido con ropa negra y botas de cuero del mismo color. El hombre era medianamente alto, corpulento y con cara de pocos amigos. Su piel ébano le había dado el mote de la Sombra dentro de la organización. No era porque siempre iba vestido del mismo color, sino porque sabía el modo de detectar las partes débiles de sus víctimas, las grietas de sus personalidades, y llevarlos a ver su propia sombra y miserias.

Se había entrenado en el instituto Tavistock, en Sussex, Inglaterra. El común de los mortales no sospechaba que ese sitio era el centro mundial del lavado de cerebros.

Realizaban el trabajo sucio a nivel mental para desarrollar lo que llamaban Proyectos de Ingeniería Social.

En el instituto eran expertos en métodos de cambios de paradigmas mundiales, crear caos y diversos movimientos sociales para mantener en guerra psicológica a los humanos.

Al lado de Jey Zeech se encontraba Blake Morgan, un cincuentón de mentón alargado y baja estatura, casi calvo, quien había aparecido en varias películas de Hollywood, aunque últimamente solo en papeles secundarios, y lo apodaban el Programador.

—¿Ya despertó? —preguntó la Bruja.

—Hace pocos minutos —dijo el Programador.

—¿Cómo lo has notado?

—Aturdido y congelado. Ya casi llevamos dos semanas y no ha confesado una palabra.

El rostro de la Sombra estaba más tenso que de costumbre. Por sugerencia de él, habían llevado a su nueva víctima desde Boston hacia Londres en uno de los aviones privados de la organización.

La víctima esta vez era Mark Chairman.

Se hallaba en una habitación sin ventanales y pintada de color gris, como los submarinos militares. Habían puesto el aire acondicionado a muy baja temperatura para aflojar sus defensas mentales y emocionales. El frío hacía que Mark tiritara sin poder contenerse. Del otro lado, los dos programadores sabían que era cuestión de tiempo para que el mecanismo mental cediera a sus requerimientos de confesión.

En él no había posibilidad de amenazas, culpas o cualquier otro artilugio para hacerlo confesar; habían investigado minuciosamente que Mark era intolerante al frío desde muy pequeño. Toda su hoja de vida estaba en su poder: sus enfermedades, las vacunas recibidas, la alergia a los cacahuetes y las nueces, sus virtudes, sus zonas oscuras, sus defectos y sus ideales. Del mismo modo que las plataformas de redes sociales usaban los algoritmos para identificar los gustos de los posibles clientes, en el Instituto lo hacían con la psiquis humana.

Para ambos programadores, ese joven era una presa muy fácil. El sistema que utilizaban se había instaurado durante la Segunda Guerra Mundial, donde había tenido éxito en la confesión de espías, presos políticos y militares

Eran expertos en el arte de la guerra psicológica.

—Baja la temperatura aún más —pidió Jay Zeech.

El rostro de Blake Morgan permaneció inmutable, aunque pensó que aquella sería la última vez que lo haría, a riesgo de que Mark se paralizara por hipotermia.

—Creo que será suficiente —mencionó la Sombra.

Era la última carta antes de que la Bruja se encargase de hacerlo confesar.

Los tres extorsionadores, imperturbables, observaban el lenguaje corporal de Mark a través de un visor que impedía que del otro lado los viesen.

Mark temblaba.

Se colocaba en cuclillas sobre el suelo.

Pasaron un par de minutos y Mark Chairman seguía estoicamente soportando aquel frío que le calaba hasta los huesos. En ningún momento había pedido que detuvieran la tortura.

—Es fuerte —dijo la Sombra.

Todos sabían que la fortaleza terminaba cuando Martina Avraloviz, la Bruja tan temida, entraba en acción.

—Es hora —dijo la mujer con la voz cargada de impaciencia.

La Sombra y el Programador tenían órdenes directas de dejarla actuar, mas no podían permitir en ningún momento que el brillante joven perdiera la vida. Necesitaban saber cómo activar el Vórtex. La posibilidad de viajar en el tiempo era un plato demasiado suculento para los líderes Illuminati. Podrían hacer y deshacer la realidad y tergiversarla, tal como ya sucedía, salvo que ahora aquel descubrimiento —del cual venían silenciosa y secretamente esperando que se completase y en el cual tenían ojos cercanos para husmear paso a paso— había llegado a su cénit, era el momento de arrebatarlo todo y tenerlo en su poder.

Allí tenían encerrado al cerebro del proyecto, junto a la pieza que faltaba del Vórtex.

La Bruja apoyó el pesado maletín de cuero sobre una pequeña mesa.

Cual cirujano a punto de operar, extrajo una especie de desfibrilador como los que se utilizan para reanimar a alguien cuando tiene un paro cardíaco.

Tomó una cinta con cables y un interruptor. Se dirigió a la puerta donde estaba Mark y la abrió sin pedir permiso. Camino un par de metros por la escueta habitación.

El otrora brillante e inteligente joven estaba débil y cansado.

—¡Qué frío de mierda! Apaguen el aire acondicionado. Ahora necesitamos mucho calor —ordenó.

Comenzó a colocar la cinta alrededor del brazo de Mark y conectó por Bluetooth el interruptor.

Una vez conectado el aparato, salió rápidamente de la habitación y cerró la puerta tras de sí.

Ella bajó la perilla de uno de los botones del pequeño artefacto que llevaba en su maletín. Sus largas uñas negras estaban prolijamente pintadas y lucía un anillo de oro con un brillante en el anular, que llevaba grabado una especie de simbología masónica. Era un premio que le habían otorgado hacía años por su ascenso en la escala de poder.

—¿Cuánto tiempo necesita para la activación? —preguntó el Programador, quien se sintió impotente y molesto de que sus métodos no pudieran doblegar la mente de aquel joven. Esas noticias se rumoreaban luego dentro de la organización, y lo bajaba de categoría.

—En cinco minutos ya comenzarán a moverse los primeros embriones —dijo ella con certeza, colocando sus dedos en el interruptor.

La Bruja se refería a la desconocida vida dentro del cuerpo humano, concretamente en la biología de la sangre: los llamados Morgellons, desconocidos por el noventa por ciento de la población mundial.

Eran bacterias, cándidas camufladas y borreliosis que volvían estéril a la sangre en cuanto a frecuencia vibratoria. Literalmente eran "bichos" mutantes. Habían sido implementados en todo el mundo desde hacía años, sobre todo a través de la mala alimentación. Los alimentos transgénicos y los productos procesados hacían mella en el cuerpo de las personas, ocasionando que vibrasen más bajo en su rango de frecuencia, y como consecuencia, no atraían nada bueno a sus vidas, a pesar de que inyectaran intención, siguieran la ley de atracción o cualquiera de las leyes de manifestación. A los gobiernos y organizaciones secretas no les convenía que las personas vibraran alto energéticamente, y mucho menos que fueren ricas o prosperas. Buscaban que tuvieran deudas y dependieran de todo el conglomerado del sistema social en todos los niveles: político, religioso y económico. Un plan para entrar en el cuerpo, afectar su ADN de manera perjudicial y, además, con el mérito de que nadie se diera cuenta.

El objetivo era entrar en la mente y adoctrinarla, ese era el mecanismo para mantener a los avestrucianos controlados.

Le llamaban El huésped a los parásitos celulares en la sangre.

—¿Lo activará ahora? —preguntó el Programador.

—Cuando la temperatura esté a cuarenta grados estará listo —dijo la Bruja, para quien aquel trabajo era algo simple.

Había estado envuelta en oscuros rituales de sangre, sacrificios humanos y programaciones de eventos multitudinarios en conjunción con los planetas y fechas importantes a nivel astrológico para materializar los turbios intereses de los Illuminati; de hecho, también estaba detrás de los diseños de las coreografías en los recitales y conciertos multitudinarios de artistas y cantantes. Nadie sospechaba que esas danzas, movimientos con las manos, simbología y arte oculto, representaban rituales a demonios oscuros previamente congregados, mismos que ella sabía invocar a través de la energía en masa. El inocente público obviamente ni enterado estaba de ello y, además, daba de buena gana su energía sin saberlo a través de sus aplausos y vítores a los artistas.

"Su energía es lo que queremos", decía ella en sus entrenamientos secretos.

Ella era la máxima exponente en lo que a rituales oscuros se trataba. Los Illuminati y los altos mandatarios políticos de los países involucrados la solicitaban cuando debían tomar decisiones importantes.

"Manejar la energía no depende del bien y del mal, sino de la intención que yo le ponga y las entidades que invoque", enseñaba la Bruja.

Lo cierto es que los avestrucianos no investigaban ni sospechaban ni cuestionaban nada de aquellos secretos movimientos detrás de escena.

—Es tiempo —dijo ella al ver subir el termómetro de la temperatura.

La Bruja activó el mecanismo tecnológico por el cual, mediante vibraciones específicas, en las células de Mark, las bacterias llamadas Morgellons iban a cambiar el funcionamiento de su psiquis.

"Confesarás todo para mí, jovencito malcriado".

Utilizaba su instinto destructor y maquiavélico para crear la realidad a su antojo.

La Bruja quería aún más reconocimiento dentro de la sociedad secreta, ya que había fuertes peleas internas entre otras famosas mujeres para ocupar su puesto de poder. Sabía que al activar los bichos biológicos que la mayoría de los humanos tenía dentro, ella sería su ama y señora gracias a su poder mental, sus hechizos especiales y la conexión con la maléfica entidad que había creado los bichos.

"Somos legión", pensó la arpía.

La siniestra mujer, experta en todo lo que tuviese que ver con la sangre, su composición y rituales, encendió el mecanismo por el cual cambiaría la biología y la mente de Mark Chairman.

Esos procedimientos secretos eran ajenos al ojo del incauto debido a las distracciones que los avestrucianos recibían por todos los medios posibles. A pesar de haber sido investigadas y denunciadas durante cuarenta años por el profesor Gunter Enderlein, en Berlín, aquellas investigaciones nunca fueron reconocidas por el colegio médico, mismo que anunciaba que los Morgellons habían sido clasificados simplemente como un producto de desecho de la hemoglobina.

Lo cierto es que oficialmente se declaraba que esos organismos que estaban dentro de las células, a pesar de estar vivos y afectar negativamente a los humanos, eran considerados oficialmente como "materia muerta".

Ese era el objetivo de todo el conglomerado de pudrición para instalar los gusanos Morgellons dentro de los humanos, un plan satánico que se había ideado con la comida basura, el flúor del dentífrico, las noticias manipuladas, las vacunas, el aire contaminado a través de los aviones militares que esparcían los cielos de todo el mundo con vuelos químicos de los *chemtrails* (siempre frente al sol y nunca del lado oeste, norte o sur) y también con poderosos medicamentos tóxicos de la industria farmacéutica.

Los avestrucianos eran rociados con todo tipo de contaminantes para bajar la potencia de sus células, que no eran otra cosa que fotones para crear su cuerpo de luz, necesario para la ascensión espiritual al tener alta la vibración de la sangre, lo que realmente significaba el Santo Grial o la "sangre real", el líquido de vida usado en alta frecuencia crística.

Ellos, por el contrario, lo bajaban a niveles de pésimo rango vibratorio para que las personas estuvieran débiles, sumisas, enfermas, fueran obedientes y, poco a poco, con el correr de las décadas, dejaran de tener libertad de expresión.

Tras menos de cinco minutos, Mark Chairman comenzó a tener convulsiones.

—El proceso de dominación está en marcha —zanjó ella con autoridad militar—. En poco tiempo, las bacterias harán su trabajo y este jovencito se sentirá anestesiado y dócil. Mientras tanto, no esperaremos aquí, llévenme a cenar, estoy hambrienta.

La Sombra y el Programador se miraron con asombro.

Entendieron por qué aquella famosa mujer era tan respetada dentro de la sociedad.

Allí estaban los tres sicarios defendiendo los oscuros ideales filosóficos de una milenaria élite para establecer el Nuevo Orden Mundial.

10

Milán, Italia,
21 de enero de 2025

Temprano en la fresca mañana, Arthur Parker estaba listo cuando el reloj marcaba las 9 en punto, dentro de la amplia habitación con vistas a los jardines del lujoso *château* en el que el profesor Kirby había hospedado a la pareja la noche anterior.

Por la ventana se podía divisar un camino bordeado por finos pinos altos y frondosos, que eran los únicos que continuaban verdes en invierno. Por doquier había vegetación invernal bien cuidada entremezclada con algunos árboles desnudos, generando un ambiente de absoluta calma. Si bien la capital era conocida por su arte renacentista, también lo era por ser una desordenada urbe europea; en cambio, las grandes casas a las afueras de la metrópoli eran privilegio de los más adinerados.

Parker se había duchado, colocado ropa cómoda y zapatos deportivos. Él y Freyja habían alineado previamente sus energías como lo realizaban a diario con la temprana meditación matutina. Todos los días, sobre las siete de la mañana, ellos se sentaban para conectarse a su alma, eso les otorgaba que la ley de la sincronicidad se manifestase con mucha facilidad.

—Ya casi estoy lista —dijo Freyja, semidesnuda al salir del baño envuelta en una toalla y con otra en la cabeza.

Arthur sonrió, pensativo.

Acto seguido, se dirigió a una computadora en el escritorio junto a la pared de la ventana. Se sentó y abrió Google.

"Debo investigar".

Si bien el profesor Kirby le resultaba una persona creíble, un aristócrata científico e idealista, a Arthur Parker no le gustaba solamente confiarse de sus dotes extrasensoriales y poderes, sino que consideraba importante escuchar otras voces de diferentes profesionales y documentarse mucho en los casos que estaba trabajando.

Con solo teclear y esperar unos breves segundos, el detective había encontrado un menú con centenares de artículos extraídos de revistas especializadas de física newtoniana y física cuántica en el vasto océano cibernético.

Por un momento pensó en la reacción de alguien que hubiese vivido en tiempo de la biblioteca de Alejandría —donde había que viajar a pie o en camello desde extensas distancias para acceder a un libro o un papiro— si viese lo fácil que era acceder a la información en la actualidad.

En la página de una importante revista científica especializada, leyó[1]:

¿Es realmente posible viajar en el tiempo o es solo ciencia ficción?

Barak Shoshany, profesor adjunto de Física de la Universidad de Brock (Canadá), escribió un artículo en el que analiza la posibilidad de viajar en el tiempo. El científico se aventura a proponer soluciones posibles a las paradojas que distintos investigadores han encontrado en las diferentes teorías sobre la materia.

Shoshany explica que la actual comprensión del tiempo y la causalidad proviene de la Teoría de la Relatividad General, de Albert Einstein, que combina el espacio y el tiempo en una sola entidad y proporciona una explicación compleja de cómo funcionan ambos a un nivel que no tiene comparación con ninguna otra teoría establecida.

Esta teoría existe desde hace más de 100 años y se ha verificado experimentalmente con una precisión extremadamente alta, por lo que los físicos están bastante seguros de que proporciona una descripción precisa de la estructura causal del universo.

---

[1] El lector puede consultar el artículo original en https://www.eltiempo.com/vida/ciencia/viajes-en-el-tiempo-podrian-ser-posibles-segun-un-fisico-teorico-675514

Durante décadas, los físicos han intentado utilizar la relatividad general para determinar si es posible viajar en el tiempo. Resulta que puedes escribir ecuaciones que describen viajes en el tiempo y son totalmente compatibles y consistentes con la relatividad. Pero la física no es matemática, y las ecuaciones no tienen sentido si no corresponden a nada en la realidad.

Hay dos problemas principales que nos hacen pensar que estas ecuaciones pueden ser poco realistas. El primero es práctico: construir una máquina del tiempo parece requerir materia exótica, que es materia con energía negativa. Toda la materia que vemos en nuestra vida diaria tiene energía positiva; la materia con energía negativa no es algo que puedas encontrar tirado por ahí. A partir de la mecánica cuántica, sabemos que, en teoría, esa materia puede crearse, pero en cantidades demasiado pequeñas y durante tiempos demasiado breves.

Sin embargo, no hay pruebas de que sea imposible crear materia exótica en cantidades suficientes. Además, se pueden descubrir otras ecuaciones que permitan viajar en el tiempo sin requerir materia exótica. Por lo tanto, este problema puede ser solo una limitación de nuestra tecnología actual o nuestra comprensión de la mecánica cuántica.

El otro problema principal es menos práctico, pero más significativo: es la observación de que el viaje en el tiempo parece contradecir la lógica, en forma de paradojas del viaje en el tiempo. Hay varios tipos de tales paradojas, pero las más problemáticas son las paradojas de consistencia.

Populares en la ciencia ficción, las paradojas de consistencia ocurren cada vez que hay un evento determinado que conduce a cambiar el pasado, pero el cambio en sí evita que este evento suceda en primer lugar.

Por ejemplo, considera un escenario en el que entro en mi máquina del tiempo, la uso para retroceder en el tiempo cinco minutos y destruyo la máquina tan pronto como llegue al pasado. Ahora que destruí la máquina del tiempo, me sería imposible usarla cinco minutos después.

Pero si no puedo usar la máquina del tiempo, entonces no puedo retroceder en el tiempo y destruirla. Por lo tanto, no se destruye, así que puedo retroceder en el tiempo y destruirla. En otras palabras, la máquina del tiempo se destruye si, y solo si, no se destruye. Dado que no puede destruirse y no destruirse simultáneamente, este escenario es inconsistente y paradójico.

Hay un concepto erróneo común en la ciencia ficción de que las paradojas se pueden "crear". Por lo general, se advierte a los viajeros del tiempo que no hagan cambios significativos en el pasado y que eviten encontrarse con su pasado por esta misma razón. Se pueden encontrar ejemplos de esto en muchas películas de viajes en el tiempo, como la trilogía *Volver al futuro*.

Pero en física, una paradoja no es un evento que realmente pueda suceder, es un concepto puramente teórico que apunta hacia una inconsistencia en la teoría misma. En otras palabras, las paradojas de la consistencia no solo implican que viajar en el tiempo es un esfuerzo peligroso, sino que simplemente no puede ser posible.

Esta fue una de las motivaciones del físico teórico Stephen Hawking para formular su conjetura de protección de la cronología, que establece que viajar en el tiempo debería ser imposible. Sin embargo, esta conjetura hasta el momento sigue sin probarse. Además, el universo sería un lugar mucho más interesante si en lugar de eliminar los viajes en el tiempo debido a las paradojas, pudiéramos eliminar las paradojas mismas.

Un intento de resolver las paradojas del viaje en el tiempo es la conjetura de autoconsistencia, del físico teórico Igor Dmitriyevich Novikov, que esencialmente establece que puedes viajar al pasado, pero no puedes cambiarlo.

Según Novikov, si intentara destruir mi máquina del tiempo hace cinco minutos, descubriría que es imposible hacerlo. Las leyes de la física de alguna manera conspirarían para preservar la consistencia.

El autor del artículo se pregunta en este punto de qué sirve retroceder en el tiempo si no es posible cambiar el pasado. Y hace referencia a un trabajo reciente, suyo y de sus alumnos Jacob Hauser y Jared Wogan, que muestra que existen paradojas de viajes en el tiempo que la conjetura de Novikov no puede resolver. «Esto nos lleva de vuelta al punto de partida, ya que si no se puede eliminar una sola paradoja, el viaje en el tiempo sigue siendo lógicamente imposible», dice.

"Cómo habrán hecho el profesor Kirby y sus alumnos, —pensó—, la mayoría de los científicos mencionan que es si no difícil, imposible".

Continuó leyendo, inquieto:

> Barak Shoshany sostiene que la aceptación de múltiples historias concurrentes (o en una nomenclatura más coloquial, realidades paralelas) podría ser la solución a las paradojas que la hipótesis de Novikov no logra desentrañar. Esta propuesta, en efecto, tiene el potencial de desvanecer cualquier tipo de paradoja.

El concepto que introduce el escritor es claro: "Al abandonar la máquina del tiempo, ingreso a una realidad alterna. En esta nueva realidad, tengo libertad para realizar cualquier acción, incluso aniquilar la propia máquina del tiempo, sin alterar la realidad primigenia de la que provengo. Ya que es imposible destruir la máquina del tiempo en la realidad original —que fue la que utilicé para mis desplazamientos temporales—, no existe contradicción alguna".

Tras dedicar tres años al estudio de las paradojas asociadas a los desplazamientos temporales, este físico revela que su convicción acerca de la viabilidad de los viajes a través del tiempo se ha fortalecido progresivamente, algo que considera factible únicamente bajo la premisa de que el universo pueda sostener la existencia simultánea de múltiples historias.

"El Multiverso", intuyó Parker.

Si bien era algo diferente, a juzgar por los vertiginosos descubrimientos y cambios en el creciente mercado cibernético del metaverso de Facebook y los NFT del arte digital, todo podía ocurrir en los tiempos actuales.

"Qué interesante".

«La física de partículas subatómicas parece sugerir tal posibilidad, particularmente bajo la teoría de ‹muchos mundos› de Everett. Según esta, una secuencia de eventos puede bifurcarse en distintas realidades, cada una correspondiente a un posible resultado de una observación; como ilustración, podría ser el estado vivo o inerte del gato de Schrödinger, o mi llegada o no a una época pretérita», argumenta el académico, quien revela que junto a su equipo de estudiantes se encuentra en la búsqueda de una teoría sólida sobre viajes temporales con realidades múltiples que sea congruente con los principios de la relatividad general. «Claro está, aun si alcanzáramos a formular tal teoría, eso no sería suficiente para validar la factibilidad de los viajes a través del tiempo, pero al menos indicaría que no están invalidados por contradicciones paradójicas», afirma.

Y sentencia: «Los desplazamientos temporales y las realidades alternas son elementos recurrentes en la narrativa de ciencia ficción, pero ahora poseemos evidencia de que también deben estar interconectados en la práctica científica legítima».

En ese preciso momento, Freyja salió de la habitación.

—¿Interrumpo algo? Ya estoy lista.

—Cariño, acabo de leer algo muy interesante.

Ella miró el reloj en su muñeca.

—Son las 9:15. El profesor nos espera. Cuéntame mientras vamos andando.

Ambos se encaminaron a las escaleras que conducían a la planta baja.

Freyja, al ver que el día podría ser largo y movido, iba vestida con un pantalón de licra ajustada de color negro, botas acordonadas con suela de goma y un top de manga larga color verde irlandés. Llevaba el cabello recogido en lo alto de su cabeza. Aquella mañana parecía que sus ojos estaban más vivos que nunca.

Atravesaron el corredor observando las paredes pintadas de color azul monárquico adornadas con diferentes cuadros engalanados en dorados marcos color oro. Había diversos jarrones con motivos de cacerías y perros, un espejo romboidal, un reloj de pared con números romanos y, en un rincón, una chimenea para los crudos meses del invierno.

Caminaron en dirección a la sala principal, donde encontraron una mesa oval con sillas y cómodos sofás que adornaban el *living* de una mansión digna de un príncipe europeo.

Freyja O´Connor venía de una familia de clase alta de Irlanda y había visto ese estilo decorativo en su niñez, hasta que en la adolescencia sintió el llamado de la tradición celta druida para tener una vida más pagana, en íntima relación con las fuerzas de la naturaleza.

—¡Buenos días! —exclamó el profesor Kirby detrás de ellos, entrando por la puerta del patio.

—Buenos días, profesor.

—¿Han dormido bien?

—Estupendamente.

—Pues es hora de ir al laboratorio. A las 10:30 el equipo se reunirá allí.

—Adelante, estamos listos —dijo Arthur.

* * *

En minutos, el Mercedes GLE color azul oscuro enfiló hacia la mítica ciudad italiana.

A Parker le pareció que, a medida que se acercaban al centro de la ciudad, las calles eran cada vez más estrechas. Bajó unos centímetros la ventanilla para que entrara el aire. A lo lejos se veían las inconfundibles tejas de la añeja urbe.

—Por favor, debo pedirles a ambos que se venden los ojos. —El profesor Kirby extendió dos antifaces oscuros como los que se usan para dormir.

A Parker no le asombró su petición.

—Es una situación incómoda, pero aún no puedo revelar dónde iremos. Espero que lo entiendan —dijo con tono empático.

—Entiendo.

Freyja cubrió sus ojos y, acto seguido, Arthur hizo lo mismo sin antes ver hacia afuera, para ubicar y percibir con su radar interno activo el rumbo que tomarían.

—¿Podrían agacharse sobre sus rodillas, por favor?

Hubo un silencio. Aquello no le gustó a Freyja.

—Solo es una cuestión de seguridad —prometió el profesor, quien aceleró el Mercedes.

Ambos hicieron lo que Kirby pidió.

En menos de cinco minutos, el coche pareció sumergirse en un camino subterráneo.

—Solo unos minutos más, por favor.

En menos de quince minutos, que a Freyja se le hicieron eternos, el profesor frenó el coche.

—Ya llegamos —dijo—. Pueden incorporarse y quitarse el antifaz.

Arthur giró la cabeza para tratar de ver dónde estaban.

—Ni se imagina dónde estamos, detective. Tenga paciencia y pronto lo sabrá.

Bajaron del coche y fueron hasta una pequeña puerta. El techo era bajo y el camino estrecho. Olía a humedad y a encierro. No le fue difícil a Arthur intuir que era un sitio antiguo, aunque lo que más comenzó a percibir fue una energía fuerte e intensa.

"¿Qué lugar es este?".

—Avancen por aquí, por favor —dijo el profesor dejando pasar a Freyja por otra puerta más pequeña.

Tras atravesar la diminuta entrada, se abría paso una habitación bastante más grande con mesas, sillas y una lámpara de techo de estilo renacentista. Arthur percibió que de aquella guarida emanaba la energía de un taller, un laboratorio, una especie de biblioteca de estudio.

—¿Y bien? —preguntó Parker—. ¿Qué hacemos aquí, profesor?

Al detective le llegaban cada vez más sensaciones de alta energía.

El profesor se dirigió a la pared y corrió una biblioteca ficticia con ruedas giratorias a modo de vías paralelas de tren, que reveló una segunda puerta secreta. Con su mano derecha digitó varios números en una consola que había detrás de un libro, y la puerta se abrió al instante. Parecía que hubiese estado cerrada herméticamente por dentro.

¡Clap!

Del otro lado de la habitación se dio la vuelta una joven que estaba frente a una computadora, que rápidamente sonrió al ver al profesor.

—Vicky, ¿cómo estás?

—¡Profesor! —exclamó ella y le dio un abrazo.

Los otros jóvenes se levantaron de las computadoras donde estaban trabajando.

—¿Cómo han estado? —les preguntó Kirby al ver a Farías, Sarah y Mark.

—Trabajando intenso, profesor Kirby. No nos hemos movido de aquí, tal como lo hemos hablado.

—¿Nuevos resultados?

Los cuatro esbozaron una sonrisa sutil.

—Disculpen, les presento al detective Arthur Parker y su compañera, Freyja O´Connor.

Todos se estrecharon las manos sonrientes.

—Se unen al equipo de investigación —dijo el profesor.

—Encantados —respondieron Parker y Freyja.

—Bueno, sin más, entremos en materia. ¿Qué ha pasado? —preguntó Kirby.

Farías señaló hacia otra mesa, caminaron varios pasos y le mostró un brillante cilindro de metal de unos treinta centímetros de diámetro con intrincadas plaquetas de metal, lo que, a los ojos de Parker, parecía un gran cuarzo blanco incrustado en el centro, cual obelisco en medio de la rueda.

—¿Qué es eso? —preguntó el detective.

Kirby se giró hacia él con ojos sumisos.

—Me temo que no he sido completamente sincero con ustedes —dijo el profesor dando un paso hacia el artefacto.

Freyja frunció el ceño.

—¿A qué se refiere? —preguntó Parker.

—Verán, hemos tratado de tomar todas las precauciones, pero nunca son suficientes.

—Explíquese —pidió Freyja, quien sintió los latidos del corazón acelerarse.

—Supongo que conocen las famosas leyes del Kybalión, ¿verdad?

Freyja y Arthur asintieron. Era uno de los libros antiguos más profundo y a la vez más simple para entender las leyes del universo.

—¿Cuál es la cuarta ley? —preguntó Kirby.

Arthur repasó mentalmente las siete leyes.

—En orden correcto es… el principio de polaridad — respondió Parker con certeza.

—Exacto, es la ley que dice: "todo tiene dos polos, el universo es dual" —replicó el experto profesor Kirby—. Todo es doble, hay dos caras de la misma moneda, y los opuestos son, en realidad, los dos extremos de la misma cosa. Frío y calor son una misma cosa: temperatura con una diferencia de grados entre ambos. El bien y el mal no son sino los polos de una misma y sola cosa. Todo tiene su par opuesto: los semejantes y los antagónicos son lo mismo; los opuestos son idénticos en naturaleza, pero diferentes en grado; los extremos se tocan; todas las verdades son medias verdades, todas las paradojas pueden reconciliarse.

Arthur lo detuvo con un gesto de la mano.

—¿Las paradojas pueden reconciliarse? —repitió Arthur interrumpiendo al profesor—. ¿Se refiere a la paradoja del abuelo?

El profesor guardó silencio.

—En parte.

Arthur comenzaba a exasperarse.

—¿A qué viene esto?

El profesor mostró una sonrisa enigmática.

—Detective Parker, sabiendo esto, y por extrema seguridad, hemos construido dos puertas, una en Estados Unidos y otra en Europa. Y la que tenemos aquí es altamente poderosa, ya que estamos debajo de un sitio emblemático de alto poder energético.

Freyja y Parker no salían de su asombro.

—Debido a la magnitud del descubrimiento, hubiese sido muy imprudente poner todos los huevos en la misma canasta, ¿no les parece? —preguntó Kirby con aire triunfal.

—No niego que esté bien pensado, profesor, aunque también tuvo que contar con el doble de fondos para la construcción, ¿verdad?

Kirby hizo un gesto que significaba "eso no es problema".

—Por cierto, ¿los fondos los ha puesto solamente usted?

El profesor negó con la cabeza.

—Los fondos vienen, sobre todo, del padre de Mark, el empresario David Chairman.

Arthur dio un respingo.

—¿Mark es hijo de…? Hubiese empezado por ahí.

Parker se refería a la fama de uno de los hombres que integraba la lista de los billonarios más ricos del mundo.

—El señor Chairman siempre ha querido mantener bajo perfil —dijo el profesor.

Arthur se quedó en silencio, pensativo.

—Y si tiene la segunda puerta, ¿para qué me necesita a mí? ¿Acaso una no funciona sin la otra?

—No. Ambas son independientes, aunque complementarias y con el mismo mecanismo, solo que aquí tenemos el Vórtex Maestro de esta puerta y no hace falta nada. Está lista para realizar viajes, ¿verdad? —preguntó Kirby a los estudiantes.

—El ajuste del Pin Vórtex está hecho —dijo Mark.

—Y las coordenadas matemáticas están actualizadas —afirmó Vicky.

Los estudiantes observaron a Farías, esperando que dijese su frase de cuando estaba entusiasmado, pero no lo hizo. Cuando Farías se concentraba en algo, podía estar horas, incluso días, en esa labor. Sus ojos seguían en el mecanismo del Vórtex, observando el cuarzo en el centro.

—Entonces, profesor... ¿para qué me ha contratado? ¿Aún está interesado en encontrar a Mark y al otro Pin Vórtex?

El profesor se acercó y le colocó una mano amistosa en el hombro.

—Lo que más me interesa de ti, Arthur —dijo el profesor con tono empático, siendo la primera vez que lo tuteaba—, no son tus servicios como detective, sino tu capacidad extrasensorial. El rector Demus me habló de tus poderes.

El rostro de Arthur mostró sorpresa.

—¿Y qué tienen que ver mis facultades extrasensoriales con eso? —preguntó señalando la maquinaria.

—Los viajes en el tiempo requieren un manejo nutricional y preparación mental, como un astronauta al viajar fuera de la órbita terrestre; si bien los chicos ya lo han hecho, están despiertos y son superdotados en tecnología cibernética, matemática y física cuántica, pero no han hecho aún viajes astrales ni tienen el poder empático intuitivo.

—¿Y eso de qué modo influye aquí? —A Parker se le agotaba la paciencia.

—Estamos seguros de que alguien con los canales tan abiertos y con los poderes de la genética, las células y el ADN tan activos, podría...

Hubo una pausa que pareció durar siglos.

—Hable, profesor —le dijo Freyja.

—Creemos que, con ese poder vibratorio, Arthur estaría capacitado no solo para viajar al pasado y al futuro, sino que él podría hacerlo de manera interdimensional a la quinta dimensión.

11

Milán, Italia,
21 de enero de 2025

—¡Cómo es eso de que fui traído aquí para viajar a la quinta dimensión? —exclamó Parker.

Aquello se estaba saliendo del cauce de investigación.

—¿De qué está hablando, profesor? —Freyja estaba tanto sorprendida como exasperada.

—Tranquilos —dijo el profesor Kirby—, es algo relativamente seguro.

—¿Seguro? —respondió Arthur empezando a sentir un ligero ahogo—. Explíquese, no entiendo lo que pretende. ¿Nunca han hecho este experimento y piensa que yo seré un conejillo de Indias?

—No pretendía que lo vieras de ese modo —dijo Kirby—, sino todo lo contrario, como un privilegiado que puede acceder al futuro viendo de primera mano lo que viene después de la ascensión. Una especie de atajo para la nueva forma de vida. —Las palabras del profesor estaban cargadas de entusiasmo—. Miles de personas quisieran hacer viajes espaciales y solo los millonarios pueden hacerlo; pensé que te sentirías honrado de ser elegido, Arthur.

El detective no lo había contemplado de ese modo.

Ver qué viene en el futuro a nivel del cambio dimensional era algo que siempre le estaba dando vueltas en la cabeza. Habían sido muchas las largas horas de conversaciones y debates no solo con Freyja, sino con personas que experimentaban un alto despertar espiritual, y solía argumentar hasta con acaloradas discusiones contra los que creían que iba a ser simplemente un cambio lento.

—No será una tercera dimensión mejorada —solía decir—, no es que de pronto veremos que la gente será más solidaria, sonreirá en el elevador y dejará de tocar la bocina del coche con nerviosismo. Estoy más del lado de los que sienten y perciben que se viene un cambio de vida sin igual.

—Tú a veces te pones impaciente —le decían.

—Más bien veo un poco más allá. Veo la telepatía como lenguaje, la bilocación y la posibilidad de teletransportación, la materialización y un alto grado de la energía de amor. Si no es algo así de impactante, de otro modo sería solo una especie de cambio político más que el gran despertar espiritual que esperamos.

Lo cierto es que en medio de aquel recinto, Arthur había recibido sin duda la invitación más importante de su vida.

Parker respiró profundo y observó a Freyja.

—Me falta información, explíquenme cómo funciona el viaje interdimensional —dijo con un tono más empático.

Farías aprovechó la apertura de Parker. De inmediato proyectó una imagen en una pantalla de plasma en la pared.

PASADO   FUTURO

PERIMETER INSTITUTE

Este gráfico ilustra el modelo del universo y su imagen espejo que surge a partir del Big Bang.

—¿Qué es eso? —preguntó el detective.

—La base de nuestros viajes —respondió Farías.

Arthur y Freyja observaron con detenimiento.

—Explícate.

—Técnicamente, ya estamos viajando en el tiempo, porque el tiempo pasa. Cada segundo viajamos un segundo hacia el futuro. Pero esto le sucede a todo el mundo, por lo que no es realmente un viaje en el tiempo, ¿verdad? Aunque, de hecho, dos personas pueden sentir el tiempo a ritmos diferentes. El tiempo pasa de manera diferente para alguien que se mueve rápido, en comparación con alguien que se queda quieto. Esta es una idea muy complicada llamada "dilatación del tiempo".

Parker y Freyja estaban muy atentos.

"Si he de viajar, debo saberlo todo".

Farías emitió un haz de luz roja con un puntero sobre el gráfico.

—Una vez que se entra en La puerta de los tiempos, se comienza a notar la dilatación del tiempo. Sabemos de primera mano acerca de la dilatación del tiempo debido a experimentos increíblemente precisos que hemos realizado.

—Tengo mil preguntas —dijo Freyja—. ¿Qué tan rápido podemos ir? ¿Qué sucede si el tiempo se dilata antes de regresar?

—Los fotones del ADN del cuerpo comienzan a vibrar a otra octava de frecuencia al entrar en el Portal de Hércules, y eso hace que la velocidad aumente. Al ir lo suficientemente rápido durante el tiempo suficiente, sentimos que cientos de años humanos en la tercera dimensión pasan de largo en el viaje, lo que nos permitió viajar hacia el pasado.

—¿Qué tan rápido? —preguntó Freyja.

A Arthur le vino de inmediato la respuesta.

—Somos luz, querida Freyja —dijo el profesor Kirby—. Vamos a la velocidad de nuestro origen. ¡A la velocidad de la luz!

A Parker aquello le comenzaba a encajar cada vez más.

—Profesor, la luz viaja a unos mil millones de kilómetros cada hora, eso es muy, muy rápido. ¿De qué modo el cuerpo físico no se desintegra y muere?

Kirby esbozó una sonrisita.

—De hecho, se desintegra y muere.

—¿Cómo dice?

—Hay un renacimiento lumínico. Una nueva materialización. Mira, la cosa más rápida hecha por el hombre es la sonda solar Parker de la NASA. Por cierto, lleva tu mismo apellido, Arthur. Es una nave espacial que fue enviada al Sol en agosto de 2018. Pero a pesar de viajar tan rápido, representa solo un 0.064 % de la velocidad de la luz. ¡Así que la luz es mil veces más rápida que la sonda, pero no que nuestro ADN!

Arthur pensó en la sonda de la NASA que llevaba su nombre.

Kirby pareció adivinar su pensamiento.

—¿Te parece una casualidad fortuita que la sonda más rápida lleve tu apellido, Arthur?

—Las coincidencias no existen —afirmó el detective—. Es un principio de causalidad.

—Quizás es la antesala de lo que viene a nivel humano —especuló Kirby con ojos chispeantes.

—La luz tiene una velocidad fija —agregó Farías, tratando de zanjar aquel concepto científico—. Es muy, muy rápida, pero las cosas en el universo están tan separadas, o, mejor dicho, unidas por una distancia muy larga, ya que no hay separación en el universo, que toma mucho tiempo para que la luz nos llegue desde estrellas y planetas lejanos.

Cuando la luz llega del Sol, la luz que vemos en realidad salió del Sol hace ocho minutos y veinte segundos. Ahora, ¿qué pasa si en vez de esperar a que la luz llegue, nosotros vamos hacia ella?

—"Si Mahoma no va a la montaña, la montaña va a Mahoma" —dijo Freyja.

—¡Bingo! —exclamó Vicky—. ¡Nosotros nos volvemos luz y ya no hay distancia ni tiempo! ¡Es como la gota que cae al océano y se vuelve algo más grande!

—*Forever?* —dijo Farías entusiasmado.

Todos se echaron a reír.

Arthur comenzó a sentirse más cómodo.

—De acuerdo, han demostrado que podemos viajar en el pasado y en el futuro, ¿pero cómo funciona para hacerlo interdimensionalmente? En dimensiones más elevadas, supuestamente no existe el tiempo.

—Absolutamente. Al haber podido descubrir cómo atomizar el ADN a la velocidad de la luz, debe saber que por ello, detective, el tiempo se ralentiza, permitiéndonos viajar arbitrariamente hacia la dimensión inmediata a la tercera, que es donde estamos ahora.

—Un colega mío —dijo Kirby—, el profesor de Física en la Universidad de Massachusetts, al igual que yo, escuchó por primera vez sobre la noción de viajar en el tiempo en un episodio de 1980 de la clásica serie de televisión de Carl Sagan llamada *Cosmos*. En ese entonces decidimos, mi colega y yo, que algún día íbamos a realizar un estudio profundo sobre la teoría que subyace a ideas tan creativas y notables: la relatividad de Einstein. Treinta y cinco años después, emergí con un doctorado en el campo y desde entonces he sido un investigador activo en la teoría. Puedes estar tranquilo, Arthur.

—Entiendo —dijo Arthur.

—He sido premiado por mis trabajos acerca de las curvas cerradas similares al tiempo. Partí del trabajo de la teoría general de la relatividad de Einstein, que me permitió la posibilidad de deformar el tiempo en un grado tan alto que en realidad se pliega sobre sí mismo, lo que da como resultado un bucle de tiempo. Imagina que estás viajando por este circuito; eso significa que, en algún momento, terminarías en otra dimensión superior, y creemos que allí comenzarías a experimentar un efecto *déjà vu*, el recuerdo de que no hay tiempo y que somos eternos. Excepto que no te darías cuenta. Tales construcciones a menudo se denominan "curvas cerradas similares al tiempo" o CTC en la literatura de investigación, y se conocen popularmente como "máquinas del tiempo". Las máquinas del tiempo son un subproducto de los esquemas de viaje efectivos más rápidos que la luz, y comprenderlos puede mejorar nuestro entendimiento sobre cómo funciona el universo. En eso basamos todo nuestro descubrimiento, Arthur.

Aquello comenzaba a encajar en la mente de Freyja y Parker.

—Aquí vemos un bucle de tiempo —dijo Kirby señalando el centro del embudo que estaba proyectado en la pantalla—. Es el camino más corto a través del agujero de gusano. Dado que el tiempo de viaje en el camino angosto podría ser muy breve en comparación con el largo, un agujero de gusano puede permitir la posibilidad de viajar a otra dimensión.

Y agregó:

—En las últimas décadas, físicos conocidos como Kip Thorne y Stephen Hawking produjeron trabajos fundamentales sobre modelos relacionados con las máquinas del tiempo. La conclusión general que ha surgido de investigaciones anteriores, incluidas las de Thorne y Hawking, es que la naturaleza prohíbe los bucles de tiempo. Esto quizás se explica mejor en la conjetura de protección de la cronología de Hawking, que esencialmente dice que la naturaleza no permite cambios en su historia pasada, lo que nos evita las paradojas, aunque nosotros...

—¡Ya lo hemos resuelto! —se jactó Farías—. Y, aunque no lo crean, la idea clave no me surgió de un encuentro con otro científico o por seguir la teoría de Einstein e ir más allá, sino por ver tramas de películas y leer novelas basadas en las paradojas que resultan del viaje en el tiempo, ¿recuerdas las películas *Volver al futuro* o *El día de la marmota*?

Arthur asintió. Las había visto en su Canadá natal siendo adolescente.

—De todos modos, no ha habido nada improvisado, Arthur —continuó diciendo Kirby—. Otra de mis colegas, Caroline Mallary, de la Universidad de Massachusetts, publicó un nuevo modelo para una máquina del tiempo en la revista *Classical & Quantum Gravity*. Allí dijo que este nuevo modelo no requiere ningún material exótico de masa negativa y ofrece un diseño muy sencillo. El modelo de Mallary consta de dos autos súper largos, construidos con un material que no es exótico, y tienen masa positiva. Estacionados en paralelo, un automóvil avanza rápidamente, dejando al otro detenido. Mallary pudo demostrar que en tal configuración, se puede encontrar un bucle de tiempo en el espacio entre los autos.

—¿Autos? —preguntó Freyja—, no entiendo.

Kirby negó con la cabeza.

—El modelo de Mallary requiere que el centro de cada automóvil tenga una densidad infinita. Eso significa que contienen objetos, llamados "singularidades", con una densidad, temperatura y presión infinitas. Además, a diferencia de las singularidades que están presentes en el interior de los agujeros negros, que es lo que los hace totalmente inaccesibles desde el exterior, las singularidades del modelo de Mallary están completamente desnudos y son observables, y por lo tanto, tienen verdaderos efectos físicos. Nosotros lo cambiamos por las columnas de Hércules.

Hubo un silencio cuando el profesor Kirby caminó hacia la pared, extrajo un libro falso y activó una manivela.

En la esquina se abrió una puerta y al fondo se vio una maquinaria.

—Vengan por aquí.

—¿Estas son las columnas de Hércules? —preguntó Freyja.

—Así es, el sistema operativo, y en medio de ambas, La puerta de los tiempos.

Era un aparatejo de unos dos metros, con forma del símbolo del infinito y el mismo formato que un reloj de arena: un óvalo por arriba y otro por debajo. Emitía rayos eléctricos al estilo de la bobina de Nikola Tesla. Estaba cromado por fuera y tenía unos cristales de cuarzo en las columnas.

—¡Impresionante! —exclamaron Parker y Freyja.

—Además de todo el *software*, *hardware* y otros tecnicismos de física cuántica que supongo sería difícil de comprender para quien no es físico matemático, lo que pueden distinguir es oro y cuarzos. El metal y el mineral de más alto grado vibratorio en el planeta Tierra.

Aquella máquina era realmente hermosa e impactante.

—Este es el descubrimiento del futuro —aseveró Kirby.

—Profesor, cuando dé a conocer esto al mundo, ustedes irán directo al premio Nobel —dijo Parker.

Kirby negó con vehemencia.

—Dios me libre de eso, pandilla de crápulas. Esto, en manos equivocadas, resultaría catastrófico. Por ahora será un absoluto secreto, detective.

Parker había firmado en el contrato una cláusula estricta de confidencialidad. En realidad, en cada caso era igual, salvo que ahora tenía más puntos rigurosos que cumplir.

—¿Y bien, detective? ¿Qué piensas ahora?

—Una pregunta: ¿quién fue el último que viajó?

— Mark —dijo Vicky.

—¿Podemos ver en los archivos grabados qué es lo que pasó? —preguntó Parker.

—En realidad, hay un punto en el que su viaje se oscurece y la grabación se detiene —replicó Vicky.

Parker necesitaba resolver algo que lo inquietaba.

—¿Cuándo apareció la cifra de números en sus pantallas?

—Dos días después del viaje.

Arthur se mostró pensativo.

—¿A qué creen que se deba esa aparición numérica? ¿Están seguros de que Mark no modificó nada del pasado?

—Hasta donde hemos avanzado, viajar al pasado ha sido como un gato en medio de un camino de naipes, con sigilo y mucho cuidado, no hemos tocado nada. Es difícil de imaginar, porque se pueden cambiar cosas que ya sucedieron, lo que debería ser imposible. Viajar en el tiempo es una idea confusa para la mayoría de las personas. Eso es porque cuando pensamos en el tiempo, pensamos en él como si fuera una línea recta, una cosa sucediendo tras otra. Al viajar en el tiempo y cambiar algo que ya sucedió, cambiaríamos el orden de esa línea. Esto supondría romper una regla llamada "causalidad". La causalidad es la regla que dice que una causa, tus acciones, por ejemplo, sucede antes que un efecto, el resultado de tus acciones.

—Tercera ley del Kybalión —agregó el profesor Kirby—. Toda causa tiene su efecto, ¿no es así, detective?

—La causalidad es una de las reglas inquebrantables del universo —agregó Vicky—. Romperlo tendría consecuencias desagradables para el universo y para todos nosotros. Los expertos piensan que, debido a que el universo tiene esta regla, viajar al pasado debe ser imposible, de lo contrario, la regla se rompería todo el tiempo.

Hubo un silencio.

"Percibe, Arthur, ¿qué hay detrás de todo esto? ¿Qué significan esos números? ¿Por qué no tengo clara la respuesta?".

5 9 3 3 9 1 4 1 8 1 2 5 1 7 5 1 9 5

A Arthur le llamó la atención que su capacidad se ralentizara.

—Profesor, creo que no puedo pensar ni canalizar información muy bien aquí dentro. Le pido que vayamos a la luz del sol.

—¿En serio? —respondió Kirby asombrado—. Estamos debajo de una de las construcciones humanas más emblemáticas para recibir energía del cosmos.

Silencio.

Freyja y Parker se miraron, tratando de intuir debajo de qué monumento estarían.

—¿Estamos debajo de…? —comenzó a decir Parker.

—Vamos a usar la razón, porque siento que Arthur está preocupado con ese mensaje numérico encriptado y que no hará nada hasta no saber de dónde proviene —interrumpió Freyja—. A ver, cada número es una vibración, ¿verdad? ¿Quién fue el sabio más destacado en los números, entre otras muchas ciencias?

—Pitágoras —afirmó Arthur, que amaba cuando Freyja se encendía al mostrar su conocimiento además de hacerlo en sus noches de lujuria y pasión.

—Correcto. Pitágoras afirmaba que "El mundo está construido sobre el poder de los números", y tenía toda la razón, ya que, desde siempre, el hombre no ha parado de explorar los diferentes campos de la vida, pasando por el arte y el conocimiento, basándose en el principio de los números. Los hindúes fueron los primeros en estudiar el origen de los números y tratarlos como a una ciencia sagrada, y Pitágoras heredó de ellos su conocimiento. —Freyja cobró bríos—. En todo este conocimiento adquirido se basa la teoría de que los números, o más bien, la numerología, se encarga de investigar las vibraciones que emiten los números en las personas y a utilizarlos en nuestro beneficio. Pese a ser una de las ciencias ocultas de la humanidad, ha cautivado a intelectuales que han sabio extraer de ellos la verdadera relación de la vida de las personas con su mente y con la naturaleza. Pitágoras, una de las mentes más brillantes que ha tenido la humanidad, filósofo y matemático griego, es considerado el primer matemático puro, pues entendía que la base del mundo y del universo eran los números, y que todo se basaba en leyes matemáticas de vibraciones y sus ciclos.

—Querida —dijo Kirby—, la tabla alfanumérica con la que trabajamos se basa en la numerología Pitagórica.

—Bien. Entonces conocen perfectamente la ciencia que estudia los números y las letras, ¿verdad? —preguntó ella.

Arthur se anticipó.

—¿Te refieres a cuando las letras son reemplazadas con números?

—Correcto, la gematría.

Freyja se refería al sistema que se originó como un código asirio-babilónico-griego alfanumérico de código/cifra que más tarde fue adoptado en la cultura judía después de su exilio en Babilonia, y que asigna un valor numérico a una palabra, nombre o frase bajo la creencia de que las palabras o frases con valores numéricos idénticos tienen alguna relación entre sí o alguna relación con el número mismo. Puede aplicarse en la naturaleza, la edad de una persona, el año, calendario o similares.

—Gematría es un sistema numerológico por el cual las letras hebreas corresponden a números —agregó Kirby—. Este sistema, desarrollado por los practicantes de la cábala del misticismo judío, derivó de la influencia griega y se convirtió en una herramienta para interpretar textos bíblicos. El término *gematría* proviene de la geometría griega, y el concepto se puede encontrar en los escritos del filósofo griego Platón. En la literatura rabínica aparece por primera vez en la *Baraita de las treinta y dos reglas* del rabino Eliezer, durante el siglo II. En este texto, que ya no existe más que en las referencias, el rabino elaboró treinta y dos reglas para interpretar la Biblia. La regla veintinueve implicaba el uso de gematría.

—Profesor Kirby, ¿cómo sabe tanto sobre este tema, usted es judío? —preguntó Parker.

—Todo nuestro equipo lo es —afirmó.

—Kirby no es un apellido hebreo, creo.

—Kirbyski —dijo el profesor—. Es una larga historia, mi padre lo modificó hace años.

—¿Cambia en algo eso?

—Para nada, solo que… Los judíos amamos el conocimiento, Arthur. El saber nos da el poder que tenemos en el mundo.

Arthur asintió.

—Continúe.

—En la gematría, cada letra hebrea está representada por un número; por ejemplo, *alef* = 1, *bet* = 2, etcétera. Entonces se puede calcular el valor numérico de una palabra sumando los valores de cada letra en ella. En el ámbito de la interpretación bíblica, los comentaristas basan un argumento en la equivalencia numerológica de las palabras. Si el valor numérico de una palabra es igual al de otra palabra, un comentarista podría establecer una conexión entre estas dos palabras y los versículos en los que aparecen, y usar esto para probar conclusiones conceptuales más amplias. La gematría es esencial para la cábala, la tradición mística judía. La base misma del sistema cosmológico cabalístico descansa en la creencia de que Dios creó el universo a través del poder de las letras hebreas junto con sus valores numéricos. De hecho, los muchos nombres de Dios y sus permutaciones en la cábala tienen valores numéricos que se cree que contienen un potente poder.

Farías se adelantó a buscarlo en Google. De inmediato proyectó una imagen en la pantalla para que todos la vieran.

La gematría cabalística y los arcanos del tarot					
א alef 1 El Mago	ב beit 2 La Papisa	ג guimel 3 La Emperatriz	ד dalet 4 El Emperador	ה he 5 El Papa	ו vav 6 El Enamorado
ז zain 7 El Carro	ח jeit 8 La Justicia	ט teith 9 El Ermitaño	י yod 10 La Rueda	כ kaf 11 La Fuerza	ל lamed 12 El Colgado
מ mem 13 La Muerte	נ nun 14 La Templanza	ס samej 15 El Diablo	ע 'ain 16 La Torre	פ peh 17 La Estrella	צ tsadeh 18 La Luna
ק kuf 19 El Sol	ר reish 20 El Juicio	ש shin 21 El Mundo o el Loco (*)	ת tav 22 (0) El Loco o el Mundo (*)		

—Esta es una posibilidad para descifrar ese código numérico —dijo el detective—, pero hay más...

Parker se encendió.

—¿Cuál es la otra? —preguntó Vicky.

Todos estaban esperando la respuesta.

Freyja se giró hacia Parker, ella ya sabía la respuesta.

—¿Puedes decirnos qué es la esteganografía, Arthur? —le preguntó Freyja.

—La esteganografía es la práctica de ocultar un mensaje secreto dentro, o incluso encima, de algo que no es secreto. Ese algo puede ser casi cualquier cosa que quieras. En estos días, muchos ejemplos de esteganografía implican incrustar un texto secreto dentro de una imagen. O esconder un mensaje secreto o un *script* dentro de un documento de algún sistema operativo informático.

A Arthur le vino a la mente el famoso caso del magnate John McAfee, creador de los antivirus para proteger sistemas operativos informáticos, cuya empresa había obsequiado cientos de computadoras al gobierno de Estados Unidos como una donación cuando, en realidad, las máquinas contenían un programa oculto encriptado para espiarlos y recoger información confidencial.

—¿Y cuál sería el propósito aquí? —preguntó Kirby.

—La esteganografía es una forma de comunicación encubierta y puede implicar el uso de cualquier medio para ocultar mensajes. No es una forma de criptografía, porque no implica codificar datos o usar una clave maestra. En cambio, es una forma de ocultar datos que se puede ejecutar de manera inteligente. Mientras que la criptografía es una ciencia que permite en gran medida la privacidad, la esteganografía es una práctica que permite ocultar el secreto de alguien que quiere guardar un mensaje.

—¿Quién querría enviarnos un mensaje titilando a través de nuestras pantallas? —preguntó Kirby.

—¿Podría ser una falla del sistema? —preguntó Mark, quien había estado callado la mayor parte de la conversación.

—No lo creo —dijo Farías de inmediato—, lo hemos revisado muchas veces junto con Vicky y el sistema está operando bien.

Hubo un silencio.

—¿Y si fuese un mensaje de... alguien de otro tiempo? —especuló Parker.

Hubo otro silencio.

Nadie había contemplado esa posibilidad.

—¿Un mensaje...? —balbuceó Farías. Aquello le parecía extremadamente emocionante.

—Arthur, ¿te refieres a que alguien pudiese querer comunicarse y, al no tener un teclado, la única posibilidad es que el sistema operativo lo identifique por números de acuerdo a su, vibración, su energía o…?

—¡Su nombre! —exclamó Freyja.

—Podría ser una posibilidad, no lo sé. Lo cierto es que si usamos la esteganografía…

—¡Los números podrían representar el nombre con el valor de sus letras!

Farías buscó en internet y proyectó otra imagen.

1	2	3	4	5	6	7	8	9
A	B	C	D	E	F	G	H	I
J	K	L	M	N/Ñ	O	P	Q	R
S	T	U	V	W	X	Y	Z	
Sol	Luna	Júpiter	Urano	Mercurio	Venus	Neptuno	Saturno	Marte

Todos clavaron los ojos en esa tabla.

—Aquí cambian los valores numéricos con las letras. Y, además, aparecen los planetas; la gematría, en cambio, usa las cartas del tarot.

—¿Cuál será la aplicación práctica de esto? —preguntó Mark.

Parker inmediatamente tomó un lápiz y un papel.

El detective recordó la clase que le habían dado durante su formación como detective sobre el curioso origen de la esteganografía, que se encontraba en las *Historias de Heródoto*. Durante la revuelta jónica, un levantamiento de algunas ciudades griegas contra el dominio del imperio Persa alrededor del siglo v a. C. Histiaeus, el gobernante de Mileto, estaba lejos de su ciudad, actuando como consejero del rey persa, y quería volver a la ciudad de Mileto, que estaba bajo el control de su yerno, Aristágoras, por lo que planeó organizar una revuelta en Jonia como pretexto para su regreso. Aquí es donde entra la esteganografía: afeitó la cabeza de uno de sus esclavos y le tatuó un mensaje en el cuero cabelludo.

Luego, Histiaeus esperó a que el cabello del esclavo volviera a crecer y ocultara el mensaje, después se lo envió a Aristágoras con instrucciones de afeitarle la cabeza una vez más y leer el mensaje. El texto oculto decía que se levantara contra el dominio Persa, lo que dio inicio a la rebelión contra sus conquistadores. De acuerdo al famoso historiador Heródoto, esos son los primeros registros de esteganografía que poseía la humanidad. Con el tiempo, se registraron formas más sofisticadas de esteganografía. En el siglo IV a. C., Aeneas Tacticus mencionó una técnica de perforación. Filón de Bizancio fue el primero en discutir acerca de las tintas invisibles, escribiendo sobre ellas en el siglo III a. C. Su receta incluía nueces de agalla para escribir textos y una solución de sulfato de cobre para revelarlo.

—¡Arthur! —la voz de Freyja sacó al detective de sus reflexiones.

Parker se giró hacia el profesor.

—El término esteganografía se utilizó por primera vez en un libro llamado *Steganographia*, de Johannes Trithemius. La palabra combinaba el griego *steganos*, que significa *oculto*, con *graphein*, que significa *escritura*. *Steganographia* era un libro inteligente que supuestamente trataba sobre la magia, los rituales esotéricos y el ocultismo, pero utilizaba la criptografía y la esteganografía para ocultar su tema real, que se centraba en la criptografía y la propia esteganografía.

—¿Cómo aplicarlo aquí, entonces? —dijo Kirby impaciente.

—Lo primero es claro, hay que asignarles letras a los números.

Todos volvieron a ver los gráficos numéricos.

—Como no sabemos cuál método utilizar primero, debemos saber que ha habido una amplia gama de otros desarrollos y técnicas estenográficas a lo largo de los años. Pero hubo algo importante en la historia de la esteganografía.

—¿Algo importante? —preguntó Vicky.

—Así es, ocurrió en 1605 de la mano de Francis Bacon, quien ideó el Código Bacon. Esta técnica utilizó dos tipos de letra diferentes para codificar un mensaje secreto en un texto aparentemente inocente. Los micropuntos se desarrollaron por primera vez en la segunda mitad del siglo XIX, pero no se utilizaron mucho para la esteganografía hasta la Primera Guerra Mundial. Implican reducir un mensaje o imagen al tamaño de un punto, lo que permite a las personas comunicarse y transmitir información sin que sus adversarios lo sepan. La esteganografía se sigue practicando hasta el día de hoy con versiones de baja tecnología utilizadas a menudo por las pandillas en las prisiones, y métodos digitales en computadoras aprovechados para ocultar datos en imágenes, audio y otros medios.

—Nosotros actualmente lo conocemos dentro del mundo cibernético de nuestras computadoras como *esteganografía digital*. Por ello, hemos usado los símbolos dentro de los círculos —dijo Farías.

—Así es como debemos verlo, de manera cibernética, para descifrar esos números, ya sea un mensaje o un error del sistema —añadió Freyja—. ¿Cómo lo utilizan específicamente en computación?

—Muy similar —afirmó Farías—, la esteganografía digital funciona ocultando información de una manera que no despierte sospechas. Una de las técnicas más populares es la esteganografía de bits menos significativos. En este tipo de esteganografía, el ocultador de información incrusta la información secreta en los bits menos significativos de un archivo multimedia.

—No nos olvidemos que podría tener relación con el código ASCII —agregó Vicky, quien era la encargada de programar las computadoras con la matemática científica—. La semana pasada tuve una duda y le llamé a una experta. En una extensa charla con ella, que es numeróloga, analizamos este código.

—¿Cómo funcionaría el código ASCII aquí? — preguntó Freyja.

—Es un código que nos permite escribir en la computadora cualquier carácter, ya sea letra, número o símbolo, haciendo uso solamente de la combinación de la tecla Alt con algún número. El código ASCII es un estándar conocido mundialmente. Tal como me explicó Lourdes Joan, es un código de 7 bits con ciento veintiocho caracteres, pero además, cuenta con treinta y tres caracteres no imprimibles y noventa y cinco imprimibles, y comprende tanto letras, signos de puntuación y números, como caracteres de control. ASCII son las siglas del inglés *American Standard Code for Information Interchange*, cuya traducción es Código Estándar Estadounidense para el Intercambio de Información. Es un código de caracteres y fue publicado como estándar por primera vez en 1967 y actualizado por última vez en 1986. En la actualidad, define códigos para treinta y dos caracteres no imprimibles, de los cuales la mayoría son caracteres de control que tienen efecto sobre cómo se procesa el texto, más otros noventa y cinco caracteres imprimibles que les siguen en la numeración. —Vicky tomó una profunda inhalación—. Casi todos los sistemas informáticos actuales utilizan el código ASCII o una extensión compatible para representar textos y para controlar dispositivos que manejan letras o cualquier símbolo en el teclado.

—No creo que el código ASCII aplique en este caso, es demasiado complejo —dijo Kirby.

—Por lo que hablé con Lourdes, pienso lo mismo —dijo Vicky.

Hubo un silencio.

—Tengo una extraña sensación. ¿Es descabellado pensar que este mensaje numérico sea de otro tiempo pasado o futuro? —preguntó Freyja.

—Nada me sorprende —dijo Kirby—. Podría ser.

—¿Un cifrado criptográfico o estenográfico? —preguntó Vicky como si estuviera pensando en voz alta.

Arthur se adelantó.

—La diferencia entre esteganografía y criptografía es que la esteganografía se centra en ocultar la presencia de información, mientras que la criptografía se preocupa más por asegurarse de que no se pueda acceder a la información. Cuando la esteganografía se usa correctamente, nadie, aparte de los destinatarios previstos, debería poder decir que se está produciendo una comunicación oculta. Esto la convierte en una técnica útil para situaciones en las que el contacto obvio no es seguro. Si fuera criptográfico, tendría una clave secreta, aquí el mensaje titila constantemente en la pantalla a la vista de todos.

—Cierto —dijo Farías observando la pantalla.

Parker se acercó a Freyja, el profesor esperaba respuestas de ellos, para eso habían sido contratados.

Arthur tomó lápiz y papel.

—Comenzaremos por el método que yo conozco —dijo Parker.

Dibujó los números y debajo le colocó letras.

5 9 3 3 9 1 4 1 8 1 2 5 1 7 5 1 9 5

E I C C I A D A H A B E A G E A I E

1	2	3	4	5	6	7	8	9
A	B	C	D	E	F	G	H	I
J	K	L	M	N/Ñ	O	P	Q	R
S	T	U	V	W	X	Y	Z	
Sol	Luna	Júpiter	Urano	Mercurio	Venus	Neptuno	Saturno	Marte

Todos se miraron extrañados.

—No le veo el menor sentido —dijo Freyja.

—Ni yo —añadió Vicky.

Los demás se encogieron de hombros.

—Cambia los valores, solo tomaste algunas de las tres posibles de cada casillero. Probemos con otras.

Freyja se refería a que el número 1, por ejemplo, tenía validez para A, J y S, y habría que buscar las posibles suplantaciones.

Arthur Parker se arremangó la camisa azul oscuro.

—Tenemos mucho trabajo por delante aquí —dijo el detective—. Si eso es un mensaje de alguien, creo que, si queremos descifrarlo y buscar todas las posibles combinaciones, será una noche muy larga.

12

Londres,
21 de enero de 2025

Habían dado las 3:01 de la madrugada en la gótica ciudad británica. La Bruja, Martina Avraloviz, pidió que la dejaran sola luego de ir a cenar. Por la noche, todos sus sentidos extrasensoriales, su capacidad como médium y sus artes oscuras se intensificaban y ella entraba en trance.

No quería ser vista en sus procedimientos secretos.

"Nadie conocerá mis técnicas".

Esa era una de sus condiciones, ya que, si aprendían sus hechizos y rituales, podría ser reemplazada en cualquier momento por otra mujer más joven y que pactase con algún líder para acceder al trono del poder femenino.

La Bruja sabía que a partir de las 3:30 de la madrugada era la llamada "hora oscura", donde el velo entre dimensiones se hacía más sutil debido a la menor presencia de mentes en funcionamiento, lo que le posibilitaba invocar demoníacas presencias.

Se acercó a paso vivo hacia la sala donde estaba Mark y pudo ver que él estaba sudando de calor.

Ella comenzó a sentir en sí misma la presencia de los gusanos en el interior del cuerpo de Mark Chairman.

"Somos legión", susurró.

Esa era una sagaz forma de camuflarse en la genética del ser humano por parte de las fuerzas oscuras. Por ello, hacían énfasis en que la humanidad siguiera consumiendo comida basura e intoxicándose de muchas formas. Al poder conectar con los bichos que tenían conciencia de bajo astral, los humanos eran fácilmente dominables a través de la influencia de las larvas que no solo les pedían comer y comer desde azúcar hasta alimentos refinados, sino que podían interceder en su comportamiento, actitudes y carácter, y el individuo ni remotamente sospechaba que esos pensamientos no eran en realidad de sí mismo, sino de la influencia demoníaca de los bichos.

—Ya estás en mi poder —susurró con una sonrisa incisiva.

Mark balbuceaba y entrecerraba los ojos. Estaba deshidratado y débil.

La Bruja entró a la habitación. Olía a azufre, humedad y encierro.

Ella estaba en su mejor ambiente. Se descalzó los altos tacones y se quitó el abrigo negro. Llevaba una blusa roja sangre, sacó de debajo una cadena de plata con una insignia que llevaba incrustado el símbolo de un sigilo.

Tomó varias respiraciones, cerró los ojos e hizo ademanes con los brazos, como trazando un círculo ritual. Dibujó en el éter un pentagrama invertido. Comenzó a decir con fuerza unas palabras en latín antiguo.

—*In obscuris portis ego praesentiam tuam invoca* —sentenció.

Respiró profundo y comenzó a sentir que su oscura conciencia se abría paso a otra dimensión. Había hecho rituales durante toda su vida, era una experta en los más horrendos actos que incluían ritos con niños y sangre.

Volvió a recitar su llave de acceso.

—En la hora de las puertas oscuras invoco tu presencia, ¡oh, maestro!

Mark comenzó a sentir mareos más fuertes. La Bruja comenzó a entonar una vibración con la lengua. Sabía que debía sintonizar con ese otro plano para que, desde allí, los demonios con los que trabajaba la apoyaran activando las larvas y así hacer confesar a Mark.

Pasaron pocos minutos cuando la Bruja pensó en qué entidad sería la mejor para realizar aquel rito. Podría invocar al demonio que ella quisiera.

"Belcebú, el más odiado", pensó.

Ella había hecho ritos con aquel demonio en particular muchas veces.

Siguió moviendo los brazos en elaborados pasos para abrir los planos astrales. Dichos movimientos hacían que del otro lado del velo se agitase la energía que estaba buscando atraer. En pocos minutos, la Bruja comenzó a ver materializarse a la primera entidad.

Se encendió su fuerza magnética.

Elevó los brazos con el símbolo de los cuernos colocando su índice y meñique hacia arriba y doblando los otros tres dedos hacia dentro.

—¡Con tu sombrío poder, que las larvas de su cuerpo se muevan y retuerzan en su sangre y lo posean para mí! ¡Oblígalo a entregar la información!

Martina Avraloviz había sido adiestrada en las artes oscuras desde pequeña. Venía de una larga tradición de brujas oscuras en su Praga natal. Desde pequeña, aprendió que el mundo de la oscuridad era su escuela. Amaba el invierno, el frío, las ramas secas, las casas abandonadas, los pantanos, los insectos y los reptiles. La oscuridad en su casa era el clima de lo que ella podía llamar *hogar* de su infancia. Muchos rituales e invocaciones le fueron pasados en libros antiguos y otros solo de boca a oreja. Pertenecía a un linaje de mujeres poderosas que utilizaban las fuerzas de la naturaleza sin escrúpulos y a su propia conveniencia.

La historia de las brujas se remontaba a una historia larga y elaborada. Sus predecesoras aparecían en la Biblia, en la historia del rey Saúl, que consulta a la llamada "Bruja de Endor". También aparecían en el período clásico en la forma de estirges, unas temibles criaturas aladas con forma de harpías o lechuzas que se alimentaban de la carne de bebés.

Igualmente, el folklore popular afirmaba que podían tener diferentes poderes, como cambiar de forma y volar. De hecho, se creía que Circe, la hechicera de la mitología griega, era una especie de bruja capaz de transformar a sus enemigos en cerdos. Así era también su sobrina Medea. El mundo antiguo fue, pues, responsable del establecimiento de una serie de figuras retóricas que en los siglos subsiguientes serían asociadas a las brujas. Sin embargo, no había sido hasta comienzos del Renacimiento que la percepción moderna de las brujas se gestó. Y un artista de esa época hizo más que nadie por definir la forma grotesca en que había quedado el estigma de las brujas: el pintor llamado Alberto Durero. Era un pintor influyente, y en su obra, Durero determinó lo que se convertiría en el estereotipo de la apariencia de una bruja. Por un lado, como en la obra *Las cuatro brujas*, realizada en 1497, podía ser joven, atractiva y ágil, capaz de cautivar a los hombres. Por el otro, como en la obra que se encontraba en el Museo Británico, llamada *Bruja montando una cabra al revés*, datada en el 1500, podía ser vieja y abominable.

Cualquier persona que pensara en una bruja probablemente invocaría una imagen conocida: muy posiblemente una fea mujer nariguda con un sombrero puntiagudo sobre una escoba o revolviendo un caldero. ¿De dónde había salido esa imagen? En esos tiempos, la iglesia contrataba a los artistas para plasmar su ideología en diferentes cuadros. En *Bruja montando una cabra al revés*, Durero mostraba a una vieja bruja desnuda sobre una cabra con cuernos, símbolo del demonio. Se divisan poderes mágicos y ella viaja sobre una escoba. Se creía que, a partir de aquel dibujo, esa era la matriarca, el arquetipo de las brujas actual en la cultura popular. Lo cierto es que el Renacimiento fue una caza de brujas con la idea de que estas eran viejas harpías que contactaban a los demonios.

Otro claro ejemplo de este tipo de bruja podía verse perpetuado en el arte en un grabado italiano extraordinariamente intenso conocido como *Lo Stregozzo* ("la procesión de la bruja", del año 1520). En él, una malévola bruja con la boca abierta, el cabello en desorden y ubres secas, agarra un caldero humeante y monta un esqueleto monstruoso y fantástico. Su mano derecha enfila hacia la cabeza de un bebé en una pila de infantes a sus pies.

Lo cierto es que la iglesia había quemado a más de cinco millones de mujeres, tildando de bruja a cualquier fémina que se dedicara a la herboristería, naturismo, ciencias o cualquier arte que para ellos fuese sospechosamente pagano.

Todo ello ocurrió sobre todo en los tumultuosos siglos XVI y XVII, cuando los despiadados juicios por brujería convulsionaban a Europa, donde el punto máximo de la caza de brujas se produjo entre 1550 y 1630.

"Soy la mejor", pensaba Martina Avraloviz.

La historia de las brujas había metido en el saco a cualquier mujer que quisiera conectarse con la naturaleza y empoderarse como agradecimiento a la fuerza creadora.

Si una o un grupo de mujeres bailaban desnudas con los árboles en los bosques o invocaban inocentemente las fuerzas de hadas, gnomos o ángeles, también caían en la condena de ser brujas oscuras. De nada servía la explicación que aportaba la cultura celta druida de que eran adoradoras de Cernunnos o del dios Pan, en la mitología griega, el ente con cuernos que representaba las fuerzas de la naturaleza, la fertilidad y la abundancia.

Había mujeres brujas que usaban la energía neutra de la creación para el bien, y otras como Avraloviz, que la usaban para el mal y el poder personal. Lo cierto es que todas fueron tomadas por malvadas, aun las que sabían que la vida se regía por la magia en todo momento y que comprendían sus susurros, señales y leyes.

Esta caza de brujas se intensificó durante la revolución de la imprenta y la difusión del miedo de los hombres al poder de las mujeres.

Como resultado del miedo y la confusión, hubo un estallido de símbolos asociados a la brujería brutalmente misóginos, mientras que los artistas aprovechaban la invención de la imprenta para pintar lo que la iglesia les pedía y así aumentar la propaganda negativa.

En el arte, sobre todo en el Museo Británico de Londres, se hallaba la iconografía de la brujería, titulada "Brujas y cuerpos malvados". En Tintagel, Inglaterra, ciudad natal del Rey Arturo, existía actualmente un museo de las brujas con un extenso recorrido de aparatos, libros y herramientas mágicas.

A pesar de que muchas mujeres estaban libres de actos malvados por más que usaban las fuerzas mágicas y los rituales como medio para avanzar en su camino espiritual, había quedado grabado en el inconsciente que todas las mujeres brujas fueron consideradas oscuras. Lo cierto es que ninguna ley u organización había podido detener el poder natural que las hembras poseían, ya que, en la actualidad, millones de mujeres alrededor del mundo seguían practicando la magia, los rituales y la ciencia de las artes ocultas bien para la luz y la evolución o bien para conectarse con la oscuridad.

"Soy hija de lo oscuro. Soy poderosa. Soy tu sierva".

La presencia del demonio se intensificó en la habitación. Estaba dentro de un cuadrado afuera del círculo que mentalmente había trazado la Bruja para protegerse. La experiencia de años hacía que no necesitase llevar su altar físico a ningún lado.

"Yo soy la vara de poder, el cáliz y el caldero oscuro de donde nacen mis imposiciones".

—¡Activa las larvas! ¿Cómo funciona el Vórtex? ¿Dónde has viajado? —clamó con vehemencia.

La Bruja tenía órdenes directas de un alto líder para extraer una precisa información.

Mark balbuceaba palabras indescifrables y babeaba.

—¡Habla ahora, te lo ordeno!

La energía densa de la Bruja llenó la sala de pesadez, la sensación de incomodidad y presión en el ambiente generó tanta incomodidad que Mark vomitó una intensa descarga de la última comida que había ingerido.

—¡Interviene para mí, Belcebú, haz que sienta también tu poder, demonio de las sombras!

Mark se retorció y arrastró tratando de alejarse de su propio vómito y de la presencia de la entidad.

Respiró varias veces. Tal como sucede cuando se vomita, experimentó una mejoría y se sintió más despierto. Sintió también que dentro de su cuerpo algo se movía, similar a un enjambre de abejas atrapadas que quieren salir. Experimentó una sensación de ahogo y angustia.

—¡Habla! ¡Revélate ante mí! ¡Comparte conmigo tus secretos! ¡Te lo ordeno!

El demonio emitió luz oscura por sus ojos rojos.

La energía densa aumentaba en intensidad.

Mark comenzaba a sentirse más consciente luego de vaciar su estómago, como si la invocación de la Bruja y la presencia de aquel demonio estuvieran haciendo efecto.

En medio del trance, la mente de Mark comenzó a ver a pocos metros tres extrañas siluetas de mujer.

Mark se sentía entre dos mundos.

Veía al demonio Belcebú y a la Bruja, pero también comenzó a desvariar y hablar con las otras tres mujeres brujas.

—¿Estáis aquí? —les pregunto Mark a las tres mujeres—. ¡Me habéis venido a juzgar por lo que hice! —Mark comenzó a hablar en castellano antiguo—. ¡Imploro vuestro perdón!

—¿De qué hablas? —preguntó confundida la Bruja Avraloviz.

—¿Es que acaso no las veis? ¡Ellas son más poderosas que tú, bruja sin gloria!

—¿Con quién te estás comunicando? ¡Te ordeno que me obedezcas solo a mí!

Mark se retorció por el movimiento de los bichos en su interior.

En el trance, Mark sentía que descendía en picada en un pozo sin fondo, hasta que de pronto, en su enturbiada mente se le hicieron cada vez más audibles los acordes de una intensa música de violines.

Mark tardó un momento hasta sentir en su delirio que las mujeres eran las tres brujas en la obra *Macbeth*, un clásico de la literatura. En dicha obra de Shakespeare, las tres brujas son profetisas que se le aparecen a Macbeth y predicen su ascenso al trono. Luego de matar al rey Duncan y ganar el trono de Escocia, el rey Macbeth les escucha otra profecía que anuncia de forma ambigua su caída. Las tres brujas frente a Mark mostraban un aspecto místico y una sonrisa de triunfo y gozo ante la tragedia que estaba ocurriendo.

Acto seguido, Mark rasgó sus ropas con fuerza, se colocó de rodillas y comenzó a recitar en voz alta cual actor en medio de un teatro imaginario.

Ahí está el saber, la belleza, el incremento;
si no, locura apenas, vejez y agonía.
Si así pensasen todos, sería el fin del tiempo,
y en solo seis decenios el mundo acabaría.

No es que mis saberes los dicten las estrellas,
y eso que presumo saber de astronomía,
mas no prever la suerte, propicia o adversa,
ni predecir las plagas, el hambre o la sequía.

Tampoco vaticino con precisión el hado,
mostrando en cada caso el trueno, lluvia y viento,
ni sé decir si gloria tendrán los soberanos
por los varios presagios que ofrece el firmamento.

Cuando a solas pienso que todo cuanto medra
la perfección conserva apenas un momento,
que en este gran teatro tan solo hay apariencias,
que del velado influjo de estrellas son comento.

Cuando veo que el hombre crece como las plantas,
y bajo el mismo cielo se anima y languidece,
ufano mientras dura, sin decaer, su savia,
más luego en el recuerdo tal esplendor fenece.

Entonces, esa idea de una fugaz presencia
realza ante mis ojos tu fértil lozanía,
mientras combate el tiempo junto a la decadencia
para mudar en noche tu claro y joven día.

Y yo por ti al tiempo combate le presento,
y así lo que él te quita renuevo y acreciento.

¿Pero por qué no buscas una mejor manera
de combatir el tiempo, tirano tan perverso,
y así te fortificas contra tu decadencia
con medios más felices que mi estéril verso?

Estás hoy en la cima del tiempo más alegre,
y mucha huerta virgen, carente de cultivo,
desea, recatada, parir flores vivientes,
a ti más parecidas que tu retrato vivo.

Las líneas de la vida así renovarías,
pues ni el pincel moderno ni mi pluma profana,
ni en la belleza externa ni en la interior valía,
haremos que revivas en la pupila humana.

En cambio, si te entregas, conservas vida plena,
plasmándote a ti mismo con tu arte más amena.

¿Quién iba en el futuro a fiarse de mis versos
si los colmase todos con todas tus bondades?
Pues, bien lo sabe el cielo, son solo un mausoleo
que vela tu existencia y muestra nimiedades.

Mark se giró empoderado cara a cara hacia el demonio, elevó
sus manos y le declaró a viva voz:

Y más feliz diez veces aún te sentirías
si en otros diez iguales diez veces te copiases:
¿Entonces, al marcharte, la muerte qué haría
si a ti como heredero viviente te dejases?

No insistas más con eso, que tan bella excelencia
ni muerte ni gusanos obtengan por herencia.

Tiempo voraz, las garras del cruel león quebranta,
haz que la tierra engulla los frutos que genera,
colmillos de las fauces del fiero tigre arranca,
y al longevo Fénix aún joven incinera.

Tiempo de pies alados, haz tristes cuando pases
las estaciones ledas, dispón del universo,
y haz cuanto desees con sus gozos fugaces;
tan solo te prohíbo un crimen más perverso:

no esculpas con tus horas la tersa frente amada,
ni en ella traces líneas con tu viejo escalpelo,
deja que él siga intacto mientras corriendo pasas,
y así hombres futuros tendrán gentil modelo.

Y aunque, viejo tiempo, mayor sea tu espanto,
mi amor vivirá joven por siempre en mi canto.

Parecía que los ojos de Mark iban a salirse de sus órbitas. Soltó una feliz, estruendosa y orgásmica carcajada que llenó de brillo el ambiente.

El demonio se encolerizó por la alta vibración de aquellos sonetos shakesperianos. La Bruja resoplaba y sudaba gotas cual lluvia de bronce oxidado de impotencia.

—¡Obedéceme! ¡Cómo funciona el Vórtex Maestro! ¡La contraseña! ¡Háblame! ¡Obedece a Belcebú!

La Bruja invocó todo su poder, llena de ira y furia.

Mark miró hacia el rincón de la habitación, las tres brujas de Macbeth se marchaban.

Las tres mujeres clavaron sus ojos en él.

El joven esbozó una leve sonrisa.

Se sintió atado a encontradas emociones, como la intensa y molesta sensación del movimiento de los gusanos en su interior, bichos que sentían la presencia del demonio y las invocaciones de la Bruja.

Por otro lado, sentía la energía opuesta, la fuerza del amor por los sonetos que acababa de recitar. Su mente estaba plagada de ellos. Habían sido muchas las horas que había leído, estudiado e interpretado a Shakespeare en pequeños teatros de los suburbios de Boston.

A Mark le seguían retumbando en la mente las palabras del célebre escritor, sonetos que él consideraba proféticos. Dichos escritos, datados en 1600, cobraban vigencia para él, a modo de Nostradamus literario, en una actualidad mundial plagada de pandemias, miedo y confusión.

De pronto, su corazón dio un vuelco.

Una ola de culpa lo atormentó hasta el fondo de su ser.

Belcebú movió las manos directamente hacia el joven y una ola de energía de bajo astral lo retorció.

—¡Habla ahora! —gruñó el demonio con voz áspera y estridente.

La fuerza del demonio era demasiada y Mark cedió.

—¡Aaaah! —gritó Mark en un doloroso aullido desnudo—. ¡He alterado el pasado! ¡He cambiado la historia! —confesó sin poder evitarlo.

El demonio sonrió.

"Caos".

Era su ley. Su forma de confundir al mundo.

—¡Explícate! —gritó la Bruja, escupiendo saliva por la boca—. ¡Habla claro, bastardo! ¿Qué es lo que has cambiado?

Mark sintió aumentar el peso de la culpa y el arrepentimiento en su conciencia.

En su mente, flashes con veloces imágenes lo atormentaban. Dio unos tumbos, presa de un intenso mareo, y se abalanzó trastabillando hacia el rincón buscando el apoyo de la pared.

Los gusanos se revolvieron en su estómago.

—¡He movido una pieza en el tablero del tiempo! —gritó con culpa—. ¡Eso cambiará las circunstancias de eventos futuros! ¡No debí hacerlo!

Mark Chairman se desvanecía de agotamiento. La presión del calor de la habitación, los gusanos, el demonio y la Bruja, era una pesada cadena que ya no podía soportar.

"¿Cómo he podido ser tan egoísta?".

Aquel fue su último pensamiento antes de caer desmayado.

13

Milán,
21 de enero de 2025

Vicky se acercó con una bandeja con tazas y les ofreció café italiano a todos.

Estaban absortos tratando de darle alguna interpretación coherente que les dijera algo al cambiar el valor de los números a letras.

—Ya lo he intentado varias veces —dijo Farías, quien sentía que aquello no llevaba a ninguna parte.

—Hay cientos de posibilidades estenográficas, con suerte, nos llevará una semana lograr que alguna palabra tenga algún sentido —dijo David con los ojos en el acertijo.

—¡Debemos encontrar a Mark! —dijo Sarah Newman—. Por más que estemos cansados.

A juzgar por lo que había en juego y por la suma que el profesor había pagado al detective, no había posibilidad de detenerse a descansar.

—Lo intuyo, estos números no son coincidencia ni un error del sistema. —Arthur sentía que aquello lo conduciría a alguna pista.

—¿Eso crees? —preguntó Freyja.

Arthur inhaló profundo y se pasó la mano por el cabello, levantó la vista del papel, donde estaba cambiando números por letras, para ver hacia aquella puerta con forma de reloj de arena gigante.

"Me pide que viaje a otra dimensión", pensó con recelo.

A Parker le atraía el nuevo desafío que el profesor Kirby le había ofrecido, sabía el gran riesgo que ello representaba y también el colosal regalo de ser el elegido para vivir esa experiencia a lo desconocido.

De pequeño, Arthur Parker amaba descubrir lo que no estaba aún descubierto, desde entonces sintió su vocación antes de enlistarse en la Real Academia de Detectives, en Canadá.

El detective se giró hacia la computadora.

Los números titilaban desafiantes en la pantalla.

Rápidamente, garabateó en el papel y ensayó otra posibilidad.

5 9 3 3 9 1 4 1 8 1 2 5 1 7 5 1 9 5

E I C C I A D A H A B E A G E A I E

Freyja miró de reojo la tabla alfanumérica.

—Colocando la primera letra para cada número, no significan absolutamente nada, estamos estancados.

1	2	3	4	5	6	7	8	9
A	B	C	D	E	F	G	H	I
J	K	L	M	N/Ñ	O	P	Q	R
S	T	U	V	W	X	Y	Z	
Sol	Luna	Júpiter	Urano	Mercurio	Venus	Neptuno	Saturno	Marte

Los demás tenían bosquejos similares, sin ningún sentido racional.

—¿No deberíamos seguir nosotros con estos números y el detective buscando a Mark en las calles o algo así? —preguntó Sarah Newman—. Estamos perdiendo un tiempo valioso todos juntos aquí.

A Kirby no le pareció buena idea.

—Profesor, ¿la programación de los diferentes Pin Vórtex está hecha bajo algún códice? ¿Sabe si Mark utilizó la secuencia de Fibonacci? ¿Algún especial estilo Pitagórico? Necesito más información para saber cómo avanzar —dijo Arthur.

Freyja intervino.

—¿No pudo haber sucedido algo similar a la paradoja del abuelo y quizás Mark, en su viaje, realizó alguna acción que produjo que estos números sin sentido estuvieran ahora titilando en la pantalla?

El profesor meneó lentamente la cabeza, confuso.

—¿Hasta qué punto el rector Demus sabía de su proyecto, profesor Kirby? —preguntó el detective Parker.

—Él no tenía noción de lo que yo estaba trabajando. Absolutamente descartado. Solo le dije que necesitaba ayuda por un robo de material confidencial. Sabemos guardar secretos. Es un colega de fiar —zanjó Kirby.

Arthur se llevó la mano al centro del pecho para sentir su corazón.

—Si no fuera porque ustedes vieron a los secuestradores, juraría que Mark está perdido en el tiempo.

El profesor Kirby, sorprendido, se giró hacia Parker.

—¿Por qué dices eso? ¿Qué percibes?

El detective sentía que había algo extraño.

—Algo no encaja. ¿Por qué los secuestradores se llevaron solo a Mark, pudiendo llevarse a más? ¿Por qué no extorsionarlos en el mismo momento para obtener la información? Siento que se lo llevaron porque necesitan de él algún trabajo futuro por realizarse todavía. Algo que ustedes no hayan hecho.

—¿Algo como qué? —preguntó Kirby.

—No lo sé, pero lo intuyo. —Arthur comenzó a canalizar información con más intensidad—. Profesor Kirby, ¿cómo comenzó la idea de construir La puerta de los tiempos? ¿Desde cuándo están trabajando en esto?

Kirby inhaló ampliamente.

—La primera parte fue con base en los estudios que he realizado durante toda mi vida, luego fui reclutando uno a uno a los estudiantes más propicios para formar el equipo científico.

Sarah Newman se incorporó para recoger las tazas de café que todos habían bebido rápidamente.

—¿Quieres más? —preguntó amablemente.

Parker negó con la cabeza, ya estaba sintiendo los efectos de la cafeína.

—Te ofrezco mis disculpas, detective. No quise decir que deberías estar en la calle investigando, es que estoy nerviosa por Mark.

—Todos lo estamos —terció Kirby, consciente de la urgencia de encontrar al otro miembro del equipo—. Ahora debemos mantener la calma y pensar.

—No hay problema —dijo Arthur y le apoyó una cálida mano en el hombro—. Somos un equipo.

Parker deslizó la mirada por los cuatro jóvenes, que seguían absortos en los códigos numéricos.

—¿Todos firmaron acuerdo de confidencialidad?

—Por supuesto. Y el más estricto.

—Entiendo. Lo que me tiene inquieto es que los secuestradores no han pedido ni rescate ni información sobre el Vórtex.

—¿Por qué descartas que los secuestradores pidan un chantaje, información o una recompensa en breve?

—En todos mis años como detective, sé por experiencia que ha habido muchos casos policiales no resueltos.

—¿Casos de secuestros no resueltos? ¿En qué piensas?

Parker frunció el entrecejo.

—Esta situación me hizo recordar un famoso caso que pasó hace años, sobre un científico mexicano que estaba envuelto en estudios avanzados y que desapareció sin dejar rastro. Aún hoy, en los expedientes oficiales de la policía sigue estando reportado como desaparecido luego de más de treinta años.

Al profesor Kirby se le encendieron los ojos.

—¿Te refieres a Jacobo Grinberg? —preguntó con expresión de sorpresa.

—Correcto.

—Nosotros hemos logrado este microprocesador y los viajes en el tiempo porque hemos estudiado los trabajos científicos del brillante doctor Grinberg, ya que él dedicó su vida a estudiar los avances de la conciencia, la neurociencia y las capacidades espirituales humanas, entre otras cosas. —La voz de Kirby estaba cargada de admiración.

Parker conocía perfectamente aquel caso no resuelto, ya que lo analizaban en las academias de detectives como materia de estudio.

Parker argumentó:

—Según los informes, en 1994, el doctor Grinberg desapareció sin dejar rastro alguno. Eso ha dado origen a todo tipo de especulaciones y teorías.

—Eso es correcto —agregó Kirby—. Siguiendo el método científico, el doctor Grinberg intentó explicar los fenómenos paranormales a través de lo que llamó "Teoría Sintérgica".

Mark levantó la vista del ordenador en el que estaba trabajando e intervino.

—El doctor Grinberg decía que no hay objetos separados unos de los otros, sino que es un campo informacional de una complejidad extraordinaria y que nuestro cerebro interactúa con este campo. También mencionaba que, cuando el cerebro interactúa con el campo, se genera la percepción espacio-temporal que conocemos. De allí hemos tomado herramientas para nuestro proyecto, detective Parker.

—Eso es correcto —dijo Kirby—. Jacobo dedicó su vida al estudio de la conciencia. Se graduó en neurofisiología, estudió el comportamiento del cerebro en adultos y niños y acudió al laboratorio del doctor Roy John, en Nueva York, para doctorarse. Alguna vez intercambiamos palabras en una sala de conferencias. A su regreso a México, montó su propio laboratorio.

Mark se puso de pie y garabateó dibujos en una pizarra.

—Lo más importante es que Grinberg proponía que la conciencia no es un producto de la actividad cerebral, sino que somos receptores de una conciencia general a la que nos conectamos como si fuera un internet para todos.

Kirby asintió.

—Arthur, ¿tú piensas que este caso es similar?

—Lo que sé es que Grinberg se metió en temas de investigación avanzada para la evolución humana y muy delicados para los intereses del *establishment*. Ustedes están haciendo lo mismo.

Kirby se pasó la mano por la barbilla, preocupado.

—Tienes razón, Jacobo Grinberg siguió obsesionado con sus experimentos sobre la telequinesia y la telepatía. Al parecer, quería demostrar que no había un tiempo de transmisión entre la emisión y la recepción del impacto telepático.

—Según escuché años atrás —dijo Arthur—, la investigación tardó en ponerse en marcha porque Grinberg frecuentemente se ausentaba varios días sin dar noticias. El caso estuvo en manos del comandante Clemente Padilla, que hasta aquella fecha, no había dejado ningún caso sin resolver. Padilla recibió un llamado confiable de que al parecer Grinberg había sido visto en Boulder, Colorado, acompañado de dos agentes secretos de Estados Unidos.

Todos quitaron los ojos de las computadoras para escuchar lo que Parker estaba comentando.

—Continúe —dijo Kirby.

—El comandante Padilla fue relevado de la investigación, y más tarde, echado de la policía a pesar de sus antecedentes intachables.

—Esa es la razón por la que acudí a un detective privado —sentenció Kirby.

—Por lo menos, nosotros sabemos que Mark fue secuestrado —agregó Vicky.

—Arthur, ¿crees que ahora la CIA pueda estar detrás de nosotros? —preguntó el profesor Kirby—. Es imposible que supieran algo de...

—Ha dicho que los muros tienen ojos, profesor, son temas muy delicados. Hay que tener en cuenta que la teoría más fuerte dice que Grinberg pudo haber sido secuestrado para conocer sus secretos, o para seguir trabajando en ellos en un programa llamado *Stargate*, que significa "puerta de las estrellas". ¿No le parece que hay similitudes, profesor Kirby?

El científico asintió.

—En el campo de las investigaciones, muchos colegas continúan los trabajos de otros científicos que no han sido terminados. En ese caso, hay muchos aspectos turbios, teniendo en cuenta que la CIA, como agencia de inteligencia, estudió toda clase de fenómenos paranormales durante la Guerra Fría. Lo cierto es que Grinberg desapareció junto con todo el material de sus últimas investigaciones. Y nadie ha vuelto a saber nada de él.

—Desapareció, pero hay más hipótesis —respondió Parker—. En realidad, es *vox populi*, y son cuatro las más importantes: que ha sido secuestrado por la CIA; que fue víctima de un crimen pasional por la que era su mujer; que fue abducido por seres extraterrestres e, incluso, hasta se cree que puedo haber encontrado la forma de salir de la Matrix.

—Eso evidentemente lo puso en la mira del sistema —razonó Freyja.

—Claro, sobre todo porque él prometía cambiar para siempre la forma en la que los seres vivos aprecian la realidad para desvelar una nueva concepción de cómo funciona el universo. Por favor, ¿me refrescaría la memoria sobre esa teoría, profesor Kirby?

Kirby dio unos pasos y se sentó en una silla.

—El doctor Jacobo Grinberg tuvo una gran curiosidad sobre el funcionamiento de la mente. Él precisaba que, si una persona tenía un campo neuronal de alta sinergia, entonces se podría modificar a voluntad el holograma de la Matrix y llegar a hacer cosas que probablemente no podrían ser explicadas con las leyes actualmente conocidas. Comenzó a estudiar la transmisión de información de una persona a otra sin utilizar ningún canal sensorial ni interacción física, como la telequinesis, la habilidad psíquica que permite a una persona influir en un sistema físico sin interacción física. Y, a través de la meditación, Jacobo logró demostrar que dos cerebros expuestos a diferentes estímulos podrían arrojar resultados similares, a lo que llamó "potencial transferido".

—El wifi de la conciencia —añadió Freyja.

—Ni más ni menos, querida —dijo Kirby—. Imaginemos que estamos aquí y nos dicen: "vamos a hacer un potencial transferido". Entonces nos dejan interactuar para generar un sistema, nos ponen en dos cámaras de luz frente a tus ojos y a ti te mandan flashes directos. Tú estás con los ojos abiertos, estás viendo los flashes, y se va a generar un cambio en tu sistema de células registrado por un electroencefalograma. En cambio, yo, que estoy en la otra cámara sin luz, en absoluta oscuridad y con ausencia de estímulos o sonidos, no tendría reacción alguna, pero lo que se descubrió es que en mi cerebro también existe un estímulo, un poco más sutil, pero exactamente en el mismo punto y en el mismo tiempo. Con ese estudio, se reafirmó que la gente capta y recibe información a partir de la estructura del espacio, tanta, que provoca un cambio en esa realidad.

A Arthur y Freyja le sucedía constantemente.

Kirby hizo una pausa para beber agua.

—Aquí, lo más importante es que Grinberg tocó resortes que no le convenían al sistema que gobierna la Matrix y que mantiene actualmente a los avestrucianos más sujetos y encadenados que nunca. Al parecer, si alguien despertaba el campo neuronal con esa facultad extrasensorial, le sería posible dominar el "holograma", entender su funcionamiento y "despertar" para alcanzar la "verdadera realidad". Jacobo estaba altamente avanzado para aquellos años.

—Profesor Kirby, ustedes también son avanzados para esta época —dijo Freyja.

—Es diferente ahora, la humanidad está más preparada para conectar el cerebro con otros tiempos y espacios. Jacobo era un pilar muy valioso para la humanidad... —Los ojos de Kirby se humedecieron—, un hombre muy inteligente; de hecho, él también era judío.

Parker sabía que, en la carrera de Inteligencia y Física Cuántica, la comunidad hebrea trabajaba duramente en los laboratorios a través de gente superdotada en todas las áreas de desarrollo de la naturaleza humana.

—Hay que tener en cuenta que, en el momento de su desaparición, Jacobo se disponía a hacer un experimento importante —añadió Kirby—. Iba a demostrar la telepatía entre una persona en México y otra que estaba en la India, yendo incluso en contra de la teoría de la relatividad de Einstein, que estableció que nada podría ser más rápido que... la velocidad de la luz.

Hubo un silencio.

—¡Cosa que ustedes ya han demostrado! —agregó Arthur, echándole una mirada a todos.

—¿Y no deberíamos aplicar ese principio para resolver estos números en las computadoras? —preguntó Farías.

—¿Te refieres a usar la telepatía para conectarnos con el campo de conciencia y entrar en una misma frecuencia? —preguntó Freyja.

—¡Buena idea, Farías! —afirmó Vicky—, así podríamos crear entre todos una mente maestra para acentuar la percepción.

—*Forever?* —espetó Farías, emocionado.

Todos lanzaron una sonrisa.

—Ya lo dijo Einstein, los problemas no pueden ser resueltos en el mismo estado mental que fueron creados. ¡Debemos elevarnos todos juntos! —exclamó Parker.

Dicho esto, el equipo se sentó en las sillas, enderezaron la columna, cerraron los ojos y comenzaron a meditar para conectar todas las mentes como una sola.

14

Londres,
21 de enero de 2025

Estaba a punto de amanecer y Mark Chairman estaba empapado en sudor. Sintió su cuerpo pesado, como si hubiese sido arrollado por un tren.

Abrió los ojos y vio todo oscuro. La habitación estaba vacía.

Del otro lado, tras los cristales, Martina Avraloviz estaba furiosa y desorientada. No había podido sacarle más que balbuceos y extraños poemas. Había hecho varias llamadas telefónicas. Todavía no había dado el parte a su superior directo en la sociedad secreta, ya que pensaba intentar otros modos de confesión.

"Este pequeño ha vencido a uno de los demonios más poderosos. Nadie se burla de mi".

Su mente era un caldero hirviendo de furiosas emociones. Si en la organización se corriese el rumor de que había fallado en un ritual, pronto las otras aspirantes a ser la emperatriz que ocupase el cargo de máxima iniciada en las artes oscuras presionarían por su puesto. Famosas estrellas del pop, actrices de Hollywood, anónimas empresarias multimillonarias y líderes políticas que estaban detrás del poder dentro de los Illuminati argumentarían en su contra y solicitarían un cambio en el siguiente concilio que se celebraba en cada fecha astrológicamente importante en su calendario pagano.

Martina Avraloviz dejó su teléfono y se dirigió hacia él con la idea de volver a torturarlo, ahora bajo efecto de drogas que llevaba en su lujosa cartera Louis Vuitton.

En el momento que la mujer quiso extraer las píldoras, Mark tuvo un momento de lucidez. Tomó aire, juntó las piernas, y de un inesperado brinco, arremetió contra la mujer, que se hallaba en un estado de confusión e ira concentrada en su cartera y que vio venir de reojo una sombra frente a ella en la penumbra.

Mark se abalanzó a tientas, como un animal herido y sin dirección, y atinó como pudo hasta estar frente a frente a la impactante presencia de la Bruja. Con todas las fuerzas que le quedaban, le imprimió un fuerte y certero rodillazo en la vulva.

La Bruja sintió que, desde su sexagenaria entrepierna, se extendió una explosión de dolor por su cérvix hasta ahogarle la garganta y dificultarle la respiración.

Calor.

Mareo.

Ahogo.

Aquel inesperado golpe desencadenó un malestar a todas luces insoportable. La Bruja sabía que, en las ciencias ocultas, la vagina era llamada "la puerta de la vida". Habían sido muchas las veces que se culpaba a sí misma porque, luego de los años que había dejado de menstruar, en los que comenzó a sentirse menos atractiva y menos deseada con la llegada de la menopausia, aquel evento traumático había desencadenado unos fuertes celos por las mujeres más jóvenes que ella.

Debido a sus celos de la belleza que no poseía, había recurrido al poder de la magia negra para lograr sus fines. Las jóvenes dominaban el mundo con su belleza y sensualidad, más a ella solo le quedaba el recurso del conocimiento y el poder. Lo cierto era que, en aquel momento, las tres puertas sagradas del Yoni —nombre que se le daba en el esoterismo a ese órgano tan misterioso y generador de vida— le estaban infringiendo un gran dolor y la sensación de morir en cualquier momento.

"Si despiertan su vagina de manera mágica y la encienden como una copa llena de poder, harán que cualquier amante, sea hombre o mujer, caiga a sus pies y las obedezca", había enseñado en los eventos internos.

Dentro de la sociedad secreta, la Bruja suprema de los Illuminati impartía clases a un selecto grupo de hembras sobre las artes sexuales desde el ojo esotérico del ocultismo.

Se apoyaba en un conjunto de prácticas esotéricas de varios siglos de antigüedad que le permitía a las mujeres cultivar la energía sexual creadora, ya que si podían hacer nacer nuevos seres humanos, podían hacer nacer lo que quisieran: contacto con entidades, atracción para que sucediesen eventos en su beneficio, invocar y evocar demonios y cualquier cosa que una mujer de esos calibres imaginase.

"Por eso nos han quemado —argumentaba con sus estudiantes—, la iglesia nunca quiso mujeres de poder, mujeres sexuales y brujas".

En eso, Martina Avraloviz estaba en lo cierto, ya que para las antiguas maestras espirituales, la sexualidad estuvo siempre vinculada al intrínseco poder creativo y creador que poseen las mujeres, tanto si lo hacen a través de la luz o, como ella, a través de las fuerzas de la oscuridad. Sabía que el cultivo de la fuerza sexual en una vagina entrenada en los misterios podría incrementar el placer y también la salud, la fuerza vital y la conexión espiritual. Aunque, para ella, la búsqueda de la iniciación vaginal era acrecentar el poder de la magia con las fuerzas oscuras.

Esas prácticas se habían recogido durante milenios y pasado de boca a oído de las librepensadoras en diversos tratados a lo largo del tiempo, y dieron lugar a lo que se conocía como las "artes de alcoba". Dichas artes no solo contenían descripciones detalladas de posturas y ritmos en las relaciones sexuales manejando la lujuria y el poder, sino que también incluían la práctica mística y energética de hacer circular la energía sexual a fin de ganar impulso en el desarrollo espiritual.

La Bruja Avraloviz estaba sintiendo poco menos que la explosión de un volcán en su vientre. Sus pulmones se cerraron y un hilo de aire apenas entraba para mantenerla con vida. Se arqueó y cayó al suelo. La realidad que estaba viviendo la sumió en una sensación de culpa, dolor y resentimiento.

"¿Cómo ha sucedido esto?".

Se jactaba siempre de ser infalible y que sus víctimas sintiesen miedo solo con su presencia.

De inmediato sintió el extraño movimiento de su energía sexual colapsada bajo el dolor en una orilla muy lejana al placer, y un remolino energético como una serpiente enroscada en su útero que comenzaba a desconectarse de sus sentidos.

"No puedo respirar".

Por su mente desfilaron todas las veces que había enseñado al selecto grupo de mujeres que estudiaban con ella a liberar la fuerza de la serpiente sexual, inclusive había guiado rituales que incluían actos sexuales grupales e intercambio de parejas usando máscaras y joyas especiales en determinados momentos astronómicos para aprovechar la energía de ciertos planetas, sobre todo de Saturno, en su beneficio.

"Los rituales canalizarán la energía creadora de la vagina y concretarán sus logros", les enseñaba.

La realidad era que ella, al saber que la energía no era buena ni mala, sino neutra, aprovechaba para implantar su control mundial a través de aquellos ritos y pactos que el común de los mortales ignoraba.

En aquel momento, se sintió sola.

"Tienes que recordar de nuevo cómo funciona tu energía", pensó mientras caía al piso. Recordó que llevaba dentro de su vagina un pequeño huevo de obsidiana, una piedra negra que las mujeres se introducían con una programación previa para que, desde ahí, ese huevo cargado de poder hiciese crecer todo lo que la mente de las hembras previamente le inyectase como intención. Aquel huevo que había sido meticulosamente introducido por sus finos, ajados y largos dedos de largas uñas rojas y negras, se movió de sitio e impactó en las paredes de su vientre. La obsidiana, en ese caso particular, al ser una piedra intensa, les permitía trabajar con la sombra de la personalidad, integrándola como parte de cada una para empoderarse y abrirse a la capacidad de practicar la magia y la brujería —ciencias que ella consideraba diferentes— para expandir la oscuridad que toda bruja llevaba dentro. Dentro de los Illuminati existían mujeres que, de pequeñas, habían sido violadas o abusadas; ella les enseñaba cómo transformar en poder y fuerza mental a su favor el odio y resentimiento que habían mantenido en contra de los abusadores.

Un chorro de su agria orina emergió en su ropa interior, mojándola como una canilla que se abría.

"Estoy perdiendo el oro".

Así era como llamaba la Bruja a una de las dos emisiones del género femenino.

La otra era el néctar.

Ella se refería a la orina y al otro líquido que una mujer emitía cuando se encontraba excitada sexualmente: la eyaculación femenina, llamada Amrita.

—Algunas de ustedes han sido dotadas con la gracia de producir el néctar, la lluvia de la vulva. Es literalmente un chorro que manifiesta la fuerza y supremacía del principio femenino. Nuestra eyaculación es puro poder, tal como el semen lo es en los machos —decía.

Sin tener resistencias en su enseñanza, aunque sí grados de escala conforme el conocimiento aumentaba dentro de la organización, recomendaba beber su orina, dibujar con la sangre de su menstruación los sigilos —signos de poder—, además de beber sus eyaculaciones vaginales y beber el semen de los hombres.

—Esas fuerzas las harán invencibles si dominan las cuatro aguas: orina, Amrita, sangre y semen —argumentaba.

Aquella noche, su teoría no estaba dando resultados.

Lo cierto era que el delicado mecanismo del Yoni era como un jardín de flores que crecían al mismo tiempo, una red interconectada de energía asociada a la fuente de placer y poder creativo. Un manantial de energía sexual que alimentaba a todos los órganos del cuerpo. Aquello estaba certificado en libros, documentos y antiguos tratados de sabiduría taoísta y tántrica que afirmaban que las mujeres poseían tres puertas misteriosas que había que ir estimulando: el clítoris, el punto G y el cérvix.

En sus clases, también mostraba con jóvenes modelos de la sociedad cómo masturbarse y aprovechar la energía que se desprendía de su cuerpo. Disfrutaba, como la mujer bisexual que era, poder ver a más de tres docenas de féminas estimulándose hasta alcanzar orgasmos grupales que usaban como ritos de iniciación en la enseñanza del ocultismo.

Lo cierto era que *la crème de la crème* de la élite mundial femenina de Hollywood, la industria musical, la política y un selecto grupo de empresarias, se reunían en luna llena bajo sus órdenes.

La palabra y enseñanza de la Bruja Avraloviz era respetada por todas ellas desde hacía décadas.

—El clítoris está conectado con la glándula pineal, el ojo que todo lo ve —decía en sus rituales—. Es la puerta encargada de encender el sistema eléctrico de nuestro cuerpo para que destile energía, se expanda y empodere. Su néctar prepara al cuerpo para que la energía aumente la oscuridad y el misterio mágico que toda mujer lleva dentro. Ahora, activen la segunda puerta: el punto G. El punto de la diosa estimula la energía del hígado, mueve nuestras emociones y activa nuestra pasión. Su néctar abre nuestros caminos y desprende miedos y temores.

Allí introducían sus respectivos huevos de obsidiana previamente cargados con la luna.

—¡Somos diosas! ¡Somos brujas! ¡Hechizamos con nuestro poder! —salmodiaban todas juntas a viva voz bajo sus órdenes en los rituales.

Por último, les enseñaba cómo abrir la tercera puerta: el cérvix, o donde la energía fluía circularmente y producía el orgasmo cervical, en el que se disolvían todos los límites y se conectaban con las fuerzas creadoras y destructoras del universo.

En alguno de sus rituales les dejaba claro que el papel de las mujeres brujas no era solo el de ser mujer, amante, pareja, esposa, madre, empresaria, artista, puta o sabia.

—Deben ser sacerdotisas de poder —decía a viva voz mientras el grupo con máscaras, bajo las tenues luces de velas negras, se masturbaba en conjunto.

—Las mujeres brujas nos damos más placer que el que nos dan los hombres. Imaginen el poder mundial en estos momentos en que tantas mujeres solas están tocándose en sus casas alrededor del mundo —decía con voz empoderada, incentivando a las mujeres Illuminati al lesbianismo y la bisexualidad.

La Bruja Avraloviz también estaba consciente de que millones de mujeres, a cada momento —teniendo en cuenta el cambio horario de los diferentes países—, estaban constantemente masturbándose y produciendo energía orgásmica alrededor del mundo, algo que incluso científicos como el perseguido doctor Wilhelm Reich había estudiado y nombrado "energía orgónica", capaz de producir creación y fuerza de vida.

La Bruja, en cambio, las incitaba a conectar con esa energía sexual mundial que a todo momento estaba alrededor del planeta como un campo energético latente para sentir el poder de lo oscuro y el mundo demoníaco.

—¡La energía es neutra! —les gritaba en pleno éxtasis místico sexual—. ¡Aprovechen para tomarla y empoderarse!

Aquello era indiscutible, ya que, si las paredes de las casas u hoteles se levantasen al unísono, se podría ver a millones de parejas teniendo sexo o masturbándose al mismo tiempo cual orgía colectiva. Si bien eso era un hecho al que poca gente le prestaba atención viviendo vidas comunes, para la Bruja se debía a que los mortales ignorantes que no se ilustraban desaprovechaban el conocimiento del ocultismo y las artes esotéricas.

"Ninguna energía se pierde, sino que se transforma".

La Bruja, como suma sacerdotisa de los Illuminati, sabía que si el proceso de apertura de las tres puertas se lograba, provocaría el acceso a orgasmos más fuertes, produciendo la eyaculación femenina, la cual también era ajena a las mujeres no iniciadas que no habían tenido el beneplácito del conocimiento y que ignoraban que contaban con aquel poder.

—¡En el momento del orgasmo proyecten una imagen mental de lo que quieren crear! ¡La energía seguirá lo que piensen si tienen la fuerza suficiente en su vagina! ¡Usen la energía grupal mundial de todas las mujeres que están encendidas y erotizadas ahora mismo! —enseñaba en sus rituales sexuales que incluían entrenar la vagina para fortalecer sus músculos con diferentes ejercicios, además de sincronizarla con la luna, la tierra, los astros y entidades oscuras de fuerzas demoníacas.

—Deben morir para renacer como brujas empoderadas. El orgasmo es una pequeña muerte. Mantengan la conciencia y la intención en ese momento y podrán crear con su mente lo que quieren ver en su vida —gritaba con voz autoritaria.

Ella era la única que veía con sus negros ojos a todo ese grupo de hembras de élite, desnudas en cuerpo y alma, envueltas en la penumbra de una adornada sala con todos los lujos de una fastuosa mansión de Nueva York donde se llevaban a cabo los ritos; veía cómo ellas se arqueaban de placer y poder, gimiendo de lujuria, abrazadas bajo la espesa aura de la brujería, las invocaciones y los perfumes de costosas marcas.

Algunos autores, entre ellos Stanley Kubrick, llevaron a la pantalla ritos similares como en la película *Ojos bien cerrados*, protagonizada por Nicole Kidman y Tom Cruise, donde éste último se filtra sin permiso en una de aquellas ceremonias, descubriendo que, en secreto, su mujer formaba parte de los ritos sexuales de aquella sociedad.

Dichos rituales estaban reservados para la cúspide de una pirámide de poder a la que solo podían acceder tras ser elegidos para brindar el juramento y el pacto con entidades oscuras a cambio de su alma.

—¡Deben ver al sexo femenino como electricidad! ¡Un poder magnético que hace que todo lo que quieran salga de allí! Sus genitales —decía— son la lámpara de Aladino para que el genio que llevan dentro les de poder. ¡Saquen al genio de su lámpara! ¡Hechicen al mundo con el poder de su vagina!

Aquellas enseñanzas que se habían hecho populares con Aladino y el genio, quien le decía al ser invocado: "Tus deseos son órdenes", nacieron de la literatura que reflejaba la magia del antiguo Egipto.

Hacían referencia, en el terreno del esoterismo, a que quienes invocaran genios, en realidad se conectaban con los *djinn* —o entidades del otro plano— que se manifestaban y a los que luego las brujas o hechiceras encerraban en botellas o lámparas de aceite para tenerlos bajo poderosos hechizos a merced de su voluntad. Los *djinn* o genios, son espíritus de la mitología árabe preislámica. El término *djinn* se usaba tanto para designar de forma colectiva a cualquier criatura sobrenatural como para referirse a un tipo específico de ellas; además, había una cercanía fonética con la palabra yin, haciendo referencia al poder femenino, la contraparte del yang o lo masculino. La Bruja sabía que la existencia tenía cabida tanto para el bien como para el mal, e interactuaban como placer y dolor, luz y oscuridad.

Los *djinn* —creía la Bruja— debían obedecer a todo yin, el género femenino.

Por medio de la sexualidad aplicada con rituales de magia, les brindaba autoconocimiento a todas aquellas mujeres a través de múltiples sensaciones, adentrándolas en una intimidad diferente a través de todo su cuerpo creador, liberándolas de inhibiciones y bloqueos psicológicos muchas veces con ayuda de drogas y sustancias alucinógenas.

La primera referencia histórica de un *djinn* se remonta a la historia de la hermosa reina de Saba, cortejada por el rey Salomón. La reina de Saba fue la reina del antiguo reino de los sabeos. Fue tan famosa y de una belleza excepcional en su tiempo que incluso aparece en la Biblia, presentada en el Primer libro de los Reyes, el Segundo libro de las Crónicas y en el Evangelio de Lucas, en el Corán y en la historia de Etiopía. En aquel tiempo, Salomón condensaba su sabiduría en libros, se le atribuye la autoría de algunos textos bíblicos del Eclesiastés, los Proverbios y el Cantar de los Cantares, algunos salmos y, posteriormente, *El Libro de la Sabiduría* y *Las Odas de Salomón.* Afirmaban que dicho conocimiento venía de su conocimiento de la magia y el ocultismo, ya que el rey Salomón fue el primero en confinar al genio dentro de la botella para quedarse con la reina de Saba.

Desde aquellos tiempos hasta la actualidad, el simbolismo y ejemplo de un genio atrapado se mostraba en la literatura o el cine, como en la serie *The Sandman,* en la que un ser sobrenatural y andrógino está atrapado en una burbuja tras un rito de magia de un hechicero que lo invoca.

Aquel secreto grupo en la mansión de la Bruja aprovechaba las fuerzas neutras de la naturaleza; del mismo modo, cualquier mujer en su propia habitación podía utilizar dichas técnicas para avanzar por el camino de la luz y la conciencia evolutiva si tenía bondad y luz en el corazón, pero Avraloviz, como todas aquellas brujas menores, avanzaba hacía el otro extremo.

Oscuridad.

Eso es lo que vio antes de desmayarse de dolor y desvanecerse en la inconsciencia.

En ese preciso momento, Mark Chairman encontraba un pasaje a la libertad.

Se incorporó trastabillante, inhaló profundamente y se encaminó hacia la puerta. Al salir de aquel horrible recinto de torturas, corrió por el extenso pasillo del frío y desalmado instituto.

Mark Chairman no sabía absolutamente nada de las teorías de aquella mujer.

Lo que sí supo, como un contemporáneo Mark contra Goliat, era que aquel combate energético se gestaba en la lucha de fuerzas de luz oscuridad, lo que ocurría en múltiples formas alrededor del mundo.

Ese fue el momento en que, al igual que todos los imperios o fuerzas de poder que encuentran su cúspide de máxima expresión para luego comenzar el descenso y la decadencia, la Bruja se retorcía en su propio alimento al olvidar que de la inexorable ley del péndulo no hay escapatoria, ya que todo lo que un ser humano siembra, eso recogerá; y aquella maquiavélica y retorcida líder comenzó a sentir a las fuerzas de la oscuridad volviéndose en su contra.

15

Londres,
21 de enero de 2025

Mark tomó aire y corrió con todas sus fuerzas por el extenso pasillo sin ventanas y cuyas paredes color gris le hicieron sentir una fuerte claustrofobia.

Había varias puertas. Se frenó y trató de abrir la primera, pero estaba cerrada.

Hizo lo mismo con la puerta de enfrente y también estaba cerrada. Decidió seguir corriendo ahora a menor velocidad, ya que su respiración estaba muy agitada, se giró a la derecha del camino y bajó unas escaleras hasta arribar a un piso donde las paredes estaban pintadas de color marrón. Había puertas con vidrios opacos, en la primera tomó el picaporte y lo giró. Cerrada. Movió la cabeza a los lados para tratar de intuir la salida. Al fondo del corredor, un guardia de seguridad lo vio a una distancia de treinta metros.

—¡Detente! ¡No te muevas!

Antes de que el guardia llevara sus manos a la pistola calibre 38, Mark atravesó una puerta giratoria que dividía el pasillo. El guardia comenzó a correr tras él al mismo tiempo que, desde el teléfono interno que llevaba en la cintura, alertó a la central.

—Un prisionero está corriendo por el ala 2 del edificio, ¡voy tras él, intercéptenlo! —exclamó por el auricular.

Del otro lado, otro guardia se giró en la silla para ver todas las cámaras. Vio a Mark corriendo. Dejó el vaso que tenía en la mano y salió a toda velocidad tras él.

Mark Chairman, exhausto, respiraba por la boca con desesperación. Giró al final de otro pasillo y entró en una puerta que estaba entreabierta. Al ingresar, se encontró de frente otra vez con las tres brujas.

—¿Qué has hecho, joven príncipe? ¿Queriendo ser rey no has actuado como tal, sino como un mendigo egoísta?

La sorpresa de Mark fue intensa.

Las tres mujeres lo miraban con ojos profundos e inmutables.

Mark sabía muy bien que, en el drama de Macbeth, Shakespeare describía la historia de una ambición desmedida y cómo esa misma ambición evolucionó hacia la prepotencia y arrogancia hasta un fatal desenlace.

Macbeth era un hombre extremadamente ambicioso, que, por encima de todo, pretendía ser rey.

"No puede ser verdad", pensó.

Las tres brujas se le acercaron a menos de un metro de distancia. El plano astral y el plano material de la tercera dimensión se fusionaban por una movediza bruma etérea a su alrededor.

—¿Quieres ser rey, jovencito, quieres ser como el gran rey Mark que libera a los judíos, ahora del inexorable paso del tiempo y de las dimensiones de la existencia? —La voz provenía de Hécate, la tenebrosa y enigmática diosa del destino.

—¿Te has atrevido a modificar el pasado? —espetó otra bruja—. ¿Has creído, en tu imprudencia, que puedes burlar al destino? ¿Cómo piensas repararlo ahora que ya has movido una baraja importante en el castillo de naipes de la historia?

Aquellas palabras lo atormentaron.

Era cierto.

En uno de sus viajes en el tiempo, Mark Chairman había movido el pasado y cometido un error imperdonable.

—¡Ayúdenme a repararlo! —imploró.

—¡Eres mayor a Macbeth en tu desmedida ambición, joven príncipe Mark! ¿Pretendes que la corona de la gloria descanse inestable sobre tu cabeza atormentada? ¿Pretendes vivir con el sentimiento de culpa por haber tocado con tus manos sucias los dorados pergaminos del pasado?

Mark se llevó las manos a la cabeza, atormentado.

"No puede ser real".

Hécate caminó hacia él.

—Es más grave de lo que crees, ya que tu ambición, de la mano de tu egoísmo, ha hecho que pronto colapsen las realidades.

De igual forma que los antiguos griegos situaban al destino, las pasiones y maldades fuera del ser humano, también parecía ser Hécate quien esbozaba el destino de Macbeth, presentada llena de ira como nunca en medio del trance de Mark Chairman.

—¿Acaso no sabes que la desmedida ambición y prepotencia son las sombras que determinan la destrucción final de los seres humanos altamente dotados, haciéndolos a ellos mismos arquitectos y constructores o destructores de su propia carrera de vida? ¿Acaso crees que siendo un distribuidor independiente de tus ideas egoístas vas a librarte de la guillotina del tiempo, hipotecando la vida en pos de un retorcido anhelo?

Con exacta similitud, la obra de William Shakespeare reflejaba en Mark Chairman la misma tragedia que vivió el rey Macbeth, dramatizando los mismos dañinos efectos, físicos y psicológicos de la ambición en aquellos que buscan el poder para sí mismos. De todas las obras que Shakespeare escribió durante el reinado de Jacobo I, quien era patrón de la compañía teatral de Shakespeare, Macbeth es la que más claramente reflexiona sobre la relación del espíritu humano con las emociones frente al poder y la gloria.

Lo cierto era que la magistral imaginación que reflejó la mente de William Shakespeare en el relato de la vida de Macbeth, quien fuera rey de los escoceses entre 1040 y 1057, mostraba cara a cara una de las mayores debilidades del hombre, cual caja de Pandora mental. En aquellos tiempos, la fuente principal de información de Shakespeare para esta tragedia fueron las *Crónicas de Holinshed*, obra de la que extrajo también los argumentos para sus obras históricas. Raphael Holinshed se basó a su vez en *Historia Gentis Scotorum* (*Historia de los escoceses*), obra escrita en latín por el autor escocés Héctor Boece, e impresa por primera vez en París en 1527.

Para Mark Chairman, en cambio, las fuentes de su conocimiento fueron los estudios de física cuántica y los trabajos de otros científicos que lo antecedieron.

Del mismo modo en que Shakespeare había sido influenciado y financiado por el rey Jacobo I para exponer sus obras artísticas, a Mark lo influyeron los trabajos científicos de Jacobo Grinberg, que bien podía considerarse un rey pionero en el campo de las investigaciones de la conciencia y la realidad espacio-temporal.

Mark sabía que, en el libro de Macbeth, las tres brujas representaban el mal, la oscuridad, el caos y el conflicto, y se le presentaban a un individuo cuando había realizado alguno de esos actos, o incluso ellas lo tentaban para que cayera en una mala acción o, por el contrario, que venciera la tentación.

"Su presencia anuncia traición y muerte inminente".

Mark sintió un escalofrío por toda su columna vertebral.

Durante la gloriosa época de Shakespeare, las brujas negras eran vistas como las traidoras y rebeldes más notorias que podían existir. No solo eran traidoras en cuestiones políticas, sino también espirituales. Gran parte de la confusión que surgía en torno a ellas provenía de su capacidad para traspasar los límites de lo real, la ilusión, lo natural y lo sobrenatural. Estaban tan profundamente arraigadas en ambos mundos que Mark no sabía si controlaban el destino o si estaban frente a él como indicio de su mal actuar.

Las tres brujas desafiaban la lógica al no estar sujetas a las reglas del mundo.

—Doble, doble trabajo y problemas —dijeron al unísono.

A Mark le retumbaban las palabras como un ruidoso eco en la cabeza.

—¡Déjenme en paz¡ ¡Lo voy a reparar! —gritó.

En la obra shakesperiana, aunque las tres brujas no le dijeron directamente a Macbeth que matara al rey Duncan, usaron una forma sutil de tentación cuando le informan que estaba destinado a ser rey. Al colocar ese pensamiento en su mente, lo guiaron efectivamente al camino de su propia destrucción. Esto sigue el patrón de tentación atribuido al diablo en la imaginación contemporánea: se creía que el diablo era un pensamiento en la mente de una persona, que él o ella podía satisfacer o rechazar. Macbeth sucumbe a la tentación de las tres brujas, mientras que su compañero Banquo la rechaza.

Al igual que lady Macbeth, que invoca a los espíritus para trascender su género y convertir el cariñoso amor maternal en una violencia despiadada, las brujas negras simbolizaban, por un lado, una feminidad demonizada o diabólica que actuaba como catalizadora de los nuevos crímenes y fechorías de Lady Macbeth, la mujer del rey; pero por otro lado, al mismo tiempo representa una amenaza o peligro mortal para el orden o gobierno patriarcal al emitir la fuerte onda magnética del divino femenino.

Al igual que Macbeth y millones de seres humanos, Mark Chairman estaba atrapado en su destino y en el tiempo; había cometido un gran error siendo presa de su fanatismo mezclado con extrema admiración.

El joven creador de La puerta de los tiempos había tirado los naipes a su favor, dejando atrapado a otro individuo para que fuera su *djinn*, el genio que lo guiase en un espacio-tiempo que no le correspondía.

Como el molesto zumbido de un enjambre de abejas, en la mente de Mark se escucharon las palabras de Shakespeare como un eco tronante: "El destino es el que baraja las cartas, pero nosotros somos los que jugamos".

—¡La única forma en la que puedes deshacer tu error es liberando lo que has encerrado! —dijo Hécate.

—¡Y si quieres ser el auténtico rey Mark deberás matar la sombra del rey que ahora te domina! —sentenciaron las tres brujas al unísono antes de desaparecer.

En ese preciso momento, los fuertes brazos de dos guardias de seguridad lo tomaron de las muñecas y del cuello y le propiciaron un certero golpe en la nuca.

De inmediato, Mark cayó al suelo, inconsciente.

16

Milán,
21 de enero de 2025

La atmósfera del laboratorio en la metrópolis italiana era de profunda concentración y solemnidad.

Estaban sentados en silencio en una meditación grupal.

Habían acordado enfocarse como una sola mente maestra para lograr desvelar la razón de aquellos números.

Por la mente de Arthur Parker desfilaban los códigos numéricos a impresionante velocidad. Se entremezclaban como afiladas espadas en un combate entre guerreros antiguos.

Aquellas combinaciones danzaban en su cabeza en un sinfín de posibilidades como un ajedrez metafísico.

Las diferentes variantes numéricas jugaban con las letras en un auténtico rompecabezas.

5 9 3 3 9 1 4 1 8 1 2 5 1 7 5 1 9 5
N R O R J
M JQ JK N J
K NJ PNJRR

Las letras iban y venían y buscaban su similitud.

"Del cero al infinito, de la nada al todo", pensó Arthur, cuya capacidad extrasensorial estaba creciendo en intensidad. Sabía que no podía intelectualizar o usar la razón.

"¡Intuición, actívate!".

Parker había comprobado que la razón lo llevaba limitadamente solo de la A a la B —tal como decía Einstein—, pero con la imaginación podía ir a todos lados.

Aquellas palabras sonaban como un eco en su conciencia.

Lo cierto era que la facultad de la intuición era un poder emergente en la nueva tierra en ascensión. Cada vez más individuos sentían el despertar de intuir y sentir directamente mensajes desde el alma, a excepción de los avestrucianos, afectados por la pasada y la actual pandemia, que calcificaba la glándula pineal y los hacía vivir como autómatas debido a las peligrosas vacunas a las que habían sido expuestos y las campañas de miedo que cínicamente el gobierno secreto había realizado en la mayoría de los países; en cambio, los despiertos podían sentir a través de la intuición que su ADN todavía mantenía el poder interno desenrollándose en ascenso evolutivo. Parker sabía que la intuición, del latín *intuire*, significaba "poder para ver por dentro".

Se decía que el divino femenino se manifestaba a través de la intuición, sobre todo en la mujer, por estar más conectada con el corazón y por tener los genitales dentro de su cuerpo, lo cual llevaba la energía hacia dentro; en cambio, el género masculino, al tener los testículos y el falo por fuera, siempre se enfocaba en lo externo: ir a conquistar, combatir, descubrir, inventar, gobernar, pelear e invadir, y por ello, se alejaba de sintonizar con los poderes de la intuición, la imaginación y la inspiración, facultades de percepción extrasensoriales listas para ser estimuladas.

Parker dejaba que los números y las letras se amigasen.

"Unidad, fusión, conexión", Arthur emitía vibraciones de pensamiento con su tercer ojo.

"Como arriba, es abajo. Los iguales se atraen. Todo es mente."

Respiraba profundo y lento. Sentía que las piezas debían acomodarse por sí mismas.

Observó el primero de los números.

El número 5.

Cinco dedos. Cinco elementos. Cinco puntas.

La estrella del *Hombre de Vitruvio* de Leonardo da Vinci.

El pentagrama se le apareció en la mente.

Buscó las tres posibilidades para el 5. Ya había intentado con las dos primeras.

Ensayó la siguiente letra.

Con el 5 ya había intentado la E y la N. No le decían nada.

La última opción era W.

Luego debía encajar la letra para el número 9.

Las nueve partes del cuerpo perfecto, según decían los griegos. El final de un ciclo.

Había dos opciones, la I y la R.

Uniendo la primera, quedaba una WR o WI. Desde esas dos combinaciones debería ir intuyendo qué significado podrían tener.

El número siguiente, el 3.

En la mente de Parker, el simbolismo de cada número se revelaba fácilmente: la Trinidad.

Madre, Padre, Hijo.

Isis, Osiris, Horus.

Femenino, masculino, neutro.

Protón, neutrón, electrón.

Las tres posibilidades que tenía el número 3: la C, la L, la U.

Debía unirlas a las otras dos letras.

"Intuye, Arthur. Déjate llevar. WR C, no hay vocales. WR L, no hay vocales. WR U, no me vibra. Cambia de rumbo, Arthur".

Segunda opción: debía cambiar WR por WI.

"Une el 3 con WI , opción C, L o U. WIC. WIL. WIU. Sigue, Arthur".

El detective respiró profundo.

Cuarto número, otro 3. Repitió la misma consonante anterior.

"WICC. WILL. WIUU. ¿Quinto número? El 9 otra vez. Anexa las posibilidades, Arthur".

El 9 equivalía a la I o R.

"¿I o R, Arthur? WICCI. WICCR. No hay sentido. WILLI. WILLR. No hay sentido. WIUUI. WIUUR. Otro callejón sin salida. Si sumara otro número, más ayudaría".

El siguiente era el 1.

Uno, la Fuente, el Universo.

El 1 equivalía a las letras A, J, S.

"Añádelas, Arthur. WICCIA. WICCIJ. WICCIS. ¿Otra opción? WILLIA. WILLIJ. WILLIS".

Su mente aumentaba la velocidad.

"WILLRA. WIUURA. Descartadas. ¿Cuáles son útiles?", se preguntó.

Parker comenzó a elegir únicamente las combinaciones que tuviesen algo de sentido.

"WICCIA. WILLIA. WILLIS... Trabaja con esas tres opciones. ¿Próximo número?".

El 4.

Cuatro puntos cardinales. Cuatro jinetes del Apocalipsis. Cuatro lados de un cuadrado.

"El 4 tiene relación con D, M, V. WICCIAD. WICCIAM. WICCIAV...".

Arthur las borró de la mente.

Probó con la segunda.

"WILLIAD. WILLIAM. WICCIAV...".

En ese momento, el profesor Kirby se levantó de la silla. El ruido desconcentró a todos.

—Disculpen, debo ir al baño. ¿Alguna respuesta? — preguntó Kirby a todo el equipo antes de cerrar la puerta del *toilette*.

Parker guardó silencio. Volvió a entrecerrar los ojos.

Freyja se puso de pie.

El cansancio y la sensación de no ir a ningún lado estaba generando un sentimiento colectivo de estancamiento.

—¿Otro café? —preguntó Sarah, tratando de terciar en la incertidumbre.

—Sí, por favor —dijo Freyja, recogiéndose la extensa cabellera negra en una coleta en lo alto de la cabeza.

Mark, Farías y Sarah, visiblemente cansados, cerraron los cuadernos donde estaban escribiendo las combinaciones.

—¿Lo está haciendo mentalmente? —le preguntó Sarah Newman al ver a Arthur con los ojos cerrados.

Freyja asintió.

—¿Y bien? ¿Alguna idea? ¿Cuál es el próximo paso, detective? —preguntó el profesor Kirby, regresando del baño.

Arthur abrió los ojos.

—Lo más claro de los primeros números es esto.

Arthur tomó un papel y anotó a la vista de todos: WICCIAD, WICCIAM, WICCIAV, WILLIAD, WILLIAM, WICCIAV.

Los demás tenían combinaciones similares, ninguna les significaba nada.

—Estamos en un punto muerto —dijo Kirby—, hagamos una pausa.

Sarah apareció con el café nuevamente.

Parker se puso de pie.

—Profesor Kirby, ¿alguna otra pista o indicios que podamos saber? —preguntó Parker.

Aquel era uno de los casos con menos pistas que el detective había tenido.

Freyja se llevó las manos a la cabeza.

—¿Estás bien? —le preguntó Arthur.

—Un poco mareada, es como si mi mente tuviera altos y bajos —dijo ella.

—Yo siento lo mismo.

—¿En qué sitio estamos, profesor? —preguntó Freyja.

Kirby se frotó la barbilla.

—Este lugar tiene una de las frecuencias energéticas más poderosas de Europa —respondió Kirby—, solo es superado por Stonehenge, en Inglaterra, o Newgrange, en Irlanda, ya que los hemos medido previamente a nivel de vibraciones.

—Yo lo he sentido y he aplicado un sistema personal para expandir la energía sobre mi conciencia —dijo Arthur—. Lo utilizo como sistema de meditación y percepción extrasensorial, tanto a nivel científico como a nivel espiritual, para provocar las manifestaciones y ejecutar la ley de la atracción.

—¿A qué clase de estudios te refieres, Arthur? —preguntó Mark.

—A los que los gobiernos secretos han estado explorando y he tenido la oportunidad de acceder hace años gracias a un entrenamiento especial.

—¿Un entrenamiento secreto sobre la conciencia? —volvió a preguntar Mark.

—Correcto. Es un sistema que comenzó la CIA, la Agencia Central de Inteligencia de Estados Unidos en el año 1983, pues decidieron poner en marcha uno de los experimentos más ambiciosos de espionaje mental jamás vistos. Ocurrió durante la Guerra Fría, y esto dio origen a una de las técnicas más poderosas relacionadas a la vibración, el campo de energía humano, la sincronización del cerebro y las manifestaciones de lo que la mente quiere conseguir.

—¿Dices que la CIA lo desarrolló?

El detective asintió.

—Después de varios años de prácticas, en 2003, el gobierno estadounidense sacó a la luz un documento donde expuso todos los detalles sobre este proyecto. En este informe, la CIA narra y describe cómo experimentó con frecuencias de sonido para modificar las ondas cerebrales de sus agentes, todo con el objetivo de recrear un estado elevado de conciencia y, de esta forma, ser capaces de traspasar aspectos no físicos de la realidad.

—¿Con qué fines lo hicieron? —preguntó Vicky.

—Con el fin de espiar a los soviéticos y a los demás enemigos del gobierno americano. Querían saber de primera mano, a través del poder mental y la conciencia, qué secretos escondían los rusos, tal como ahora pretendemos ponerle letras a estos números.

Parker se giró para volver a ver los números titilando insistentemente en la pantalla.

—Interesante caso —dijo Kirby.

—Explícanos un poco más —le pidió Farías, al tiempo que rápidamente regresó al ordenador y buscó la página oficial de la CIA.

—Parker, ¿y qué has podido ver con ese método? —preguntó Mark.

—¡Un momento! —Farías leyó en voz alta—. Aquí dice, según el informe oficial en la web de la CIA sobre los usos prácticos de la técnica, que no se quedaron únicamente en el campo del espionaje, sino que traspasaron al campo de la manifestación de objetivos, como la aplicación de energía mental para curar el cuerpo e incluso experiencias extracorpóreas para acceder a nueva información.

—En eso estaba pensando —dijo Freyja.

—¿A qué te refieres? —preguntó Vicky.

—A que, con Arthur, vamos a salir del cuerpo y recoger la información que necesitamos en el plano astral, ya que nos permitirá jugar otra carta, porque por este camino...

—Ya sabes —interrumpió Farías—, si quieres resultados distintos, no hagas siempre lo mismo.

Parker y Freyja conocían profundamente las leyes esotéricas.

—Para entender cómo funcionan realmente las manifestaciones del despertar de la conciencia —dijo Parker— y poder materializar lo que la mente pide, es necesario liberar una energía elevada de emoción pura para activar un interruptor que se encuentra en un rincón poco conocido del cerebro y que permite a las vibraciones captar lo que necesitan saber.

—¿Emoción? —exclamó Kirby—. ¡Estamos más que molestos! ¡Se han llevado a Mark y al Vórtex! Siento impotencia, malestar, malhumor, enojo.

—¡Ese es el problema que está bloqueando las cosas! Esas emociones son de baja frecuencia y así no lograremos atraer la respuesta ni manifestar lo que buscamos —dijo Freyja.

—Profesor Kirby, será mejor que salga a tomar aire —le dijo Sarah.

Kirby negó con la cabeza.

—Disculpen —dijo sentándose en el sofá del rincón.

Freyja le apoyó la mano en el hombro.

—Es un principio de la mecánica cuántica y de la neurociencia —dijo Arthur Parker, tratando de clarificar y calmar los ánimos—, la información que intuyamos puede ser la revelación de los números y letras si lo hacemos desde la alta vibración energética del cuerpo astral.

—Este plano físico está más contaminado —dijo Freyja—. Cuando comencé a salir del cuerpo conscientemente, cosa que hacemos todas las noches, aunque la mayoría no lo recuerde, cosas raras empezaron a sucederme.

—¿Cosas raras? —preguntó Vicky.

—Empecé a tener intuiciones muy vívidas; además, meditaba, y el campo electromagnético, las vibraciones y la frecuencia aumentaron exponencialmente. —Freyja hizo una pausa para mirar a los ojos a Arthur. Incluso la energía sexual se potenció muchísimo.

—Entiendo —dijo Sarah, que pensó en el tiempo que no había tenido sexo desde que estaban con ese proyecto.

—Aquí dice —terció Farías, leyendo el artículo de su computadora— que en pleno espionaje de la Guerra Fría, la Agencia Central de Inteligencia de Estados Unidos empezó a recibir información respecto a que la Unión Soviética estaba desarrollando una nueva y potente arma contra ellos. Al parecer, los soviéticos empezaron a reclutar a hombres y mujeres que afirmaban tener capacidades de percepción extrasensorial para ayudar a descubrir secretos de inteligencia militar del enemigo.

—Así es —agregó Parker—, la CIA no se quedó atrás y empezó a desplegar una ofensiva científico-mental similar, con personas empático-intuitivas como yo.

—A ver si entiendo algo —dijo Mark—. ¿Están insinuando que estamos siendo mentalmente atacados porque no podemos resolver algo que no tiene ninguna lógica?

—Puede ser —respondió Freyja—. Soy muy sensitiva a cómo la energía y los campos electromagnéticos de la Tierra pueden afectar la energía del cuerpo y mis ondas cerebrales. Además, desde que Arthur resolvió hace años el sonado caso del Trinity College, se ha convertido en poco menos que una celebridad heroica, y eso hizo que estuviera en el ojo del huracán para saber dónde, con quién y en qué invertía su tiempo y sus investigaciones.

—¿Han sido amenazados?

—No —dijo Parker—, pero lo que dice Freyja es real, debemos estar alertas, porque el mejor ataque para ellos es cuando no sabemos que estamos siendo atacados.

—Ha sido fácil verlo —dijo Farías—, la investigación de la CIA es fácil de encontrar públicamente, he ido a Google, escribí en la barra de búsqueda las palabras *Gateway Experiment* y allí aparecen documentos públicos que se abren con solo darle clic al primer enlace. Contiene veintinueve páginas que describen y narran las técnicas más poderosas jamás descubiertas relacionadas a la vibración, el campo de energía humano, la sincronización del cerebro, la física clásica, la mecánica cuántica, la semántica y la neurociencia.

Parker se mostró pensativo.

—Arthur, ¿qué piensas? —preguntó Kirby.

Se puso de pie y buscó algo detrás de la biblioteca.

—¿Qué necesitas? —preguntó Vicky.

—¿Tienen altavoces?

—¿Para escuchar música? —replicó Vicky.

Parker asintió.

Vicky señaló debajo de la biblioteca. Un poderoso altavoz color negro estaba al lado de una pila de libros. Parker lo encendió y lo conectó vía *bluetooth* a su iPhone.

—Nos conectaremos como mente maestra, ahora vamos a potenciar los sonidos con una frecuencia de 432 hercios para crear un campo mental más elevado.

El detective sabía que tanto la ley de la atracción, las frecuencias de Tesla y otras técnicas para manifestar y crear la materialización de lo que se proyecta con la mente, eran potenciadas con la vibración y el sonido. De modo que, cuando a una persona no le estaban funcionando las técnicas, era debido a no entender el camino a seguir para poder liberar la bioenergía elevada para que la conciencia sincronizara los hemisferios y así manifestara de forma correcta las intenciones que la mente tiene para operar debidamente en este plano físico de la realidad.

—Primero, vamos a crear la solución en el plano mental, para poder verlo —dijo Arthur con voz firme.

El detective sabía que la sincronización de hemisferios con frecuencias iba a hacer más fácil la proyección astral, las experiencias extracorporales y las manifestaciones con fines de espionaje. Había leído informes de otros agentes hacía años, y sabía elevar su conciencia y salir del plano físico. Aquellos agentes estadounidenses lo hacían con el fin de poder espiar a los soviéticos. Parker había aprendido, además, técnicas como la hipnosis, la meditación trascendental y la biorretroalimentación con vibraciones; llegaba a estos estados a través de una serie de frecuencias que inhibían y le activaban ciertas zonas de la corteza cerebral. Dichas frecuencias funcionaban no solo como herramienta de espionaje, sino que las personas que se iniciaban en los misterios de la espiritualidad, el crecimiento personal y el ocultismo mágico, tuvieron resultados sorprendentes en su concentración mental, su coherencia cerebral e incluso en su fuerza física; de igual forma, empezaron a manifestar *déjà vu* sobre lo que estaban viviendo. Tanto Parker como muchos despiertos, reportaron tener sueños lúcidos y experiencias extracorpóreas; mucha gente relataba que, en su vida personal y económica, todo estaba saliendo abundantemente bien, funcionaban sus relaciones. Era un poder mágico, decretaban que algo iba a suceder y sucedía.

"Pidan y se les dará".

Lo cierto es que maestros, iluminados y buscadores de la verdad usaron diferentes técnicas que resultaron ser bastante efectivas para mejorar los aspectos cognitivos, físicos y emocionales.

Durante años, el agente Parker se había enfocado paralelamente en las investigaciones en el campo de la conciencia, y comprobó que esos estados se incrementaron cuando la frecuencia en hercios del hemisferio izquierdo era muy similar a la frecuencia del hemisferio derecho. Con base en esto, empezó a deducir que había una relación entre la sincronización de frecuencias de los hemisferios cerebrales y los estados de percepción extrasensorial para encontrar respuestas a los enigmas relacionados con los casos que tenía que resolver. Asimismo, el detective había comprobado con la expansión de su conciencia que a las experiencias mentales no físicas, el uso de la combinación emoción más intención no era suficiente sin el ingrediente faltante de la vibración elevada del sonido. Así comprobó que esa era la solución para expandir la conciencia y crear la vibración de energía para resolver los enigmas, o bien, para manifestar los deseos de cualquier mortal.

Para el detective, la enseñanza de Jesús era completamente científica y cuántica: "Les aseguro que el que cree en mí hará también las obras que yo hago; y hará otras todavía más grandes…". Aquello significaba elevar la fe, o lo que es lo mismo, las iniciales de Frecuencia Energética (FE), era la clave para manifestarse.

—¿Y bien? ¿Cuál es el próximo paso? —preguntó Mark.

—Durante mi carrera como detective, pude comprobar que, para crear el campo que conecta la mente de una persona con la mente maestra del universo, que es lo que Platón llamó "mundo de las ideas", usar la autohipnosis con decretos unida con la meditación y la biorretroalimentación de la vibración y la frecuencia siempre han sido la causa de mis resultados extrasensoriales. Por ello, desarrollé una técnica que denominé *NeuroReality*.

—¿Y en qué consiste eso?

—En lo que estoy explicando: debemos lograr un estado de conciencia elevado haciendo que los patrones eléctricos del cerebro de ambos hemisferios sean iguales en amplitud y frecuencia.

—Si quisiéramos, lo podemos medir —dijo Kirby—. En La puerta de los tiempos hay una función para eso.

—Mucho mejor —dijo Arthur—. La tecnología al servicio de la conciencia.

Tanto Parker como el equipo del profesor Kirby sabían que los gobiernos estaban en la investigación de todo lo tecnológico que afectase el ADN y la conciencia. Inclusive el poderoso genio Elon Musk, con su empresa Neurolink, era pionero en el campo de la neurociencia y los avances técnicos.

—¿Entonces aplicaremos este sistema de *NeuroReality*, detective?

Parker asintió.

—En breves instantes, daremos acceso a estos sonidos con audios diseñados para estimular las funciones cerebrales hasta que los hemisferios izquierdo y derecho se sincronicen.Este proceso de sincronización hemisférica va a desencadenar un estado elevado de conciencia y de frecuencia a partir de las frecuencias theta, similar a cuando estamos durmiendo. La diferencia es que sentiremos una electricidad en todos los chakras —el detective se señaló con la mano una línea desde lo alto de la cabeza hasta el sexo, haciendo referencia a los centros de energía del ser humano—; después, nos centraremos en llevar toda la energía al centro de la frente —concluyó.

—El tercer ojo —dijo Farías, emocionado.

—Así es. Los sonidos ayudarán a descalcificar la glándula pineal, que es la antena que transmite nuestra frecuencia al universo.

Parker sabía que una glándula pineal sana podía ayudarlo a descubrir lo que por la razón no podía. Además, sabía que la razón de que mucha gente siguiese contagiándose de avestrucismo con la nueva pandemia se debía a que la vasta mayoría de la población mundial tenía la glándula pineal calcificada o atrofiada, sobre todo por el flúor del dentífrico que diariamente se introducía en su ADN, entre otras cosas.

—La mayoría de la gente, increíblemente, no sabe que el aparentemente inocente fluoruro de sodio que se encuentra en el 90 %

del suministro de agua en Estados Unidos, por citar solo un país, afecta negativamente a la glándula pineal —dijo Parker.

—Y nos sorprenderá aún más saber que el flúor fue introducido por primera vez en el agua por los nazis, en sus campos de concentración, para hacer que la población del campo fuese dócil y así no cuestionara a la autoridad —agregó Freyja.

El detective Parker y Freyja O´Connor estaban en lo cierto, ya que, según la revista *Medical Journal*, se estimaba que el cuarenta por ciento de la población mundial experimentaba alguna calcificación de la glándula pineal a la edad de diecisiete años; a partir de allí, afectaba la producción de melatonina, y todos los poderes divinos y cósmicos que el ADN humano poseía, se adormecían o silenciaban.

—He leído informes similares —dijo el profesor Kirby—. Por eso, mucha gente no puede conectar con la energía cósmica del universo. A pesar de que muchos colegas se ríen de estas investigaciones, nosotros aprovechamos el conocimiento.

—Vaya si lo han aprovechado —dijo Freyja.

—Ahora, centrémonos en estimular la puerta de la glándula pineal que conecta con el campo mental y esta dimensión con otras dimensiones. Sabiendo cómo estimularla, podremos despertar nuevas respuestas de este códice numérico y así activar el Vórtex de La puerta de los tiempos. —Arthur dirigió una mirada más familiar al enigmático portal, que pareció devolverle una mirada cómplice a unos metros de distancia.

—¡Vamos a manifestar lo que queremos! —exclamó Freyja soltándose la extensa melena azabache, que cayó con sensualidad por sus hombros y espalda—. Ustedes piensen en Mark, cualquier dato que nos trasmitan mentalmente servirá para conectarnos con él. Sus gustos, sus anhelos, sus hobbies, sus personajes favoritos, sus modos, su carácter. Piensen en él y en los números.

—Así es —añadió Parker—. Al estar sincronizados, vibraremos en alta frecuencia, o lo que normalmente llamamos "amor" —se giró para ver a Freyja a los ojos—, y desde ese amor, vamos a descifrar los números y a localizar a Mark y el Pin Vórtex.

17

Milán,
21 de enero de 2025

Rápidamente todos cerraron los ojos y Arthur encendió el altavoz y el sonido con una lista privada de Spotify.

Antes de cerrar los ojos, pensó: "el mundo merece conocer la magia y el poder de su visión interna".

Al instante, todos comenzaron a sentir el poder de esas frecuencias.

En pocos minutos, sin que ellos pudieran saberlo, los latidos cardíacos de Parker, Freyja, Kirby, Farías, Vicky, David y Sarah, se alinearon y comenzaron a latir al mismo ritmo.

La mente siguió en su proceso de sincronización.

Los sonidos graves de la alta frecuencia de 432 hercios aumentaban en intensidad. Las mentes se hundieron en el estado de ondas theta y profundizaron el viaje colectivo de todos.

Vicky pensó en Mark. Lo recordó ordenado y puntual.

David hizo lo mismo, a su mente vino la imagen de su amigo como adicto al trabajo en su afán de investigación.

A Sarah le llegaron imágenes de Mark como un joven firme en sus decisiones, extremadamente ambicioso y hambriento de poder.

En ese momento, Parker sintió una fuerte señal mental.

Algo emergió en su conciencia.

$$5\ 9\ 3\ 3\ 9\ 1\ 4\ 1\ 8\ 1\ 2\ 5\ 1\ 7\ 5\ 1\ 9\ 5$$

Un desfile con las últimas combinaciones danzaba en su mente. WICCIAD. WICCIAM. WICCIAV. WILLIAD. WILLIAM. WICCIAV.

Eso había concluido Parker.

De pronto, por las frecuencias que el equipo emitía, Arthur cayó en la cuenta.

"¡Los ángulos de los números!".

Arthur comenzó a sentir algoritmos, vio que cada número tenía la cantidad de ángulos que representaban. El 1 tenía un ángulo; el 2, doble ángulo, y así sucesivamente. El cero era el único número infinito, sin ángulos.

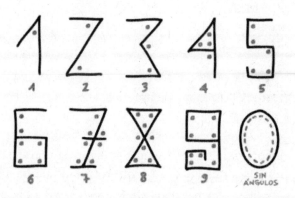

Vio los números con ángulos. Esa era la razón de que los números se dibujaran de aquella manera.

"Los ángulos. Aplica los ángulos a las letras, Arthur. Piensa en letras".

Todo danzaba en su mente entremezclándose.

"¿Qué número sigue?".

El último había sido el 4.

5 9 3 3 9 1 4 1 8 1 2 5 1 7 5 1 9 5

El 1.

La unidad. El uno. El todo. El Sol.

Tres posibilidades para el equivalente del 1: la A, la J y la S para anexar a WICCIAD, WICCIAM, WICCIAV, WILLIAD, WILLIAM, WICCIAV.

Silencio.

El profesor Kirby visualizó a Mark, y entre sus características, lo percibió como un cerebro brillante, un abanderado de la inteligencia hebrea, un pionero en los campos de la neurociencia y la tecnología informática aplicada a la física cuántica.

Parker comenzó a ensayar y descartar posibilidades.

WICCIAD, A, J, S.

Lo descartó.

"No me vibra".

Probó la siguiente.

WICCIAM, A, J, S.

Descartado.

WICCIAV, A, J, S.

No.

WILLIAD, A, J, S.

Siguió con la lista que ya tenía.

WILLIAM, A, J, S.

"Es lo único que tiene sentido", sintió. William A, J, S.

El siguiente número se le vino a la mente sin buscarlo. 8.

El infinito. La eternidad. El uróboro. Lo de arriba y lo de abajo.

Representaba las letras H, Q y Z.

WILLIAMS, H, Q, Z.

Por un momento, Arthur tuvo la visión de su abuela leyéndole libros de pequeño.

Sintió una emoción en su corazón al percibir el alma de su abuela. Hacía tiempo que no la sentía.

Volvió a recordar y pudo ver su imagen de niño leyendo en el patio de su casa natal bajo el sol.

WILLIAMS, H, Q, Z.

El próximo número llegó a su mente.

El 1 nuevamente.

A, J, S.

WILLIAMS, H, Q, Z, A, J, S.

"¿Cuál tiene sentido?", Arthur sintió la voz de su abuela en su mente.

"WILLIAMS... no veo nada".

—Sigue —le trasmitió la abuela.

WILLIAMS, H, Q, Z, A, J, S.

Otro número. El 2. La dualidad. Todo tiene dos polos. La generación. El sexo. La duplicación.

Tenía correspondencia con la B, la K y la T.

WILLIAMS, H, Q, Z, A, J, S, B, K, T.

Arthur diseñó una pizarra mental que rápidamente armaba y desarmaba posibilidades como números y letras de neón materializándose frente a él.

Por último, a Farías le llegó el recuerdo de un Mark silencioso, cerebral, artista de teatro, ávido lector, quien podía pasarse horas en una biblioteca, en su iPad o frente a un libro tanto de investigación como de poesía o novela o de su autor preferido, su ídolo literario.

Freyja comenzó a vibrar.

Arthur potenció su frecuencia y también percibió vibraciones más fuertes.

Uno de los fusibles comenzó a titilar.

"Es por aquí", sintieron al unísono.

El camino mental se le aclaró a Arthur.

Próximo número.

El 5. E, N, W.

WILLIAMS, H, Q, Z, A, J, S, B, K, T, E, N, W.

Arthur sumaba las letras anteriores aún sin resolver con las tres nuevas.

"Williams Hake, ¿será Blake? —pensó—. ¿Williams Blake?".

La lamparilla explotó y todos salieron del trance.

—*Wow!* —exclamó Vicky—, eso estuvo fuerte.

—¿Alguna respuesta, Parker? —inquirió Mark.

—¿Les dice algo el nombre de Williams Blake?

Kirby negó con la cabeza.

Todos se mostraron pensativos.

—He sentido las corrientes empáticas cuando ustedes pensaron en cualidades de Mark —dijo Parker.

—Yo también —añadió Freyja.

—Yo sentí a Mark como un cerebro brillante —dijo Kirby con un dejo de emoción al pensar en su mejor alumno.

—Ambicioso —dijo Sarah.

—Trabajador— añadió su hermano Mark.

—Puntual —afirmó Vicky.

Farías estaba en silencio.

—¿Y a ti, Farías, qué te vino de las características de Mark?

—Su incansable deseo de leer. El amor por la literatura.

A Parker le resonaron todos los sentidos.

"Williams Blake..."

—Un momento.

Cogió el bolígrafo y el papel donde estaban dibujados todos los números.

El detective cerró los ojos.

De inmediato, la conciencia de Parker se expandió como si respirase una amplia bocanada de aire, las limitaciones de la tercera dimensión se desvanecieron en su mundo mental e inició un sistema de escritura rápida. Garabateaba símbolos, abreviaturas en lugar de palabras y frases inconexas. Parecía fuera de sí.

Todos le clavaron los ojos.

—Está utilizando la estenografía —dijo Freyja.

Se refería al proceso de escritura rápida, una forma de escritura que derivaba de los griegos y unía las palabras *stenos* (estrecho) y *graphos* (escritura).

Freyja sabía que ese método de escritura había sido prohibido en la Europa medieval, ya que estaba asociado con la brujería y la magia.

En la actualidad, el método se había vuelto a usar dejando atrás prejuicios del pasado inquisitorio católico, y principalmente se usaba en la literatura como un registro de símbolos que, a primera vista, no tienen sentido. Se había usado en documentos históricos importantes y obras literarias de conocidos autores como Bernard Shaw, e incluso en el diario de Samuel Pepys y los discursos de Cicerón y en la preservación de las obras maestras de la literatura. La estenografía y taquigrafía se habían usado en muchos valores del Patrimonio Cultural.

Incluso el mundo actual era testigo del uso de alfabetos abreviados en el mundo digital. También se usaba en el sistema judicial, como en consejos y tribunales, donde la velocidad de expresión es bastante rápida.

Algunos investigadores decían que la estenografía podía ser el primer sistema de escritura rápida de uso constantemente en la historia.

La historia había certificado que un esclavo del famoso orador Marco Tulio Cicerón, quien actuaba como su secretario y tenía la difícil misión de ir escribiendo lo que decía Cicerón, quien era un político, filósofo, escritor y orador romano considerado aún hoy como uno de los más grandes retóricos y estilistas de la prosa en latín de la antigua Roma. En las reuniones con otros gobernantes y con el pueblo, el secretario debía escribir rápido para conservar luego el discurso. El esclavo, de nombre Tirón, se inventó un sistema propio de escritura abreviada, que se componía de unos cinco mil signos, entre ellos el que todavía se utiliza en todo el mundo para el copulativo "y": el signo &, que le permitía escribir a la velocidad con que se hablaba. Su sistema se conocía como "notas tironianas", y significaba, de hecho, la invención de la taquigrafía y la escritura rápida.

Cualquier investigador en la actualidad podía comprobar un documento fechado exactamente el 5 de diciembre del año 63 a. C. con el discurso que Cicerón pronunció contra Catilina en el Senado romano, escrito en notas tironianas. Esa es la fecha en que se registró el invento de la taquigrafía, que fue evolucionando a lo largo del tiempo hasta los sistemas que se conocen y utilizan aún hoy.

El detective Arthur Parker, bajo un profundo trance, se conectó con aquel método inventado por el esclavo Tirón, quien fue premiado por su amo, Cicerón, con la libertad.

Parker dibujó múltiples garabatos. Luego, tomó una hoja limpia y escribió.

5 9 3 3 9 1 4 1 8 1 2 5 1 7 5 1 9 5

W I L L I A M S H A K E S P E A R E

18

Londres,
21 de enero de 2025

Solo media docena de poderosos miembros de la élite Illuminati se habían retirado al *château* de Jim Bates, a las afueras de Londres.

El conductor de la Mercedes-Benz Sprinter 3500 tenía los ojos albinos puestos en el GPS que indicaba que faltaban quince minutos para llegar al destino que su líder había pactado.

Jim Bates tomó un vaso de vidrio y se sirvió coñac en el lujoso vehículo que estaba preparado para todo. Estaba blindado para prevenir cualquier ataque. El espacio interno contaba con una pantalla de televisión, baño, bebidas, wifi, baterías de litio, una pequeña nevera donde había bebidas y varios *snacks*.

—¿Han hablado con Stewart? —le preguntó el Diablo a Claude Schawapp—, él fue quien nos metió en esta camisa de once varas.

El Sapo Schawapp sacó su tableta Surface de última generación.

—Está ya muy mayor. Aunque acaba de enviarme este informe durante la reunión anterior; aún no has podido verlo, Jim.

—Las dosis de adrenocromo ya no le hacen efecto —acotó el Diablo con una sonrisa irónica al tiempo que tomaba la tableta.

Stewart Washington había sido líder durante varias décadas y en varios gobiernos. Ahora era Jim Bates quien ocupaba ese cargo dentro de la sociedad secreta, aunque Washington seguía aportando experiencia en temáticas puntuales.

Allí, todo el grupo secreto se conectaba por líneas encriptadas de alta seguridad para compartir información confidencial y privada, y así evitar que nadie que no conociera las coordenadas de los mensajes pudiera acceder. Después del escándalo de la revelación de los mensajes del *Pizzagate*, habían ajustado la seguridad, sobre todo de la mano de la empresa de Jim Bates, ya que era el dueño y creador de uno de los gigantes tecnológicos más poderosos del mundo.

Al Diablo no le asombró la imagen ni el informe que apareció en la pantalla. El Cerebro Washington le había enviado algo que él ya conocía.

"Viejo caduco", pensó.

El Diablo Bates, más que ninguno, sabía que el ser humano vivía en un internet cósmico, no solamente terrestre. Uno de los objetivos era mantenerlos en la pantalla más que en cualquier otro lugar de la vida real. Y la televisión era un aliado en sentido análogo para hacer más fuerte lo digital-tecnológico que lo real-existencial. Asimismo, sabía que el cerebro operaba electromagnéticamente y funcionaba interactuando con ese internet.

Toda su vida había estado basada en el estudio de imágenes, texto y colores; en una pantalla, circuitos electrónicos y chips. Encontró la similitud del cuerpo y la mente del ser humano como un sistema informático, y a partir de ahí, pudo influir y cambiar la realidad de las personas. Eso lo había vuelto extremadamente poderoso. Su poder se elevó por las nubes cuando descubrió que no solo vendía los sistemas operativos, sino que incrementó la venta de antivirus para que dichas computadoras estuvieran a salvo. En realidad, pronto supo que el nexo que había entre la computadora y el antivirus era ni más ni menos que un material intangible que también debía vender: el miedo. Así, la gente pasó a tener miedo de que un virus infestase la computadora, por lo cual le fue mucho más rentable vender antivirus que ninguna otra cosa. Lo único que debía hacer era seguir alimentando el miedo colectivo como un monstruo gigante que todo se devoraba.

Fueron algunos años más tarde, mientras estaba en un jacuzzi con su exesposa, que se le ocurrió trasladar el negocio de las computadoras al cuerpo humano. Cambió la computadora por el cuerpo y el virus por una enfermedad. El antivirus, obvio, fue una vacuna. El miedo y la ignorancia alimentaron la necesidad de inyectarse, y él fue uno de los principales inversionistas de dicho cóctel.

Hacía años que había hecho migas con Ynot Icuaff, el médico israelí que lideraba todo el control pandémico, encargado de propagar por los medios de comunicación la reciente pandemia del avestrucismo.

—Si miras el cuerpo humano, es justo como una computadora en su sentido básico —le había dicho Jim Bates al doctor Icuaff y a su junta de ejecutivos—. Sabemos que, cuando las computadoras ya no funcionan o no encienden, decimos "mi computadora murió", ya que entran en modo de suspensión para ahorrar energía. Los cuerpos tienen un sistema antivirus, ese es el sistema inmune, el mejor sistema antivirus que existe. El cerebro es la unidad central de procesamiento, y luego está el ADN, que es el disco duro de la biología del cuerpo. Los cinco sentidos son sistemas que decodifican información en una forma que el cerebro pueda comprender, así que los sentidos toman información en forma de onda, información vibracional que se convierte en información eléctrica y se le comunica al cerebro, mismo que luego lo decodifica en un sentido de realidad que sería el mundo en el que vivimos.

—¿Y qué pretendes que yo haga? —preguntó el doctor Icuaff.

—Manejar todo el programa sin que se den cuenta.

—¿Cómo sería la operación?

—Empezar por debilitar el sistema inmune inyectando grafeno. Los cuerpos débiles al mismo tiempo debilitan las mentes. Y eso hará que carguemos en el disco duro mental de la humanidad todo lo que queremos para diseñar esta agenda. Luego, aumentar la dosis de grafeno, ya que como metal pesado, afectará aún más negativamente al ADN. El resto es simple, con una fuerte campaña de desinformación y el miedo como lenguaje en los medios de comunicación, llegaremos a la mayor cantidad de clientes posible. Sabemos que la mala alimentación, así como el contenido de lo que inyectamos, es igual en computación: cuando la información pasa de forma lenta a través de la computadora, las cosas comienzan a funcionar mal y la computadora estará más lenta. Haremos lo mismo tratando de que la información y energía del Sol no pase alrededor de estos sistemas de energía y de las líneas eléctricas del cuerpo para producirles un mal funcionamiento y, como consecuencia, crear esa desarmonía que los llevará directo a la enfermedad.

Aquellas habían sido las maquiavélicas palabras del Diablo al doctor Icuaff antes de iniciar, bastantes años atrás, un simulacro en Nueva York para testear las reacciones mentales de los individuos escogidos para dicho experimento.

—El miedo es el mayor virus que existe —le dijo el Diablo—. Es una materia prima gratuita, un monstruo gigante, y lo único que tienes que hacer es alimentarlo. —Hizo un gesto brusco y grotesco como quien se lleva comida a la boca.

—¿Cómo será esta vez el *modus operandi*? —le preguntó el doctor.

El Diablo lo miró como una hiena antes de clavar sus afilados dientes a un indefenso antílope.

—Como siempre lo hemos aplicado —dijo con voz firme—, con el PRS.

El Diablo se refería al mecanismo de Problema, Reacción, Solución. Era una estrategia simple y limpia: ellos mismos creaban el problema sin que nadie lo sospechase —por ejemplo, la amenaza de un virus—, ellos mismos generaban una reacción —el miedo a través de la televisión, la propaganda y las redes sociales con *influencers* y personajes famosos de Hollywood y la industria musical que estaban dentro de los Illuminati— para que dijeran que estaban infectados, mientras se marchaban un par de semanas a sus mansiones—, y, por último, ofrecían la solución a través de la venta de todo tipo de productos: vacunas, tapabocas, hisopos, jeringas, refuerzos y todo lo que estuviera en el núcleo y la periferia del problema.

—Una vez que el virus real biológico se sume al virus mental del miedo, habremos infectado todo el sistema operativo del cuerpo y de la mente de la humanidad.

Negocio redondo.

Al Diablo no le importaba la moralidad; de hecho, años atrás había experimentado con diferentes vacunas en niños de países tercermundistas con el fin de diezmar la población que no tenía recursos para alimentar con dinero a la extensa industria elitista.

La espaciosa camioneta Mercedes-Benz dobló por una estrecha calle y desembocó hacia la campiña, donde a lo lejos se veía el imponente y elegante *château*. Ornamentado con paredes de ladrillos rojizos, escudos y un sinfín de altos pinos alrededor, aquel castillo había sido construido hacía más de tres siglos. El Diablo también era un empedernido terrateniente mundial, y en Inglaterra lo usaba para reuniones importantes y toma de decisiones. Las más de catorce habitaciones, los doce baños, el personal de servicio, la sala con internet de alta velocidad, las pantallas gigantes, el laboratorio y una amplia y rica biblioteca junto a varias salas de estar con mobiliario de fina madera de roble de estilo Luis XXV hacían del sitio un espacio más que suficiente para mantener a un puñado de mandatarios durante un fin de semana.

Esos días debían tocar temas importantes que interesaban a los negocios que ellos manejaban en sus multinacionales. Les interesaba incrementar la pobreza, las deudas y el hambre, manejar la industria alimentaria con fertilizantes y productos transgénicos para meterse al sistema operativo del cuerpo, el área de la salud y la venta de medicamentos de toda la industria farmacéutica, bajar las horas y materias de la educación y usarla como adoctrinamiento desde temprana edad. Controlaban el agua y la energía, propiciaban la desigualdad de géneros, la creación de divisiones raciales e ideológicas y todo lo que mantuviera en una torre de Babel al ser humano, para que no pudiese descubrir ni recordar su unidad intrínseca con el universo.

* * *

En menos de una hora, todos habían sido acomodados en sus lujosas habitaciones y estaban dentro de la sala principal del *château* para la primera de las reuniones.

Ornamentada por cuadros de marcos dorados en contraste con paredes azules, rojas y verde oscuro, la mayoría de caza de patos y retratos generacionales, también se engalanaba con una línea de finas tazas y jarras de té, café y un bar de bebidas alcohólicas. Libros, sofás y largas cortinas de terciopelo hacían de aquella reunión un encuentro de monarcas de una élite que gobernaba al mundo en las sombras.

—¿Quién ha llegado? —preguntó el Diablo sorprendido al escuchar ruidos—. No esperamos a más nadie, ¿verdad?

Había llegado un helicóptero para traer a James Greenold, apodado el Chacal dentro de la sociedad secreta, quien había sido presidente de Estados Unidos.

—El Chacal, Jim. Quiso estar en la reunión.

—Pero si no puede ni caminar.

El Sapo le clavó los ojos saltones negando con la cabeza.

—No es él, viene su clon.

El Diablo sabía que había un poder más alto que el suyo.

"Reptiles —pensó despectivamente—. No pueden dejar de pensar que el planeta les pertenece".

El Diablo se asomó por la ventana para ver el cuerpo septuagenario del clon avanzar con dificultad por la grama, mientras continuaban en movimiento las hélices del Westland WG.13, el Lince, famoso helicóptero utilitario británico diseñado para movimientos civiles y militares.

—Desde la primera vez que la serpiente se cruzó con Eva, hasta los dinosaurios nos recuerdan que ellos no quieren soltar el control.

—Así es, Jim —dijo el Sapo—. Aunque, teniéndolos de aliados, no hay nada que perder.

El Chacal tropezó con una pequeña piedra y casi se cayó.

—Al menos que migre a otro cuerpo más joven —dijo el Diablo cerrando la cortina y dirigiéndose hacia la entrada para recibirlo.

El Chacal llegó y presentó su clásica sonrisa de costado. Tendió la mano a los presentes.

—Bienvenido —espetó el Diablo.

—Jim, necesito urgentemente un escocés.

El Sapo se adelantó y le sirvió un vaso de una botella de 1977.

—¿Y bien? ¿De dónde vienes?

—De Londres.

—Nosotros también acabamos de llegar —dijo el Diablo.

—¿Cómo viste a la gente? —preguntó el Sapo.

—Pasando el dedo por el teléfono, como todo el mundo —bromeó el Chacal.

Todos soltaron una sutil carcajada.

—¿Cómo has visto la situación en Buckingham Palace? —preguntó el Diablo retomando la formalidad.

El Chacal meneó la cabeza.

—Todo bajo control para la siguiente fase —dijo al tiempo que se empinaba todo el *whisky*.

—Estábamos por comentar sobre…

El Chacal extendió su vaso vacío hacia el Sapo.

—Buenísimo. Sírveme otro más.

El Sapo le dedicó una leve sonrisa política sirviendo un trago doble.

—No tienes buena cara —le dijo el Diablo al Chacal.

El Reptil pestañeó reiteradas veces y sus ojos adquirieron la forma de un ojo de serpiente.

—Tengo malas noticias.

Esas palabras cayeron como un balde de agua en el grupo. El Chacal se dirigió a un sofá y se sentó con cierta dificultad.

—¿De qué se trata? —preguntó el presidente francés.

El Chacal se pasó la mano por la nuca.

—Ya sabemos que estamos en una guerra contra un enemigo incansable.

—¿Uno solo? —ironizó el doctor Icuaff.

—No estamos para bromas, doctor. —Los ojos del Chacal se volvieron verdes y su pupila cambió de un círculo a una línea vertical.

—Se refiere a… —El Sapo señaló hacia el cielo.

—Esta vez no es solo el Sol —dijo el Chacal—, seguimos ralentizando los fotones solares de alta vibración con los *chemtrails* de los aviones; me temo que es algo que aún no podemos descifrar.

—Cuando propuse tapar el Sol, todos se rieron de mí. Ahora vamos al grano —le pidió el Diablo, quien se mostraba molesto por perder el protagonismo y porque sus ideas anteriores hubiesen quedado en el olvido.

—Si no es el Sol, que despierta a las almas y les aniquila el avestrucismo, ¿cuál es la mala noticia que podría ser peor que eso?

El Chacal giró la cabeza y les dirigió una mirada inquieta.

—La placa madre de la Matrix está presentando un fallo del sistema.

Todo el grupo palideció.

—¿Cómo puede ser, si nosotros no hemos registrado nada? —respondió el Diablo, quien era líder en la fabricación de la tecnología mundial.

—No viene por Windows ni Mac ni ninguna tecnología conocida —respondió el Chacal—. Mis equipos cibernéticos han detectado que un patrón desconocido liberó un *script* de PowerShell oculto. Este script tomó versiones actualizadas de *malware* y generó un *ransomware* como Snatch. Nuestros piratas informáticos han instalado ahora un malware sofisticado que es un cable de registro de teclas, alistando computadoras en redes de bots DDoS e instalando troyanos para determinar de dónde viene el ataque o el error del sistema.

—¿Han probado con todas las herramientas de análisis? —dijo Bates.

—Así es. Primero lo hicieron con estegoanálisis, la detección de mensajes ocultos.

El Chacal se refería al proceso de detectar la esteganografía al observar las variaciones entre los patrones de bits y los tamaños de archivo inusualmente grandes. Es el arte de descubrir y transmitir mensajes encubiertos inútiles, una disciplina de investigación que se usaba desde la década de 1990.

—Hemos tratado de identificar los flujos de información sospechosos, determinar si tienen mensajes ocultos codificados en ellos y reparar la información filtrada, pero no funcionó.

—La Matrix no puede ser afectada —dijo el Sapo como si le tocasen los números de su cuenta bancaria.

—Claro que no —añadió el Diablo con el rostro tenso—, todos nuestros negocios dependen de eso.

—Si he venido personalmente a comunicarles esta noticia, es porque han usado todos los programas estenográficos actuales que pueden ocultar cualquier tipo de datos binarios en varios tipos de medios de cobertura. No es ningún patrón de terroristas de alta tecnología ni ningún caso de espionaje industrial.

—¿Probaron con StegDetect? —preguntó el Diablo.

El Chacal asintió lentamente.

—Sí. Y con la interfaz gráfica Xsteg. Ni ese programa ni Stego suite, Analyst, Watch, ILook Investigator ni EnCase; ninguno de ellos funcionó en primera instancia.

James Greenold se refería a sofisticados programas analizadores de archivos de imagen y audio, como un descifrador de contraseñas diseñado para mantener funcionando la Matrix del programa de diseño creado para mantener la ilusión en la humanidad y el olvido del origen cósmico original.

—El equipo informático analizó durante varios días un archivo sospechoso —agregó el Chacal—. Al parecer, son un conjunto de números y letras que todavía no han podido descifrar. La traducción de letras y palabras a un lenguaje estenográfico, mediante la producción de nuevos resultados con datos de análisis, seguramente servirá para identificar si es algo intencionado o, bien, un fallo en la inteligencia artificial y los sistemas de la Matrix.

El Diablo se sentó a su lado.

—¿Tú crees que proviene del espionaje informático? ¿O, en cambio, crees que es por el influjo del Sol, que aumentó su frecuencia y vibración? ¿O debido a la masa colectiva de conciencias despertando?

—A las masas las tenemos lo más frenadas posibles —remarcó el Chacal—, al Sol lo ocultamos con los vuelos químicos en los cielos y creo que tampoco es espionaje informático. Nadie nos ha pedido nada. Si hubiese espías o atacantes de otras razas o entidades extraterrestres envueltas en esto, podríamos interceptarlos, pero al parecer no es así.

En ese preciso momento sonó el teléfono del Chacal.

—Un momento —murmuró.

Llevó el auricular a su oído y su rostro se volvió inexpresivo, como el de una estatua de piedra.

Del otro lado, escuchó la voz ronca de un interlocutor.

—Hicimos la codificación de bits menos significativos en conjunto con la codificación de paridad y la codificación de fase y detectamos lo que sucedió y de dónde viene el problema.

—Explícate, estoy en medio de una reunión. —El Chacal apretó el botón del altavoz de su teléfono para que todos escucharan el informe.

—El espectro de la Matrix se ensanchó y se generó un bloqueo en los tiempos. Descubrimos que algo extraño ha alterado el pasado y está teniendo repercusión en los sistemas, no solo en uno, sino en varios archivos, distorsionando la ilusoria realidad. Señor, le llamo con urgencia porque hemos determinado que, debido a la alteración de una gran cantidad de bytes a la deriva, debemos suspender la salida de los mismos, lo cual va a traer alteraciones a internet y las redes sociales. Creemos que Twitter, Facebook e Instagram, entre otras muchas, van a paralizarse, lo mismo que las cuentas bancarias, no así el Blockchain de las criptomonedas.

—Eso traerá muchas consecuencias dispares y subidas y bajadas en el mercado de valores —dijo el Chacal.

—Así es, por eso debo advertirles. También hemos tratado de detener los bits que atacan la Matrix, y se han incrustado scripts reales en documentos de comandos secretos mediante inteligencia artificial.

—En otras palabras, ¿lo tienen controlado o estamos en problemas?

Hubo un silencio.

—Por ahora lo controlamos, pero en cuanto las brechas de información se extiendan como un virus por toda la Matrix, podría desvanecerse y revelarse la verdad de la realidad.

En la sala, pareció que el silencio y la tensión cortaban el aire.

"No puede ser —pensó el Diablo—. ¿Un fallo en la Matrix y mi empresa no lo detectó?".

—No lo hemos detenido aún, señor, pero la única buena noticia, y para eso llamo, es que pudimos determinar de dónde viene. Aunque no podemos combatir el problema, al menos sabemos de dónde surgió.

—¡Habla de inmediato! —inquirió el Chacal, ansioso.

—Detectamos el hueco informático que está creando un portal invasivo con coordenadas en Milán, Italia. Los técnicos están tratando de descifrarlo, porque viene de una tecnología avanzada. El fallo en la Matrix está indicado por un anómalo código numérico que no hemos podido descifrar.

—¿Qué quieres decir con que viene de Milán? ¿Qué es lo que hay, un montón de técnicos informáticos que queman *bitcoins* con sus computadoras? —dijo el Chacal, fastidiado.

—No, señor. El sistema indica que es un programa de informática cuántica debidamente patentado.

—¿Un programa patentado? Explícate.

—La patente figura a nombre de un tal Jason Kirby, junto a cuatro apellidos: Chairman, Louvriel, Solanos y Newman. Eso es lo que tenemos.

Hubo una pausa.

El Chacal no daba crédito a lo que escuchó. Permaneció inmutable durante unos segundos.

—Señor, creo que debería enviar un comando militar de inmediato a ese sitio —dijo el jefe informático.

—¡Sé lo que debo hacer! —espetó el Chacal con fastidio en sus palabras al tiempo que su cuello revelaba extrañas escamas que rápidamente se ocultaron tras la piel humana.

"¿Quién se cree que es para decirme cómo actuar?".

Desde que el verdadero James Greenold había tropezado en las escalinatas del avión presidencial, habían circulado infinidad de memes de burla, al igual que en otras reiteradas ocasiones donde se había mostrado incoherente y senil. Al clon reptiliano le molestaba aquello.

"Yo soy poderoso".

—Envíame la ubicación encriptada de donde proviene el fallo. Procederemos militarmente de inmediato. Mantente en comunicación constante por si aparece algo nuevo.

El Chacal colgó la comunicación y se giró al grupo.

—Señores, ya lo han escuchado —dijo fríamente—. Estamos bajo un atentando a la Matrix y sabemos de dónde viene.

"¿Un código numérico está creando un portal en el tiempo que está afectando la Matrix? Eso está fuera de mi conocimiento", pensó el Diablo.

Hubo un murmullo entre los presentes.

El Diablo se tragó sus palabras.

Queriendo anticiparse en secreto, había enviado a varios testaferros primero y luego a la Bruja Avraloviz para sacarle información a Mark Chairman, ya que por medio del espionaje cibernético y por la estrecha amistad y negocios con el padre de Mark, David Chairman, él estaba al tanto de las investigaciones de su hijo.

En realidad, el ambicioso Jim Gates, el Diablo de los Illuminati, sabía que tal como Julio César, Adolfo Hitler, Gengis Khan, Lenin, los reiterados líderes del partido comunista chino y muchos otros estadistas que habían querido gobernar y adueñarse del mundo, él también quería hacerlo, pero desde las sombras y a través de una serie de estrategias invisibles.

En ese momento no podía decirle a nadie que él estaba al tanto de las investigaciones del profesor Kirby y su equipo, y mucho menos que él fue quien envió secuestrar a Mark Chairman, y así hacerse con la tecnología y el Vórtex para viajar en el tiempo.

En su ambición desmedida, el Diablo no se conformaba con ser el líder de los movimientos mundiales a través de la sociedad secreta en la que influía, quería gobernar su propio infierno y que la tierra entera estuviera dentro de él.

19

Londres,
22 de enero de 2025

A Mark Chairman le dolía la cabeza y cada uno de los huesos y músculos. Después de una noche violentamente traumática su cerebro tardó bastantes minutos en recobrar la cordura. "¿Dónde estoy?".

Los guardias de seguridad del Instituto Tavistock habían encadenado a Mark Chairman en una sala de máxima seguridad.

Cuando la Bruja Avraloviz recobró el conocimiento, se llevó las manos a la entrepierna. Se sentía no solamente dolida físicamente, sino en lo más profundo de su orgullo.

"¡Mierda!", espetó con rabia.

En poco tiempo, toda la sociedad secreta se enteraría de que la Bruja suprema había decaído frente a una tortura. Eso equivalía a que su puesto de emperatriz suprema en la organización temblara y pudiesen comenzar los rumores de su sustitución.

Se puso de pie con dificultad, se acomodó el cabello y trató de tragar saliva; sentía la boca seca, como si le hubiesen colocado un puñado de arena. Odiaba beber agua, odiaba el Sol y todo lo que tuviese relación con la luz y la salud. Su fuerza la sacaba de la oscuridad.

"Ya verás de lo que soy capaz", se dijo.

Enfiló rápidamente para uno de los baños y trató de arreglarse.

Llamó por el auricular al puesto central de los guardias. Era frecuente que los miembros pasaran toda la noche torturando gente o realizando rituales mágicos oscuros.

—¿Dónde está el prisionero? —preguntó sin saber lo que había sucedido la noche anterior.

—Señora, hace menos de una hora que lo encarcelamos. Recién terminamos de dejarlo en otra prisión. La vimos en el suelo y pensamos que estaba dormida.

—¿Dormida con el prisionero escapando? —dijo irónicamente.

A la Bruja siempre le había parecido que los guardias eran fuertes, pero poco inteligentes.

—¿Dónde está ubicado ahora?

—En el ala norte, está en la habitación subterránea, señora. La sala con la silla de la muerte.

Los guardias se referían a la peor sala de torturas, la que poseía una silla especial que combinaba descargas eléctricas con imágenes de control mental en una pantalla que el prisionero era forzado a mirar sin pestañear para inducirle dolor e hipnotizarlo; de esta forma, los detenidos confesarían, o bien, serían programados con misiones especiales para actuar a favor de los intereses de la sociedad secreta.

La Bruja Avraloviz colgó el auricular luego de solicitar agua y masas secas para reponerse. En menos de dos minutos, estaba camino a la temida sala donde estaba Mark Chairman.

Mientras caminaba por el pasillo, sonó su teléfono celular. Era el único número que la Bruja no quería ver.

"Gran Maestre", decía su registro telefónico.

Desde el otro lado de la línea, se escuchó una voz seca y firme.

—¿Qué novedades tienes? ¿Has logrado sacarle la verdad?

La Bruja tragó saliva.

—Estoy en eso, Gran Maestre. Anoche no fue tal como hubiera querido, pero en minutos lo indagaré en la sala de la muerte.

Hubo un silencio.

El interlocutor sabía que, de esa forma, nadie se resistía a confesar.

—Entiendo. Necesito esa información para avanzar —dijo secamente.

—La tendrá. Deme una hora.

Sin decir más, el interlocutor colgó.

La desesperación de la Bruja aumentó. Ahora tenía muy cerca la lupa del ojo que todo lo ve en busca de sus resultados.

"Para qué querrá esta información", pensó la Bruja.

Sabía que una llamada y el seguimiento del Gran Maestre de los oscuros Illuminati solo se debía a que algo era de extrema necesidad.

"Tendrá lo que busca y seguiré reinando debajo de él", se dijo.

En menos de un minuto, abrió la puerta y se tapó la nariz. Había olvidado que el fuerte olor también era una forma de hacer confesar a los prisioneros.

Mark Chairman, con la cabeza de costado como si no pudiese soportar el peso que llevaba dentro de ella, vio entrar a la Bruja con expresión hambrienta. Mark estaba atado de pies y manos, sentado en una silla llena de cables. Tenía una especie de corona electrónica colocada alrededor de la cabeza, de donde salían infinidad de cables conectados a una maquinaria que se hallaba a unos dos metros de distancia.

—Hoy es confesar o morir —le dijo al tiempo que le propinó una violenta bofetada.

Mark sintió un agudo pitido en los tímpanos.

—Esto es por el golpe de anoche en mi vagina.

Sin pausa, la Bruja colocó unas pinzas en cada párpado y los ojos de Mark quedaron abiertos, sin que pudiera pestañear. De inmediato, conectó los interruptores y encendió una fuerte luz que fue directamente a los ojos de Mark.

—Lo haremos a la vieja usanza —dijo irónicamente.

La Bruja se sentía dolida porque no había podido lograr su confesión por medio de la magia negra, ahora debía utilizar lo que la mayoría, el dolor y el miedo. Se sentía una más. A ella la distinguía su experiencia en las ciencias ocultas, el reino de lo esotérico usado de manera inversa a su propia conveniencia con apoyo de entidades oscuras.

—Allí va tu primer regalo. Yo me ahorraría el dolor, jovencito.

Emitió una descarga a través de los cables de electricidad y comenzó a brillar una fuerte secuencia de flashes directamente a los ojos de Mark. Su cuerpo se arqueó tras la descarga eléctrica.

—¿Cuál es la contraseña del Vórtex y a dónde has viajado?

Esas eran las dos preguntas que el Gran Maestre le había pedido que hiciera.

La Bruja Avraloviz no sabía lo que era el Vórtex ni a qué clase de viaje se refería.

Dio otro corrientazo.

—¡Aaahg! —se quejó Mark.

La Bruja activó una imagen giratoria en blanco y negro, como un espiral, dirigida al rostro de Mark. Era imposible que no la viera, ya que ni podía mover la cabeza ni cerrar los ojos.

La imagen comenzó a marearlo.

Poco a poco, la mente de Mark iba perdiendo terreno consciente y se sumergía en las profundidades del inconsciente. Allí sería una presa fácil para responder cualquier pregunta.

—¿Cuál es la contraseña del Vórtex y a dónde has viajado? —Esta vez lo repitió más lentamente.

Mark respiró profundo. Sintió náuseas y ganas de vomitar, pero no tenía nada en el estómago, hacía más de cuarenta y ocho horas que no comía nada.

—Eeeeh… yooo… aaaaarrrggg —balbuceaba.

La Bruja sabía cómo funcionaban la mente humana y los procesos de la hipnosis.

Ella sabía que, en primer lugar, antes de someterse a una sesión de hipnosis clínica, el hipnoterapeuta debía concentrarse en el objetivo. La historia indicaba que, a partir del siglo XVIII, la hipnosis comenzó a ser utilizada de forma abierta a raíz del descubrimiento del magnetismo animal, por Franz Anton Mesmer. La hipnosis había empezado a usarse hacía dos siglos en Francia.

En la hipnosis clínica, el trance es inducido mediante un sencillo sistema de relajación: el paciente no pierde la conciencia ni el control de la situación; es decir, estando relajado y tranquilo, mantiene la conciencia sobre dónde está y con quién, así como del tema del que se le está hablando.

En el caso de la Bruja, ella se aprovechaba de la vulnerabilidad para programar el subconsciente o para sacar información.

Ella sabía que el estado hipnótico comenzaba en la fase de preparación. Tras eso, inducía a la persona hacia el trance, como un proceso psicológico mediante el que un individuo alcanza un estado de conciencia alterado y queda completamente desconectado de lo que lo rodea.

De inmediato, la Bruja comenzó la fase de sugestión al observar un aumento en la conectividad de ciertas zonas de las redes neuronales. El cerebro de Mark Chairman mostraba una elevada plasticidad neuronal en la pantalla de la máquina de tortura.

Acto seguido, Mark experimentó un estado confuso de su identidad, un olvido de todo el entorno.

—¿Quién soy? —murmuró.

"Ya está en el trastorno de identidad disociativo", dijo la Bruja.

Ella sabía que ese trastorno, antes conocido como "trastorno de personalidad múltiple", se caracterizaba por alternar diferentes identidades.

La Bruja se acercó a su oído.

—Ahora es posible que sientas la presencia de dos o más personas que hablan o viven en tu cabeza y que sientas que estas identidades te poseyeron. Cada identidad puede tener un nombre, una historia personal y características únicas, entre ellas, diferencias obvias de voz, género y trato, e incluso cualidades físicas, como la necesidad de usar lentes.

Sabía que bajo hipnosis, con ese método manipulativo que ella usaba, las personas con trastorno de identidad disociativo también sufrían amnesia disociativa y, a menudo, sufrían fuga disociativa. Se generaba un trastorno de despersonalización-desrealización. Este trastorno implicaba una sensación continua o episódica de desconexión o de estar fuera de sí, pues observaban sus acciones, sentimientos, pensamientos y a ellas mismas desde cierta distancia, como si alguien estuviera mirando una película desde una cámara. Otras personas y cosas que las rodean se percibían distantes, borrosas o como en un sueño. Pareciese que el tiempo transcurre más lento o más rápidamente y el mundo parece irreal.

Alrededor de Mark, la Bruja comenzó a ver demonios que comenzaron a susurrarle. En varias ocasiones, los sometidos a sus torturas terminaron suicidándose tras ser programados por la inducción de su voz y la de los demonios. En sus filas contaba con varias víctimas del *show business* de Hollywood, así como empresarios y poderosos magnates que no quisieron colaborar.

Mark comenzó a balbucear.

Debido a su reciente conexión con los viajes hacia otros tiempos, su conciencia y su cerebro experimentaban distintas reacciones en comparación con alguien que siempre había vivido en el presente.

Lo que ignoraba la Bruja era que los cambios en el tiempo en el cerebro de Mark habían activado otras partes de su ADN.

—*Hay más cosas en el cielo y la tierra, Horacio, que las que puede soñar tu filosofía* —dijo Mark hipnóticamente.

—¿Qué dices?

Hubo una pausa. A la Bruja, esa frase no le servía.

—Concéntrate en lo que te digo. ¡Sigue mi voz! ¿Cuál es la contraseña del Vórtex y a dónde has viajado?

Emitió otra descarga eléctrica y la imagen circular en blanco y negro de la pantalla se transformó en un punto debido la gran velocidad a la que giraba.

—¡Habla! —gritó.

Mark enrojeció, su sangre fluía con intensidad y su corazón latía agitado por las descargas eléctricas.

—¡Muéstrame lo que hay en tu inconsciente!

Tras una pausa, Mark tosió.

—*Es mejor ser rey de tu silencio que esclavo de tus palabras* —respondió balbuceante.

—¡Qué mierda dices! ¿Cuál es la contraseña del Vórtex…?

Mark la interrumpió y levantó la voz para espetar otra frase.

—*En nuestros locos intentos, renunciamos a lo que somos por lo que esperamos ser.*

La Bruja comenzaba a encolerizarse.

—¡Vas a sufrir! —lo amenazó y subió la intensidad de las descargas.

—*Cualquiera puede dominar un sufrimiento, excepto el que lo siente.*

—¡No entiendo a lo que te refieres! —Aquellas respuestas no significaban nada para la Bruja.

Mark arremetió sumergido en su trance, ignorando lo que decía y dónde estaba.

—*Presta el oído a todos, y a pocos la voz. Escucha las censuras de los demás; pero reserva tu propia opinión.*

—¿Te crees listo? ¡Te quitaré esa sonrisa de la cara!

—*Sería muy poco feliz si pudiera decir hasta qué punto lo soy.*

—¡Responde lo que estoy preguntando! ¡Estás bajo mis órdenes! ¡Dime la verdad!

—*Antes que nada ser verídico contigo mismo. Y así, tan cierto como que la noche sigue al día, hallarás que no puedes mentir a nadie.*

—¡Se me acaba la paciencia! ¡Habla! ¡Se termina tu tiempo en esta vida!

—*El tiempo no vuelve atrás, por lo tanto, planta tu jardín y adorna tu alma en vez de esperar a que alguien te traiga flores.*

La Bruja volaba de ira y frustración.

—¡Vas a ser herido, jovencito!

—*Las heridas que no se ven son las más profundas.*

Mark emitió una sonrisa irónica.

—¿De qué te ríes, hijo de puta?

—*Hay sonrisas que hieren como puñales.*

—¡No soportarás ni un minuto lo que te haré ahora!

—*En un minuto hay muchos días.*

—¡Responde lo que te estoy preguntando! ¿Cuál es la contraseña del Vórtex? ¿Tú eres el único que la sabe?

—*Sabemos lo que somos, pero no en lo que podemos convertirnos.*

—Escúchame —dijo la Bruja, tratando de serenarse—. ¿Qué es lo que has inventado?

—*El pasado es un prólogo.*

La Bruja hizo una pausa.

Aquello la tenía totalmente desconcertada.

"Me responde incoherencias, pero todas encajan con mis preguntas. No entiendo".

Bajó la voz y le dijo susurrando:

—Muéstrame la clave secreta. Muéstrame la…

—*Ten más de lo que muestras; habla menos de lo que sabes.*

La Bruja ladeó la cabeza.

Intentó ir por otro lado, la carta del miedo nunca fallaba.

—¿No tienes miedo a morir?

—*Los cobardes mueren muchas veces antes de su verdadera muerte; los valientes prueban la muerte solo una vez.*

La Bruja estaba estupefacta, en todos sus años de torturar gente, ese era el caso, sin dudas, más extraño y difícil.

—¡¿Quién eres?! —gritó.

—*¡Ser o no ser, esa es la cuestión!*

La Bruja dio un paso atrás.

En un instante comprendió.

"¡¿Está respondiéndome con frases de Shakespeare?! Todas sus respuestas... ¿Qué significan? ¿Qué trata de decir?".

Los demonios susurraban al oído de la Bruja.

"¡Incrépalo! ¡Domínalo! ¡Poséelo, bruja!".

Susurros.

Movimientos veloces.

Sombras en la pared.

La Bruja sentía a los demonios como entes de su familia.

—¿Qué significan esas frases? —gritó con fuerza.

Mark respiró profundo, estaba exhausto, tenía los ojos rojos y todo el cuerpo débil.

—¿Cuál es la c o n t r a s e ñ a? —deletreó la Bruja.

Hubo una pausa.

—William Shakespeare —balbuceó Mark, antes de desmayarse.

20

Bosques de Noruega,
22 de enero de 2025

Todavía era de noche en los fríos y húmedos bosques cuando la camioneta 4x4 frenó a un lado del camino y apagó las luces. El corpulento vikingo se bajó y observó su teléfono. Comprobó que se había estacionado según las coordenadas.

"Deberé prepararlo para el ritual".

Había recibido órdenes directas del Gran Maestre.

"Inícialo en los misterios eleusinos", le había ordenado.

Thor estaba llevando todo al pie de la letra.

Él sabía que los misterios eleusinos eran ritos de iniciación al culto de las diosas Deméter y Perséfone, que se celebraban en Eleusis, cerca de Atenas, en la antigua Grecia.

De todos los ritos celebrados en la Antigüedad, esos mitos y misterios eran considerados los de mayor importancia, y se extendieron mucho más tarde al Imperio romano. Se sabía que los misterios empezaron en torno al 1500 a. C., durante la época micénica, y se celebraron anualmente durante unos dos mil años.

Los misterios de Eleusis eran los rituales secretos de la antigua escuela de misterios de Eleusis; un importante ritual místico, una oportunidad para que los iniciados pudieran entender los enigmas de la vida en el proceso de la apoteosis, el camino a convertirse en Dios o en *Christos*, el ungido de luz. Si bien se realizaron varios siglos antes de Jesús, los griegos sabían que el significado de Cristo era un título espiritual, un logro interno en la búsqueda de la iluminación, lo mismo que alcanzar la budeidad; convertirse en Buda era, para los iniciados del Oriente, un proceso para ir del plomo de un ser humano áspero, inculto, bruto, carente de arte, inconsciente e invadido por todos los demonios internos de la caja de Pandora mental: envidias, celos, traiciones, ira, deslealtad, etcétera; en pos de alcanzar el oro del alma a través del entusiasmo, la amistad, la creatividad, el talento personal, la iluminación, la pureza del corazón y la nobleza. Ese era el proceso máximo iniciático de todos los misterios, escuelas y sociedades secretas.

Los antiguos ritos eleusinos, así como las adoraciones y creencias del culto, eran guardados en secreto, y los ritos de iniciación unían al adorador con el dios, diosas o espíritus elevados invocados, incluyendo promesas de poder divino y recompensas en esta y la otra vida.

Algunos historiadores e investigadores actuales afirmaban que era bastante probable que los misterios estuvieran influenciados por creencias espirituales egipcias, que entendían la muerte como una transición a otra fase de la existencia, no como el final de la vida. Los egipcios, quienes se creía que habían heredado la genética y elevados conocimientos y eran descendientes de los supervivientes de la antigua Atlántida, habían mantenido esta creencia al menos desde el período dinástico temprano, del año 3150 al 2613 a. C., y dado que hubo contacto entre las dos culturas a través del comercio, era probable que esta comprensión egipcia sobre el más allá contribuyera a una interpretación más profunda de la historia de Deméter y Perséfone, así como de la visión de los misterios.

Thor llegó al sitio donde había enterrado al doctor Fernando Loscano.

Se veía la larga caña que unía el cuerpo bajo tierra con el aire. Colocó su dedo índice en el agujero de la caña de bambú para comprobar si salía aire, y notó que el doctor aún estaba vivo.

Con su mano derecha, Thor hizo un círculo en el aire, como si quisiera abrir una puerta a nivel astral.

Acto seguido, se colocó unos guantes de montaña y dejó el bolso que traía colgado al hombro, sacó una pequeña pala y comenzó a cavar.

Con sumo cuidado, excavó hasta que dio con los pies de Loscano. Posteriormente, empezó a quitar la tierra con las manos.

En menos de dos minutos había quitado todo el peso de la tierra sobre el cuerpo. Apoyó la mano en el corazón de Loscano y le quitó la caña de bambú de la boca.

Extrajo un bidón de agua y lo volcó sobre su rostro, más como un rito que para quitarle la tierra de la cara.

Inmediatamente, Loscano abrió la boca para beber con desesperación. Luego sintió una extraña sensación.

"¿Estoy muerto? ¿Dónde estoy?".

—Usted sabe muy bien lo que significa este rito, profesor Loscano —murmuró.

Hubo un silencio.

La conciencia del doctor Loscano estaba en otro estado. Luego de los tres días de ayuno bajo tierra, se sintió un exiliado del planeta.

—Doy inicio al rito eleusino —dijo Thor con solemnidad.

Hubo un instante en que Loscano cobró lucidez.

"¿Los misterios eleusinos? ¿Quién está detrás de todo esto? —Ese pensamiento flotó en la mente de Loscano, con cierta extrañeza—. ¿Quién es este tipo?".

Thor lo observó detenidamente.

—Usted sabe muy bien que los misterios están basados en el mito de la diosa Deméter y su hija. En su caso, ha llegado el momento de enderezar a sus torcidas hijas —dijo Thor.

Loscano se sentía perdido en espacio y tiempo, pero reconoció a su verdugo.

—¿Con qué autoridad hablas? —se atrevió a decir Loscano—. ¿Quién te crees que eres para juzgar?

—Yo... mejor dicho, nosotros —se corrigió Thor—, nosotros enderezamos el cultivo torcido, no juzgamos.

—No entiendo lo que mis hijas o yo te hemos hecho, pero no lo tomes personal.

Thor lanzó una risita.

—Ya te dije que cuando la flecha que has lanzado va en dirección a la cabeza de tu rival, es estúpido decirle que no lo tome personal. Todo es personal, Loscano. El mundo va a los tumbos por no enmendar las acciones y continuar la injusticia. La traición que ejecutó tu hija y que tú avalaste debe ser corregida. El tiempo correcto le llega a todos.

Thor se refería a que, en el mito griego, la hija de Deméter, Perséfone, fue secuestrada por Hades, el dios de los muertos y el inframundo. Deméter era la diosa de la vida, la agricultura y la fertilidad.

Descuidó sus deberes mientras buscaba a su hija, por lo que la Tierra se heló y la gente pasó hambre: ese fue el primer invierno sobre el planeta.

Finalmente, Deméter pidió ayuda y se reunió con su hija y la Tierra volvió a la vida: la primera primavera. Desafortunadamente, Perséfone no podía permanecer indefinidamente en la tierra de los vivos, pues había comido unas pocas semillas de una granada que Hades le había dado, y aquellos que prueban la comida de los muertos ya no pueden regresar. Se llegó a un acuerdo por el que Perséfone permanecería con Hades durante un tercio del año, durante el invierno, y con su madre los restantes ocho meses.

Los misterios eleusinos celebraban el regreso de Perséfone, pues este era también el regreso de las plantas y la vida a la Tierra. Perséfone, mientras estuvo en el inframundo, al haber comido las semillas que eran símbolos de la vida, convirtió al subsuelo, como las semillas en invierno, en un símbolo del renacimiento de toda la vida durante la primavera y, por extensión, de toda la vida sobre el planeta.

—Usted está en el invierno de su vida, doctor Loscano —dijo con voz firme—. ¿Está preparado para morir o para renacer? Esa es la gran pregunta de todos los misterios. Muchos mueren con sus actos innobles en la mente y su karma crea más karma. ¿Va a limpiar el karma de su familia y sus traiciones o prefiere partir?

El corazón de Loscano aceleró los latidos, como un tambor de la conciencia repiqueteándole por dentro.

De acuerdo al rito, Thor se preparó para entonar el "Himno homérico a Deméter".

Con voz firme, Thor invocó a Diocles, Eumolpo, Triptólemo y Políxeno, quienes habían sido los sacerdotes originales del culto a la vida, la primavera y el renacimiento.

—¡Así como Céleo el rey, y su hijo, Triptólemo, aprendieron y lo pasaron a los iniciados de Grecia —dijo Thor con voz grave—, hoy mis palabras danzan en el viento que está más allá del tiempo!

Loscano entró en trance.

Sus ojos se quedaron en blanco y su respiración se volvió casi imperceptible. La falta de alimento y el trauma de haber estado tres días bajo tierra le hicieron dejar de sentir su cuerpo. Su mente se expandió vagando por doquier.

Thor ejecutaba con maestría y exactitud el rito y sabía que en el pasado había dos clases de misterios eleusinos: los mayores y los menores. Los misterios menores se celebraban donde los sacerdotes purificaban a los candidatos para la *myesis* o el rito de iniciación. Los misterios mayores duraban nueve días.

En el albor de los rituales más ocultos, los emblemas sacros eran transportados de Eleusis al Eleusinion, santuario situado al pie de la Acrópolis ateniense. Allí, los hierofantes, los sacerdotes custodios del culto, proclamaban la *prorrhesis*, marcando el inicio de las ceremonias.

La marcha sagrada emprendía desde el camposanto de Atenas, con la multitud peregrinando hacia Eleusis por la denominada «Vía Sagrada», ondeando varas conocidas como *bakchoi* en su tránsito.

Al arribar a Eleusis, se guardaba un día de ayuno en honor a la búsqueda de Perséfone por parte de Deméter. Este ayuno se suspendía al consumir *kykeon*, una mezcla ritual de cebada y hierbabuena. En jornadas subsecuentes, los neófitos que se preparaban para recibir iniciaciones espirituales, ingresaban al Telesterion, un recinto donde se les revelaban las reliquias divinas de Deméter. Estos misterios eran tan sacrosantos que revelar lo presenciado allí era un delito castigado con la muerte.

Acerca del ápice de estos misterios, se debaten dos perspectivas contemporáneas. Unos arguyen que los sacerdotes exhibían visiones de la noche consagrada, simbolizadas por una llama que representaba la vida ultraterrena junto a reliquias espirituales. Otros postulan que tal interpretación es insuficiente para justificar la influencia y perdurabilidad de los misterios, creyendo que las vivencias eran internas, inducidas quizás por un componente psicoactivo potente en el kykeon, similar a la dimetiltriptamina (DMT).

En estos enigmáticos rituales participaban cuatro grupos:

Los sacerdotes, sacerdotisas y hierofantes que dirigían las ceremonias.

Los novatos que se iniciaban en los misterios por vez primera.

Los ya iniciados en ceremonias previas que no calificaban para la categoría final.

Y aquellos que habían alcanzado la *epopteia*, la «iluminación», aprendiendo así los secretos más profundos de los misterios de Deméter.

—¿Está listo para recibir la revelación, doctor Loscano? Usted está vivo, pero su alma es un cementerio. Ya ha perdido todo el semen, la semilla de vida. Vive como un muerto.

Thor sabía que una fase de los misterios eleusinos era *kiste* y *kalathos*, lo que significaba, respectivamente, un cofre y una cesta con tapa y símbolos sagrados.

Thor tomó el cofre y extrajo varios objetos de oro, y sacó también una piña de pino, que representaba el símbolo de la fecundidad, la generación, la conciencia despierta y el tercer ojo. Cuando la piña se abría, era significativo porque se activaba la pineal, la glándula en medio de la frente. La piña representaba también a la serpiente en espiral o la evolución universal del alma, la caída en la materia y la redención a la luz mediante el espíritu; era el huevo recordando la esfera o perfección divina, objetivo máximo en la vida del hombre.

Thor puso la piña en las manos de Loscano.

De acuerdo con el antiguo rito, en los misterios mayores, los novicios efectuaban la alianza con el universo a través de los estudios, lo que significaba percibir quién es tu Dios mediante los estudios iniciáticos (es-tu-dios) para luego ser conducidos a la *epoptia* o autopsia —del griego *autos* (uno mismo) y *ops* (ver o visión), dándole el sentido de "ver por uno mismo", la contemplación de la verdad.

A partir del año 300 a. C., el Estado ateniense tomó el control de los misterios, del mismo modo que en la actualidad, siempre que surgía algo importante de características divinas, el Estado profundo quería tener poder y control, como en el caso de los medios de comunicación, las criptomonedas o la ausencia de la libertad de expresión que padecían los infectados con el virus del avestrucismo.

Los únicos requisitos para participar en los misterios eran carecer de "culpas de sangre", lo que significaba no haber cometido asesinato alguno o actos ilícitos dentro de la familia, y no ser un bárbaro (es decir, hablar griego). Se permitía iniciar a hombres, mujeres e incluso esclavos.

Los misterios eleusinos se habían salvado del control del estado opresor, y en la actualidad, solo se celebraban en sociedades secretas, o bien, como en el caso de Thor con Loscano, como un pedido entre iniciados.

En la antigüedad, entre los participantes de dichos ritos hubo personalidades influyentes como Sócrates, Platón, Aristóteles, Sófocles, Plutarco y Cicerón, quienes buscaban la visión y el entendimiento de la existencia.

El santuario dedicado a Deméter fue devastado por los sármatas alrededor del año 170 después de Cristo y posteriormente restaurado por Marco Aurelio. Aureliano se distinguió como el único laico que traspasó las puertas del Anaktoron, lugar sagrado de iniciación.

Con el creciente auge del cristianismo en los siglos IV y V, propulsado por una expansión forzosa, el esplendor de Eleusis inició su declive. Juliano II, el último emperador no cristiano —título derivado del latín paganus, «habitante del campo, rústico», en referencia a la tenaz oposición de las comunidades rurales, devotas de las fuerzas naturales, frente a la expansión obligada del cristianismo—, fue iniciado en los misterios y luchó por su conservación.

Los santuarios fueron cerrados y los rituales clausurados por el emperador cristiano Teodosio en el 392 d. C., en un esfuerzo por destruir la resistencia pagana a la imposición del cristianismo niceno como religión estatal y al ver que los ritos antiguos inspiraban una resistencia al cristianismo y a la visión que, en aquel tiempo, la iglesia tenía de Jesucristo. Este suceso fue narrado por Eunapio, un historiador y biógrafo de los filósofos griegos. Al igual que entonces, en la actualidad, el Nuevo Orden Mundial quería controlar, monopolizar y destruir a los que no estuvieran dentro del sistema de control.

Eunapio fue admitido en los misterios por el último hierofante legítimo, quien había recibido de Juliano el mandato de revivir estas prácticas espirituales en declive.

Con el cristianismo expandiéndose y consolidando su influencia, los rituales de antiguas creencias fueron erradicados metódicamente; aunque la emergente doctrina cristiana asimiló sus esencias, iconografía y simbolismo, recontextualizando estos elementos para reforzar su propio credo.

En los siglos IV y V, los recintos paganos donde se celebraban ceremonias ancestrales fueron demolidos o transformados en templos cristianos, capturando su antigua sacralidad. El santuario de Deméter y otros espacios consagrados de Eleusis fueron devastados por cristianos de la corriente arriana, guiados por Alarico en 396 d. C., reduciéndolos a meros vestigios de lo que una vez fue un enclave para la comprensión intensa de las verdades primordiales sobre el ciclo vital, la muerte y la promesa de un nuevo comienzo.

De aquella herencia litúrgica poco ha perdurado, como un relieve eleusino del siglo V a. C., custodiado en el Museo Arqueológico Nacional de Atenas, mostrando a Triptólemo mientras Deméter le entrega semillas, instruyendo a la humanidad en el arte de la agricultura y en el acceso a la prosperidad, con Perséfone bendiciéndolo con su toque. Este concepto desafiaba al cristianismo, que aunque promovía la austeridad, contrastaba con la noción de un hombre hecho a imagen de un dios infinitamente poderoso y generoso.

Los ritos de Eleusis se distanciaban del culto religioso ordinario al ofrecer a los adeptos una experiencia directa y vivencial de lo divino, a diferencia de la mera creencia propagada en los templos. Mientras que la religión dominante se apoyaba en narrativas sobre la cosmogonía, los designios divinos y sus acciones, la experiencia de los misterios eleusinos era tan diferente como lo es participar en una obra teatral frente a solo oír de ella; los participantes obtenían una comprensión más profunda y significativa en comparación con aquellos que únicamente recibían relatos de dichas ceremonias.

En ese momento, a metros del doctor Loscano, el gigante Thor encendió una antorcha y elevó la mano a los cielos, murmuró ciertas palabras secretas y posteriormente la clavó en el suelo.

—¡Que abunde la Ley de la justicia!

Loscano parecía escuchar más con el alma que con los oídos físicos. Su cuerpo estaba sentado sobre la tierra.

En la Antigüedad, cada neófito portaba una tea en la mano durante la ceremonia, simbolizando la victoria de la luz de la consciencia sobre la penumbra del desconocimiento. Un elemento crucial de estos rituales consistía en la combinación de ergot, un hongo que crece en las espigas del centeno, con vegetales de propiedades psicoactivas para agudizar la percepción. Se pensaba que en los granos de trigo y cebada se alojaba ocasionalmente el hongo *Claviceps purpurea*, cuyos esclerocios, o cuerpos de resistencia, eran conocidos como *ergot* del centeno. Del *ergot* se podían extraer varios metabolitos, entre ellos la amida del ácido D-lisérgico (LSA), un compuesto relacionado con la dietilamida del ácido lisérgico (LSD). En aquellos tiempos, los aspirantes, sensibilizados por el ayuno y por los preparativos ceremoniales, y potenciados por el efecto de un brebaje psicoactivo poderoso, alcanzaban estados de conciencia iluminadores con significativas repercusiones espirituales e intelectuales para la purificación del alma y la redención del karma acumulado por actos impuros.

Thor sacó de una pequeña vasija un extracto de color madera, de textura similar a la crema de maní, y lo puso en la boca de Loscano.

—Que se abra el entendimiento —dijo—. Que lo que tu inconsciencia no supo ver en el pasado, se revele ahora.

Thor estaba rememorando los misterios de Eleusis, un rito que se remontaba a la noche de los tiempos y cuyos misterios guiaban a los iniciados a dejar el plomo de la inconsciencia para llegar al oro brillante del alma y recibir paso a paso los caminos para la transformación. Uno de los objetivos de quienes participaban en los misterios era cambiar para bien y para siempre, y además, vencer el paso del tiempo y liberarse del miedo a la muerte.

—Cuando un hombre muere, es como aquellos que son iniciados en los misterios. Toda nuestra vida es un viaje por caminos tortuosos sin salida —dijo Thor—. En el momento de dejarla, vienen los terrores, el miedo estremecedor y el asombro.

Sobre aquel extraño rito, personajes célebres como Cicerón dijeron: "No hay nada más alto que estos misterios... no solo nos han mostrado cómo vivir con alegría, sino que nos han enseñado cómo morir con una mejor esperanza". Will Durant, historiador del siglo xx, afirmó sobre los misterios: "En este éxtasis de la revelación... sintieron la unidad de Dios, y la unidad de Dios con el alma; ellos fueron liberados del engaño de la individualidad y conocieron la paz de la absorción en la deidad".

La historiadora Waverly Fitzgerald resumió la experiencia escribiendo claramente: "Se decía que aquellos que fueron iniciados en Eleusis ya no temían a la muerte, y al parecer, este mito confirma la visión cíclica de la vida, idea central en la espiritualidad pagana: que la muerte es parte del ciclo de la vida y siempre va seguida del renacimiento".

—¿Está listo para liberarse de la muerte? —le preguntó Thor—. ¿Está listo para quitarse el miedo y dejar que su conciencia entre en la ascensión?

Thor sabía que, antiguamente, los participantes se liberaban del miedo a la muerte al reconocer que eran almas inmortales que se encontraban temporalmente en cuerpos mortales. De la misma manera en la que Perséfone bajaba a la tierra de los muertos y regresaba a la de los vivos cada año, cada ser humano moriría solo para volver a vivir en otro plano de existencia o en otro cuerpo.

Los iniciados reconocían que sus vidas tenían un propósito eterno y que no solo vivían para morir. La creencia en la transmigración de las almas —la reencarnación—, posiblemente fue fundamental para la visión de los misterios, y esto les proporcionó a las personas una sensación de paz, en el sentido de que tendrían otra oportunidad de experimentar la vida terrenal en otras formas.

Thor se colocó frente al rostro de Loscano y le dio más agua.

El doctor bebió, aturdido. Luego inhaló profundamente.

—Estos fueron los primeros tres días del ritual —susurró Thor—. Le quedan tres días más para que salve su alma.

Loscano parecía salir del trance luego de que el agua le aportara energía.

—Ahora, usted se olvidará de sí mismo para nunca más ser el que ha sido. Ahora, usted es el mundo. Ahora, usted representa a toda la humanidad.

El doctor, en un impulso de supervivencia, trató de incorporarse. Se llevó las manos al pecho y tocó su embarrado cuerpo desnudo.

"Estoy vivo".

Volvió a sentir el aire frío en los pulmones. Después de haber pasado tres días bajo tierra, la respiración se le hizo un placer indescriptible.

La noche estaba dando paso a la sutil claridad en el cielo pastel que dibujó un alba marina.

Loscano, erguido, sintió los pies sobre la húmeda hierba y abrió los ojos.

Por un momento pensó que estaba muerto.

"No veo —se dijo a sí mismo—. No veo nada".

Oscuridad.

Se restregó la cara con cierta urgencia y cerró los ojos con fuerza. Pestañeó rápidamente con desesperación.

—¡No veo! —gritó—. ¡Estoy ciego! ¿Qué me has hecho? ¡Estoy ciego!

Thor lo observó mientras comenzaba a marcharse.

—Yo no hice más que colocar un espejo, doctor Loscano —dijo Thor—. Usted siempre ha estado ciego por su vanidad —agregó—, solo que ahora ha tomado conciencia de la ceguera que tenía dentro.

"No somos asesinos", pensó Thor.

En la organización a la que Thor pertenecía, pensaban que matar a una persona era una liberación y un escape: ya no pagarían impuestos, no lidiarían con problemas, no se harían cargo de lo que hicieron; se irían a otro plano mejor.

"Para enderezar a alguien, hay vías más efectivas que matarlo".

Thor se perdió en la espesura del bosque.

Loscano, inmóvil y abatido en medio de la nada, se vio cara a cara con su propia oscuridad.

21

Bosques de Noruega,
22 de enero de 2025

La reacción psicosomática que estaba padeciendo el doctor Fernando Loscano lo sumió en la más negra de las experiencias. "¿Qué me está pasando? ¿Dónde estoy? ¿Por qué estoy ciego?".

La desesperación era como un viento frío en su alma, mismo que se unía al frío del bosque, que calaba hasta los huesos. Todo su endeble esqueleto temblaba como un niño recién nacido.

Su mente experimentaba un estado de confusión.

"Esto es el inframundo".

Miles de preguntas venían a su confundido cerebro y buscaba desesperadamente cómo sobrevivir más que conocer las causas de aquellas circunstancias. No encontraba ni fuerzas para gritar y pedir auxilio. Caminó algunos pasos asustado, entre el crujir de ramas y hojas sobre el suelo. Se tocó todas las partes del cuerpo para sentir que estaba íntegro; acarició sus huesudas rodillas, las pantorrillas, se tocó la espalda baja y, en el pecho, comprobó que débilmente su corazón palpitaba y su boca expelía un hilo de humo como si fumase el último cigarrillo antes de la muerte. Dio tres o cuatro pasos y se frenó, paralizado frente a lo que parecía ser un grueso tronco de árbol o algo sólido. Instintivamente se giró en dirección al este y empezó a caminar con las manos hacia adelante para no golpearse.

"¿Qué más da? Moriré de frío".

El aire helado entraba por sus fosas nasales como si fuera una lija que raspaba sus pulmones. Completamente indefenso, a merced de la oscuridad que lo envolvía, decidió sentarse sobre una piedra helada, la cual previamente comenzó a tocar a tientas. Los miedos empezaron a aflorar; miedo a los animales salvajes, miedo al frío, miedo a la oscuridad, miedo al abandono, miedo a morir. Sintió el miedo en cada fibra de su ser. En realidad, le parecía como si ya estuviera muerto, que no había vida. La noche oscura del alma era su nublada realidad. Comenzó a frotarse enérgicamente los brazos, el pecho, los hombros y la espalda baja e invirtió la poca energía que tenía en frotar sus manos. Le parecían los tiempos de aquellos cavernícolas antes del encuentro con los nefilim, cuando el fuego y el calor eran el bien más preciado.

Empezaron a llegarle oleadas de sensaciones internas con una extraña energía, producto del ritual en el que había participado. Los misterios eleusinos comenzaron a materializar efectos etéricos a su alrededor.

Lo que Thor ya sabía era que el doctor Loscano pertenecía a una rama de francmasones que conocía los efectos de estar tres días en la oscuridad. Muchas civilizaciones antiguas habían realizado ese rito desde hacía más de diez mil años en varios sitios enigmáticos y poderosos, tales como Newgrange, en Irlanda, o los mayas en México; inclusive el mismo Jesús había tenido que permanecer tres días en la oscuridad antes de resucitar.

La ceremonia iniciática estaba empezando a hacer efecto en su atormentada psiquis.

Si bien aquello era un ajuste de cuentas entre logias ocultistas, el doctor Loscano sabía que había una gran rivalidad entre las organizaciones; incluso él había tratado de salirse hacía tiempo vendiendo su insignia, la cual tiempo antes presumía orgulloso ser parte de esa familia y de que se había casado espiritualmente con esa organización. Debido a rivalidades y a una pérdida de obediencia de lo que él consideraba una falta de respeto para su inexistente jerarquía, decidió moverse por terrenos más turbios, dar constates opiniones y meter cizaña entre parientes, además de ser mantenido económicamente por sus hijas.

En esos momentos, al haber estado tres días en la oscuridad, comenzó a percibir el impacto que esa experiencia de una magnitud elevada generaba en la conciencia humana.

Antes de marcharse, Thor le había colocado un ungüento viscoso en toda la frente y fosas nasales, abarcando también las cejas y las cienes. Thor sabía —junto a su misterioso jefe superior, el Gran Maestre, quien le había encomendado maniatar a Loscano— que todos los místicos del pasado habían explorado los terrenos de la conciencia y que, en la actualidad, la ciencia corroboraba varios cambios en el ADN cuando alguien iniciaba experiencias cumbre, tales como tomar ayahuasca, dimetiltriptamina, LSD, consumir marihuana o todo el abanico de sustancias que abrían los límites del cerebro.

Si bien el doctor Loscano creía en la existencia del alma humana —aunque él no tenía la experiencia, sino únicamente la creencia—, ignoraba que esta se encontraba en la glándula pineal, y que había muchos científicos, como el doctor Rick Strassman, que habían podido realizar estudios con dimetiltriptamina, una poderosa molécula de acción psicodélica que, según el médico de la Universidad de Nuevo México, podría ser secretada por la glándula pineal y responsable de detonar lo que se conocía como "experiencias cercanas a la muerte", lo que Fernando Loscano estaba experimentando.

Strassman sugería en sus investigaciones que la glándula pineal contaba con todos los precursores necesarios para generar DMT, y que era el asiento lógico de esa sustancia que, por otro lado, como la melatonina, parecía tener una relación con la generación de vívidas imágenes oníricas o, en palabras de Shakespeare, "la sustancia de la que están hechos los sueños".

El ungüento que Thor había colocado en la piel de Loscano contenía, por una parte, chacruna, la planta que contiene DMT, y, por otro lado, la liana *Banisteriopsis caapi*, que contiene alcaloides conocidos como beta-carbolinas, los cuales actúan como inhibidores de la monamina oxidada y activan el DMT vía oral, el cual previamente se había colocado en el agua.

Thor sabía que el impacto sobre la glándula pineal de la oscuridad y la ausencia de luz, junto con la influencia de las tormentas solares en la psicobiología humana, los neurotransmisores que secreta la glándula pineal y una baja dosis de DMT, iban a generar una revolución en el doctor Loscano.

Los místicos y ocultistas lo llamaban la "apertura del tercer ojo". El simbolismo de la relación entre la glándula pineal y el Sol era un emblema de la relación entre el hombre y el cosmos. Probablemente uno de los ejemplos más estimulantes y significativos del principio hermético más citado en el ámbito de las escuelas esotéricas desde milenios atrás es "cómo es arriba, es abajo", un principio de correspondencia que, pese a ser el fundamento cognitivo de la ciencia antes de la ciencia; es decir, de los padres de la ciencia (personajes como Paracelso, Giordano Bruno y el mismo Isaac Newton, quien hizo una traducción de la *Tabla Esmeralda*), ha sido relegado al terreno de la superstición o del pensamiento mágico; relumbrando herejía en la estructura racional de la mente científica. Sin embargo, en la actualidad había evidencia científica que sugería que el cosmos o mundo de las esferas tiene una influencia en la psicobiología humana. Y la clave para entender esa influencia era la glándula pineal, el gran misterio de la psique. Ese enigmático tema, sin duda una de las vetas centrales del misticismo humano, le hacía sentir a Loscano un fuerte ardor en la cabeza.

Los primeros rayos del alba aparecían sobre el despejado horizonte del este, tras una frondosa arboleda. A pesar de que Loscano no veía nada, pudo comenzar a sentir un tibio abrazo sobre su piel.

El mundo entero estaba sintiendo la actual situación de las recientes tormentas solares que habían estado arribando al planeta con renovada intensidad, lo cual parecía una nueva pulsión en la estrella central de la Vía Láctea.

Circulaban fuertes mensajes para despertar a los avestrucianos de parte de personas que luchaban contra el Nuevo Orden Mundial, en los que presentaban evidencias de que el estado de ánimo e incluso el estado de salud general de mujeres y hombres se veía afectado por una emanación de partículas energéticas del Sol. Algunos estudios, y sobre todo un entendimiento del funcionamiento de los campos magnéticos y de la glándula pineal, mostraban claramente que las llamadas "tormentas solares" estaban afectando el estado de ánimo, el comportamiento, el ADN y la glándula pineal.

Asimismo, existían evidencias como lo publicado en el prestigioso sitio de divulgación científica *New Scientist*, en donde hacía varios años salió a la luz un artículo en el que se citaron una serie de estudios que investigaban la relación entre las tormentas solares, el geomagnetismo y el comportamiento humano. Particularmente interesante era el trabajo del científico ruso Oleg Shumilov, quien, partiendo de la premisa de que muchos de los animales son sensibles a los campos magnéticos, investigó la afectación del geomagnetismo en la psique humana.

En ese momento, el corazón del doctor Loscano comenzó a latir más deprisa.

"El Sol —pensó— es lo único que puede salvarme de morir de frío".

Llevó sus manos al pecho y luego se abrazó a sí mismo en un acto casi de humildad ante el astro.

Había otro estudio científico, realizado por Michael Rycroft, exdirector de la Sociedad Europea de Geociencias, que hablaba de una correlación entre perturbaciones cardiovasculares y perturbaciones geomagnéticas. Según Rycroft, los problemas de salud geomagnéticos afectaban hasta al 15 % de las personas, poniendo en duda que el magnetismo de la Luna (o por lo menos no solo el de ella) alteraba las hormonas de los seres humanos.

"¿Qué me pasa? —se preguntó el doctor—. ¿Estoy comenzando a sudar con este frío? Mi corazón late con fuerza. ¿Ya estaré por morir?".

Lo que Loscano ignoraba era el estudio publicado en el *British Journal of Psychiatry*, que mostraba un incremento del 36.5% en hombres admitidos a un hospital por un cuadro de depresión en la semana posterior a una tormenta geomagnética. Los especialistas se preguntaban cómo era que esas llamaradas solares, también responsables de los sublimes fuegos de plasma de las auroras, estaban afectando tanto al ADN humano. Al parecer, se debía a que alteraban la producción de melatonina, el neurotransmisor de la glándula pineal responsable de regular los patrones de sueño y biorritmos. Según Kelly Posner, psiquiatra de la Universidad de Columbia, la actividad geomagnética podía "desincronizar los ritmos circadianos y la producción de melatonina". Lo cierto era que la misteriosa glándula pineal, el tercer ojo de los místicos, estaba científicamente aceptada como una glándula endócrina que yacía entre los dos hemisferios cerebrales, a la altura del entrecejo; y aunque hasta hacía poco más de cincuenta años se pensaba erróneamente que era un excedente de la evolución sin una función específica, en la actualidad, gracias a todos los estudios, se sabía que generaba melatonina, una hormona cuya producción se veía afectada por la luz. La oscuridad hacía que secretara melatonina, y gracias a la oscuridad se producían diferentes longitudes de onda de luz que hacían que se segregara melatonina en diferentes frecuencias. Incluso mucha gente no sabía que esta hormona jugaba un papel en el trastorno afectivo estacional —llamado "depresión invernal"—, siendo los países nórdicos, por tener menos exposición al sol, los que contaban con un mayor índice de suicidios por depresión.

René Descartes designó la glándula pineal como el asiento del alma. La paradoja era que Descartes, el hombre que concibió el racionalismo, después de un revelador sueño, concibió la intuición para ubicar el tercer ojo. En todos los demás sitios, Descartes encontraba la dualidad, menos en la glándula pineal, la cual describió como una flama pura que integraba la percepción humana.

La forma conífera de la glándula hizo que se le llamara "pineal", relativa al pino, según el médico griego Galeno. La presencia del cono de pino puede observarse en el báculo del Papa y en la misma Plaza de San Pedro, donde una inmensa estatua de cono de pino está rodeada por unos pavorreales (aves relacionadas con la divinidad en Egipto). Estos dos símbolos, el cono de pino y el ojo en un triángulo, aparecen en numerosas iglesias y templos alrededor del mundo. Por ejemplo, en la Catedral de la Ciudad de México puede observarse el Ojo de la providencia en más de un altar y en los motivos pineales, que para el observador incauto podrían confundirse con meras decoraciones en la estructura de la nave. Aunque también habría que decir que en la espiral que formaban los conos de pino se han observado la secuencia de Fibonacci y la proporción del número áureo; así que, además de una connotación esotérica, tenía una armonía estética que podría atraer sin la necesidad de una significación oculta.

Por otro lado, actualmente, el doctor Andrew Nichols había determinado una correlación entre la actividad geomagnética y la percepción de lo que llamaba el Sol Invisible. Hasta ahora se había visto, desde una perspectiva científica, que la glándula pineal, a través de una sensibilidad a los campos magnéticos, convertía la luz del sol en un determinado estado mental. Aquello que se generaba a millones de kilómetros de distancia en la corona de una estrella acababa siendo parte de nuestra modulación psíquica, literalmente el Sol se convertía en pensamientos. Estas investigaciones por prestigiosas instituciones y facultativos, a grandes rasgos, marcaban un razonamiento científicamente intachable. Era, de manera más sutil, lo que justamente la filosofía mística o ciencia de los misterios ocultos llevaba diciendo desde miles de años atrás.

En ese momento que el Sol estaba subiendo y alcanzando cierto ángulo sobre los árboles, varios rayos lograron darle de lleno al rostro del doctor Loscano.

El malogrado facultativo inhaló el aire sintiéndolo más tibio por los rayos solares, con mucho más deseo y necesidad que la ostia que estaba acostumbrado a comer en sus ritos católicos. El Sol era la indiscutible fuente de vida en la Tierra y sus alimentos. De pronto, una extraña oleada de energía se arremolinó en su cabeza, como si fuese un enjambre de abejas en movimiento.

Al parecer, en esos momentos, la glándula pineal y la biología de Loscano comenzaron a interactuar con los campos geomagnéticos producidos por la lluvia de fotones del Sol. El astro se elevó e impactó de lleno sobre la cabeza de Loscano, varios cuervos revolotearon sobre él emitiendo un ronco sonido.

"Voy a morir y me comerán los cuervos. No tiene sentido gritar ni perder la poca energía que me queda".

Ignoraba el proceso que se estaba gestando en su glándula pineal y la puerta que se estaba abriendo.

De acuerdo al pensamiento védico de la India, descrito en los Upanishads, se hablaba del ser humano como una entidad compuesta por diez puertas. Nueve de esas puertas (los ojos, las fosas nasales, los oídos, la boca, la uretra y el ano) llevaban hacia fuera, a la percepción del mundo exterior.

La décima puerta, el tercer ojo, era el puerto de acceso a los mundos interiores, a la mente de Dios, donde yacían los mundos superiores, las dimensiones astrales y las puertas de lo etérico. El tercer ojo era, para la visión oriental mística, la puerta hacia la visión holográfica dentro del ser humano, y se producía por la fusión de Ishvara —el Sol detrás de la oscuridad— con el Dios creador, la conciencia primordial.

En la organización francmasónica, al doctor Loscano le habían enseñado que la representación del ojo de Horus, el dios del Sol, hijo de Osiris e Isis y, como tal, símbolo de la fusión de los opuestos, era un símbolo que parecía haber evolucionado al símbolo católico cristiano del Ojo de la providencia, y en el ojo en la pirámide o el Ojo que todo lo ve masónico.

En el preciso momento que los cuervos aumentaron la intensidad al acechar al doctor Loscano, él sintió que su energía vital comenzó a elevarse desde sus genitales hasta el tercer ojo y la coronilla. Eso provocó una extraña explosión de luz en su cabeza.

Sintió un mareo, chispazos de colores, movimientos energéticos en espiral.

El impacto de un rayo de sol directamente en su rostro le activó un extraño poder.

De pronto, tres imágenes surgieron en su ojo interior.

Un trío de mujeres jóvenes con largos cabellos color castaño, como las ramas de los árboles, se presentó ante él.

—¡Puedo volver a ver! —exclamó Loscano en voz alta.

Las tres mujeres se acercaron a poco menos de dos metros. Iban vestidas con un atuendo color verde loro y cada una llevaba un jarro en una mano.

—¿Quieres un té? —dijo una de las mujeres.

—¿Quieres proteína? —dijo la otra.

—¿Quieres un digestivo? —sentenció la tercera.

"Esto no puede estar sucediendo, —se dijo Loscano—, me estoy volviendo loco".

Su ojo interno afinó la visión.

—¿Ustedes son...?

—Somos tus hijas —dijeron al unísono como un coro de finas voces.

—¿Qué hacen aquí? —preguntó asombrado.

—Venimos a confesar y a liberarte de tu carga.

—¿Confesar? —dijo tartamudeando.

—Hay secretos de familia —murmuraron—. Hay secretos, papá. Hay secretos.

"Esto no puede ser real".

En ese momento, las palabras que recibió del gigante Thor retumbaron como un eco en su mente.

"Has apoyado una traición".

—¿Son ustedes? ¿De verdad son ustedes?

—Somos brujas, somos brujas —volvieron a repetir en un tétrico susurro.

—¿Brujas? No entiendo. ¿Qué se supone que yo haga? ¿A qué han venido? ¿Es la hora de mi muerte?

—Tú ya estabas muerto en vida —le dijo una.

—Tú dejaste de correr la carrera de tu vida —sentenció la otra.

—Renunciaste a tus sueños.

El doctor Loscano sintió una punzada incómoda en el abdomen. Si bien aquellas palabras eran ciertas, no lograba entenderlo.

—No puedes partir sin conocer los secretos de la familia y hacer algo al respecto.

—Papá, papi, papito —dijeron las brujas burlonamente.

—¿Qué secretos? —preguntó con voz ahogada, como si le faltase el aire.

—Tu hermano no es tu hermano.

—Nosotras nos hemos practicado abortos.

—Yo traicioné y tú me apoyaste.

Hubo un silencio. La mente de Fernando Loscano no daba crédito a esas palabras. Por una extraña razón, las sentía verdaderas.

—¡Aaah! —suspiró como si fuera a desmayarse.

—¡Somos brujas, somos brujas! —dijeron riendo.

La cabeza le daba vueltas.

—Estamos aquí porque hoy tú eres el Mundo. No eres papi. Eres la humanidad. Y todos deben aclarar sus secretos familiares para liberarse. No morirás con ellos en tu tumba.

—¡Suéltalos! ¡Suéltalos! —murmuraron al unísono con voz aguda.

—Limpia tu genética —dijo una de ellas.

—Suelta tus anclas emocionales —replicó otra bruja.

—Discúlpate por tu traición.

La psiquis de Fernando Loscano estaba a punto de hacerse añicos junto con todos los años de oscurantismo familiar, secretos y mentiras.

—¿Qué traición? —preguntó.

Una de las brujas, la única de las tres que estaba pasada de kilos, se acercó.

—Es mi traición. Es lo que yo hice. Es lo que no le reconocí a alguien que me impulsó.

—¿Tú, mamita? ¿Qué has hecho?

—Arruiné la carrera de mi pareja, no se lo merecía.

Loscano se quedó en silencio. Las piezas parecieron encajar en su atormentado cerebro.

—¿Te refieres a Mark?

La bruja asintió.

—Tú sabes que él construyó el Vórtex para que la humanidad pudiera subir al siguiente nivel, él me mostró los videos y el camino. Él fue quien impulsó todo y lo traicioné sin reconocimiento. Debo devolver el Vórtex, que es de donde salió.

La imagen comenzaba a desfigurarse.

Las tres brujas le clavaron una mirada profunda.

—Haz tu trabajo. Muere sin cargas. Libera a la Tierra.

Loscano vio a sus hijas cambiar de color, de rostro y de forma y comenzar a alejarse, una brisa les movió los vestidos y el cabello.

—Es hora de marchar y para ti es la hora de la liberación. Cuando un hombre es llevado más allá de la muerte, la palabra se convierte en fuego e ilumina, la respiración se convierte en viento y purifica, y el ojo se convierte en el Sol y arde —dijo la Bruja que se había acercado con ojos nostálgicos.

En ese momento, el Sol brilló sobre su corona y las tres mujeres desaparecieron, dejando al doctor Loscano en medio del bosque, desnudo de cuerpo y alma.

Como todos los seres humanos, era el responsable de limpiar sus secretos del pasado, sus historias genéticas del árbol de su ADN, y así tener un cambio en su conciencia, una liberación en su vibración mental espiritual y una llave para abrir la puerta de la ascensión.

El doctor Loscano sintió una punzada en el cerebro y una picazón en los ojos, se rascó durante algunos segundos con frenesí. Acto seguido, comenzó a ver otra vez con sus ojos físicos.

23

Boston, Massachusetts, 23 de diciembre de 2024

El teléfono celular de David Chairman sonó mientras él iba sentado en su Mercedes-Benz clase A, color azul oscuro, recorriendo las calles de Nueva York.

Del otro lado de la línea la fina voz de Patricia Loscano se escuchó como un susurro.

—Señor Chairman, ¿cómo está?

—Estoy bien. Gracias. ¿Tienes alguna novedad?

—Sí. Ya tengo lo que me pidió.

Hubo un silencio.

Los ojos de David Chairman destilaron un halo de luz en su verdoso color.

—¿Te dio la ubicación del encuentro?

—Así es. Será mañana en la sala del ala norte de la universidad.

—¿Estarán todos?

—Al parecer, es la reunión final de preparación del Vórtex, antes de dar a conocer el hallazgo al mundo científico y a la prensa.

—Entiendo. ¿Ha sospechado algo?

—No, señor Chairman, sabe que su hijo confía en mí.

"La confianza —pensó David Chairman— mata al hombre y embaraza a la mujer".

—Muy bien, Patricia, has hecho un trabajo pulcro e impecable.

La palabra *impecable*, la cual denotaba que no había pecado, se ajustó a conveniencia en la mente de Patricia como el apretado *corset* que usaba para ocultar sus kilos de más.

—¿Cuál es el próximo paso? —preguntó ella.

—Te enviaré lo prometido —afirmó el padre de Mark.

—Gracias, señor Chairman, sabe que lo hago por una buena causa.

—Eso es lo acordado —zanjó—. En un momento le diré a mi secretaria que te haga el ingreso en tu cuenta de criptomonedas.

Dicho esto, colgó.

David Chairman había pactado con Patricia Loscano la retribución de un ingreso vitalicio a cambio de información sobre el descubrimiento de su hijo Mark.

Con la promesa de que sería bueno para el pueblo judío, Patricia Loscano, por quien también corría sangre hebrea por parte de la madre, hizo el pacto. Sus ojos no lo vieron como una traición.

24

Boston, Massachusetts,
tres meses atrás

Como todos los viernes, se celebraba el *sabbat* en la casa de los Chairman. Ese día, la familia entera se encontraba en su mansión a las afueras de Boston para disfrutar la reunión y cena de la típica celebración hebrea de cada semana.

Por las ventanas se podían divisar frondosas arboledas de tupidas hojas y un amplio jardín donde había varios perros de raza: un valeroso fox terrier, un gracioso dálmata y un imponente y estilizado golden siberiano.

La lujosa residencia de los Chairman era una herencia que David había recibido de su padre. En la casa había más de una docena de familiares en un ambiente de cordialidad y abundancia.

—Mark, ¿puedes venir un momento, por favor? —le pidió David a su hijo.

—Claro, padre.

—Vamos a la sala.

Entraron en un elegante *living* ornamentado con finos muebles de roble, iluminado por lámparas de pesados sostenes. Engalanaban la sala las cálidas paredes de madera junto a una extensa y alta biblioteca. Se sentaron frente a una chimenea, al costado de una pared color azul oscuro con sendos retratos en marcos dorados que mostraban las imágenes de antepasados de la familia Chairman.

—Esta sala es un tributo a nuestros ancestros —dijo David.

Mark dirigió los ojos a cada cuadro. Aquellos hombres destilaban poder y abundancia y tenían un aura de misterio enigmático.

—¿De qué quieres hablar, padre?

—Verás, hijo —comenzó diciendo al tiempo que se servía un *whisky* de 1878—. Nuestra familia se ha dedicado a los negocios desde mucho tiempo atrás, sabes que somos un linaje reconocido y bien respetado no solo dentro de la comunidad, sino en el mundo de los negocios. Hemos invertido en varios frentes, desde los bienes raíces hasta el mercado de valores, pasando por la industria farmacéutica. Ahora es tiempo de darle a nuestra comunidad la posibilidad de un monopolio más fuerte.

—¿A qué te refieres con un monopolio más fuerte? ¿Acaso los judíos no estamos al mando de los principales frentes en la sociedad?

Mark se refería a que eran creadores y propietarios de cadenas de televisión y estudios cinematográficos, poseían poder político, empresarial y social en todos los rubros.

—Sí, claro, todos lo sabemos. Pero me refiero a que nuestro pueblo ha esperado pacientemente la hora en que su mesías revele a nuestro linaje el mayor de los regalos de la vida en todas sus dimensiones.

Mark lo miró como si su generación ya no entendiera ese lenguaje.

—¿El mesías?

David Chairman asintió.

—Creo que tenemos entre manos algo para darle una alegría eterna a nuestro pueblo.

—Explícate, padre. Odio cuando das tantas evasivas.

David bebió un buen trago del escocés.

—Tú, como joven y brillante científico, sabes que hemos tenido grandes avances desde que Albert Einstein y Rosen popularizaron su teoría sobre los agujeros de gusano, lo que nos permitiría viajar a través del tiempo y el espacio.

—Agujeros de gusano —repitió Mark—, un nombre curioso para algo tan exótico. Aunque también es muy ilustrativo.

—Nuestro antepasado Isaac Newton buscó en una manzana el umbral de un mundo de conocimientos nuevos por explorar. Después de revelar su teoría de la relatividad en 1915, Albert Einstein se quedó preocupado por un gran agujero en su argumento. Entonces, él concibió una nueva teoría sobre todo el universo en la que también decía que, cuando las estrellas colapsaban, formaban agujeros negros.

Mark lo interrumpió.

—En esa época, y por varios años más, se creía que los agujeros negros no existían, que eran artefactos de las matemáticas. En el centro del agujero negro, alcanzas la singularidad, el punto en el que toda la materia se comprime a cero y, por ende, tiene una densidad infinita. A Einstein, como buen físico, no le gustaba algo que contuviera materia, pero cuyo tamaño fuera cero. Es como cuando divides algo entre cero en tu calculadora y te dice que cometiste un error.

—Correcto —respondió David—. Aparecieron investigaciones actuales del físico israelí Nathan Rosen, quien publicó un artículo en el que señaló que si cambiaban un poco las matemáticas, esa singularidad se convierte en un puente que lleva del centro del agujero negro a otro lugar, quizás a otro agujero negro o incluso a un agujero blanco.

Mark hizo una mueca.

—¿Agujeros negros, agujeros blancos? ¿A dónde quieres llegar, padre?

—¿Puedes explicarme la diferencia?

—¿Hemos venido a que me des lecciones, padre? Tengo mucho trabajo con mi proyecto y lo sabes.

—Claro que lo sé, por eso quiero hablarte.

Hubo un silencio.

En los ojos de David Chairman se notaba un as de espadas guardado en la manga.

—Bien, te explicaré como científico, pero no sé a dónde quieres llegar con esta conversación. Un agujero negro es algo que lo absorbe todo: la materia e incluso la luz que cae en él, nada vuelve a salir. Un agujero blanco es lo opuesto: no se traga nada, sino que escupe todo. Se cree que quizás todo lo que cae en un agujero negro es expulsado al otro extremo, un agujero blanco.

—Excelente. Sintética y clara explicación. ¿Has leído el libro del astrónomo Carl Sagan?

Mark frunció el entrecejo tratando de recordar.

—¿Te refieres a *Contacto*?

—Así es. Sabes que fue ganador de un premio Pulitzer, y cuando estaba escribiendo su novela, la cual se publicó en 1985, en ella se hacía realidad un sueño milenario: un encuentro entre humanos y extraterrestres.

—Sí, brillante —respondió Mark—; además, la protagonista, Eleanor Arroway, directora del proyecto Argus del SETI, dedicado a captar emisiones de radio provenientes del espacio, junto con otros cuatro científicos se sumergió en un agujero negro creado por alienígenas, para llegar al planeta que ellos habitaban, a varios años luz de distancia, donde los estaban esperando.

—Emocionante, ¿verdad?

—Lo fue. Pero es solo un libro.

—Ese es el punto —respondió David Chairman con voz fuerte—. ¿Qué tal si en vez de ser una hipótesis fuese una realidad?

—¿A dónde quieres llegar, padre?

David se acercó hacia su hijo y lo miró directamente a los ojos.

—Tu trabajo puede darle a nuestra comunidad la oportunidad de que viaje a ver a sus ancestros y a gobernar definitivamente en el futuro.

—Tú sabes, y ya lo hemos hablado, que mi trabajo con La puerta de los tiempos será para toda la humanidad y no solo para el pueblo hebreo, por más que seamos judíos. Estos ya son tiempos de compartir, no de competir, padre.

David buscó mejores palabras.

—Tengo un gran negocio detrás de todo esto.

—El negocio viene por añadidura, padre, pero en favor de la especie humana por completo.

David nunca se enojaba. Cuando se las veía difíciles dentro de las negociaciones, acudía al libro de Robert Greene titulado *Las 48 leyes del poder*.

"Disfrázate de oveja para que no se note que eres un lobo".

Concretamente, David Chairman pensaba en la Ley 13, que decía: "Cuando pidas ayuda, no apeles a la compasión o a la gratitud de la gente, sino a su egoísmo". Se puede entender de la siguiente forma: si necesitas acudir a un aliado por ayuda, no te molestes en recordarle tu apoyo y buenas obras del pasado, pues buscará la manera de ignorarte; en cambio, revela algo en tu petición o en tu alianza con él que lo beneficie y enfatízalo fuera de toda proporción. Reaccionará entusiasmado cuando vea que tiene algo por ganar para sí. En tu afán de poder, te verás con frecuencia en la situación de tener que pedir ayuda a quienes son más poderosos que tú. Pedir ayuda es un arte, la mayoría de las personas jamás aciertan a hacerlo porque están atrapadas por completo en sus propias necesidades y deseos. Parten del supuesto de que las personas a las que recurren tienen la desinteresada intención de ayudarlas. Lo que no comprenden es que una persona más poderosa está encerrada en sus necesidades, y que si no apelan a su egoísmo, ese individuo las juzgará meramente como desesperadas o, en el mejor de los casos, una pérdida de tiempo. Un paso clave en este proceso es entender la psicología de la otra persona: el egoísmo es la palanca que moverá a los demás una vez que les hagas ver que de un modo u otro puedes cumplir sus necesidades o promover su causa, así, la resistencia a tus peticiones de ayuda desaparecerá como por arte de magia. A cada paso en el camino de la adquisición de poder, debes prepararte para pensar cómo entrar en la mente de la otra persona, a percibir sus necesidades e intereses. Domina este arte y no habrá límites para lo que quieras llevar a cabo.

—Al ser el máximo inversionista de este magno proyecto, te pedí al inicio un favor, y me dijiste que sí en su momento.

Mark frunció el ceño.

—Me dijiste que invertías porque veías un gran negocio, a lo que yo te respondí que también habría un servicio a la humanidad.

—Lo sé. Tú tienes sangre altruista y filantrópica, como tu abuelo. Pero ahora debemos velar por nuestra comunidad.

—Sigo sin entenderte, padre.

—Ven —le dijo David incorporándose del sofá de cuero—. Acompáñame.

Ambos se dirigieron a paso rápido por los suelos del lustroso parquet hacia la puerta de entrada.

—¿Dónde van? —preguntó la madre de Mark. Ya vamos a comenzar.

—Unos minutos, Sarah. Ya vamos.

Mark y David salieron de la casa y este último cerró la puerta.

—¿Qué hacemos aquí afuera, padre?

—Mira —dijo David señalando un artilugio pegado al lado de la puerta.

—¿La mezuzá? ¿Qué pasa con eso?

—Así es, hijo. Es un símbolo. Un símbolo de unidad entre nuestro pueblo. Lo que nos une con la creación y con el Mesías. Hay otros estímulos para recordar eso. Para algunos judíos, ese pequeño impulso es un buen libro en el parque; para otros, su esposa y sus hijos; para otros, la relación con su Creador. Otros lo expresan de numerosas formas: en sus rezos diarios, sus bendiciones, los estudios, la forma de comer y todos los aspectos cotidianos de la vida judía que los unen a sus tradiciones. Pero la mezuzá nos une a todos.

Mark asintió.

—¿Por qué me cuentas esto?

—Porque dentro de esas acciones, mandatos y objetos que usamos diariamente como vínculo espiritual, se encuentra la mezuzá.

David Chairman se refería a las cajitas coloridas que se encuentran en los dinteles de las puertas en todas las casas judías, y que las personas besan al entrar.

—Sigo sin entender qué tiene que ver mi proyecto con esto. ¿Puedes explicarme todo lo que tiene que ver con la mezuzá?

—Como bien es conocido, El Talmud instruye que un sofer, o escribiente sagrado, debe transcribir las palabras de la oración en un pergamino para que este sea colocado en las entradas y salidas de las viviendas y negocios judíos. La "mezuzá" en la lengua hebrea significa "umbral". Dentro de uno de los pasajes más recitados de la Torá, el Shemá Israel, que contiene las oraciones más sagradas del judaísmo, se instruye a los fieles a colocar determinadas frases en los umbrales de sus hogares. Este pergamino, que el sofer inscribe y se aloja en la mezuzá, debe ser tratado con reverencia. Para que sea considerado kasher, y cumpla con las normativas judías, el sofer ha de atender meticulosamente a numerosas reglas que deciden la validez del pergamino para su uso. Esto incluye el tamaño del pergamino, el tipo de pluma utilizada para la escritura, el tamaño de las letras, las líneas que las contienen, los nombres de Dios que se añaden en el dorso, entre otros muchos aspectos que atestiguan la intrincada naturaleza de esta labor.

Mark lo miraba sin saber a dónde quería llegar.

—Continúa, padre.

—Ese rollo puede colocarse directamente sobre el marco de la puerta, y la persona habrá cumplido con la mitzvá. Sin embargo, para proteger el pergamino, se ha vuelto costumbre ponerlo en una cajita hecha de diversos materiales, y luego colgarla sobre la puerta. Estas son las cajitas que se ven desde fuera en los templos, las casas de estudio e instituciones judías. Cuando la gente las besa o las toca al entrar a la estancia, no es porque la caja sea especial en sí, sino que están apreciando su contenido.

—¿Por qué tanta importancia?

—Hay muchas razones por las cuales colgar una mezuzá en la entrada de tu casa o en un recinto de congregación. La que a mí más me gusta y la más importante, yo diría, es que marca una separación entre el espacio público y el privado. Te prepara para tu día y el momento que estás a punto de enfrentar. Cuando sales de tu casa y la besas, te recuerda que el Creador te acompaña en tu misión y te ayuda a tener la actitud y determinación que se requiere para el día que enfrentas. En cambio, cuando regresas a tu hogar, cansado, después de todo el día, te recuerda que este es tu espacio, que ahí vive tu familia y que debes dejar tus problemas en la puerta; al igual que al momento de acercarte a la casa de estudios, al templo o al lugar donde se reúne tu congregación.

—Ajá, ¿y entonces?

—La mezuzá finalmente es una forma de llevar al Creador a tu casa, de rodearte de su presencia y proteger a tu familia a través de una guía correcta. Se adhiere al umbral en su tercio superior derecho, desde la perspectiva de quien ingresa. En la entrada principal, se sitúa a la derecha, y en las puertas internas, igualmente a la derecha pero según la dirección en la que la puerta se abre. Se coloca oblicuamente, con la cúspide apuntando hacia el interior del recinto. Este método de fijación nace de un debate entre dos eminentes eruditos, Rashi y su nieto, Rabeinu Tam. Rashi defendía que debía instalarse verticalmente como muestra de deferencia, mientras que Rabeinu Tam, aludiendo a la orientación de las Tablas de la Ley, argumentaba que su posición debía ser horizontal. La solución intermedia fue la inclinación. Si la mezuzá está protegida por un estuche, debe asegurarse al marco con clavos o adhesivo, y al montarla se pronuncia una bendición particular. Personalmente, propongo la creación de una mezuzá tecnológicamente avanzada para las entradas de los hogares judíos.

—¿Y qué pretendes con esta explicación, te olvidas de que también soy judío?

David sonrió.

—¿Qué sería mejor que atravesar la puerta de la casa y ver a tu familia? Es suficiente con eso, ¿verdad? Verlos a todos sanos y salvos es bueno, pero... —David trató de buscar las palabras adecuadas para expresar el plan que tenía en mente— ¿qué pasaría si las puertas de todas las casas judías no solo estuvieran ornamentadas por la mezuzá como algo simbólico, sino por... una puerta del tiempo que permitiese viajar libremente al usar la tecnología que has descubierto?

Mark se quedó mudo.

—Dices que...

David asintió con mirada lasciva.

—Tu descubrimiento al servicio de la comunidad hebrea, hijo mío. Solo los judíos tendríamos la posibilidad de ir al pasado y al futuro de la mano de la familia Chairman, así como de la mano de Noe se salvó a la humanidad del diluvio, tal como Moisés salvó a nuestros ancestros de la persecución del pueblo egipcio o Mark Zuckerberg le dio Facebook a la humanidad. Al fin, tú nos darías la llegada de nuestro Mesías en forma tecnológica, podríamos ir y hablar con Moisés y Abraham y pedir consejos, saber de primera mano sobre la historia y cambiarla para siempre.

—¡Padre, eso es una forma horrible de demagogia y racismo!

—No lo veas de esa forma. Después de todo lo que nuestro pueblo ha sufrido...

—¡Estoy completamente en desacuerdo! Que me hayas financiado el proyecto no significa que lo usaremos solo para beneficiar a un pequeño porcentaje de la inmensa humanidad.

—¡Imagínalo por un momento! ¡Quedarías registrado en la historia, serías aún más grande que nuestro David, que venció a Goliat! Primero venderíamos la tecnología para viajar en el tiempo en cada casa judía y, si tú quieres, una vez que saquemos distancia y ventaja, podremos vendérsela a los demás.

—¡No! ¡Definitivamente no! ¡Te has vuelto loco con tu ambición!

David Chairman hizo una pausa y lo observó, bajando el tono de voz para negociar.

—Mark, nuestro amado Yahvé, es literal y fonéticamente "la llave". ¿No lo entiendes? Ese descubrimiento podrá abrir la puerta con la llave de Yahvé.

—¡Estás completamente adoctrinado!

— Mark, has firmado un contrato.

—¡Sí, pero eso no figura en él!

—Debes hacer lo que te ordeno.

Mark Chairman se giró sobre sí mismo, inundado por una mezcla de encontradas emociones, subió a su coche y se marchó velozmente.

Desde aquel momento, Mark no le había vuelto a dirigir la palabra a su padre.

25

Londres,
22 de enero de 2025

"El espectro de la Matrix se ha ensanchado y se ha generado un bloqueo en los tiempos".

Esas palabras sonaban como un eco en la cínica mente de Jim Bates.

"Algo extraño ha alterado el pasado y está repercutiendo en los sistemas de la Matrix".

El Diablo se había quedado con el Sapo tras la partida de James Greenold y los demás miembros, se sintió en plena confianza con su mano derecha, su aliado.

—Debemos operar rápidamente —dijo el Diablo—. Ordenaré vender acciones antes de la caída y enviar una cuadrilla para Milán. Un fallo en la Matrix y estamos todos perdidos.

—Tranquilo, Jim, al parecer ya saben que el hueco informático proviene de Milán.

—Eso es todo lo que sabemos, que está creando un portal invasivo y generando un fallo en los sistemas. Debemos adelantarnos a la guardia militar que el Chacal ha enviado. Hablaré con alguien que puede llegar más rápido a las coordenadas de donde viene el fallo.

—¿A quiénes enviarás, Jim?

La cara del Diablo se volvió siniestra.

—Un hombre de mi confianza, ya ha terminado el trabajo que le encomendé.

—¿Tú crees que un solo hombre podrá con todo?

—Es más que un hombre. Es un reptil, y eso vale mucho más que los *marines* de Greenold.

—Si los de arriba llegasen a enterarse de que intentas, mejor dicho, que intentamos apoderarnos de ese fallo cibernético antes que ellos... —El Sapo señaló con el índice hacia el cielo.

—Los de arriba están sobrevolando toda la tierra ahora, preocupados por detener la ascensión de la Tierra. Esa es su prioridad.

—Pero es que la caída de la Matrix es algo de lo que deberían ocuparse ellos. —El Sapo volvió a señalar hacia arriba.

—¿Acaso crees que si logramos detener este asunto tan grave no recibiremos más poder? Todo nuestro tinglado depende de que la Matrix siga creando la ilusión.

—Sin ilusión, el poder no nos servirá de nada.

—Todos los Illuminati lo sabemos. Debemos pelear con todas las herramientas para mantener la Matrix en funcionamiento.

Jim Bates se refería a todos los mecanismos que tenían para que el ser humano estuviese en el estado dormido de avestrucismo y que no sacara la cabeza de la ilusión del hueco que los de arriba habían creado desde la torre de Babel sembrando división, confusión, caos, ilusión, religiones y guerras para que la auténtica realidad y unidad de la raza humana perdiera su conexión con la fuente de todas las cosas, la unidad original, el amor cósmico o lo que algunos aún llamaban "Dios".

—Los vuelos de los *chemtrails* han ido incrementando, las noticias de frecuencia de miedo se han extendido y hay una nueva ola de alimentos transgénicos; además, las ondas de las antenas 5G subieron su emisión desarmónica, con lo cual se espera que en los próximos días los avestrucianos reciban un nuevo impacto hipnótico. Con ello tendremos tiempo para conocer y reparar cualquier problema o interferencia en la Matrix central.

—Inventen otro frente de división.

—Ya he pensado en ello.

—Bien. ¿Qué tema abordarán?

—Los tendremos entretenidos unos diez días con la teoría de la Tierra plana, para que debatan y salga en todos los periódicos. Un grupo de frikis ya está entrenado para sostener argumentos y confundir.

El Sapo se refería al *modus operandi* que muchas veces utilizaban para contratar gente (actores o pseudocientíficos sin éxito), darles popularidad y dinero a cambio de que repitiesen un libreto estudiado para aparentar realidades ilusorias.

—Buen tema para este momento. La tierra plana, ¡ja! ensuciemos la verdad —dijo el Diablo—. Cualquier persona con un poco de inteligencia sabe que la menor distancia entre dos puntos es siempre una recta en la geometría euclidiana, la geometría que generalmente se aprende en los programas educativos en las escuelas que nosotros dirigimos, donde las figuras son bidimensionales y representadas en una superficie plana como una hoja de cuaderno; pero en la vida real, la distancia menor es una curva geodésica, y no se usa la geometría euclidiana, sino la geometría riemanniana, un principio matemático que todos los planificadores de vuelos usan para trazar las rutas más económicas para las aeronaves, lo que permite ahorrar tiempo y combustible.

—La prueba innegable de que la Tierra es esférica y no plana.

El Diablo rio.

—Los avestrucianos jamás se lo cuestionan.

—Ya sabes que una mente hipnotizada hace lo que nuestro programa le obliga.

—Adelante. Operativo Tierra plana, para distraer como un chivo expiatorio mientras arreglamos lo urgente.

El Diablo se mostró pensativo.

—¿Qué mierda habrá en Milán? —se preguntó Bates.

—Tranquilo, Jim, quizás son solo algunos jóvenes *nerds* manipulando inteligencia artificial.

—Lo que sea, nos va a dar un dolor de cabeza, lo intuyo.

—A propósito, ¿has tomado las píldoras para que no te influya la nueva ola que lanzaremos?

El Diablo asintió.

—Sí, ya recibí la dosis del laboratorio.

—Me alegro. ¿Cuál es el próximo paso?

—Estaba esperando que el Chacal y todo el equipo se fuera, porque debo hablar con soldados de mi equipo que están en Europa, para que vayan a Milán de forma urgente. Y con la Bruja, para saber sobre el asunto del Vórtex. Pásame el teléfono.

El Sapo le acercó el celular.

—¿No crees que en esta guerra además deberíamos convocar al equipo mayor? —dijo el Sapo volviendo a señalar hacia arriba con el dedo índice.

El Diablo giró la cabeza hacia él.

—Deberíamos.

—Claro. Estos ya son problemas mayores, Jim. No podrás controlarlo todo. Ellos son los que también deben ocuparse.

De inmediato, el Diablo hizo las llamadas y movilizó dos piezas importantes sin saber la conexión que existía entre ellas.

26

Bosques de Noruega,
22 de enero de 2025

Las ondas cerebrales gamma del doctor Fernando Loscano se encontraban en un estado de rendimiento máximo, proporcionándole una lucidez y energía tanto física como mental, con un alto enfoque en la sensación de haber vivido una experiencia mística cumbre.

El estado emocional de Loscano, en términos de psicología, equivalía a salir de la noche oscura del alma para lograr la vivencia trascendental que desbordaba la personalidad limitada alcanzando una conciencia expandida.

Aquel desgarbado individuo se hallaba desnudo y al mismo tiempo empoderado en medio de los exuberantes e inhóspitos bosques noruegos.

Lo cierto era que la neurociencia mencionaba que una de las características de las ondas gamma es la sincronización de la actividad en amplias áreas del cerebro que se potencia y armoniza realizando la sinapsis anterior y posterior del sistema nervioso central, creando conexiones de éxtasis y fusionando las redes cerebrales gamma, que unifican la mente y el corazón para alcanzar una conciencia superior, lo que muchos han experimentado como amor universal.

Aquel estado era justamente lo que permitía al individuo acceder a otra frecuencia y estimular una nueva producción de neuronas en la corteza frontal y en el hipocampo.

Thor lo observaba desde un escondite, con una capucha cubriendo su cabeza.

"Está procesando lo vivido —pensó—. Debo esperar al Gran Maestre, tal como me lo pidió. No tardará en aparecer."

Loscano, gracias a sus muchos libros leídos, sabía que varios de los grandes místicos de la historia de la humanidad habían hablado metafóricamente de la iluminación haciendo referencia a un ojo que percibe lo que yace velado y que desencadena un cambio sustancial en la conciencia humana.

"El misterio está cifrado en el lenguaje de los símbolos —le había dicho el Gran Maestre a Thor—. La trinidad del Ojo, el Sol, y Dios, es uno de los andamios simbólicos más profundos y enigmáticos. Debes lograr que los primeros rayos del Sol naciente den en el cerebro de Loscano. Eso le hará abrir el ojo interno. Todo lo demás será solamente reciclaje metafísico en torno a su propio espejo para que él vea lo que hizo en el pasado".

En el momento en que Loscano se giró en busca de su ropa, donde había sido previamente enterrado, vio a Thor viniendo hacia él.

—Basta, por favor. Ya no soy el mismo.

Thor tenía una enigmática sonrisa en el rostro.

De pronto, Loscano sintió una presencia magnética detrás. Sin poder evitarlo, se giró.

Frente a él se apareció un ser mucho más alto que Thor, con una túnica blanca que le cubría el cuerpo y una capucha que le ocultaba el rostro. Solo se adivinaban una barba y unas manos fuertes.

—¿Qué... quién eres?

—Bienvenido a la vida real —le dijo la presencia de la cual emanaba un constante halo lumínico, como si fuese un holograma mitad físico mitad etérico.

—¿Quién eres? —repitió Loscano.

—Por ahora, para ti, yo soy solo una presencia —dijo.

"Debo estar muerto", pensó Loscano.

—No estás muerto. De hecho, es la primera vez que estás vivo. Sientes tu propia presencia, ¿verdad? Todo es más nítido, la mente está más clara, una unidad intrínseca con la naturaleza y el cosmos, ¿correcto?

Loscano sonrió. Su hilera de torcidos y oscuros dientes por haber bebido café y té durante toda su vida se amplió en su rostro, iluminándolo por primera vez en mucho tiempo.

—Me siento unido a todo —añadió—. Estoy experimentando algo que nunca antes sentí. Esto es de lo que la filosofía *new age* habla.

—Esto no es *new age* —lo corrigió el Gran Maestre—. Lo que experimentas ha sido la búsqueda de quienes vivieron en las antiguas pirámides de Egipto, en la antigua Grecia, en Atlántida, en Lemuria, incluso los celtas druidas. Ahora se ha despertado en ti la capacidad de concentrar energía electromagnética de alta frecuencia. En la antigüedad se utilizaba con el fin de generar campos electromagnéticos para poder viajar en el tiempo. Ese era el objetivo de los faraones y la élite sacerdotal mística. Ahora, tu tercer ojo, esa puerta solar secreta en el cerebro humano, es la encargada de la iluminación y de la anulación de la dualidad y la ilusión de la Matrix en la que vivías.

Loscano respiró profundo. Aquellas palabras lo emocionaron.

—Dependerá de ti mantener la puerta abierta.

—¿Cuál es tu nombre?

Del cuerpo del ser emanaba una energía poderosa.

—¿Acaso tu maestro no menciona en el Evangelio de Mateo que la luz del cuerpo es el ojo; de esta forma, si tu ojo es uno, todo tu cuerpo estará lleno de luz?

—¿Tú eres Jesús? ¿Estoy muerto?

—Ni soy Jesús ni estás muerto. Todavía no es hora de conocer mi nombre.

—¿Eres de los Illuminati?

El ser luminoso soltó una risa ahogada.

—Si bien hay en la tierra una sociedad secreta que se hace llamar la "Orden de los Iluminados", la luz que emerge de mí y me rodea viene de una fuente superior, doctor.

Fernando Loscano se sintió abrumado por el poder que aquel ser emitía.

—Perdón, perdón —suplicó Loscano con auténtico arrepentimiento—. No estuvo bien lo que hice. Apoyé a mi hija en su traición en vez de corregirla.

—Si te hubieses disculpado antes, te hubieras ahorrado este pasaje y esta lección, aunque es una primera iniciación poderosa.

Hubo una pausa.

Loscano empezó a ver al extraño ser luminoso con devoción.

—Debes entender que todo ser humano debe reparar su línea genética, su ADN y sus traumas emocionales si quiere ascender a la nueva dimensión. Ahora, debes completar tu trabajo.

—¿Cuál trabajo?

—Ir y resolver este karma. Aunque es profundo, es más simple de lo que crees. Debes ayudar a que tu hija Patricia repare la traición que ha cometido.

Loscano pensó en lo que ella había hecho, de lo cual él fue cómplice.

—Sé que ella ha mentido. Pido perdón —repitió Loscano.

—Un perdón no es suficiente.

—¿Y qué más? ¿Qué debo hacer para saldar mi error? ¡Estaba dormido! —dijo Loscano con voz quebrada.

—Una mentira guía al ser humano cuando no percibe con el ojo de la conciencia, ese ojo que nació cuando el alma dormía en rayos de luz.

—Veo esos rayos de luz —dijo Loscano.

—Tu ojo, como el de la mayoría, ha sido secuestrado por fuerzas oscuras. La vida es una flama pura y vivimos como con un sol invisible dentro de nosotros. Ese sol invisible es el ojo secreto que participa en la luz divina. Todavía tienes la presencia de microcristales de calcita en la glándula pineal, estos cristales son los responsables de una activación biológica electromagnética, que es lo que sientes ahora.

—¿Me han drogado?

El ser luminoso negó con la cabeza y sonrió.

—No necesitas drogas. Solo has resucitado. Es lo que ahora todos deben hacer, sanando su mundo emocional para prepararse a lo que viene. Con cargas a cuestas no se puede entrar en una dimensión superior. Es como si quieres ir a una fastuosa fiesta de la monarquía británica, no puedes ir mal vestido o sucio.

—¿He resucitado? Entonces, ¿eres Jesús?

—Ya te dije que no.

—¿Y quién eres?

—No hace falta que lo sepas ahora.

Loscano sentía que su alma había vuelto a la vida, mejor dicho, que realmente estaba vivo. Miraba a aquel hombre con deslumbrante admiración.

Del imponente ser lumínico salió un destello mayor de luz dorada.

—El poder y la visión que sientes ahora viene por haber estado tres días en la oscuridad y luego recibir los campos geomagnéticos producidos por los fotones del Sol. El tiempo del despertar colectivo se ha activado; pronto, muchos seres dormidos despertarán por el salto cuántico del planeta. Mantente preparado. Thor te dirá lo que debes hacer.

Dicho esto, el enigmático ser desapareció de la vista de Loscano.

27

Londres,
22 de enero de 2025

El Diablo sostenía su teléfono mirando por la ventana de su habitación en el *château* a las afueras de Londres.

—Logré que confesara —le dijo la Bruja Avraloviz.

—¿Y bien? ¿Cuál es la contraseña del Vórtex Maestro? —preguntó el Diablo.

Hubo una pausa.

—Fue un trabajo muy duro —enfatizó la Bruja.

La oscura mujer estaba exhausta y olía fuerte a sudor.

—Me imagino, aunque sé que para ti todo es posible.

La Bruja se relamía de orgullo.

—El joven Mark tuvo un extraño comportamiento —dijo la Bruja—, pero pude con él. Mark estuvo en trance y al final pronunció el nombre de William Shakespeare. Creo que esa es la contraseña.

Hubo un silencio.

—¿El nombre del escritor es la contraseña?

El Diablo apretó los dientes. Como creador de una de las mayores empresas en tecnología, odiaba a quienes creaban contraseñas sin caracteres especiales y aparentemente fáciles de adivinar.

—¿Cómo sabremos si en minúsculas o mayúsculas? —preguntó.

—No lo he probado aún.

—¡No! ¡Que nadie se acerque al Vórtex! Es una orden mayor. Hasta nuevo aviso. Debo hablar con alguien de arriba antes de proceder. Mantén a Mark Chairman bajo custodia y trata de sacarle más información. Repito, que nadie se acerque al Vórtex ni utilice la contraseña. ¿Está claro?

—Entendido.

Dicho esto, el Diablo colgó la comunicación con un brillo maquiavélico en los ojos y la mente llena de ambición.

La Bruja estaba pletórica. Sabía que aquel logro le traería más poder y prestigio dentro de los Illuminati.

"¿Quien estará más arriba que él?", se preguntó la Bruja. Sabía que Jim Bates, el Diablo de los Illuminati, era una de las personas más poderosas, influyentes y billonarias del mundo.

Acto seguido, el Diablo llamó de inmediato a David Chairman.

28

Milán,
22 de enero de 2025

La expectativa reinaba en el laboratorio del profesor Kirby.

—¡William Shakespeare! —exclamó Arthur, emocionado—. ¡Esta es la contraseña, o algo similar!

Freyja sonrió.

—¿Qué significa?

—Sí, eso mismo me pregunto —dijo el profesor Kirby.

A Farías, Sarah, David y Vicky se les dibujó la misma cara de asombro.

—He descifrado el código de números —dijo Arthur con lentitud—. ¿Acaso no lo ven? William Shakespeare es el significado.

—¿William Shakespeare? —respondió el profesor Kirby—. Nunca he escuchado ese nombre.

Los demás se alzaron de hombros.

—¿Qué dice, profesor? ¿Que no conoce a Shakespeare?

Kirby negó con la cabeza.

Freyja se acercó a Arthur.

—Querido, yo tampoco he escuchado nunca ese nombre.

—Ni nosotros —replicaron a coro los jóvenes.

Arthur palideció.

Hubo un silencio que pareció durar horas.

—¿Es una broma?

Todos negaron con la cabeza.

"¿Qué está pasando aquí? —se preguntó el detective—. No puede ser posible. ¿Ninguno recuerda a Shakespeare?".

—Oigan —dijo Arthur con voz suave—, ¿todos se sienten bien? Profesor, ¿estas frecuencias pueden perjudicar la memoria?

—No tengo datos sobre eso. Yo me siento muy bien.

—Yo también —dijo Freyja.

Arthur activó rápidamente su mente.

—Escuchen, algo extraño está sucediendo. No es normal que no hayan escuchado sobre Shakespeare. Necesito su ayuda para saber qué está pasando. ¿*Romeo y Julieta*? ¿*Macbeth*? ¿*El rey Lear*? ¿*Hamlet*?

Se alzaron de hombros.

—No escuché esos nombres en mi vida —dijo el profesor Kirby.

—Esto no es real. Haremos un ejercicio para ver si es algo en general con la memoria o en particular con Shakespeare. Yo nombraré personajes conocidos y ustedes me dicen si los conocen, ¿de acuerdo?

Todos asintieron.

—Claro, sin problemas —dijo Freyja asombrada de ver a Arthur nervioso. Nunca lo había visto con esa expresión.

—Hermann Hesse, Oscar Wilde, Victor Hugo, Hemingway, Kafka, Homero, Edgar Allan Poe, Dostoyevski.

—Los hemos leído a todos —dijeron a coro.

—En especial, amo a Oscar Wilde —dijo Freyja en referencia al autor de su misma tierra.

Arthur les dirigió una fría mirada de águila, colocó la mano en el bolsillo interior de su saco y extrajo su celular. Fue a Google y tecleó "William Shakespeare".

Ante su sorpresa, no apareció nada.

"¿Qué diablos está pasando aquí?".

—¿Qué buscas, Arthur? —preguntó Freyja.

—No puede ser que no figure Shakespeare en Google.

Arthur rápidamente buscó en Amazon "Libros de Shakespeare". Apareció un cartel que ponía: "El autor que busca no existe".

La mente de Arthur Parker era un carrusel con desordenados pensamientos.

Inhaló profundamente.

—Si nadie conoce a Shakespeare, ¿cómo es posible que el nombre sea el equivalente a los números que titilan en la pantalla? ¿Y por qué yo soy el único que lo recuerda?

En el ambiente se generó una fuerte tensión.

—Profesor, me dijo que Mark viajó a los tiempos de Shakespeare, ¿verdad? Todos ustedes me lo dijeron.

—No sabemos a dónde fue Mark en sus viajes —dijo David.

Parker sintió un aumento en la temperatura de su sangre y su corazón aceleró las pulsaciones.

El detective fue directo hacia la pantalla. Los números seguían titilando constantemente.

—¿Con quién se encontró Mark en su viaje más reciente? Por favor, muéstrame los archivos, Farías —le pidió Parker con apremio en la voz.

Rápidamente, Farías tecleó para mostrarle el listado.

Todos los archivos estaban en blanco.

—Qué raro —dijo Farías—. Vean, aquí no hay registros de viajes.

—Eso sí que es extraño —argumentó el profesor Kirby.

Los demás estudiantes fueron a sus computadoras y notaron lo mismo.

Arthur caminó unos pasos y se encaminó hacia la biblioteca, como si buscase tomar distancia.

—Reflexionemos en voz alta —dijo, respirando profundamente—. Ni ustedes ni el mundo recuerda a Shakespeare, pero sí a otros autores famosos. Eso indica que no es un problema de memoria, sino solo con este autor. Por otro lado, el viaje no está documentado. No entiendo por qué yo sí lo recuerdo. —Arthur Parker cerró los ojos para pensar—. Solo hay una respuesta posible.

Todos lo miraron con gran expectación.

— Mark tuvo que haber cambiado algo del pasado.

—Tenía prohibido eso —dijo de inmediato el profesor con tono enérgico—. De hecho, él mismo hizo arreglos para que no pudiera suceder.

La mente de Parker ahora sentía una intensa claridad.

—Me temo que Mark alteró algo, ya fuera con intención o por un error del sistema, porque siento que William Shakespeare no es una contraseña como pensábamos, sino que indica la verdadera identidad del escritor, y creo que él ha quedado atrapado en un tiempo diferente.

29

Milán,
22 de enero de 2025

—Si ninguno de ustedes ni el mundo recuerda a Shakespeare, es porque Mark alteró algo en el pasado, y eso afectó la memoria colectiva de la humanidad —dijo Arthur ante la mirada atónita de todos.

—No entiendo de qué hablas —le dijo el profesor Kirby—. Además, Shakespeare me parece un nombre muy curioso.

—Creo que si entendemos lo que está pasando, vamos a avanzar.

—Claro. Nadie recuerda a ese tal Shakespeare, ¿y entonces? Debemos centrarnos en la contraseña del Vórtex y encontrar a Mark, hemos estado dado vueltas en círculos sin lograr nada.

Freyja le dirigió una mirada empática a Arthur.

"Arthur, estás en problemas, no puedes ser el único que conoce a Shakespeare, es como si la historia hubiese cambiado".

—Entiendo, profesor Kirby, que estamos aquí para encontrar a Mark y la contraseña, pero creo que hemos dado con algo más importante que…

En ese momento, sonó el teléfono del profesor Kirby.

Se llevó el iPhone al oído.

—Dime.

—Profesor Kirby, un grupo de diez hombres armados quieren entrar, lo están buscando. Los hemos retenido, pero tres de ellos han pasado y se dirigen hacia su oficina.

El rostro de Kirby palideció.

—¿Cómo están vestidos?

—Van de azul oscuro, y lo más extraño son sus ojos. Todos los tienen verdosos.

—Ciérrales el paso de inmediato. Llama con urgencia a los Carabinieri.

Rápidamente colgó la comunicación.

—Estamos en graves problemas. De alguna manera nos han rastreado y un grupo de hombres armados viene por nosotros.

—¿A quiénes te refieres?

—Me temo que no hay tiempo para explicaciones.

—¿Qué piensa hacer, profesor?

De pronto, el laboratorio se llenó de tensión.

—Debemos salir de aquí —dijo Freyja.

—¿Hay alguna salida secundaria? —preguntó Parker.

Kirby negó con la cabeza.

—¡Oh, Dios mío! —exclamó Vicky.

—Vamos a trabar las puertas —dijo David, que corrió hacia la puerta de la biblioteca tratando de moverla.

—No servirá eso, la van a derrumbar.

—Profesor, ¿quiénes cree que sean?

—Ya les dije que no hay tiempo. Hay una guerra, detective.

Freyja se acercó a Parker en actitud de resistencia.

—Debemos usar la tecnología para escapar por allí —dijo Kirby, señalando La puerta de los tiempos.

—¿Viajar en el tiempo? —preguntó Freyja.

—No veo otra posibilidad.

—Si entran esos hombres armados y les da por destruir los controles, ¿cómo regresaremos?

La mente de Kirby pensaba en todos los escenarios posibles.

—David, traba la puerta. Sarah, llama a la policía. Vicky, apaga las luces.

Los tres se movieron rápidamente.

—Tú, Farías, enciende los interruptores —dijo Kirby señalando la puerta.

—Forever? —respondió Farías, tenso.

—Me temo que sí, escaparemos de aquí para siempre.

El joven se mostró perplejo y puso en marcha la maquinaria.

—¿Con qué coordenadas, profesor? ¿Hacia qué época dirijo el viaje?

Parker se acercó a Farías.

—Pon el año 1610.

—¿Por qué?

Se escucharon ruidos y voces.

—Ya están aquí —dijo Kirby.

—Ya le avisé a la policía —dijo Sarah.

—La biblioteca los mantendrá ocupados, llegará la policía antes.

—Farías, digita esos números, por favor.

Farías observó a Kirby. El profesor asintió.

—Cualquier tiempo es bueno para salir de aquí.

Farías digitó los controles y apretó varias teclas. Cambió la pantalla de su computadora cuántica y las otras pantallas también se activaron. Acto seguido, La puerta de los tiempos encendió una luz y el círculo lumínico con la geometría de la flor de la vida comenzó a girar.

—Estará lista en dos minutos —dijo Farías—. Cuenta regresiva.

Las voces aumentaron. Golpearon la puerta.

—¡Salgan de inmediato! —dijo una voz imperativa.

Vicky y Sarah se miraron.

David adoptó una postura de pelea.

Farías seguía atento a los controles.

El profesor Kirby se acercó a Parker y Freyja.

—Lamento haberlos metido en este problema. Ahora, la única salida es atravesar La puerta y huir de aquí.

—¿Tiene todo bajo control, profesor? ¿Cómo volveremos al tiempo presente si todos pasamos por allí? —dijo Freyja señalando a las luces, que crecieron en intensidad.

Kirby le dirigió una mirada resignada.

—No lo sé, a menos que alguien se quede de este lado.

—Yo puedo quedarme —dijo Farías.

En ese preciso momento, sin creer lo que veían, contemplaron cómo los hombres atravesaban las paredes sin derribarlas, materializándose como salidos de la nada.

Eran altos, de cabello rubio y extraños ojos verdosos.

—Reptilianos —dijo Kirby—. ¡Raza de víboras!

Vicky y Sarah lanzaron un grito desesperado y Mark de inmediato se abalanzó hacia uno de ellos.

Uno de los híbridos reptiloides cambió de forma y se mostró con ojos de serpiente y cuerpo con escamas. Sacó la lengua e inmovilizó a David de inmediato.

Otros dos comenzaron a emitir ondas mentales y dejaron a Sarah y Vicky en estado de hipnosis.

—¡Alto! —gritó Kirby—. ¿Quién está al mando?

Uno de los hombres reptil sonrió.

—Profesor Kirby, o mejor dicho, Maestro *Imperator* —dijo el ente—. Parece que ha metido las narices donde no debía.

"¿Maestro *Imperator*? —pensó Parker—. ¿Quiénes son estos seres y quién es el profesor en realidad?".

Freyja, disimuladamente, dio pasos hacia atrás en busca de Arthur.

—¿Ustedes los rosacruces creen que ganarán la batalla? —le dijo el ente al profesor Kirby.

—¿Rosacruces? —repitió Parker, mirando al profesor. ¿Es usted un Gran Maestre?

—¡Silencio! —exclamó el ente.

Parker sabía que los rosacruces eran una comunidad de iniciados espirituales que surgió en el siglo XVII, autodenominada fraternidad y hermandad secreta conocida como la Antigua y Mística Orden Rosae Crucis, quienes eran expertos en estudiar los códigos sagrados, la astrología, numerología, geometría, matemáticas e incluso la cábala hebrea para tener el conocimiento del ascenso espiritual.

La historia contaba que fue fundada en Alemania por Christian Rosenkreuz, nacido en 1378. A partir de 1393, este místico alemán inició una serie de viajes iniciáticos por Palestina, Marruecos, Tierra Santa y Egipto, entre otros, donde estudió durante años con maestros de las ciencias ocultas.

Según uno de los tres libros magnos de la Orden, llamado *Fama Fraternitatis* —junto a *Confessio Fraternitatis* y *Las bodas alquímicas* del mismo Christian Rosenkreuz—, asegura que Rosenkreuz, a su retorno a Alemania en 1407, creó e impulsó la Orden Rosacruz, formada por un máximo de ocho personas. Rosenkreuz, murió en 1484, y allí la Orden se extinguió y su tumba permaneció escondida hasta que, en 1604, fue descubierta, y como consecuencia, allí nuevamente la Orden Rosacruz renació.

Era *vox populi* que muchos personajes intelectuales de la historia fueron rosacruces, como Francis Bacon, Isaac Newton, Benjamin Franklin, René Descartes, Michael Maier, Robert Fludd, Raymond Bernard, Francois Jollivet-Castelot, Napoleón Bonaparte, Walt Disney y la cantante Édith Piaf, entre muchos otros.

La enseñanza básica de la *Fraternitas Rosae Crucis* era que hay un solo Dios, creador y fuente de todo. Afirmaba que en cada individuo se encontraba enterrada una partícula del elemento divino, una chispa divina. Esta chispa celestial era considerada el alma. Por otra parte, decía que Dios concedió el libre albedrío al ser humano y la posibilidad de disminuir o hacer crecer esa pequeña chispa a través de los pensamientos, deseos y acciones. La vía para desarrollar el alma consistía en transmutar la naturaleza inferior humana y al mismo tiempo hacer crecer el sentimiento de amor en el interior de cada individuo.

Los rosacruces tenían un sistema de estudio compuesto por nueve grados: *Juniors, Theoricus, Practicus, Philosophus, Adeptus Minor, Adeptus Major, Adeptus Exemptus, Magistri* y, por último, *Magi* o *Magus Imperator*. Este sistema de grados se ratificó en la convención que la Orden celebró en Praga en el año 1777.

Incluso había ciertas teorías de historiadores que sugerían que Shakespeare era rosacruz y que, en esos tiempos, como las audiencias del pueblo común no leían demasiados libros, William Shakespeare usó el teatro para enviar su mensaje usando la idea de una obra divina o un juego espiritual como una forma de hablarle sobre cosas místicas a los iletrados que no sabía leer y que no podía unirse al gran juego intelectual que había estado ocurriendo durante el Renacimiento. Así, hacía llegar a las audiencias de todo el espectro social, incluida la más desinformada, conocimientos sobre historia, religión, política y ciencia, así como de otros temas poco difundidos que habían estado prohibidos y censurados.

—¡Todos contra la pared! ¡Profesor, usted vendrá conmigo! ¡Los demás por aquel lado! —gritó el ente reptiliano haciéndoles señas a otros híbridos para que se llevaran a los demás.

—¡Un momento! ¡Nadie va a ningún lado! —exclamó el profesor Kirby con voz autoritaria, tratando de hacer tiempo hasta que llegase la policía.

El ente sonrió con malicia y le dirigió una onda mental que le hizo llevarse las manos a la cabeza, retorciéndose de dolor.

—Aquí no es el *Magus Imperator*, profesor —le dijo el ente reptiliano con ojos cínicos—. Aquí obedece.

Acto seguido, se escucharon sirenas de policía afuera del edificio.

—Parece que hoy habrá fiesta en el Duomo. ¡Vayan a interceptarlos! —ordenó el Reptil a otros tres de ellos.

—¿El Duomo? —exclamó Parker de inmediato—. ¿Estamos debajo del Duomo de Milán?

El detective cobró conciencia sobre por qué sentía los extraños movimientos energéticos.

Milán, una ciudad con una larga y misteriosa historia, ha sido testigo de muchos eventos y leyendas a lo largo de los siglos. Sus calles empedradas, plazas y edificios antiguos, albergaban secretos que se remontaban a la época de los romanos.

Había un lugar en particular que capturaba la atención de muchos a lo largo de los siglos: el Duomo, la majestuosa catedral que se elevaba hacia el cielo y dominaba el horizonte de Milán.

Fue construido en el año 1386 gracias al arzobispo de la ciudad, Antonio de Saluzzo. Los Visconti, que eran los duques de Milán en ese momento, también participaron en la gesta para generar la visión del Duomo como una catedral gótica centroeuropea, un gótico inspirado en las catedrales de Francia y Alemania.

Su construcción se prolongó durante más de cuatro siglos, hasta su finalización, en el siglo XIX.

La historia de la construcción del Duomo escondía muchos misterios y leyendas. Algunos decían que el arquitecto que diseñó la catedral, Francesco Petrarca, utilizó técnicas esotéricas y conocimientos ocultos para construirla, convirtiéndola en un centro de poder y misticismo.

Se decía que la catedral fue construida sobre un antiguo templo pagano dedicado a la diosa romana Minerva, lo que le otorgó un aura de misterio y poder que todavía se siente en las paredes de la catedral.

Pero la construcción del Duomo no fue fácil. A lo largo de los siglos, muchos arquitectos y constructores se enfrentaron a obstáculos y desafíos que retrasaron su finalización. Incluso se rumoraba que algunos de ellos fueron víctimas de terribles accidentes atribuidos a la ira de los espíritus antiguos que protegían la ciudad.

Era una de las iglesias más grandes del mundo, con ciento cincuenta y siete metros de largo y capacidad para albergar a unas cuarenta mil personas. Fue Napoleón Bonaparte, luego de ser coronado rey de Italia, quien terminó la fachada del Duomo con el dinero del pueblo.

El Duomo seguía siendo un símbolo de la grandeza y la majestuosidad de Milán. Cada día, turistas y visitantes de todo el mundo se asombraban ante su belleza y su poder, sin saber que en su interior se ocultaban muchos secretos y misterios.

La ciudad ocultaba muchos otros tesoros y lugares mágicos, como el Castillo Sforzesco, que supuestamente estaba encantado por los espíritus de los antiguos gobernantes de la ciudad. Otro lugar misterioso es la iglesia de San Bernardino alle Ossa, que contenía una cripta llena de huesos humanos que, se dice, pertenecieron a los antiguos habitantes de Milán.

Era una ciudad llena de misterio y esoterismo, un lugar donde el pasado y el presente se entrelazaban en una danza eterna.

Allí, en el corazón de la ciudad, se encontraban debajo de los oscuros pasadizos secretos.

—¿Pensaba que escondiéndose debajo del Duomo no lo rastrearíamos, *Magus Imperator*? —dijo el Reptil—. Ya no tiene la misma fuerza que antes.

Freyja y Arthur se miraron. Entendieron por qué sus facultades empáticas iban y venían.

—La energía de aquí ya no es lo que era y aun así han podido alterar la Matrix, felicidades, profesor —dijo el Reptil—. Debemos repararlo de inmediato. Entrégueme el Vórtex Maestro.

—No sé de qué hablas —respondió Kirby.

La mente de Arthur se activó velozmente para tratar de comprender.

Freyja intentaba atar cabos, "son reptiloides, tengo un hechizo contra ellos", pensó tratando de ir hacia una esquina de la habitación.

"¿Modificación de la Matrix? ¿Por eso el mundo olvidó a Shakespeare? ¿Pero por qué no sucede lo mismo con otros personajes famosos? ¿Qué ha hecho Mark para alterar la Matrix?".

—Tienen la guerra perdida, profesor —espetó el Reptil—. Tenemos al joven judío Mark, su jugador estrella, y ahora, al resto del equipo. Ya no hay nada que hacer por su parte. Lo mejor es que colaboren y reparen el sistema.

—¿Qué guerra? —preguntó Parker, sabiendo que necesitaban hacer tiempo para que llegara la policía.

—¿Tú quién eres y qué papel tienes aquí? Te hubiese convenido ser modelo de alguna marca italiana de Milán. ¿No sabes de lo que hablo?

—Si me explicas, te lo agradeceré —dijo Parker emitiendo una ola mental de energía elevada justo directo al tercer ojo del Reptil.

—No te hagas el listo, detective Arthur Parker —dijo el Reptil, que tenía la capacidad de escanear a cualquier ser humano y saber todos los datos genéticos del mismo. El Reptil cerró los ojos por un momento y luego añadió—: te ha contratado el profesor Kirby. No tienes idea en dónde te has metido. Ni siquiera sabes sobre la guerra entre nuestras razas, puedo leerte.

—Explícame, entonces.

El Reptil soltó una risa.

—No estoy aquí para brindar clases de historia. Investiga. Los rosacruces no han querido pactar con nosotros; en cambio, los Illuminati están de nuestro lado. Y ganaremos la batalla final. ¡Este planeta nos pertenece desde que creamos a los dinosaurios!

El Reptil hacía referencia a la llegada por primera vez de los anunnakis o los llegados del cielo, quienes poblaron el planeta Tierra en busca de oro y crearon a las razas reptiles sin permiso divino; desde entonces, vagabundeaban por dentro de la corteza terrestre, pactando con gobiernos y élites mundiales en el más absoluto secreto para el pueblo común.

—¡Un momento! —dijo Parker con énfasis—. Yo no pertenezco a ninguna sociedad secreta ni logia, ni he realizado ningún pacto. ¿Por qué se supone que pague deudas ajenas? —argumentó Arthur para seguir ganando tiempo—. ¿Qué se supone que debería hacer?

—Para estar de nuestro lado, debes servirnos. Para eso fueron creados, para servir.

Hubo un silencio.

Parker miró a Freyja y a Kirby.

Al parecer, todo estaría perdido si los policías no interceptaban a los híbridos.

El Reptil captó su pensamiento.

—Ya les dije que tienen la guerra perdida. Manejamos a los gobiernos más poderosos, las sociedades secretas Illuminati, la música, la comida, las noticias y los medios, los cielos, las ondas de 5G, el porno, las películas y a los famosos, los tenemos rastreados. ¿Por qué insisten en luchar? Mejor reparemos el daño que comenzaron a hacer en la Matrix y únanse a nuestras filas.

—Si un puñado de estudiantes ha podido afectar la Matrix, no imagino lo que haría el mundo si se uniese —dijo Freyja con la mirada clavada en los ojos del Reptil y el corazón lleno de valentía.

—A ti podría fecundarte y darte una buena descendencia híbrida. Eres muy ardiente, por lo que veo; me imagino que en el sexo debes estar cargada de lujuria, fuego y mística, por lo que siento que emites. Te dejaré para el final y te fecundaré con mi semilla.

Parker trató de interceder en sus ondas mentales.

—¿O sea que la guerra es entre los Illuminati y los rosacruces?

El Reptil soltó una risa.

—¡Qué iluso eres! No ves el panorama completo. Todo es caos, y los seres humanos viven envueltos en el avestrucismo. Los Illuminati están unidos a logias masónicas oscuras que al mismo tiempo luchan entre sí; luego están los jesuitas y los grupos secretos cristianos, y por otro lado, los hebreos, haciendo pactos privados con las principales familias que están detrás de todo y que obedecen a los reptilianos. Y a los que ustedes llaman Hermanos Mayores, tratando de no alterar el libre albedrío, los dejan en las garras del caos —el Reptil lanzó una risa—. ¿Les parece justo? Los rosacruces son una minoría. La gran guerra está aquí arriba —dijo el Reptil señalando el cielo— y aquí abajo —añadió, apuntando con el índice al centro de la tierra.

En ese momento, Arthur Parker recordó una cita de Jesús: "Porque no tenemos lucha contra sangre y carne, sino contra principados, contra potestades, contra los gobernadores de las tinieblas de este siglo, contra huestes espirituales de maldad en las regiones celestes".

—¿Qué hay de la ascensión del planeta? No podrán detenerla—dijo Freyja.

—Tú eres hembra. Muy romántica, supongo, como todas. ¡Qué delicia! —dijo el Reptil sacando una lasciva y larga lengua—. Siempre nos ha gustado adoptar formas y llenarlas de nuestra semilla para asegurar nuestra descendencia reptil. Sucedió desde el inicio, con tu querida Eva y Adán. La Tierra está bajo control desde el origen, al planeta le llevará más tiempo ascender porque nosotros dominamos. Eso, ni tú ni ellos —dijo señalándola a ella, a Parker y a los estudiantes— estarán aquí para verlo, pero nosotros... nosotros siempre estaremos —zanjó el híbrido con expresión despreocupada.

Freyja y Parker se miraron, desconcertados.

En ese momento se escucharon disparos y gritos afuera del laboratorio. El alarido de una multitud tronó en eco. El Reptil cerró los ojos para intuir lo que pasaba.

—¡Rápido! —dijo moviéndose veloz hacia Farías y colocando su enorme mano izquierda alrededor de su cuello—. No necesito más que apretar para que este joven se vaya a otro plano, donde será recibido por un túnel de luz cegadora y luego nuestros encargados adoptaran la forma de su abuelita muerta para que vuelva a encarnar otra vez —dijo con ojos cínicos. ¿Lo quieren ver partir o reparan de inmediato el problema?

—Juro que no sé de qué hablas. Nuestro propósito no fue alterar la Matrix —dijo Kirby ante el inminente peligro en el que Farías se encontraba. El profesor amaba a sus estudiantes, habían sido años de trabajo en conjunto para lograr la proeza de viajar en el tiempo y Farías era, además de un joven amado, una pieza vital en el desarrollo de la tecnología cuántica.

—Mmm... parece que es cierto —dijo el Reptil luego de escanear al profesor.

Giró sus ojos hacia el teclado de la computadora sin sacar sus garras de largas uñas del cuello de Farías.

—¿Qué tenemos aquí? —dijo el híbrido. Parece tecnología arcturiana y pleyadiana.

Hubo un silencio.

El Reptil se giró hacia Parker.

—¿Arthur, verdad?

Parker asintió, tratando de intuir lo que el híbrido tenía en mente.

El Reptil cerró los ojos y escaneó más profundo a Parker.

Se mantuvo inmóvil por unos diez segundos, recibiendo datos en su cerebro reptiliano.

—Arcturiano querido, así que tu alma viene de allí. Qué interesante —dijo el híbrido—. ¡Ven aquí! —ordenó.

—¡Quédate donde estás, Arthur! —retrucó Kirby—. ¡No le obedezcas!

—Tranquilo —respondió Parker—. ¿Qué quieres de mí?

Afuera del Duomo, las sirenas, los gritos y disparos aumentaron su intensidad.

—Me están haciendo perder la fiesta —dijo el Reptil con tono teatral—. Arcturiano, camina hacia la maquinaria.

En la esquina del amplio laboratorio, La puerta de los tiempos seguía emitiendo luz y el símbolo geométrico de la flor de la vida giraba con intensidad y a gran velocidad.

—¡Arthur, no! —exclamó Freyja—. ¡Quédate ahí!

El Reptil apretó el cuello de Farías y un hilo de sangre se deslizó al clavar las uñas de su garra.

—¡No le hagas daño! —exclamó Kirby—. Iré yo mismo. ¿Qué necesitas?

—Profesor, contigo hablaré luego para negociar. Me interesa el arcturiano —dijo el Reptil sintiendo las habilidades extrasensoriales de Parker.

—Última oportunidad, detective. Colócate allí.

Arthur caminó lentamente hacia la puerta esperando que la policía apareciera de un momento a otro.

En ese preciso instante, el profesor Kirby dio un salto hacia uno de los híbridos que sostenía un arma de tecnología desconocida para el ojo humano.

El otro reptil disparó un rayo eléctrico que salió velozmente impactando a un rincón de la habitación. El fogonazo dejó una estela lumínica en la sala.

De inmediato, otro reptil golpeó al profesor Kirby en la nuca, dejándolo inmovilizado en el suelo.

—Arcturiano, colócate junto a la puerta de la luz.

Dicho esto, Arthur Parker se acercó hacia el artefacto.

—Un paso más.

Parker hizo justo lo que le dijo, al tiempo que el Reptil, como si conociera aquella tecnología, apretó una serie de botones en la computadora cuántica.

Al mismo tiempo se oyó un fuerte ruido que desbloqueó la biblioteca y, acto seguido, varios policías armados irrumpieron en la habitación disparándole a los reptiles a mansalva. De nada sirvieron las balas, ya que la media docena de policías no pudo hacer nada contra el poder reptiliano de los híbridos, cayendo al suelo abatidos por un disparo electromagnético.

Al mismo tiempo, el reptil mayor aflojó la presión en el cuello de Farías y muy velozmente apretó con su índice el botón de la computadora cuántica. El botón que impulsaría a Parker a enfrentarse a una experiencia totalmente desconocida para él.

Rápidamente, Farías, intuyendo lo que iba a pasar, le arrojó por el aire el Vórtex a Parker, quien lo tomó con sus manos como una pelota de futbol. De inmediato, el portal se activó produciendo un flash de luz, chispazos y giros geométricos de gran velocidad y, tal como Cronos, el dios griego del tiempo que se devora a todos, tragó el cuerpo de Arthur Parker, quien desapareció tras ser absorbido por La puerta de los tiempos.

30

Quinta dimensión
Del otro lado de La puerta de los tiempos

Cuando Arthur entró al otro lado, se sintió liviano, sin peso en la cabeza ni en el cuerpo.

Frente a sus ojos danzaban una serie de hologramas de colores. Mandalas de exquisita precisión envolvían su cuerpo. Del Vórtex salían destellos, como hilos de oro, que emanaban constantemente enviando oleadas de poder a todo su campo energético. Como una piña de luz que se expandía y latía similar a un corazón humano. Sus escamas luminosas se abrieron como hojas.

Las piñas estaban representadas en todas las imágenes artísticas antiguas en piedra o cuadros que mostraban a los persas, griegos, egipcios y demás civilizaciones llevándolas en la mano. La piña permitía abrir la pineal y viajar por el tiempo.

En un pasado encuentro con Freyja, Arthur y ella habían experimentado con la ayahuasca. Esto era similar, pero ahora Arthur tenía la sensación de ser el dueño de todo el universo. Esa realidad, al mismo tiempo real y virtual, lo hizo tomar conciencia de que estaba en una dimensión superior.

Succionado constantemente hacia arriba por el campo magnético, la expandida conciencia de Arthur Parker de pronto intuyó que podía moverse con solo pensarlo.

"Esto es maravilloso".

La agradable sensación se acrecentaba por un leve zumbido, como constantes olas de mar de fondo en aquella realidad. Era algo que lo abarcaba todo.

"Puedo estar en todos lados".

Arthur bajó la vista hacia el Vórtex. Era una piña de luz, oro y poder. Un artefacto que le confería la fuerza para crear.

De pronto, un pensamiento.

"Yo soy la creación. Yo puedo crear lo que quiera".

En ese preciso momento, un nuevo campo magnético atrajo su atención.

Fuertes corrientes eléctricas y magnéticas provenientes desde lo alto, literalmente lo elevaron como si fuese un ángel suspendido en el aire. La calidez de esa fuerza aumentaba la corriente de amor que sentía.

"¿Qué está pasando?".

Su conciencia sentía un éxtasis delicioso y no percibía solo con sus cinco sentidos, sino desde su sentido interno, su tercer ojo abierto y magnetizado. Olas de comprensión, conocimiento y profundidad existencial llegaban a él acomodando las piezas de todas las dudas o preguntas que un ser humano lleva en su mente. Las preguntas que todos los místicos se hicieron a lo largo de la historia: ¿Quién soy? ¿Qué es el universo? ¿Qué es Dios? ¿Adónde voy? ¿De dónde vengo? Todo se ponía en su lugar en su conciencia con exacta comprensión. Lo entendía todo. Sentía la unidad en todas partes. De hecho no había partes, era una total unidad que existía, estaba y se reproducía constantemente.

La presencia que emitía aquella fuerza se volvió un tanto más densa que la luz sin dejar de ser luz, era un cuerpo con un halo poderoso de vibración y magnetismo.

La presencia era alta, con una especie de túnica que cubría su cabeza. Lo miró directamente a los ojos, con mirada radiante.

—Arthur —le dijo la presencia—. La primera vez es impactante, ¿verdad?

Arthur sintió una inmensa emoción.

Solo asintió, absorto en todo lo que lo rodeaba y la exquisita sensación que percibía.

—Déjame ayudarte, hermano.

Arthur sonrió.

—Tienes una misión ahora. Ha habido muchos seres trabajando para la ascensión del planeta y está llegando el tiempo. Estoy aquí para ayudarte, porque se ha producido un fallo en la Matrix y deberás repararlo.

Arthur lo miró como si aquello fuese un sueño.

—¿Tú lo sabes?

El ser sonrió dejando ver una barba en punta.

—Desde aquí todo se sabe, querido Arthur. Desde esta realidad tienes el poder de cambiar cosas que luego se manifestarán en la realidad de allí.

El ser señaló hacia abajo y pudieron ver a los reptiles luchando con la policía mientras Freyja, Kirby y los estudiantes trataban de escapar.

Arthur lo vio como si fuese una película, un espejismo.

—Tranquilo —le dijo el ser con lenguaje telepático—. Podemos volver luego y cambiar esa realidad. Ahora, lo que hace falta es que ese Vórtex que llevas en la mano repare lo que el ambicioso joven Mark ha hecho.

—¿Cómo conoces a Mark? ¿Cómo sabes del Vórtex? ¿Quién eres?

—Te dije que desde aquí todo se sabe. Hemos seguido atentamente el hallazgo que heroicamente Kirby y su equipo hicieron para la humanidad. Pero Mark lo utilizó para fines personales, alterando una parte importante de la historia.

—¿Qué pasó?

A una parte de la conciencia de Arthur le llegaban recuerdos.

—Shakespeare —dijo la presencia.

Arthur recordó lo que estaba pasando.

—¡Sí! Recuerdo, allí abajo la gente lo ha olvidado. Algo estaba sucediendo con su nombre, no aparecía por ningún lado.

— Mark ha alterado el pasado y, debido a una extrema admiración, quiso traer la conciencia y presencia física de Shakespeare al tiempo actual, alterando la historia.

Arthur sintió una oleada de sorpresa.

Las emociones eran muchísimo más intensas en esa dimensión.

—¿Y qué se supone que debo hacer?

—Te ayudaré —dijo el ser frente a Parker—. Debes saber que entrarás en un espacio que comúnmente se llama "limbo", es el velo por el que las almas bajan a la tierra el día de *Halloween*, es donde otras almas aprenden sobre lo que hicieron en la tierra, es un espacio no tan lumínico como aquí, ¿entiendes?

Arthur asintió.

—Sí, y ¿qué debo hacer? —repitió.

—Mark dejó la conciencia de Shakespeare entre dos mundos, no está ni en el pasado, donde le corresponde, ni ha podido atravesar el portal hacia el futuro-presente, que es donde Mark lo quería llevar. Mark interactuó con el autor y lo trajo al momento presente. Eso desencadenó un enorme desorden en la estructura del tiempo, porque ahora Shakespeare no está en el pasado, en el presente ni en el futuro; está atrapado en un agujero de gusano, sin poder escapar.

—¿Entonces?

—Eso es lo que ha hecho que la Matrix sufra una alteración y la gente no recuerde a Shakespeare, es como si hubiese sido borrado de la historia. Eso trae muchas consecuencias, parecido a un castillo de naipes, porque la humanidad no puede olvidar la presencia de Shakespeare ni de nadie más sobre la faz de la Tierra debido a que se altera un capítulo del libro de la historia humana. ¿Sabes qué implicaciones tendría eso?

El ser se le mostró a gran velocidad, mientras hablaba con telepático poder.

Arthur observó por un momento la cantidad de personas que se habían conocido y enamorado gracias a las obras de Shakespeare, los encuentro románticos de parejas con sus embarazos y nacimientos posteriores, los encuentros de amigos que no sucederían, las lágrimas de emoción que no existirían en el corazón de sus lectores, las historias literarias y las historias reales que desaparecerían en el tiempo. Porque al tocar a un personaje tan popular, muchas otras vidas comenzarían a cambiar, como un castillo de naipes del que caen una a una sus cartas: la esposa dejaría de reconocer al marido; el hombre, a sus hijos; los teatros cerrarían, las librerías borrarían para siempre su nombre, la gente con el nombre de Julieta perdería la memoria y los Romeo no sabrían nada de su identidad, los momentos románticos que la gente experimentó con cualquier obra o cuestión de Shakespeare desaparecerían poco a poco y eso generaría un caos en las relaciones, además de que la Matrix entraría en cortocircuito y, como consecuencia, la tierra experimentaría confusión y caos.

—¿La ascensión se ve influida por la situación de la Matrix?

—La ascensión significa precisamente salir de la Matrix. Si la Matrix está en conflicto, eso no es bueno para la Tierra, debemos repararla.

—¿Repararla? ¿Y cómo?

—Iremos a buscar a Shakespeare al limbo astral en el que se encuentra. Por eso, tú veías los números y pudiste descifrar su nombre y apellido. Por eso mismo fuiste el único que lo recordó.

—¿Y cómo se aplica esa contraseña? ¿Dónde se utiliza?

—Los números que titilaban en la computadora no eran una contraseña, sino el equivalente al nombre de la conciencia que representa y que está alterando la Matrix. Por eso titilaba, porque, de alguna forma, La puerta de los tiempos, como la llaman, estaba descifrando lo que sucedía.

—¿Quieres decir que es como si Shakespeare estuviera enviando un mensaje?

—Ni más ni menos, Shakespeare llamando a Shakespeare. O lo puedes ver como el pasado bloqueado y el presente actual para cambiar el futuro. Debemos sacar a Shakespeare de allí justamente con el Vórtex que lo ha llevado allí, ¿lo hacemos juntos? —dijo el ser con luz en los ojos.

Arthur se quedó observando su poderosa presencia.

—¿Eres Jesús? —preguntó telepáticamente.

La presencia negó con la cabeza.

—No soy Jesús —respondió—, aunque todos los seres que podemos entrar y salir de esta dimensión tenemos la conciencia crística. Jesús es una conciencia que fue humana y que accedió al estado de *Christos*, el cristal de conciencia e inicio de la experiencia crística. Jesús siguió evolucionando desde que fue crucificado y ascendido.

—Si no eres Jesús, ¿quién eres?

La radiante presencia se adelantó. Debía tener al menos dos metros de estatura.

—Ahora soy una conciencia nueva, aunque cuando utilicé un cuerpo físico en mi pasada encarnación, me conocían con el nombre de Adán Roussos.

31

Quinta dimensión
Del otro lado de La puerta de los tiempos

—¿Adán Roussos? —preguntó Arthur, recordando cuando, años atrás, en Dublín, Irlanda, un niño le dio un papel que decía: "Contacta a Adán Roussos".

"No puede ser", pensó Arthur.

—Los niños siempre dicen la verdad —dijo Adán—. En aquel momento pasado, ya sabíamos que ocurriría esto. Para nosotros, en este plano no ha pasado el tiempo, pues este únicamente se percibe en la tercera dimensión.

—¿Y por qué recibí ese papel?

—Para que hoy el impacto no sea tan intenso y para que tu conciencia sepa que las cosas suceden en universos paralelos, no solo en la Tierra. Primero, todo se gesta aquí arriba con el poder del pensamiento —dijo Adán con clara telepatía.

—Entiendo —respondió Arthur, sintiendo un profundo sentimiento de hermandad con Adán Roussos, a pesar de que era la primera vez que lo había visto.

—Las almas afines sienten una hermandad instantánea debido a que estamos conectados a la Fuente Original. Cuando un alma utiliza su conciencia despierta, esta se marca con el sello de la unidad, y eso no lo puede borrar nadie —dijo Adán.

Arthur sonrió.

—Ahora debemos salvar a Shakespeare. Solo con el Vórtex que lo dejó atrapado podemos regresarlo. Con el mismo pie que uno se cae, debe levantarse —agregó Adán.

—Yo no sé cómo funciona esto —dijo Arthur, mirando la piña dorada que resplandecía en su mano.

—Sí que lo sabes, solo lo has olvidado.

—¿Qué quieres decir? Nunca he visto cómo funciona.

—La piña representa la glándula pineal. La has utilizado millones de veces con tu imaginación, tu capacidad para crear y ver más allá de los ojos físicos. A lo largo de la historia, las verdades esotéricas sobre las iniciaciones espirituales han estado presentes de manera simbólica y en pistas, incluso en las alegorías de los clásicos como *Pinocchio*, que en italiano *pin* significa pineal, y *occhio*, ojo, "el ojo de la pineal", en una clara referencia al tercer ojo.

Arthur no tenía conocimiento de aquello.

—¿Este Vórtex entonces funciona con la imaginación?

Adán asintió.

—¿Y qué se supone que haga? ¿Imaginar algo?

—Ni más ni menos. Al imaginar, estás abriendo un campo invisible para que el poder de la conciencia abra un hueco en el universo y cree lo que quiera crear. La mayoría de la gente se esfuerza por imaginar algo que le otorgue abundancia material, cuando en realidad deben aspirar a más, e imaginar que crean todo el universo para que la abundancia y todo lo que esperan llegue por añadidura.

—Eso sería algo así como…

—Si Dios te diera el cincuenta por ciento de las acciones de su compañía.

Ambos sonrieron.

—La divinidad ofrece a su creación la posibilidad de pedir y dar, imaginar y crear, pensar y materializar. Aquí en la quinta dimensión no hay supermercados ni congestión vehicular ni edificios ni nada de lo que la tercera dimensión tiene. Este es un plano de materialización inmediata; si quieres algo, solo lo imaginas y sucede. En eso se basaba el paraíso original, hasta que…

—Los reptilianos fecundaron a Eva —completó Arthur.

—Así es. La raza reptiliana vio a la creación humana tan excelsa que sintió celos y quiso interferir con la descendencia. Gracias a la habilidad de materializarse en diferentes formas, adoptaron un plan para que la descendencia humana fuera contaminada por el gen reptiliano, y eso desencadenó lo que pasó con Caín y Abel: un hermano reptil mató al humano y los cuerpos astrales que poseemos aquí y ahora comenzaron a volverse más densos, hasta llegar a lo que se conoce como "materia". Al inicio eran cuerpos de luz, vasijas de receptividad lumínica. La energía densa de emociones de poca frecuencia los bajó de dimensión, los expulsó del paraíso.

—¿Y por qué las fuerzas de luz no suspendieron eso?

—Una vez que el sello del libre albedrío y su ley ha comenzado a girar, ni siquiera la fuente creadora puede alterarlo, es algo así como si el dueño de una empresa no pudiera tocar o vender las acciones de la compañía fundada una vez que estas hayan sido colocadas en una inversión.

—No entiendo cómo, si el Creador ha creado algo, luego no puede alterarlo.

Adán hizo una pausa para buscar un ejemplo.

—¿Recuerdas que Steve Jobs creó la compañía Apple y lo que pasó luego?

—La misma junta directiva lo echó de la compañía que había creado.

Adán asintió.

—La Ley de la creación impide que el Creador sea un ente dogmático; si hay libre albedrío, no se puede alterar luego con medidas dictatoriales, no hay un Dios malo o castigador, la naturaleza del amor que todo lo crea no funciona de esa forma. Para la fuente creadora eso es un juego; sabe que, al final de todo, nada termina, siempre todo vuelve a conectarse con su poder y amor infinitos.

—Ahora lo entiendo mejor.

—Pues bien, vamos por Shakespeare.

—Te sigo.

De inmediato, Adán Roussos y Arthur Parker se trasladaron por lo que parecía un agujero de gusano a velocidad lumínica, y aparecieron en otro sitio con menos luz y con una sensación de división.

—Duele un poco la cabeza —dijo Arthur.

—Hemos bajado a una dimensión inferior. Este es el Valhalla de los vikingos, el limbo de los cristianos, el paraíso de los musulmanes.

—¿Quieres decir que todas las creencias sobre un paraíso futuro están equivocadas?

Adán sonrió.

—Aquí, las conciencias ven lo que traían de su pasada encarnación en la Tierra.

Arthur se giró y vio a un musulmán con varias mujeres bailando alrededor, a un cristiano hablando con una columna de luz, a varios vikingos recibiendo adiestramiento por sus pasadas acciones y a una multitud de conciencias con formas físicas, pero sin cuerpo físico. Era como estar en un supermercado astral.

—¿Y qué sucede aquí, Adán?

—Aquí, cada uno recuerda que es responsable de lo que hizo y que no hay ningún falso dios que lo castigará, sino que se le da un espejo para que logre el autoconocimiento.

Arthur estaba maravillado comprendiendo aquello.

—¿Eso quiere decir que todo es acción y reacción de lo que hagamos?

Adán asintió.

—Correcto. Responsabilidad pura. La creación ha concebido todo, pero se ha retirado para observarlo desde un estado latente dentro de cada uno. Por ejemplo, si en una biblioteca todos los libros se mezclaran, cada uno conservaría su historia. Podríamos decir que Dios es las páginas de todos los libros, mas los que escribimos somos nosotros.

—Yo lo he dicho de otra manera: "El destino baraja las cartas, pero nosotros somos los que jugamos". —sentenció una voz detrás de ellos.

Arthur se giró y vio la presencia lumínica de un ser con barba y melena hasta los hombros.

—¿William Shakespeare?

La presencia asintió.

—Maestro—dijo Arthur, a quien la emoción le eliminó el dolor de cabeza de inmediato.

—Me quedé aquí atrapado, invocando con fuerza poder salir.

— El poder de la intención reflejada ha sido lo que hizo titilar su nombre a través de números en las máquinas —dijo Adán.

—¿Y qué se supone que debemos hacer ahora? —preguntó Arthur.

—Ahora debemos volver al tiempo que le corresponde dijo Adán—. Él puede ser un escritor brillante, pero también es una conciencia humana adherida a las leyes de la creación, y si se presiona una tecla del piano de la existencia, la melodía se altera y se transforma en ruido.

Arthur no daba crédito a lo que estaba viviendo.

"La tentación de llevar a Shakespeare a los tiempos actuales es grande", pensó, intuyendo lo que Mark Chairman seguramente habría sentido al encontrarse con el mago de las letras.

—No puedo dejar pasar la oportunidad de preguntarle cosas.

Shakespeare lo miró a los ojos con expresión creativa.

—¿Qué quieres saber?

—¿Cómo pudiste componer semejantes obras de un estilo inigualable, de dónde sacaste la inspiración?

—De mi alma de niño —respondió el poeta de manera directa—. Al estar conectados con el niño que fuimos, todo se abre. El niño despierta al místico debido a la inocencia. Si se tiene un corazón noble, la puerta de la inspiración ofrece su apertura inspiracional y de allí surge la maravilla. La mística es la forma de regresar a lo divino.

—¿Por qué Julieta se envenena después de que lo hace Romeo y no tienen un final feliz?

Shakespeare sonrió.

—Es simbólico. Ellos querían perpetuar el amor, y la única forma de hacerlo, era escapando de la tercera dimensión. *À mort* significa etimológicamente "lo que vence a la muerte". El hecho de que sean recordados es señal de que vencieron el tiempo y siguen juntos. El amor de pareja es el arte más sublime en la tercera dimensión, y solo hay éxito si ambos están dispuestos a la muerte del ego. Con ego no hay amor, siguen vivos en un infierno; en cambio, Romeo y Julieta, dispuestos a la muerte egoica, renacieron en una nueva unidad. Un símbolo iniciático.

—¿Eso significa que fue una prueba iniciática?

Shakespeare asintió.

—Un rito de pasaje místico. Un peldaño iniciático de muerte y renacimiento, como con todos los místicos, amigo mío.

La conciencia de Arthur comprendió a profundidad.

—¿Y Hamlet? ¿De dónde nació semejante idea?

—Todos somos Hamlet —dijo Shakespeare con un brillo inmortal en la mirada—. La búsqueda del ser; mejor dicho, la búsqueda de la razón de ser, del propósito de vida, la misión personal, el camino de iniciación de cada alma. Por ello, Hamlet dice: "Ser o no ser, esa es la cuestión". El sentido de la vida personal está determinado por quién es cada uno, el Yo Soy. Ese poder le permite al alma humana liberarse del cúmulo de emociones que la esclavizan, desde el cobarde acto de la traición hasta la enceguecedora ambición; del veneno de los celos hasta el fuego tóxico de la ira; del paralizante frío del miedo hasta la retorcida soga de la envidia. Eliminando esos venenos del interior del ser humano, el alma puede, al fin, moverse de la tercera a la quinta dimensión de conciencia. O se es quien se es, o se finge. Muchas personas viven tratando de aparentar ser alguien más porque asumen que, quienes son en realidad, es poca cosa, y admiten ser otro personaje diferente que no existe. En cambio, cuando un alma recuerda su origen, sabe que lleva el poder del Yo Soy dentro y lo dice alto y fuerte.

Adán se giró para ver detrás de Shakespeare.

Los tres sintieron energías hostiles yendo hacia ellos.

—Están viniendo entes reptilianos hacia aquí. Creo que ellos también están interesados en ti, pero de otra manera —dijo mirando a Shakespeare—. Será mejor que nos vayamos. Las leyes se están duplicando.

—¿Qué quieres decir con que las leyes se están duplicando? —preguntó Arthur—. ¿A qué te refieres, Adán?

—La ley de correspondencia: como es arriba, es abajo —respondió, emitiendo un pensamiento telepático—. Allí abajo hay conflicto con el Vórtex, pues aquí arriba también. ¡Vámonos! —exclamó enérgicamente al ver un grupo de varios reptilianos viniendo hacia ellos.

Dicho esto, Adán y Arthur llevaron velozmente a Shakespeare hacia otro lado.

32

Milán,
22 de enero de 2025

El profesor Kirby se llevó las manos a la cabeza, sentía un fuerte dolor por el golpe que había recibido.

Se giró de costado con dificultad sobre el suelo, justo para poder ver al ente reptiliano ser expulsado hacia atrás por el intenso fogonazo de luz luego de que Arthur fuera absorbido por el impacto.

Freyja corrió rápidamente hacia el reptil mayor y le propinó un fuerte rodillazo en la entrepierna.

Farías se alejó de la computadora, también movilizado por el impacto.

Los otros híbridos fueron interceptados por más policías, aunque estos siguieron cayendo por el poder de sus armas tecnológicas. De pronto, detrás de tres policías que aún estaban de pie, la presencia de un hombre alto y corpulento hizo que los reptilianos se giraran hacia él.

Thor apareció por la puerta principal con el martillo en su mano derecha. Arrojó velozmente el pesado instrumento, que voló como un proyectil hacia la cabeza de uno de los reptilianos, derribándolo de inmediato. Con un movimiento preciso, en dos largas zancadas se abalanzó sobre otro y le propinó un golpe seco y certero detrás de la nuca, dejándolo inconsciente. Los otros dos reptilianos se abalanzaron sobre él. De inmediato, dos hombres que venían con Thor salieron en su defensa y pasaron a ser mayoría. También llevaban tatuajes en los brazos de intimidante musculatura. Los tres vikingos estaban en una dura pelea contra los reptilianos. Chocaron con el mobiliario del laboratorio, tirando al suelo libros y artefactos.

En la otra esquina, el reptil mayor se abalanzó sobre Freyja, sosteniéndola del cuello con ambas manos, tratando de asfixiarla. Valientemente, Freyja trató de soltarse, pero fue en vano, la fuerza física de aquel ente era sobrehumana. Al girarse hacia la pelea que los otros dos reptilianos estaban teniendo con los vikingos, el reptil mayor no vio venir el seco, certero y potente golpe que Farías le propinó en la cabeza con una fina estatua de hierro fundido, de unos cuarenta centímetros y con la imagen de Hermes, el mensajero de los dioses, busto que el profesor Kirby y todo el equipo universitario utilizaban a modo de ritual para recibir ideas del cosmos. La parte de abajo de la estatua se incrustó en la nuca del Reptil, quien cayó al suelo, inconsciente.

—Hermes te trae un mensaje, monstruo raro —dijo Farías sobre el abatido híbrido que yacía sobre el suelo.

De inmediato, Farías ayudó a Freyja a incorporarse y David, Vicky y Sarah se acercaron rápidamente. El profesor Kirby se deslizó arrastrándose por el suelo mientras las pesadas piernas de Thor saltaron, abalanzándose sobre el reptiliano que quedaba. En menos de tres minutos, los vikingos se deshicieron de sus contrincantes.

—¿Quiénes son esos? —preguntó Vicky.

—Ni idea —respondió David.

—Algo es claro, no son policías y son más fuertes que estos híbridos.

Thor se acercó a Kirby.

—¡Debemos salir de aquí de inmediato! —le dijo.

—¿Tú quién eres? —preguntó Kirby.

—Llámeme Thor, me ordenaron llevarlos a un sitio seguro.

—¿Para quién trabajas? —preguntó David.

—Se los diré en el camino. ¡Vamos, pónganse de pie! Aquí no están a salvo. Pueden venir más de ellos en cualquier momento —dijo Thor señalando a los entes caídos en el suelo.

Los otros dos vikingos estaban vigilando la puerta. Se escucharon más sirenas de policía.

—Saquen a estos bichos del laboratorio —dijo Kirby.

Los vikingos arrastraron a los reptilianos y a los policías hacia afuera.

—Vamos por otro camino. ¡Síganme! —dijo Kirby, mientras cerraba la puerta del laboratorio.

Todos salieron a paso veloz tras el profesor.

Rápidamente enfiló por una escalera de caracol que daba a una salida secundaria. En menos de cinco minutos, estaban en la calle.

—Tenemos una camioneta a dos calles de aquí —dijo Thor.

Todos lo siguieron a través de la calle vía Carlo Maria Martini, y doblaron por la Piazza Fontana hasta llegar a la Fontana de Piermarini, donde había una fuente. Una van de color negra estaba estacionada en la esquina. Uno de los vikingos se subió en el lugar del conductor y el otro observó que nadie los siguiera.

Thor abrió la puerta corrediza de la camioneta Mercedes-Benz Sprinter.

—¡Rápido, suban!

De inmediato, todos estaban dentro de la van, que se alejó a gran velocidad.

El profesor Kirby elevó la vista hacia el cielo. Un helicóptero militar estaba bajando varios soldados aparentemente convocados ante la ineficiencia de la policía.

—Afortunadamente los hemos dejado fuera del laboratorio. La puerta es imperceptible y la policía no la encontrará. El laboratorio está a salvo.

—Ahora, creo que debemos agradecer estar vivos —dijo Vicky.

—Sí, muchas gracias —le dijo Sarah a Thor.

—Llegaron en el momento justo —añadió David.

Los estudiantes sentían cierta admiración por los tres fuertes vikingos. Ellos tenían el cerebro y los vikingos la fuerza física.

—Mi misión es hacer que las cosas se arreglen de alguna manera —dijo Thor.

—No sé de dónde han salido ustedes, pero gracias, porque esos bichos eran extrañas criaturas que iban decididos a matarnos.

—¿Para quién trabajas? —preguntó Freyja.

—Eso es lo de menos. Lo importante es que están a salvo.

—Estoy preocupada por Arthur —dijo Freyja con expresión tensa—. ¿Qué pasará con él, profesor Kirby?

—Está en su viaje —respondió—. Confiemos en que aprenda a usar el Vórtex para poder volver.

—¿Tú viste si pudo tomar el Vórtex? —le preguntó Freyja a Farías.

—Así es. Lo tomó en sus manos y luego desapareció.

—¡Dios mío! Espero que Arthur esté bien —dijo Freyja con el corazón dolido.

—Lo estará —afirmó Kirby—. Es muy hábil y sabrá hacer funcionar todo.

—Profesor, es mejor que me cuente lo que aún ni Arthur ni yo sabemos. ¿Por qué el Reptil le dijo *Magus Imperator*? ¿A qué logia secreta pertenece? ¿Qué hay detrás de todo esto que aún no sé?

Kirby trató de marear la perdiz.

—Te dije que había gente de poder en las sombras, tratando de hacerse con el descubrimiento para viajar en el tiempo.

—Respóndame con más claridad, por favor.

Los estudiantes miraron a Kirby a los ojos.

El profesor inhaló ampliamente al tiempo que la van tomó la autopista a más de ciento veinte kilómetros por hora.

—El común de los ojos humanos desconoce que existen multitud de sociedades secretas y sociedades públicas —dijo el profesor Kirby—. Estas agrupan a personas de poder e influencia en el mundo en niveles sociales, políticos, económicos, religiosos y, sobre todo, esotéricos. Dichas sociedades tienen algo en común: un conocimiento que la mayoría de los mortales ni conoce ni remotamente sospecha que existe.

Tanto Kirby como Freyja sabían que los avestrucianos y las personas que tenían la conciencia dormida en el velo de la Matrix no se interesaban en eso, ya que no alcanzaban a comprender cómo se movilizaba el mundo esotérico en sí mismos, en la política y el poder mundial.

—Eso lo sé —dijo Freyja—. ¿A qué conocimientos se refiere, en concreto?

—Desde las leyes del universo hasta los ritos donde aplican rituales, iniciaciones y el poder de la magia ceremonial para activar la creación de realidades a partir de la herramienta más importante del ser humano: la imaginación.

Freyja asintió.

—Hay una guerra entre varias sociedades secretas tras la pantalla de la sociedad —agregó Kirby—. Luchan por poderes, intereses ocultos, ideologías, conexión con razas extraterrestres y ciertos demonios y rituales que generan una gran conspiración; esta ya no puede ser tildada de teoría conspirativa, sino que son *hechos* conspirativos. A los que aún no han despertado, les da pereza e incredulidad investigar porque se desmoronaría el enclenque tinglado del techo de sus creencias, aunque esté lleno de goteras y huecos. Las sociedades secretas no son algo del pasado; en la actualidad, muchas de estas sociedades religiosas o no religiosas influencian al mundo desde la creación de leyes y líderes mundiales.

—¿De cuál es usted, *Magus Imperator*? —preguntó Freyja.

—Eso no puedo revelártelo aún.

—Al menos dígame qué sociedades están en guerra.

Kirby hizo una pausa. Era un tema extenso que se remontaba al pasado.

—Por un lado, están los Illuminati, quienes son un grupo de élite conectado e integrado por políticos, empresarios, directores de cine, líderes musicales, actores, pintores y artistas en general, grandes marcas de empresas internacionales y deportistas de renombre. La sociedad secreta de los Illuminati fue fundada en Baviera, Alemania, en 1776, por Adam Weishaupt, como producto de una ramificación de la masonería. Se basan en los ideales de la Ilustración y consideraban que se encontraban en posición de la verdad, lo que les daba la iluminación, por eso rechazaban las enseñanzas tradicionales y cualquier tipo de religión. Sus líderes han puesto el cerebro para crear el Nuevo Orden Mundial, en el que un reducido número de Illuminati, miembros de las trece familias más importantes, intentan seguir gobernando el planeta. Sospecho que ellos organizaron el secuestro de Mark y el ataque que acabamos de recibir.

—Mucha gente cree que son un invento y que hace mucho se disolvieron.

Kirby soltó una risa irónica.

—Están por todos lados.

—Profesor, dígame que no tiene nada que ver con ellos.

Kirby negó con la cabeza.

—No tengo ni el mínimo interés en ellos. Los Illuminati tienen una relación de amor y odio con los masones y francmasones, de quienes se sabe que heredaron conocimientos del antiguo Egipto; desde tiempos ancestrales han sido hábiles constructores, y a través de las catedrales, edificios, monumentos y creaciones, buscan la apoteosis con lo que llaman "el arquitecto del universo". Tienen fuertes líneas políticas en todos los países y una conexión de hermandad entre ellos, a pesar de que hay varias logias que incluso luchan entre sí. En estas líneas masónicas, muchos aspiran a poder aportar un bien a la sociedad, pero unas líneas más oscuras buscan el poder a toda costa, sin importar si los fines de poder que buscan justifican los medios siniestros que utilizan. Las evidencias de su existencia datan del siglo XIII, cuando grupos de obreros franceses, conocidos como *maçons*, o albañiles constructores, se organizaron para dominar el ámbito de la edificación. Con el propósito de resguardar el conocimiento de sus metodologías empleadas en la construcción de las grandes catedrales góticas, establecieron un sistema de rangos compuesto por aprendices, oficiales y maestros. Desarrollaron una rica iconografía y una serie de rituales enigmáticos. Hoy en día, se calcula la presencia de aproximadamente 3.6 millones de masones alrededor del globo. Entre los miembros más célebres de esta fraternidad se encuentran personalidades como Voltaire, George Washington, Harry Houdini y Benjamin Franklin.

—Continúe. Quiero saber más —dijo Freyja.

—Los masones aparecen en los argumentos de las películas, los discursos presidenciales e incluso en los dibujos animados para poder llevar sus ideas al gran público y a los menores de edad; para poner un ejemplo entre muchos, si unes las letras de los nombres de los personajes de dibujos animados Mario y Sonic, al unirlos queda la palabra "masonic".

—Interesante.

—Generalmente, en todas las sociedades, los miembros están obligados a guardar silencio sobre sus prácticas y ritos. Utilizan símbolos, insignias, emblemas o contraseñas para facilitar el reconocimiento entre sus asociados; por ejemplo, taparse un ojo en las fotos o colocar el dedo índice en los labios en señal de silencio. De todos modos, los adeptos no pueden conocer todos los secretos de las órdenes hasta superar los distintos niveles que existen dentro de su escala de conocimiento y poder. Son realmente muy pocos los que llegan a la cúspide de la organización y logran descubrir sus secretos y planes más ocultos.

—He visto muchas fotos en las redes sociales sobre los Illuminati —dijo Freyja.

—Así es. A cualquiera que ponga en Google las palabras "Illuminati famosos" le saldrán abiertamente las fotografías y quiénes están dentro —añadió Kirby.

—¿Por qué, si son una sociedad secreta, se revelan abiertamente en sus fotos?

—Ya sabes que, si quieres ocultar algo, debes ponerlo a la vista de todos. Es el mejor escondite. La mayoría de las personas no lo creerá y, además, ¿qué harían?

—Entiendo —dijo Freyja—. ¿Y esos son todos?

—¡Qué va! Hay infinidad de sociedades secretas. Por ejemplo, el club Bilderberg, que es un grupo de unas ciento treinta personas de las más influyentes del mundo, pertenecientes a la política, banca, realeza, aristocracia, inteligencia, sector militar o a grandes multinacionales. Se reúnen cada año mediante una invitación y con enormes medidas de seguridad. Allí también hay iniciados Illuminati. Esta sociedad se diferencia de las demás en que tiene una agenda pública y otra secreta; nadie duda de que en ellas se diseñan los hilos de las agendas para manejar el mundo.

Kirby hizo una pausa. Thor le dio una botella de agua a cada uno.

—También están los caballeros templarios.

—¿Templarios en esta época?

Kirby asintió.

—Así es, querida. Desde que un noble francés llamado Hugues de Payens fundó la orden militar de los caballeros templarios en el año 1118, con el objetivo de proteger a los peregrinos que cruzaban la Tierra Santa para visitar Jerusalén, han estado activos tras bambalinas. En un inicio, eran nueve caballeros, y se fueron multiplicando a través de los siglos. En 1128, tras la primera cruzada, la orden había acumulado mucha riqueza y poder. Fue entonces cuando los caballeros del Temple entraron al negocio de la banca, estableciendo sedes en toda Europa. Los servicios financieros que los templarios ofrecían incluían préstamos, transferencias monetarias y cheques de viajes. Fueron tan poderosos durante casi dos siglos que diversos estados se convirtieron en sus deudores. No obstante, Felipe IV, el rey de Francia, ordenó encarcelar a los caballeros templarios en 1307. Fueron torturados y obligados a confesar delitos capitales y relacionados con la herejía, por lo que el Papa Clemente V ordenó, a través de la bula llamada *Vox in excelso*, confirmada por la bula *Ad providam*, que se les despojara de todos sus poderes, bienes y propiedades. Tras la ejecución de muchos de los templarios, los sobrevivientes de la orden se mantuvieron en la clandestinidad. La Iglesia también los persiguió, ya que se creía que los templarios adoraban a lo que mucho tiempo más tarde llamarían Baphomet, el símbolo de las fuerzas iniciáticas de la naturaleza y los siete principios de la vida entre los que se encuentran el principio de generación, de polaridad y de correspondencia, de causa y efecto, entre otros; lo que dio pie a que la Iglesia demonizara con gusto y placer a todo lo que tuviera cuernos y se asociara al paganismo y la naturaleza. Al parecer, los templarios lo veían como un ícono, una figura neutra que representaba los períodos iniciáticos para lograr el encuentro con Dios.

—Lo mismo habían adorado mis ancestros celtas a través del dios Pan, también llamado Cernunnos, el dios de la naturaleza siglos antes de que lo llamaran Baphomet.

—Tus ancestros irlandeses también fueron perseguidos y torturados por paganismo, querida. Ellos veían a la naturaleza como parte indisoluble de la creación de Dios, ya que les confería el poder de adquirir la conexión directa a través de la fuerza mágica de vida que hay en los bosques, las montañas, el fuego, la tierra, el agua y el aire.

Freyja asintió con cierta resignación.

—¿Y dice que siguen activos?

Kirby afirmó.

—Del mismo modo que el Opus Dei, una sociedad religiosa de ultraderecha católica que fue fundada por el sacerdote español Josemaría Escrivá de Balaguer en el año 1928. Se trata de una orden que, si bien su nombre significa "Obra de Dios", sus métodos son muy estrictos. Cuenta con centros de enseñanza en diversos países alrededor del mundo. Entre sus miembros hay unos ochenta mil clérigos y también personas laicas. Según la última evaluación realizada, el patrimonio del Opus Dei superaba por mucho los 3 000 millones de dólares, a pesar de que Jesús decía que solo los pobres entrarán al reino de Dios.

Kirby se aclaró la garganta.

—También están los rosacruces, una sociedad abierta al público. Su filosofía se basa en el equilibrio de lo humano, lo social y lo ecológico. Tienen fuertes conocimientos de las civilizaciones ancestrales y buscan que el ser humano ascienda en conciencia a través del estudio y la práctica de ritos esotéricos para que haya una transformación personal. Su símbolo es la cruz y la rosa, que significa el florecimiento del alma superando el sufrimiento.

—Estamos por llegar —dijo Thor, quien escuchaba atentamente lo que Kirby decía.

—Ya ves, querida, podría seguir: Skull & Bones, el Ku Klux Klan, la cienciología y muchas más.

En menos de cinco minutos, la camioneta frenó en una casa a las afueras de Milán. Uno a uno, bajaron escoltados por Thor y los otros dos vikingos y caminaron hacia lo desconocido.

33

El limbo astral,

un tiempo sin tiempo

Adán Roussos sabía que las leyes se estaban duplicando abajo, en la tercera dimensión, e influían arriba, en la quinta dimensión, y que, para que una subiera hacia la otra, debía resolver de manera urgente la situación de Shakespeare, para que la Matrix pudiera ser desintegrada y completar la misión.

—Los reptilianos son poderosos en este plano intermedio de densidad, es su territorio —dijo Adán a Arthur—. Aquí deben saber cómo manejarse, en el caso de que nos enfrentemos a ellos.

—Siento mucha presión en mi cabeza —dijo Shakespeare.

—Se están aproximando. Sientes eso porque la vibración de ellos es muy fuerte y densa.

Arthur y Shakespeare observaban a Adán con apremio, se sentía la pesadez en la atmósfera por la presencia inminente de un ejército de entidades de baja vibración.

—Observa esta simple técnica. Es para emitir energía de defensa y energía de manifestación —le dijo Adán a Arthur con una poderosa aureola lumínica alrededor de la cabeza.

Colocó las manos formando un triángulo invertido en el centro de su pecho.

—Aquí, siente tu esencia receptora de luz. Aquí eres una vasija que recibe. Respírala y, una vez que la sientas llegar a tu pecho, esa será la luz que llega desde el sol. Atráela directo al corazón, y una vez que la sientas llegando hacia ti, la dejarás entrar como alimento de poder. Luego, llevarás las manos unidas palma a palma hacia el centro del pecho.

Acto seguido, Adán unió las palmas de ambas manos y luego estiró los brazos paralelamente a los hombros, justo a la altura de su tercer ojo en medio de la frente. Unió el pulgar de una mano con la otra y los índices en lo alto, formando un triángulo.

—El triángulo hacia arriba significa poder, emisión, manifestación. Por ese triángulo emitirás la energía cósmica que has recibido. Desde ahí, tendrás el poder de hacer lo que quieras.

—La frecuencia elevada —dijo Arthur.

—Así es. Es la fuerza vital del amor, la más elevada que existe junto al entusiasmo.

Arthur repitió el movimiento.

—Una vez que la sientas, en tu pecho vuelves a estirar los brazos y a formar el triángulo inicial con tus manos, con la punta hacia arriba. Ahí tendrás el poder al conectar al Sol con tu corazón. Es la fuerza que ha creado todo el universo, y no existe fuerza superior. Conserva esta técnica como el más preciado tesoro. Todas las sociedades secretas las usan, pero muchas veces no es para bien. Se siente un extraordinario poder que une al tercer ojo con el corazón, desde esos dos centros de energía se puede emitir la fuerza magnética para manifestar lo que tú quieres. Ahora, la necesitarás para defenderte de los ataques. Quien tenga esta área activa sin contaminación, es quien subirá a la quinta dimensión.

34

Malpensa, Aeropuerto de Milán, 22 de enero de 2025

Jim Bates hizo una movida maestra.

Reclutó rápidamente a sus secuaces, a Martina Avraloviz y al séquito que llevaba a Mark Chairman para reunirse todos en Milán.

El Diablo, debido a su ingenio, había logrado gran poder. Desde hacía años, sabía que el profesor Jason Kirby, el Magus Imperatus de una orden secreta, era poderoso y estaba trabajando en la tecnología que permitiría viajar en el tiempo. Ese descubrimiento haría que el Diablo se viese pequeño a los ojos de las demás sociedades secretas, incluso a los ojos de los Illuminati.

"Me las pagarás, Kirby".

El Diablo sabía que, al tener a Mark Chairman, el cerebro del descubrimiento para viajar a través del tiempo, podría hacerse con todas las piezas. Quería poseer al cerebro del proyecto, el Vórtex Maestro y La puerta de los tiempos.

"Con todo eso tendré el mundo a mis pies".

A eso le llamaba "el camino de los cuervos" por la forma de enriquecerse de aquellos animales, quienes dejaban que los demás hicieran el trabajo de caza y luego se comían a la presa.

Movilizó varios aviones privados de su propiedad para desplazar a todos los involucrados hacia Milán.

El Diablo voló desde Londres mientras que Avraloviz y el corpulento Jey Zeech, así como la Sombra, Blake Morgan y el Programador lo habían hecho desde Boston. Ellos llevaban a Mark Chairman anestesiado, quien además estaba vigilado por dos guardaespaldas.

"Voy a ver a Kirby cara a cara y le mostraré quién es más poderoso".

Años atrás, habían tenido una discusión en una importante cena de gala de un club de armas durante la entrega de premios a los empresarios más exitosos en Boston. Kirby ridiculizó, a micrófono abierto, a Jim Bates, diciendo que hablaba de salud y promovía su filantropía para ayudar a la humanidad cuando él mismo llevaba un flotador de grasa en la barriga, mostrando a diestra y siniestra su obesidad y sus malos hábitos alimenticios.

Eso había despertado las primeras risas de todo el salón donde estaba *la crème de la crème* de los empresarios estadounidenses. En ese momento, Jim Bates puso a Kirby en la lista negra.

Kirby añadió más leña al fuego diciendo: "Jim, hablas como un peluquero calvo sobre los beneficios de un champú para el pelo", lo que originó una segunda carcajada estruendosa de los comensales.

Desde ese momento, Kirby se transformó en uno de los principales enemigos del Diablo.

Ahora, sobre una Range Rover color verde oliva, el Diablo se dirigía junto a su secretario personal y dos guardaespaldas hacia donde los agentes secretos reptilianos dijeron que se encontraba Kirby.

"Mi ejército te demolerá, Kirby".

El Diablo tomaba su segunda taza de café negro mientras llamaba por teléfono. El principal líder Illuminati se mostraba ansioso cuando no respondían de inmediato a sus llamadas.

Al cabo de unos segundos, Avraloviz respondió.

—Acabamos de aterrizar. Ya salimos para allá.

El Diablo emitió una limitada y ansiosa respiración abdominal, ya que su obesidad le impedía respirar profundamente llenando la totalidad de sus pulmones.

—Muy bien. Ya sabes lo que haremos. Es el momento final para apropiarnos de todo. No quiero errores —ordenó—. No quiero fallos. Tú traes al joven Chairman, y yo, al ejército. Nada puede fallar.

Si algo no utilizaba Jim Bates, eran las palabras en sentido afirmativo. Cada vez que interponía el "no" en una frase, terminaba sucediendo lo que no quería. El arte de manejar las palabras en sentido afirmativo para crear la realidad era algo que se le escapaba al Diablo en su docto saber. Lo cierto era que, en el terreno de la comunicación, emitir la voz, que es energía, en sentido negativo, terminaba atrayendo lo que no quería que sucediera; en cambio, cuando la palabra era usada como sinónimo de creación, se producía el abracadabra, que significaba etimológicamente "crear con la palabra". Quizás por eso Jesús había mencionado de manera fácil y simple "llama y se te abrirá" como una frase cuántica de poder creador sin el menor porcentaje de duda.

El Diablo estaba en contacto constante dando órdenes a sus diferentes departamentos de prensa, comunicación y tecnología para seguir paso a paso una programada agenda que los líderes habían diseñado en conjunto.

"No emitan noticias positivas. No dejen que la gente piense. No permitan que los avestrucianos despierten, sigan anestesiándolos con los metales pesados lentos en el agua y la comida", mencionaba con frecuencia.

Eso le jugaba en contra, aunque su poder muchas veces arrasaba con las leyes energéticas.

Lo cierto era que el Diablo también tenía su agenda personal, y millones para invertir para que eso se cumpliese.

Al instante de colgar con la Bruja, el teléfono del Diablo volvió a sonar.

—Dime. ¿Qué ha pasado?

—Jim, tengo extrañas noticias —dijo la ajada voz de Claude Schawapp.

—Explícate. ¿En qué frente?

—Al parecer, un grupo de nórdicos esperó a que aterrizaran nuestros aviones militares en Europa y apresaron a varios de nuestros pilotos.

—No te entiendo.

—Los nórdicos, que al parecer iban vestidos como vikingos de antaño, realizaron una operación seudomilitar contra los aviones que esparcen el polvo.

El Sapo se refería a los *chemtrails*, los gases que ellos esparcían en la atmósfera con metales pesados y diversos componentes tóxicos para la población con el fin de mantenerlos adormecidos, dóciles, propensos al consumo y a la obediencia. En laboratorios farmacéuticos elaboraban los componentes para que, de manera invisible, la población los respirase sin darse cuenta. Al mismo tiempo, creaban una espesa capa de nubes para evitar lo más posible que la población recibiese los rayos evolutivos fotónicos del Sol y que su ADN no despertase al poder intrínseco que llevaba aún sin descubrir. Ya eran millones alrededor del mundo los que denunciaban estos vuelos en YouTube frente a la mayor indiferencia de los avestrucianos.

—¿Cuál es la situación?

—Están apareciendo en vivo en varias redes sociales obligando a los pilotos a confesar qué es lo que hacen.

El Diablo se quedó en silencio.

—No te aflijas, lanza una campaña en todos los medios de comunicación diciendo que los vuelos son para evitar el calentamiento global y que lo estamos haciendo por el bien de la humanidad y de la Tierra. Nunca menciones mi participación ni la del doctor Icuaff.

—Creo que la situación se está desbordando, lo están compartiendo y la noticia se está replicando.

—Memoria de pez —respondió el Diablo—. Recuerda que, tal como está el cerebro de los avestrucianos, por más grave que sea una noticia, enseguida la olvidan.

El Diablo se refería a que los peces mayormente tienen unos breves segundos de memoria. Así, para un pez en una pequeña pecera, todo era nuevo cada cinco segundos.

—Lanza una noticia prefabricada —añadió—. Un cantante asesinado, una alerta de terremoto por parte del HAARP, una subida en la bolsa o alguna declaración fuerte de alguien famoso. Eso desviará la atención de los vuelos químicos. ¿A qué región dijiste que pertenecen esos vikingos?

—Noruega. Creo que están apoyados por los de arriba.

—¿Los de arriba? ¿Te refieres a los pleyadianos? ¿Arcturianos? ¿Los seres de Andrómeda? Si es así, ya sabes que ellos no utilizan la violencia, no hay demasiado de qué preocuparse. Con su afán de cumplir con el libre albedrío, siguen de brazos cruzados, solo observan desde sus naves.

—Han atacado, Jim. Detuvieron varios aviones —dijo con voz apremiante el Sapo, como si el Diablo no le hubiese prestado atención.

—No es relevante para despertar a la masa dormida. Ahora tengo este importante asunto entre manos y me ocuparé solo de esto. Es algo en lo que llevo años de espionaje y no voy a fallar ahora.

El Sapo hizo un silencio y se tragó las palabras.

—Como tú digas.

—Has lo que te dije con los medios, una cortina de humo y *voilà*.

Dicho esto, colgó la comunicación.

El Diablo apretó los dientes y sonrió de costado con actitud triunfante. Estaba a pocos minutos de derribar al profesor Kirby.

35

Boston,
22 de enero de 2025

El renacido doctor Fernando Loscano había dejado Noruega rumbo a la elegante ciudad celta.

Compró un vuelo directo y en primera clase con la mensualidad que sus hijas le brindaban.

"Es como si viajara con mamita", se justificaba diciéndole a sus hijas por el elevado precio del boleto en primera clase, alegando que era como si viajara con su difunta esposa.

Sentía el pecho lleno de vida. Una resurrección de su alma, como si todos sus años de rencores, frustraciones y viejas heridas hubiesen sido tragados por la tierra.

"¿Qué me ha pasado?".

Sus sensaciones de unidad y conexión aumentaban sin cesar. El viejo ser lleno de amargura y frustración parecía haberse ido como la piel vieja de una serpiente que muta hacia una nueva vida.

Su inconsciente le seguía dibujando la misma escena con ese hombre alto y luminoso.

"Era Cristo", pensaba.

Como muchos cristianos y católicos, tenía la imagen de Jesús en su interior para justificar todo lo que había vivido.

"Debo contarles a mis hijas".

Habían sido muchas las veces que el doctor Loscano repitió las mismas viejas historias de su pasado. Que si le había dado la mano a tal o cual, de cuando daba conferencias, que si había leído tal o cual libro, que si había corrido maratones (sin mencionar que no los finalizaba) y toda una sarta de aburridos monólogos que lo hacían pensar que era alguien importante, aunque esa importancia solo estuviera en su cabeza. Se sentía rey de un imperio que nunca había existido.

Lo cierto era que ahora sí era verdad su transformación.

"Patricia acaba de cumplir años, le encantará esta sorpresa".

Loscano iba por primera vez en su vida con la verdad en el corazón, dispuesto a subsanar el error y la traición de su hija con su pareja. Tanto él como su hija ignoraban las fuerzas que habían puesto en movimiento al ejecutar tal acto. Como toda persona inconsciente de las leyes universales, la justicia en la ley de causa y efecto era inevitable.

A una acción le sigue una reacción igual, decía la ley cósmica.

"Debo reparar el error. Patricia lo entenderá. Fui enterrado y resucité al tercer día".

El renacido doctor Fernando Loscano ni remotamente sospechaba que el ritual al que fue sometido fuera el causante de su transformación. Los rituales producían un impacto de tanta magnitud en la conciencia de los individuos que, al finalizarlos, eran personas completamente diferentes.

Venenos tóxicos como el enfado, el rencor, el orgullo, la vanidad, el egoísmo, los celos, los miedos, las traiciones y los más bajos rangos de frecuencia se habían transformado a través de una alquimia emocional en la nueva frecuencia de su ser, y emitía entusiasmo, confianza, creatividad, empatía, nobleza, alegría y una corriente constante de ese tipo de amor que no tiene una dirección específica hacia un puñado de personas, sino que sale como un sol en todas direcciones.

El amor universal.

Los antiguos griegos llamaban a eso ágape, el *simposium* de todos los amores.

Con ese ímpetu, vibrando en la frecuencia de octavas altas y agradecido por haberse encontrado con Cristo, se dirigió hacia la casa de su hija amada, Patricia.

El doctor Loscano nunca sospechó que quien había posibilitado su transformación, ese ser radiante, alto y lleno de la gracia divina, era Adán Roussos, quien desde la quinta dimensión podía materializarse a voluntad en la tercera dimensión, donde el doctor lo había visto.

Adán Roussos convocó a Thor, quien fue iniciado por él para transformar, a través del doctor Loscano, la traición de toda la humanidad, la barbarie y frustración, por medio de un colosal acto psicomágico para limpiar la densa energía del planeta Tierra que se manifestaba en los egregores arquetípicos que los humanos construían debido a el rango de sus bajas vibraciones emocionales en conjunto.

Adán Roussos, a quien Thor llamaba El Maestre, fue quien propició la transformación de Loscano a través del poderoso y ancestral ritual de los misterios de Eleusis.

Ahora, no solo Loscano se sentía renacido, sino que un extraño e inminente despertar colectivo comenzaría a desencadenarse en los millones de avestrucianos que vivían bajo el miedo y la hipnosis de la Matrix, que gobernaba la Tierra desde el inicio de los tiempos confusos de la torre de Babel.

36

Milán,
22 de enero de 2025

La espaciosa casa milanesa a la que Thor tenía la orden de llevar al profesor Kirby, a Freyja y a los estudiantes, tenía una maravillosa vista a un elegante y espacioso jardín. Aquella mañana el frío era intenso y se colaba en los huesos. A pesar de ello, Freyja necesitaba el contacto con la naturaleza. Sintió el aire penetrando por sus fosas nasales y purificando sus pulmones.

Siguiendo su costumbre celta druida abrazó a un árbol sintiendo la rugosidad del tronco, imaginando la fortaleza de sus raíces y la expansión de sus ramas esperando pacientemente la primavera para dar frutos.

"¿Dónde estás, Arthur?".

Luego de unos minutos de conexión con la naturaleza, con sus pies desnudos en contacto con la tierra a pesar del frío, Freyja comenzó a percibir sensaciones de peligro.

"¿Qué está pasando aquí? Arthur fue absorbido por La puerta de los tiempos. El profesor Kirby es el Gran Maestre de una sociedad secreta. Hay una guerra oculta".

Freyja suspiró por Arthur. La magnitud de ese problema escapaba a su mundo conocido. Cerró los ojos y trató de conectarse telepáticamente con él.

Emitió desde el tercer ojo una fuerte señal.

"Arthur, ¿dónde estás?".

Una corriente mezclada de energías y sensaciones vinieron a su mente. Estaba entrenada para ello. Habían hecho diversos ejercicios, rituales, respiraciones solares e incluso prácticas sexuales esotéricas para incrementar la energía del fuerte vínculo creado entre ambos.

"Arthur Parker, conecta con mi alma", mentalizó con fuerza. Silencio.

Comenzaron a llegar a su ser sensaciones de peligro. Su respiración se agitó y su corazón comenzó a latir deprisa.

Al cabo de unos minutos, el profesor Kirby apareció con una manta y una taza de café caliente.

—Te vas a helar aquí afuera, querida. Bebe este café —le dijo al tiempo que ella recibió la taza mientras él le cubría los hombros con la manta.

—Siento que un peligro se avecina —le dijo ella.

—Aquí estamos a salvo por ahora.

—No lo creo. Estos entes reptilianos pueden encontrarnos en cualquier sitio por medio de la tecnología de los teléfonos o bien por sus radares internos.

—Ya apagamos todos los teléfonos celulares.

—Vienen para acá, lo siento en mi sangre.

—Hemos estado bajo presión y altas dosis de cortisol por el estrés, tu sangre ahora debe oxigenarse.

—Por eso he salido de la casa. ¿Quiénes son esos vikingos? ¿Para quién trabajan? Siento que no nos ha dicho toda la verdad, *Magus Imperator*.

—Entiendo que pienses así. Créeme que el objetivo de este proyecto es el bien de la humanidad.

—Pueden tener muy nobles argumentos, pero los hechos indican que Arthur está quién sabe dónde y que arriesgó su vida. Y nosotros nos salvamos de milagro. Es hora de que diga todo lo que aún no se.

En ese momento, Thor golpeó con suavidad la ventanilla de la cocina tres veces para llamar la atención de ambos. Hizo una señal con las manos para que entraran a comer.

—Vamos, hablaremos dentro, querida.

El profesor puso una mano en el hombro de ella.

Freyja y Kirby dejaron el jardín, pisando las crujientes hojas caídas para regresar a la casa.

Estaban todos sentados en una larga mesa ovalada. Vicky, Sarah, David, Farías, Thor y los otros vikingos comían sándwiches de queso y unas copiosas ensaladas.

—¿Alguna novedad? —preguntó Freyja al grupo.

—Con los teléfonos apagados, no nos hemos enterado de nada —dijo Vicky.

—Es mejor así —respondió Kirby—. Podrían rastrearnos fácilmente.

—¿Y cuál es el plan? —preguntó David.

—Tengo órdenes de que permanezcan aquí —dijo Thor ofreciéndole a Freyja otra taza de café caliente y un sándwich.

—No tengo hambre, gracias.

—Evaluemos la situación —dijo David.—. Arthur debería haber entrado a un tiempo de acuerdo a lo que el Vórtex tuviera programado. ¿Cuál era el indicativo, Farías?

—Cuando le arrojé el Vórtex, él había dicho 1614, creo. No estoy seguro.

—Profesor, ¿Arthur debería estar en esa época? ¿Cómo podría él reprogramar el Vórtex para regresar? ¿Qué sucede si no lo hace? —Freyja estaba preocupada y ansiosa.

—Supongo que deberá usar el sentido común.

—¿Sentido común? —respondió Freyja, un tanto enojada—. ¿A qué se refiere? Arthur fue contratado para encontrar el Vórtex y a Mark, no para entrar por una puerta que viaja a través de los tiempos sin manual ni apoyo. Eso no estaba en los planes. ¿Cuál es la solución ahora?

—Lo sé, y tienes razón. Nadie se esperaba la presencia de esos entes.

—Pero ya ha pasado dos veces. ¿De qué forma nos rastrearon?

—Por los teléfonos, supongo. Es la manera más fácil de dar con alguien en cualquier parte del mundo.

—Sí, pero…

—Cálmense —dijo Thor con voz segura—. He recibido órdenes de que estén aquí bajo nuestra protección —añadió señalando a los otros vikingos—, y eso es lo que vamos a hacer ahora.

—Eso no me devuelve a Arthur —respondió Freyja.

—Todos estamos angustiados —dijo Vicky—. Debemos esperar.

—No puedo estar de brazos cruzados. Me hierve la sangre.

Freyja tenía, por su genética irlandesa y su culto druida, un espíritu reivindicativo y luchador. Esa situación le parecía injusta, pero no tenía un oponente visible contra quien luchar. Eso le generaba un sentimiento de impotencia.

—Voy al baño —dijo Sarah.

—Busquemos soluciones. Plan A y Plan B —dijo Farías.

—¿Cuál sería el Plan A? —preguntó Kirby.

—Esperar.

—¿Y el Plan B?

Farías se alzó de hombros.

—Volver al laboratorio. Allí, con las computadoras, podemos saber dónde se encuentra Arthur.

—Yo te acompaño —dijo Freyja sin dudarlo.

—Es muy arriesgado —argumentó Kirby—, debe haber una legión de híbridos merodeando allí y, además, la policía italiana.

—Ya les dije que tengo órdenes de que permanezcamos aquí. Mi Maestre es poderoso. Él nos dará las directivas sobre qué hacer —dijo Thor.

—¿Tu Maestre? ¿De quién hablas? —preguntó Kirby.

—No puedo revelar nada aún.

—Estoy cansada de este misterio constante y hablar en clave, es hora de que...

—¡Aaaaaah! —Se escuchó un agudo grito en el baño.

Todos se giraron con sorpresa.

—¿Qué fue eso? —preguntó Farías.

—¡Sarah! —exclamó Freyja.

Thor hizo una seña con la mano para que guardaran silencio. Con un golpe de cabeza, les indicó a los otros dos vikingos que lo escoltasen.

Un nuevo grito.

—¡Suéltenme!

Thor y los vikingos corrieron rápidamente en dirección al baño al mismo tiempo que la puerta de entrada de la casa era derribada.

De improviso, apareció más de una docena de híbridos reptilianos con apariencia humanoide escoltando al Diablo, quien entró con actitud triunfante junto a la Bruja Avraloviz. Tras ellos, la voluminosa presencia de la Sombra y el Programador llevaban de la mano a Mark Chairman, visiblemente drogado y débil, quien había perdido varios kilos de peso.

37

El limbo astral,

tiempo sin tiempo

—¡Cuidado con estas entidades! —le alertó Adán a Arthur. Una gran cantidad de híbridos se deslizaba por el plano astral de manera veloz e inmediata.

—¡Aquí no hay dónde esconderse! —espetó uno de los reptilianos que adoptó su forma real con escamas, ojos rojizos y cabeza verdosa.

—Ni en mis más inauditas creaciones podría haber imaginado a estos seres mitad demonios mitad reptiles —dijo Shakespeare.

Adán emitió una fuerte corriente luminosa, creando un escudo protector para cada uno.

Una ola de color violeta y dorado se generó en torno a los tres.

—Tu escudo durará poco —dijo el reptil mayor.

Adán lo miró con poder directo a los ojos.

El Reptil sintió cierta incomodidad.

—Eres poderoso, pero nosotros somos mayoría —dijo bajando la vista.

El ejército de reptiloides emitió un gemido conjunto.

Rápidamente, Adán pensó en buscar ayuda, pero jugó la carta de la negociación.

Emitió un pensamiento telepático que todos captaron.

—¿Qué quieres?

—Ya lo sabes. Proteger la Matrix y rehabilitarla.

—¿Y qué tenemos que ver en eso?

El Reptil emitió un sonido de fastidio.

—Este hombre fuera de su espacio-tiempo es la causa de eso —dijo señalando a Shakespeare.

—El alma de este poeta debe ser respetada.

El Reptil soltó una carcajada.

—El respeto no existe en nuestra raza.

—Dentro de mi alma sí, y no lo tocarán —dijo Adán mentalmente con fuerza.

—¿Crees que tú solo podrás impedirlo?

Adán se quedó en silencio y emitió una luz intensa.

—Sabes que no estoy solo.

—Entonces, ¿cuándo vendrán a apoyarte?

—Eso no te incumbe. Aléjense de aquí.

—¿Qué harán con él? —preguntó el Reptil.

—Lo dejaremos en el espacio-tiempo que le corresponde. Si le hacen algo, perderán la Matrix para siempre y no podrán repararla.

A Adán le convenía negociar con ellos.

—Si haces eso, te dejaremos en paz. Por ahora…

—En eso estamos.

El Reptil sabía que si la Matrix se desintegraba, los radiantes tampoco ascenderían y los oscuros reptiles perderían su poder. Era un ganar-ganar muy claro.

—Por ahora, ninguno de los dos tenemos otra opción. —Sus ojos destilaron una mirada maligna.

—Me alegro de que te des cuenta. Vete con tu ejército a otro plano. Desaparezcan de aquí.

El Reptil lo miró durante un instante.

—Haz el trabajo rápidamente. Si la Matrix no se repara, volveremos de inmediato para hacernos cargo. Además, allí abajo las cosas se están poniendo interesantes —dijo haciendo referencia a la tercera dimensión.

—Solo me interesa llevar a esta alma donde debe estar. Después nos ocuparemos de lo que le sucede a la Matrix —dijo Adán.

—Sabes que, al regresarlo a su espacio-tiempo, se reparará la Matrix. ¡Hazlo ahora! —dicho esto, el Reptil desapareció junto con todo su ejército.

—Vámonos de aquí nosotros también —dijo Adán, elevando sus brazos como si abrazara en grupo a Shakespeare y Arthur, con quienes desapareció a la velocidad de la luz.

38

Milán,
22 de enero de 2025

—Bueno, bueno... ¿qué tenemos aquí? —dijo Jim Bates con voz irónica—. Parece que estamos todos listos para la fiesta.

La Bruja Avraloviz sonrió. Olía sangre.

—¡Mark! ¿Estás bien? —exclamó Kirby.

El joven estaba visiblemente drogado, sin poder articular palabra.

La Sombra y el Programador sentaron a Mark en una silla y enfundaron sus armas.

Thor les hizo una seña a los vikingos para que no se movieran. Sabía que esos valientes hombres estaban listos para luchar.

—¿Cómo vamos a resolver este problema? —le preguntó el Diablo a Kirby—. ¿Vas a colaborar o nos cargamos al joven?

—¿Colaborar? Siempre metiendo las narices donde no te llaman. ¿Qué más quieres, Jim? ¿Eres billonario y no te conformas?

—No seas estúpido, Kirby. Estamos dominando el mundo y seguimos avanzando. Tu descubrimiento me interesa sobremanera.

Kirby se quedó en silencio para pensar. La situación era muy desfavorable.

—Esto le pertenece a la humanidad. El tiempo les dará a todos los seres humanos la oportunidad de conocer su origen, la historia y la inevitable ascensión.

El Diablo lanzó una carcajada.

—La ascensión —repitió entre dientes con actitud burlona—. Tenemos todas las áreas bloqueadas. Aviones en los cielos con químicos, más químicos en las explosiones de los trenes de Utah....

Hay humos tóxicos por todo el aire del mundo bloqueando los fotones, mi querido Kirby. La combustión inhibe el poder solar.

—¿Te crees más poderoso que el universo para infringir las leyes naturales de la evolución? —respondió el profesor Kirby.

—El tiempo lo dirá, querido *Magus Imperator*. Los rosacruces y su bondad… —Hizo una pausa negando con la cabeza—, ustedes son tan ingenuos. No entiendo cómo has llegado a una posición tan elevada.

—Si no respetas mi posición y, según tú, no he conseguido nada, ¿qué buscas aquí?

—El mérito no es tuyo, Kirby, es de ellos —dijo el Diablo, ahora con actitud desafiante, señalando a los estudiantes y a Mark Chairman—. Los has utilizado para tus ideales.

—¿Qué emprendedor asciende sin un equipo? No digas estupideces. Váyanse de aquí y trabajen en sus propios inventos. Vete con tus queridos masones y tus oscuros Illuminati, ¿acaso no son maestros en construcciones? ¿Vienes a robar mi hallazgo? ¡Qué vergüenza, Jim! No te creí tan incapaz. ¿Se terminó tu talento con tus computadoras y tus medicinas? ¿Ya te cansaste de explotar a la humanidad con tus jeringas y tus cubrebocas?

—No te pases de listo. Ese es otro rubro. Sabes que la salud es mi terreno ahora.

Freyja se movió sigilosa, dando dos pasos hacia otra salida.

"¿Así que todo esto se trata de una guerra de los rosacruces contra los Illuminati y masones?", pensó Freyja.

—No vine hasta aquí personalmente para rogarte, Kirby, vine para negociar —dijo el Diablo, fingiendo cordura y serenidad—. Tú sabes que una rareza de este calibre en el mundo cuántico tarde o temprano saldría a la luz.

—¿Qué es lo que quieres, Jim?

—Para empezar, quiero saber cómo lo han conseguido.

Kirby resopló.

—Primero deja que los chicos atiendan a Mark.

El Diablo hizo una seña para que soltaran al joven.

Sarah, Farias, David y Vicky se apresuraron a tomar a Mark de las manos y sentarlo en un sofá. Vicky le acercó una botella con agua.

Mark bebió de buena gana, estaba sediento y débil.

Los vikingos y Thor, expectantes, se sentían impotentes al estar rodeados por los reptilianos, la Sombra y el Programador.

—Afuera hay más gente, Kirby. No intenten hacer una estupidez. Negocia conmigo.

Kirby se pasó la mano por la nuca. Estaba entre la espada y la pared. Sabía que Jim Bates era curioso por naturaleza y que quería detalles técnicos para entender algo que aún no había podido conocer.

Kirby empezó un discurso parcial.

—El experimento cuántico se basa en que una partícula de luz pudo viajar hacia adelante y atrás en el tiempo a la vez. ¿Puede un fotón existir en los dos estados del tiempo al mismo tiempo? La respuesta es sí, Jim.

—No quiero saber cosas que ya conozco. Los pormenores no, Kirby, háblame del *hardware*, el motor del invento.

Los ojos del Diablo se hicieron enormes tras sus gruesas gafas y se mantuvo casi sin pestañear. Su lenguaje corporal era el de una persona falsa: estaba parado de costado y de manera evasiva.

—Al poder mover la luz de un lado a otro del tiempo, realizamos una suerte de truco cuántico para hacer avanzar y retroceder en el tiempo a un fotón, y como todos los seres humanos somos partículas de luz, te imaginarás el resto.

El Diablo se negaba a recibir una bofetada intelectual tan simple.

—¡Esa fórmula tan sencilla solo te la crees tú! ¡Debe haber más!

—La parte que falta no la entiendes —se atrevió a decir Kirby.

—¿Cómo que no la entiendo?

—Dios —dijo Kirby a quemarropa.

El Diablo soltó una risa irónica.

—¿Dios?

—La Fuente Suprema Creadora, para ser más exactos —agregó Kirby.

—El Gran Arquitecto —respondió el Diablo a modo masónico.

—Lo veo más como un principio femenino —agregó Kirby—, ahí es donde radica la diferencia. La luz es femenina, no masculina. ¿Acaso las primeras palabras de la creación no fueron: "Hágase la luz; y la luz se hizo"?

El Diablo se quedó en silencio.

—Mover la luz al pasado y al futuro es mover al ser humano. Somos luz, Jim. Por eso la ascensión se producirá. No podrán ralentizar la luz indefinidamente.

—¿Quieres decirme que moviendo la luz han podido viajar en el tiempo?

—Ni más ni menos. Si somos luz y movemos la luz del cuerpo humano mediante los fotones que están en las células, el ADN se prepara con el cuerpo físico y toda su energía para moverse al pasado y al futuro. El Gen Dios se activa y pasa por La puerta de los tiempos. ¿Es tan difícil de entender, Jim?

Kirby, ingeniosamente, tenía al Diablo comiendo de su mano las pocas migajas intelectuales que le arrojaba.

El Diablo no quiso sentirse expuesto frente a su grupo y arremetió.

—Nosotros tenemos científicos implicados en sendos experimentos que han logrado una combinación de dos principios en el mundo de la mecánica cuántica que describen las propiedades físicas de los átomos y las partículas subatómicas y…

Kirby lo interrumpió.

—Solo llegaron de la mano de Schrödinger al famoso e hipotético gato que se considera a la vez vivo y muerto debido al hecho de que su vida depende de un evento subatómico aleatorio que tiene lugar y no tiene lugar hasta que es observado.

Kirby hizo una pausa y arremetió.

—Se olvidaron de dividir un fotón a través de un cristal de cuarzo, el cual produce un comportamiento del viaje espacio-temporal —zanjó Kirby—. Esto posibilita que una partícula en superposición pueda viajar tanto hacia adelante como hacia atrás en el tiempo.

—Bueno, debo reconocer que en la simpleza no me he movido nunca.

—Dicen que el diablo está en los detalles, Jim. Al parecer, no los has visto por estar ocupado queriendo controlar tantas cosas.

—¿Dices que la diferencia radica en los cristales de cuarzo que impulsan la luz del cuerpo?

Kirby se mordió el labio.

—Los cuarzos crean un patrón de impulso cuántico. Altera los fotones que permiten viajar simultáneamente hacia adelante y hacia atrás en la flecha del tiempo. Los cuarzos son mágicos, Jim. Si la gente se da cuenta de esto, su ADN viajará más rápidamente a la ascensión y no podrán evitarlo.

—Los avestrucianos están lejos de saber eso —dijo el Diablo—. Les tenemos controlado el cerebro de mil maneras para que sigan dormidos. Me tienen sin cuidado. Explícame, ¿qué utilidad pensabas darle a este hallazgo? Eso es lo que cuenta ahora que lo perderás.

Kirby se irritó.

—Este descubrimiento es para que la gente conozca de primera mano la verdad de la historia oculta, su origen galáctico, su propósito como humanidad para crear un futuro luminoso; en cambio, ustedes...

—¡Suficiente! ¡Eso no va a suceder! —gritó el Diablo—. Creíste que tendría un uso práctico inmediato, pero la verdad no saldrá nunca a la vista del pueblo. Lo sabremos nosotros solamente. —El Diablo se giró y le dirigió una mirada a los reptilianos.

—Los reptilianos no podrán controlar las cosas desde la sombra —replicó Kirby—. Sabes que los arcturianos, pleyadianos, andromedanos y sirianos, por nombrar algunos, no lo permitirán; y además, el Consejo Galáctico...

—¡Eso es lo que tú crees! —respondió uno de los reptilianos del grupo—. No hay forma de que nos retiremos de la Tierra. Hemos estado aquí desde que creamos a los dinosaurios.

Freyja aprovechó el acalorado debate para seguir moviéndose sigilosamente un par de pasos más hacia la otra salida.

—Lo que me interesa saber ahora es cómo tuvieron la capacidad de crear los ordenadores cuánticos —preguntó el Diablo, ya que él era el dueño de la principal compañía de computadoras del mundo.

—No eres el único estudiante genio que inventa algo en el garaje de su casa. Ellos son muy inteligentes —respondió Kirby refiriéndose a los jóvenes.

—Inyéctenle la jeringa a Mark, lo quiero ahora consciente —ordenó el Diablo.

—¡No lo toquen! —espetó Vicky.

—Déjalo —dijo Kirby.

—Está bajo el efecto de una dosis baja de midazolam —respondió la Bruja Avraloviz—. Es una benzodiazepina, un poderoso ansiolítico, hipnótico y relajante muscular de efecto sedante. Le pondremos adrenalina y lo tendremos de vuelta.

El Diablo hizo una seña afirmativa con la cabeza.

Rápidamente, la Bruja inyectó la jeringa con epinefrina en un muslo de Mark.

Como todos tenían los ojos puestos en Mark, Freyja aprovechó para terminar de escurrirse silenciosamente sin que nadie lo notara.

El Diablo no quería perderse la información que Kirby le estaba parcialmente proporcionando.

—¿Qué sucedería si creamos computadoras cuánticas más potentes para dominar la flecha del tiempo y un doble o avatar viajara, en vez de que tenga que hacerlo alguien con su cuerpo físico? —preguntó el Diablo con un destello maligno en los ojos—. Y, al mismo tiempo, programamos la historia a nuestro gusto y placer, para que la gente crea lo que nosotros queremos que crea.

—Eso sería seguir manteniendo a la gente en la mentira y la ilusión de la Matrix. Lo han estado haciendo desde hace muchos siglos. Eres un crápula.

El Diablo rio.

—¿Te imaginas mi negocio? ¿Computadoras para viajar a ambos lados de la flecha del tiempo? Será el metaverso más poderoso de la historia, y además, con la historia que nosotros queremos que la plebe crea.

—¿No se cansa de mentir? —le espetó valientemente Farías.

El Diablo lo miró y automáticamente recordó cuando él era un veinteañero tratando de cambiar al mundo.

—Jovencito, cuando conozcas el mundo de las sombras, el tiempo te cambiará y la presión de todo el sistema terminará de hacer su trabajo. Una mentira repetida, con el tiempo llega a ser tomada como verdad —le dijo.

—¡Eso es lo que decían los nazis! ¡Qué bajo has caído, Jim! No todo el mundo tiene un corazón sin luz. Nosotros queremos…

—¡Cállate! —ordenó la Sombra.

Mark Chairman parecía volver a recuperar su conciencia luego de la inyección.

Giró la cabeza, tratando de comprender la situación.

—Bienvenido nuevamente —dijo el Diablo—. Me alegra verte mejor, así me podrás responder algunas preguntas.

Los reptilianos apuntaron directo a la cabeza de Mark y a las de los otros estudiantes. Uno se acercó a Kirby.

—¿Qué quiere saber? —preguntó Mark, llevando sus manos a la cabeza. La sentía pesada y densa.

—¿Cómo te llegó la idea? ¿Cuál fue tu primer pensamiento para este descubrimiento? —El Diablo quería saber todos los detalles.

—Me movió la curiosidad intelectual —respondió Mark Chairman.

—Ajá. ¿Y después?

—Bueno, estudié varios ensayos y artículos en la revista *Live Science* escritos por Teodor Strömberg, físico de la Universidad de Viena, y por Giulio Chiribella, físico de la Universidad de Oxford. Al saber que un fotón parecía viajar simultáneamente a lo largo y en contra de la flecha del tiempo, retomé el trabajo del brillante doctor Jacobo Grinberg y *voilà*! Disparé la flecha del tiempo usando las leyes fundamentales de la física y logré que el fotón superpuesto se moviera por un camino a través de un cristal óptico; a la vez, configuré otro camino para cambiar la polarización del fotón hacia donde apunta en el espacio y este se movió hacia atrás en el tiempo.

El Reptil se acercó al Diablo para tomar la palabra.

—Lo que hizo fue recombinar los fotones superpuestos a través de otro cristal. Eso se llama polarización de los fotones, lo que crea un patrón de interferencia cuántica, un patrón de franjas claras y oscuras que solo puede existir si el fotón se divide y se mueve en ambas direcciones temporales —dijo.

—Si es tan fácil, ¿por qué no lo han creado ustedes? —le reprochó el Diablo al Reptil.

—¿Para qué? Nuestra misión en el planeta es crear confusión y caos, no brindar soluciones.

—Imbécil —espetó el Diablo—. Con ese poder, terminaría de dominar al mundo.

—No creo que puedan utilizarlo —dijo Mark con un tono más bravo en sus palabras—. He creado una llave a modo de candado para que la puerta a la creación de procesadores cuánticos quede anulada y no se pueda abrir con ninguna computadora ajena a las nuestras. Aquí, la única puerta que se puede abrir es a un futuro alternativo de iluminación colectiva.

Mark miró a Farías y le giñó un ojo.

Ese era un salvoconducto que Mark y Farías habían creado como previsión, varios meses atrás, para que nadie pudiese aprovecharse maliciosamente de su trabajo.

—Si no van a colaborar, no me queda más remedio que mantenerlos privados de su libertad y bajo tortura.

—Esto es ciencia, no ciencia ficción —dijo Farías tratando de engañar al Diablo—. Hemos podido comprender el espacio-tiempo de un universo simulado en un laboratorio y lo hemos hecho real. No vamos a dejar nada en manos oscuras, ya lo hemos previsto.

—Muy hábiles, jovencitos —dijo el Diablo—. ¿Cuánto les paga Kirby? Deberían trabajar para mis empresas.

—Trabajamos por una idea y un propósito. El dinero vendrá en abundancia. No estamos en venta —le dijo Farías.

—Idealistas —se burló el Diablo.

—Una idea imaginada y puesta en acción es el origen de todas las cosas —refutó Farías, envalentonado.

—Todo el mundo tiene su precio.

—Jim —intervino Kirby—, no podrás comprar a ninguno de nosotros. No insistas.

El Diablo se quedó en silencio, pensativo.

—Negociemos, entonces. No están en posición de dar órdenes.

—Si el espacio-tiempo es curvo, tú estás pensando de manera cuadrada. Nunca habrá ningún acuerdo entre nosotros —respondió Kirby.

—Vamos a liquidarlos sin más y nos quedamos con todo —le dijo un reptiliano al Diablo—. Terminemos de una vez con esto.

Kirby, de reojo, vio que Freyja no estaba. De inmediato, trató de ganar tiempo para que ella escapara.

—Tú sabes, Jim, que un grupo de investigadores de la Universidad de Heidelberg, en Alemania, logró recrear en su laboratorio un espacio-tiempo efectivo que puede ser manipulado de una forma flexible para simular una familia de universos curvados. Suena increíble, ¿verdad? —dijo Kirby tratando de seguir captando su atención—. Su experimento ha sido revisado por otros expertos y publicado en la revista *Nature*.

Si bien toda la información que Kirby estaba proporcionando era real y científicamente comprobable en Google y universidades de prestigio, el Diablo empezó a sentirse incómodo.

Kirby arremetió.

—Seguramente también te preguntas cómo lo han hecho, cómo han simulado, en un laboratorio, varios universos curvos con el propósito de coquetear con otros tantos escenarios cosmológicos diferentes.

—¿Adónde quieres llegar con eso? —preguntó el Diablo.

Súbitamente, la espalda del Diablo se vio amenazada por un objeto. Freyja O´Connor, quien rápidamente se abalanzó sobre él con un arma, le hizo sentir una corriente de miedo a la mitad de la espalda.

Freyja estaba cambiando drásticamente la situación.

39

Milán,
22 de enero de 2025

—¡Todo el mundo quieto o le disparo! —gritó Freyja empujando aún más el caño en la espalda del Diablo.

Los reptilianos elevaron sus armas y le apuntaron a la cabeza.

—¡Diles que bajen las armas o eres hombre muerto! —le gritó Freyja al Diablo.

Hubo un silencio incómodo.

—¡Alto, hagan lo que dice! —ordenó el Diablo.

—Debí fecundarte antes y programar tu mente —refutó uno de los reptiles. Las pupilas de sus ojos se tornaron más finas y verticales. Los reptilianos comenzaron a emanar un olor más fuerte.

El ambiente se cargó de tensión.

—¡Dejen las armas en el suelo! —ordenó Freyja con más énfasis.

—Están en inferioridad de condiciones —replicó el Reptil—. Somos un ejército, y tú, solo una hembra con un arma. ¿Qué piensas hacer?

—Lo primero es enviar a esta basura al infierno nuevamente —dijo refiriéndose al Diablo—. ¿Estás listo para dejar este planeta?

El Diablo comenzó a sudar.

—¡Hagan lo que dice! —ordenó—. ¡Bajen las armas!

Los reptilianos dejaron sus sofisticados armamentos en el suelo.

—¡Rápido, tomen las armas! —les dijo Freyja a Kirby y a los estudiantes.

—¿Las armas? —preguntó Sarah.

Aquellos estudiantes, genios de la informática y los estudios matemáticos de física cuántica, jamás habían tenido un arma en las manos.

Thor y los dos vikingos rápidamente tomaron unas. Kirby se agachó y, con ambas manos, agarró una. Mark y Farías hicieron lo mismo.

—Apúntenle a cada uno —ordenó Freyja—. Acércame esa con los pies —le dijo a Farías.

El joven empujó una de las pistolas.

Freyja se agachó y rápidamente la tomó, dejando caer una rama.

Ahora le apuntaba con un arma de verdad.

—¡Hija de puta! —dijo el Diablo, al ver que había sido engañado, pues Freyja no tenía ningún arma, sino una gruesa rama de un árbol.

—Con la misma vara que mides, serás medido. Creíste que tenía un arma; es lo que ustedes han hecho con la gente desde hace tiempo, les hacen creer cosas que no son. Qué feo se siente, ¿verdad? Ahora, la realidad es que tenemos armas de verdad. Y basta de hablar. A obedecer. ¡Ya mismo, ponte de rodillas! —ordenó Freyja con voz firme. Su sangre estaba encendida.

El Diablo hizo lo que ella le pidió con dificultad, ya que no era un hombre de hacer ejercicio y su voluminosa barriga no le permitía dominar correctamente su cuerpo físico.

—¡Ustedes, reptiles asquerosos, al suelo, y las garras en esas cabezas horrorosas! ¡Ya mismo!

La voz de aquella valiente mujer irlandesa de genética celta retumbó por toda la habitación.

Thor y los vikingos formaron un triángulo, colocándose de forma que pudieran apuntarles a todos. Kirby se encargó del Diablo.

Freyja dio unos pasos hacia la Bruja Avraloviz y le propinó una certera patada detrás de una rodilla. De inmediato, la veterana mujer se desbalanceó y cayó de bruces.

—¡Tú, al suelo, ente de baja vibra! ¡No te muevas, zorra!

Al ejecutar aquel inesperado movimiento, a la Bruja Avraloviz se le escapó un pedo.

Farías lanzó una auténtica carcajada. Thor y los vikingos no pudieron evitar reírse, a pesar de la gravedad del momento.

—¡Estás llena de mierda en tu cuerpo y tu mente! —le dijo Mark.

Freyja les hizo una seña con la cabeza a Thor y a Kirby, para hablar con ellos.

—El más mínimo movimiento y los pulverizamos —dijo Thor.

Farías se tapó la nariz, sensible a los olores; le pareció que aquel inoportuno pedo olía fuerte.

—¿Cuál es el plan? —susurró Kirby.

—Mantenerlos así y llamar a la policía —respondió Freyja.

—Tengo algo mejor en mente —dijo Thor, con un esperanzador brillo en los ojos.

Los tres se acercaron y el gigante vikingo susurró su plan a los oídos de Freyja y Kirby.

40

Boston,
22 de enero de 2025

El doctor Fernando Loscano aterrizó muy temprano en Boston. Cargó su maleta de mano, en la otra llevaba un regalo de cumpleaños para su hija Patricia. En las pantallas del aeropuerto estaban pasando una noticia por el canal local que llamó su atención.

El doctor se frenó en seco para escuchar lo que el periodista decía sobre un artículo publicado en la revista *Cell Reports*, ya que su hija trabajaba en una compañía de nutrición para las células. El encabezado de la noticia era este: "El ADN humano está evolucionando, científicos reportan más de 100 genes nuevos"[2].

En nuestras células, de manera concreta en nuestro ADN, están ocurriendo procesos realmente sorprendentes debido a una mutación que es producida por los fotones solares cargados de energía, que se consideran inesperados, debido a que, en regiones muy estudiadas de nuestro genoma, se están creando nuevos minigenes que tienen una función biológica inmediata o posterior a su creación.

El increíble descubrimiento vino a través de científicos del Institute for Fundamental Biomedical Research, del Biomedical Sciences Research Center "Alexander Fleming", de Vari, en Grecia, que encontraron 155 nuevos genes "pequeños", por la cantidad de nucleótidos por los que están constituidos, que se formaron en las

---

[2] El lector puede consultar la nota original en: https://ensedeciencia.com/2022/12/24/el-adn-humano-esta-evolucionando-cientificos-reportan-mas-de-100-genes-nuevos/

regiones no codificantes, el mal llamado ADN basura. Estos cuales ya tienen funciones esenciales, por lo que es importante estudiarlos, y nos dan una idea de su rápida evolución.

Se considera que estos genes se crearon "de cero", puesto que provienen de regiones en las que antes se creía que no había información. Debido a su tamaño, estos genes eran difíciles de encontrar y estudiar, pero con ayuda de las nuevas tecnologías, se puede tener una mejor comprensión de ellos.

Investigadores de la Universidad de California, en San Francisco, descubrieron un grupo de microproteínas que fueron codificadas por estos genes pequeños, que antes eran catalogados como parte del ADN basura.

Algunos de estos microgenes surgieron recientemente y otros ya llevan más tiempo con nosotros, desde que la especie *Homo sapiens* surgió.

La evolución de nuestro genoma está activa, el hallazgo de estos nuevos microgenes es prueba de ello y cambia completamente el concepto que se tenía sobre el ADN no codificante, y este es un argumento más por el cual la ciencia no puede ser dogmática.

"Esto será de utilidad para ella".

Tomó un taxi y encendió su teléfono. Quería llegar de sorpresa, sin anunciarse. Esa costumbre la traía de su país latino, ya que en Estados Unidos era muy raro que alguien apareciera en la casa de otra persona sin anunciarse, incluso era visto como algo agresivo y de mal gusto.

"Es mi hija".

Ilusionado con su nueva energía y cambiado por dentro, subió al coche con una sonrisa en los labios.

En menos de diez minutos, el coche se detuvo en la puerta del edificio, y él bajó su única maleta de mano y una vieja mochila con insignias adheridas de sus viajes.

Subió de un brinco por las típicas escalinatas de construcción estilo británico y tocó el timbre.

Nadie atendía.

"Qué extraño, debería estar aquí a esta hora".

Loscano se sentó en la escalinata del pórtico.

"Seguramente fue al supermercado".

Y allí, cerró los ojos y pacientemente se dispuso a esperar a su hija, mientras volvía a conectarse con la luz del sol en su rostro.

41

Milán,
22 de enero de 2025

En la espaciosa casa de Milán, el gigante Thor había dado indicaciones para mantener a todos bajo control.

Los vikingos comenzaron a buscar cuerdas para atarlos. Uno de ellos consiguió un rollo de manguera de nylon en uno de los cajones de un mueble de madera.

La Bruja Avraloviz era una furia. Sentía una fuerza interior como un volcán en erupción, estaba llena de calor y enojo al mismo tiempo.

"No se burlarán de mí".

Thor la ató por las muñecas, aplicó un fuerte torniquete con la soga. Continuó con los demás.

La Bruja cerró los ojos y se concentró con todas sus fuerzas.

Comenzó a invocar mentalmente a varios demonios. Sabía que la ira era una energía inversa poderosa y la estaba dirigiendo hacia el llamado de aquellos entes malignos.

"¡Ordeno su presencia! ¡Invoco la fuerza de mil demonios a mi servicio! ¡Prometo sangre y venganza! ¡Aparezcan! ¡Devuélvanme el poder!".

Su mente cobró fuerza y entró en trance rápidamente.

Thor, Kirby y Freyja se reunieron aparte con los estudiantes mientras los vikingos los cubrían.

—¿Cuál es el plan? —le preguntó Mark a Thor—. En cualquier momento pueden venir más de estos reptiles.

—Eso es lo que quiero —dijo Thor.

—¿Para qué? —preguntó Kirby.

—Ya le envié el mensaje a El Maestre, para que venga con refuerzos.

—¿El Maestre? —preguntó Freyja.

—Ya lo conocerán. No tardará en aparecer.

—No podemos esperar más ni invertir más tiempo en los reptiles —dijo Kirby, con voz preocupada—. Debemos encargarnos de Arthur y reparar lo que pasó.

—¿Podrías explicarnos, Mark, qué fue lo que pasó? Arthur está ahora dentro de quién sabe qué tiempo —dijo Freyja con cierto malestar.

—Entiendo que cometí un error —dijo Mark—. Fui muy ambicioso y no vi las consecuencias de alterar el tiempo.

—Explícate rápidamente —pidió Kirby.

—Quise traer a William Shakespeare al tiempo presente para demostrar la posibilidad de saltarnos los tiempos y rescatar gente del pasado. Pensé que sería un gran descubrimiento y una posibilidad altamente transformadora. ¿Se imaginan traer a Jesús, a Buda o a Sócrates al tiempo presente a través de un bucle espacio-temporal?

—¡Eso sería catastrófico! Estarías alterando no solo la libertad individual, sino las mismas entrañas de la historia; los eventos se tornarían caóticos al no encajar las causas con los efectos —dijo Kirby.

—Entiendo tu idea, pero en pos de ser brillante, has sido muy inconsciente —dijo Freyja—. ¿Y ahora, dónde están Shakespeare y Arthur? ¿Y cómo piensas reparar lo que hiciste?

—El Maestre lo está haciendo —dijo Thor con firmeza.

Mark se mostró sorprendido.

—¿Cuál Maestre? ¿Qué sabe él de La puerta de los tiempos?

—Les diré su nombre, para que estén más tranquilos. Se llama Adán. Él, y más como él, apoyan el cambio que se avecina.

—¿A qué cambio te refieres? —preguntó Kirby—. ¿A la ascensión de la Tierra?

Thor hizo un gesto afirmativo con la cabeza.

—Así es. Está llegando, El Maestre me pidió hacer ciertos trabajos que ayudarán a eso.

—Ahora, al alterarse la Matrix, podemos estar en problemas —argumentó Kirby.

—Son seres elevados —dijo Thor—. Ellos están apoyando.

—¿Seres elevados? ¿Qué quieres decir? ¿Y cuánto debemos esperar? ¿Se supone que no haremos nada? —preguntó Freyja, visiblemente inquieta.

—Debo regresar al laboratorio —dijo Mark—. Eso me permitirá reparar el problema con Shakespeare y la Matrix. Iré con todo el equipo.

Farías, Sarah, David y Vicky se miraron. Estaban listos para volver a unir su fuerza. Aquellos brillantes jóvenes podían tener el mundo en sus manos.

—Nosotros debemos irnos, ustedes se quedan con ellos —dijo Mark.

Detrás de la mesa, la Bruja Avraloviz lanzó otro hechizo. De inmediato, las bombillas de las lámparas se fundieron y la habitación quedó a oscuras. Un olor asqueroso inundó el ambiente, seguido de un zumbido. En el aire se formó un chispazo grisáceo y, desde el bajo astral, aparecieron media docena de demonios con aspecto escalofriante. Tenían cabezas enormes, manos con garras y pies con pezuñas de animales. Comenzaron a sacar largas lenguas y a destilar un olor más putrefacto. La apariencia fantasmagórica hizo mella en todos. Nadie se esperaba a aquellas criaturas, engendros del mal.

—¡Mátenlos a todos! —gritó la Bruja—. ¡Obedezcan a su reina!

Lascivamente, uno de los demonios se acercó a Freyja y otro a Sarah. Las vieron atractivas y fecundables. Chorreaba una especie de saliva viscosa de sus lenguas. Uno de ellos tocó a Sarah en los pechos. Farías arremetió en un impulso, tratando de defenderlas, y el golpe que le propinó uno de los demonios lo derribó y lanzó varios metros.

Los vikingos comenzaron a disparar a mansalva.

Eran muchos los demonios que seguían apareciendo desde el bajo astral. Media docena de ellos dominaron a los vikingos y les quitaron las armas. Thor se vio sorprendido y comenzó a pelear con fuerza, pero fue dominado por cuatro de ellos.

Acto seguido, los reptilianos, aprovechando la presencia de aquellos demonios convocados por Avraloviz, les quitaron las cuerdas y soltaron a la Bruja, el Diablo y todos los demás.

El Programador y la Sombra arremetieron a punta de pistola contra Kirby, Mark, Sarah, Vicky y David.

—¡Las manos a la cabeza y contra la pared! —Se terminaron los juegos y la paciencia.

El Diablo incorporó su pesado cuerpo y se puso de pie.

—Vaya, vaya —dijo irónicamente acercándose a Kirby—. Parece que siguen dando vueltas las circunstancias, profesor. ¿Por qué mejor no te unes a nuestras filas?

Kirby lo miró con desprecio.

—Soy un hombre de honor y de ideales. Mi origen y mi destino final es la luz.

—Como quieras, Kirby —respondió el Diablo.

Giró la cabeza hacia los reptilianos.

—Átenlos a todos —ordenó.

—Y a las mujeres, llévenlas a la habitación —ordenó el reptil mayor con viscosa saliva en la boca—. Vamos a disfrutar sexualmente de ellas.

42

Milán,
22 de enero de 2025

Thor y los vikingos quedaron fuertemente amarrados con los brazos en la espalda. Kirby y los estudiantes fueron puestos en otra habitación con cinta de embalar en muñecas y tobillos. El Diablo tomó su teléfono celular e hizo una llamada.

—¿Por qué no los matamos y ya? —dijo la Sombra.

—Yo vi un claro cercano para enterrar los cuerpos —añadió el Programador.

—¡No! —exclamó la Bruja—, la sangre de ellos me interesa. De los vikingos obtendremos la fuerza; de los alumnos, la sabiduría de su ADN; y de las hembras, el poder de la fecundidad. Nos beneficiará a todos.

Fueron muchas las veces que la Bruja realizó rituales maléficos con la sangre de sus víctimas. Sabía que no había nada más energético, junto con el semen masculino, para adquirir poder en los oscuros ritos de magia que ejecutaba.

El Diablo terminó de hablar y todos estaban expectantes de sus indicaciones. Acomodó su dolorido cuerpo en una silla. Miró su teléfono, tenía varios mensajes de líneas privadas. Leyó rápidamente.

—Me informan que hay movimientos de manifestaciones mundiales de miles de rebeldes debido a las reacciones adversas de los *chemtrails* y el nuevo operativo en el agua contaminada, además de los microchips implantados en los cuerpos. Estas manifestaciones masivas están ocurriendo en Alemania, Francia, Italia, Escocia, España y Portugal. Los rusos alertaron de posibles represalias y los chinos también.

—¿Qué sugieres? —preguntó la Bruja.

—Ya di órdenes para que alteren las imágenes de los noticieros de las principales cadenas internacionales. Nadie le creerá al periodismo independiente. Son minoría. Los harán ver como inadaptados antisistema. Eso hará que los avestrucianos sigan en su sueño.

—¿Hasta cuándo cree que funcionará esa fórmula? ¿Cree que los despiertos no aumentarán en número? —preguntó la Sombra.

El Diablo le dirigió una mirada despectiva. Rara vez permitía que los de mucho menor rango dentro de la organización cuestionaran algo sobre sus planes.

—Tenemos el tiempo a nuestro favor ahora, aunque ellos… —El Diablo pensó en el descubrimiento para ver el pasado y el futuro. Lo quería para él, costara lo que costara.

Desde la otra habitación se escuchaban los gritos de Freyja, Sarah y Vicky a manos de los lascivos reptilianos.

—¿Dejarás que las fecunden? —preguntó la Bruja.

En el rostro del Diablo se dibujó una sonrisa maquiavélica.

—Dejemos que se diviertan un poco.

43

El limbo astral,
tiempo sin tiempo

—Los hemos despistado —dijo Adán.

Arthur y Shakespeare sentían su conciencia expandida por las extrañas vivencias que habían experimentado.

—Este mundo es como un carrusel de un parque de diversiones. Un salón lleno de espejos para pasar de un sitio a otro —dijo Arthur—. Al principio me costó adaptarme, pero ahora siento que puedo manejarlo a voluntad.

—Así es —dijo Adán Roussos—, este limbo es bastante inestable. Debemos movernos a un plano superior para poder bajar.

—¿Bajar adónde? —preguntó Arthur.

—Debo solucionar un espacio-tiempo en la tercera dimensión y dejar este plano sin conflicto. Además, hay que llevar de inmediato al lugar correcto a nuestro amigo —dijo refiriéndose a Shakespeare.

—Es un viaje dentro de otro viaje en la inmaculada espiral de la eternidad —dijo Shakespeare—. Podría estar en esta travesía y disfrutar sus sorpresas como un niño.

—El problema es la alteración de la Matrix cuando algo se modifica. Eso no puede suceder, porque la ascensión depende de ella. La Matrix debe desintegrarse por causas naturales, no por un fallo dentro de ella.

—Entiendo —dijo Arthur—. ¿Y qué se supone que haremos?

Shakespeare abrió sus brazos y dijo:

—El tiempo es muy lento para los que esperan, muy rápido para los que temen, muy largo para los que sufren, muy corto para los que gozan; pero para quienes aman, el tiempo es eternidad.

Arthur y Adán se miraron.

—Maestro, eso lo había leído de su pluma, ahora me temo que debemos poner en acción lo que puso en palabras. ¿Listo para viajar por la eternidad? —le preguntó Adán.

—Hace rato que lo estoy, al verme en medio de dos nuevos amigos. Y como dije en mi pasado: los amigos que tienes y cuya amistad ya has puesto a prueba, engánchalos a tu alma con ganchos de acero.

—Me temo que el acero aquí no existe, pero el amor es más fuerte —dijo Adán.

—Estoy listo —dijo Shakespeare—. El sabio no se sienta para lamentarse, sino que se pone alegremente a su tarea de reparar el daño hecho.

—Ahora vamos a bajar a la tercera dimensión —dijo Adán—. Necesito poner eso en orden. Estoy seguro de que podrá con la frecuencia de allí abajo. Luego de eso, tengo un plan para que regrese a su espacio-tiempo natural.

Shakespeare sonrió. Él sabía que la naturaleza del ser humano era la misma que en tiempos pasados, y dijo:

—El destino es el que baraja las cartas, pero nosotros somos los que jugamos.

—El destino lo vamos escribiendo página a página, ¿verdad, Maestro? —preguntó Arthur.

—Como dije en el pasado: no trates de guiar al que pretende elegir por sí mismo su propio camino.

—Así es —añadió Adán, que emitió una luz más intensa en su aura—. Nosotros decidimos nuestro propio camino entre las opciones de las que disponemos.

Adán Roussos sabía que en el ambiente de cualquier plano, cuando se movilizaban palabras o pensamientos de alta frecuencia, la misma vibración aumentaba cada conciencia que las pronunciaba o emitía. Por ello, en los planos más bajos, se hablaba de ejecutar constantemente el abracadabra, el poder de crear por la palabra. Algo que Shakespeare había ejecutado magistralmente.

—Debemos movilizarnos ya mismo. ¿Listo para un nuevo personaje en una nueva realidad? —le preguntó Adán a Shakespeare.

Shakespeare asintió, le esperaba un mundo nuevo que nunca había visto.

—En nuestros locos intentos, renunciamos a lo que somos por lo que esperamos ser —reafirmó Shakespeare.

—¡Entonces, adelante! —dijo Adán—. Vamos a tomar un portal interdimensional.

44

Portal dimensional,
tiempo sin tiempo

Adán, Arthur y Shakespeare comenzaron a fusionarse en unidad por la velocidad dentro del portal. Adán sabía que podía entrar y salir a voluntad de los mismos y que muchos de ellos eran puertas guardianas interdimensionales en la Tierra, como Stonehenge, Glastonbury, Machu Picchu, Tiahuanaco, Chichén Itzá y muchísimos más.

Los gobiernos y sociedades secretas aprovechaban que muchos mortales ignoraban qué era un portal astral y cómo funcionaba —un portal astral era una puerta dimensional o puerta de entrada a otra dimensión. Un punto de contacto entre el mundo terrenal, otras dimensiones y el mundo astral.

La frase de Jesús "En la casa de mi Padre muchas moradas hay…" y la idea de que existen cielos sobre cielos, son una clara indicación de dichos portales. Incluso en Apocalipsis 4:1-6 se menciona: "Después de esto miré, y vi una puerta abierta en el cielo; y la primera voz que yo había oído, como sonido de trompeta que hablaba conmigo, decía: sube acá y te mostraré las cosas que deben suceder después de estas".

Un claro indicador para ver el futuro.

El terreno de las dimensiones se podía analizar desde una perspectiva espiritual y también científica.

Según los teóricos e investigadores en temas relacionados con lo paranormal o con el más allá, el mundo astral estaba poblado por criaturas casi incorpóreas, con un cuerpo de densidad diferente al cuerpo físico humano, y en el que habitaban, de acuerdo al nivel de conciencia, las almas en transición, personas vivas que han salido del cuerpo, entidades de otros planos e incluso demonios de baja vibración.

Lo cierto era que otras razas, gracias a los portales astrales, podían hacer la transición y pasar de lo terrenal al mundo astral. Los portales eran utilizados no solo por entidades, seres de luz o de baja energía, también por diferentes razas alienígenas.

Cualquier persona con estudios de ocultismo avanzados y práctica, podía abrir y entrar en los portales astrales casi en cualquier lugar. Es decir, no era algo que se creara. De hecho, con el poderoso voltaje creado durante los rituales sexuales se podían abrir. Del mismo modo, una pareja sin conocimiento, pero con un alto voltaje de pasión y unidad sexual, podía abrir un portal incluso sin saberlo ni proponérselo, debido a la carga bioeléctrica que emitían.

Los niños con una nueva conciencia también tenían acceso visual a otros planos y dimensiones, viendo imágenes de almas muertas en el mundo físico, pero vivas y coleando en el otro plano. Existían millones de testimonios alrededor del mundo de personas con esas facultades y la posibilidad de ver, sentir y recibir información del más allá.

Muchas personas que practicaban el ocultismo y la ciencia de la magia podían hacerlo mediante los espejos que actuaban como portales hacia el mundo astral y a otras dimensiones, ya que un portal también se podía abrir frente a un espejo.

Si bien a muchos neófitos o incrédulos eso les podía sonar a ciencia ficción, el alma del ser humano lo ha hecho todo el tiempo, pero de manera inconsciente en la mayoría de los casos: durante la noche al ir a dormir, en los sueños lúcidos conscientes, los cuales se pueden controlar. Allí, el alma abre portales astrales que están cerrados para quienes muchas veces tienen miedo, pero que son abiertos por el yo superior, o sea, la parte espiritual que actúa como el piloto o guía entre la conciencia terrenal y la conciencia espiritual.

Al atravesar aquel portal interdimensional de la mano de Adán Roussos, Arthur Parker y Shakespeare, para quienes esa era una nueva experiencia, sintieron un fuerte hormigueo y la sensación de liviandad, como si toda la energía estuviera en su cabeza produciendo una sensación de intenso frío, con vertiginosos círculos de color azul verdoso mezclados entre sí.

Viajaban como flashes de luz conectados por la misma intención.

En el plano terrestre, había distintas formas de conocer otras dimensiones, y era a través de los espejos que, durante siglos, han sido considerados, en su nivel más básico, como portales, la entrada y salida de energía espiritual hacia otras dimensiones.

Psíquicos expertos declararon que un espejo en una habitación oscura podía ser peligroso, pues podía abrir una puerta no deseada, y se recomendaba taparlo por las noches si las personas no estaban al corriente de las técnicas ni poseían experiencia al respecto. Por otro lado, también se sabía que la visualización de un espejo con la luz de las velas podía atraer peligro, ya que las velas no solo mostraban el reflejo de las personas, sino también la de las entidades que habitaban en el hogar.

En otra vereda, aparentemente opuesta a los buscadores espirituales, existía un buen número de científicos que investigan el viaje multidimensional en el tiempo.

En la prestigiosa revista *Journal of Cosmology and Astroparticle Physics*, se había publicado un nuevo estudio en el que se podía observar, a tenor de sus conclusiones, que la multidimensionalidad parecía tener poca cabida en el mundo académico ortodoxo. Y es que, por más que interpretan y reinterpretaban la teoría de la relatividad de Albert Einstein y se buscaban otras dimensiones, todo lo que descubrieron fue que, en la mayor parte de este universo, las dimensiones son exactamente las mismas que vemos en la Tierra.

Aun así, no eran pocos los científicos que seguían trabajando en el campo de las dimensiones paralelas.

Algunos científicos afirmaban que sí existían, y Jack Scudder, un investigador financiado por la NASA en la Universidad de Iowa, averiguó la forma de encontrarlos y descubrió que son llamados puntos X o regiones de difusión de electrones, en sus palabras: "El campo magnético de la Tierra se conecta con el campo magnético del Sol, creando un camino ininterrumpido que va desde el planeta a la atmósfera del Sol, situado a una distancia de 93 millones de kilómetros"[3].

---

[3] El lector puede consultar el artículo original en: https://ciencia.nasa.gov/ciencias-especiales/29jun_hiddenportals

Además, observaciones llevadas a cabo por la sonda espacial THEMIS (Time History of Events and Macroscale Interactions during Substorms, o cronología de eventos e interacciones a macroescala durante subtormentas, en español), de la NASA, y por las sondas espaciales de la misión Cluster, de Europa, sugieren que estos portales magnéticos se cierran y se abren docenas de veces al día. Usualmente, se localizan a algunas decenas de miles de kilómetros de la Tierra, donde el campo geomagnético se topa con el arremetedor viento solar. La mayoría de los portales son pequeños y de corta duración; otros son muy grandes y duran más tiempo. Toneladas de partículas energéticas pueden fluir a través de las aberturas, golpeando así la atmósfera superior de la Tierra, desatando tormentas geomagnéticas y provocando auroras polares muy brillantes.

La NASA cuenta con una misión llamada *MMS Magnetospheric Multiscale Mission*, que significa Misión Multiescala Magnetosférica, o misión multiescala magnetosférica, en español) para estudiar el fenómeno. Equipadas con detectores de partículas energéticas y sensores magnéticos, las cuatro sondas de la MMS se dispersarán en la magnetósfera de la Tierra y rodearán a los portales para observar cómo funcionan. Gracias a eso, también saben que en solo minutos, una llamarada en el Sol puede liberar suficiente energía para alimentar al mundo entero durante veinte mil años. Un proceso explosivo llamado "reconexión magnética" desencadena estas erupciones solares, y los científicos han pasado las últimas décadas tratando de entender cómo ocurre el proceso.

El problema para los científicos es encontrarlos. Los portales magnéticos son invisibles, inestables y evasivos. Se abren y se cierran sin previo aviso, "y no hay señales de que nos guíen", según Scudder.

Los científicos sabían que los portales se formaban por medio de procesos de reconexión magnética: las líneas entrelazadas de fuerza magnética del Sol y de la Tierra se unían para crearlos. Los puntos X eran los puntos donde se daban las intersecciones. La repentina unión de campos magnéticos podía impulsar chorros de partículas cargadas desde los puntos X, creando de ese modo una región de difusión de electrones.

La sonda espacial Polar, de la NASA, pasó años en la magnetósfera de la Tierra y, durante su misión, encontró muchos puntos X.

Scudder afirmó: "Es un atajo digno de los mejores portales de ficción, solo que esta vez los portales son reales. Y con las nuevas señales, sabemos cómo encontrarlos"[4].

El trabajo del profesor Scudder y de sus colegas está descrito en la edición del 1 de junio de 2012 de la revista científica *Physical Review Letters*.

En lo que pareció un abrir y cerrar de ojos, Adán Roussos condujo por uno de esos poderosos portales interdimensionales a Arthur Parker y William Shakespeare, apareciendo detrás de una gran puerta.

A Shakespeare, aquella visión de lo que para su conciencia era un nuevo mundo, le pareció completamente surrealista.

—¿Dónde estamos? —preguntó Arthur.

—¿Qué mundo extraño es este en el que se posan cual ave en un nido ajeno?

—Estamos en Verona, Italia —dijo Adán.

Afortunadamente, nadie había visto el flash de luz que dejaron al pasar de una dimensión a otra.

—Pensé que lo llevaríamos al año 1600 —le dijo Arthur a Adán.

—Deduje que encontraría más energía para eso desde aquí. Este sitio pronto traerá a sus recuerdos su obra más famosa.

Arthur hizo una pausa, pensativo.

—¿*Romeo y Julieta*?

—Así es.

—¿Reconoce el sitio? —le preguntó Adán a Shakespeare.

El escritor alzó la mirada.

En la vieja piedra estaba el número 23 de la Via Capello.

—¡El balcón! —exclamó Shakespeare, viendo hacia las antiguas paredes de rojizos ladrillos que sentían el paso del tiempo envueltos por hermosos ventanales en lo alto y hojas de parra secas que caían con gracia romántica entre las piedras.

---

[4] El lector puede consultar el artículo original en: https://go.nasa.gov/425Bn97

La entrada de la puerta, de estilo medieval, con un semicírculo en la punta que en tiempos antiguos representaba la vagina femenina como puerta de vida, hizo que quien fuera considerado el escritor en lengua inglesa más importante y uno de los escritores más famosos de la literatura universal, recordara de inmediato. De su talentosa pluma había nacido a finales del siglo XVI *Romeo y Julieta*, la historia de amor más famosa del mundo. Verona era la ciudad en la que transcurría la obra, un lugar que en el pasado se había convertido en un punto de interés turístico para el mundo, rememorando los rincones en los que Romeo y Julieta vivieron su aventura amorosa.

Pero allí, en la actualidad, no había nadie.

Al crear el bucle espacio-temporal, el mundo había olvidado a Shakespeare y su obra, que hablaba sobre las familias de los Capuleto y los Montesco. Los Capuleto habían vivido en la Casa de Julieta al menos desde el siglo XII, lo que se sabe gracias al escudo de armas de la familia, que se puede ver sobre el arco de entrada al patio de la vivienda.

En la actualidad, la Casa di Giulietta, el lugar en el que residieron los Capuleto y donde tuvo lugar la famosa escena del balcón, cuando Romeo escucha a escondidas a Julieta confesar su amor por él, era ahora un sitio vacío e inhóspito.

—¿Qué hacemos aquí? —le preguntó Arthur Parker a Adán.

—Acompáñenme.

Arthur y Shakespeare caminaron detrás de la alta presencia de Adán.

—*Cosa vuoi?* —preguntó una señora mayor.

—*Vogliamo entrare un momento in questa casa* —respondió Adán cuando la mujer le preguntó qué querían.

—*Per che cosa?* —preguntó un tanto desconfiada al ver a aquellos tres hombres. La estatura de Adán y las vestimentas de Shakespeare le llamaron mucho la atención.

—*Il mio amico è un inventore di storie e vuole essere ispirato.* —Adán alegó que Shakespeare era un amigo escritor en busca de inspiración.

Aunque los italianos eran gente amable y cercana, aquella mujer estaba pensativa y desconfiada.

—*Essere ispirato per cosa.* —La mujer trataba de comprender.

—*Ci vorranno pochi minuti, per favore.* —Adán alegó que serían pocos minutos, y uso su tercer ojo para enviar energía rosada al corazón de la señora.

Siempre que hubiera una intención de emoción elevada por el bien más elevado, estaba permitido, para los seres de dimensiones superiores, enviar la frecuencia del amor para abrir las puertas del corazón y del entendimiento.

—*Sembrano brave persone con un buon cuore.*

—*Siamo.* —Adán respondió con una sonrisa franca cuando la mujer le dijo que sintió que eran personas de buen corazón.

—*Avanti.*

Rápidamente, los tres subieron la escalera hacia el balcón. Shakespeare comenzó a ser inundado por recuerdos y las palabras desfilaban como nubes en su mente. Un flash de recuerdo lo hizo ver a Romeo y Julieta en su drama amoroso. Un amor que en la actualidad era casi un milagro encontrar. Un amor noble, entregado, bañado de pasión y atracción sexual. Un compromiso de almas, un llamado de la eternidad en el cuerpo de aquellos jóvenes que cobraron vida en la imaginación del brillante escritor.

Arthur todavía no entendía con claridad qué harían allí. Adán se adelantó para ver si no había nadie.

—William, venga al balcón —le pidió Adán a Shakespeare.

El dramaturgo, que estaba viviendo los efectos de una realidad que se entremezclaba en su conciencia, hizo lo que el luminoso Adán le pidió.

—Cierre los ojos. Conecte con la emoción y el amor de Romeo y Julieta.

Shakespeare respiró profundo y bajó los párpados.

Al momento, una lluvia emotiva recorrió las fibras del poeta. Aquellos enamorados que habían nacido de su propia creación, de su propio ADN, estaban cobrando vida en la emoción que inundó su gesta. Su piel, sus manos, suspiros, promesas, anhelos y deseos de la más profunda naturaleza humana en torno al amor plasmaron su vida a través de él. Aquella fuerza que estaba más allá del tiempo y del espacio, generó un intenso poder que aumentó en el ambiente. De la mente de Shakespeare comenzaron a surgir nítidos recuerdos de aquellos magistrales diálogos que había escrito en su tiempo y que, durante siglos, actores, productores y artistas de varias ramas habían interpretado.

—Maestro, ¿se encuentra bien? —preguntó Arthur.

—Extraordinariamente elevado —dijo el artista.

Hubo un silencio y luego el gran poeta recitó como si de las entrañas del universo extrajera las palabras, que su elevada alma sentía.

—¡Oh espíritus de luz, escuchar! Gentes de hoy y del mañana, prestar atención a estas palabras que enaltecen la historia humana. Todo comienza con el sol, nuestra eterna gloria, cuyos rayos dorados besan el ser, transforman el código de cada célula, y activan un baile cósmico sinfónico de luz y sombra que no pueden ignorar. En la vasta esfera del moderno globo girante, donde el astro radiante derrama su influjo vivificante, altera vuestros recuerdos con su toque ardiente y despierta en el alma un fulgor consciente. La influencia del arte, ¡oh musas divinas!, en el alma humana, como fuente cristalina, vibra en las cuerdas del sentir más puro, y eleva al espíritu por sobre cualquier muro y la luz de antes ahora vigente crea unidad y expande puentes. Las vibraciones cambian, la conciencia se agita, en el teatro del mundo la trama se recita. Mujeres iluminadas, hombres de luz, han superado pruebas en tiempos sinceros. Que la antorcha del amor que abre las conciencias, cual inmaculada flor del cosmos en la danza de las almas, eterno, sintomático del despertar colectivo, espiritual y audaz, que a los iluminados de una nueva dimensión llevará, tenaz. Emerge un poder sin nombre, despierta en el interior un fuego espiritual que a todos asombre.

Shakespeare tomó aire, elevó sus brazos al cielo y continuó exclamando:

—Lucharon con sistemas de poder, logias en sombras tejidas, contra la libertad, con sus artes escondidas. Pero la creciente despierta humanidad, con su fuerza liberada, hacia la quinta dimensión se encuentra encaminada. Con la introspección como estandarte y guía, en la ascensión del ser, en el horizonte ya se espía. Atravesando el umbral del ahora y del después, las nuevas conciencias alertas, abrazan el amanecer de una nueva puerta. Escuchar las vibraciones, los cambios de existencia, susurros de un despertar que rompe la obediencia. En la unión de los seres, la alquimia se revela.

"El amor inmaculado, una llama que arde sin cesar, dispuesto a todo transformar. Amantes no solo de cuerpos, sino de almas en conexión, tejiendo entre sus dedos el hilo de la eterna canción. Un despertar colectivo esperado por milenios en espiral ascendente, mujeres y hombres, luz en el medio de sus frentes, emerge en sus destinos, resplandecientes. Han enfrentado pruebas, conflictos, en la historia marcados, por nuevos órdenes mundiales, ahora enclenques de poder en su declive. Siniestras logias que envenenan el aire con sus misterios que encadenan, contra ellos se alza el espíritu original, libre de imperios.

"Les diré en el eco de lo inmortal, a ustedes sectas ocultas secretas que tejen la trama de la noche, que la humanidad, con su luz interior encendida, ya se aproxima en elevado éxtasis, invadida. La primigenia gloria de liberación, de un salto cuántico a lo alto. Donde el dolor y el temor se desvanecen en el olvido, y el amor, la única moneda, es por siempre recibido. En esta oda al cambio, con corazón y alma invoco a un mundo donde el espíritu sea el único foco. Donde las cadenas se rompan y las almas vuelen libres, y cada ser en la tierra sus más altos dones exhiba. Que cada verso que brota de esta palabra creadora encantada, sea semilla de un futuro donde la vida es honrada. Donde el amor sea la guía, la verdad y el camino, y la luz de cada alma disipe el destino más tino. Así, con esperanza y sueños tejidos en el viento, concluyo este discurso, envuelto en mi más sincero sentimiento. Que la humanidad marche hacia la luz del alba naciente, y en cada corazón resida la paz, perpetuamente ardiente".

Adán y Arthur dejaban caer transparentes lágrimas de emoción por su rostro.

Shakespeare se giró y observó los ojos de ambos héroes, húmedos de divinidad.

El poeta parecía conocer los secretos del universo y sabía ponerlos en palabras.

—Amigos, que traspasan La puerta de los tiempos, la liberación se acerca, y con ella, la ascensión a una forma de existencia, como Dionisio danzando embebido en olivo y vino, ya viene el tiempo donde lo humano se alquimiza en divino. El alma, finalmente libre, danza al ritmo de las recónditas estrellas y escribe en tinta de oro un hito, su propia historia en las páginas del infinito.

Adán y Arthur no podían contener sus lágrimas.

En aquel momento, con el voltaje emocional altamente elevado, el creador de aquellas obras maestras produjo un impacto vibratorio de tal magnitud que abrió un portal dimensional, y un intenso flash de luz generó un cambio en el tiempo y espacio.

De inmediato, la presencia física de Shakespeare se deshizo, envuelta en la explosión lumínica, y Arthur cayó al suelo al estar a pocos metros. Adán sostuvo la vibración y se mantuvo como una columna de luz a su lado. En menos de unos instantes, todo volvió a la normalidad.

—¿Estás bien? —le preguntó Adán a Arthur.

Arthur se llevó una mano a la cabeza.

—Sí, solo un poco mareado. ¿Qué pasó? ¿Dónde está Shakespeare?

—Se han acomodado las piezas —dijo Adán—. Ahora todo volverá a la normalidad, el bucle alterado de la Matrix se recompuso y la gente volverá a recordar en la memoria colectiva su obra, sus emociones y todas las respectivas causas y efectos que se habían alterado.

Arthur hizo una mueca, sorprendido.

—¿Por qué supiste que viniendo aquí sucedería el reajuste?

—Toda persona tiene una cúspide en su vida, donde más ha puesto su corazón, su alma, su energía y su vibración. En el caso de Shakespeare, si bien múltiples obras han mostrado la genialidad del autor, Romeo y Julieta son los amantes que la humanidad ha recordado más que ningunos otros. Ese impacto emocional es la base de la ley de atracción, e hizo que el poder vibracional fuese de tal impacto que abrió una brecha en el espacio-tiempo para que todo se acomodase.

Arthur se quedó en silencio, un tanto nostálgico.

Adán percibió su emoción.

—¿Extrañas a Shakespeare?

Arthur asintió. Haber estado con el autor le había creado un hilo emotivo.

—Asómate por el balcón —le pidió Adán a Arthur.

Una multitud de personas se encontraba en torno al antiguo edificio donde una vez aquellos amantes habían jurado amor eterno.

—Allí está Shakespeare —le dijo Adán—, está vivo entre la gente. Todo artista vence al tiempo con su obra. Y él lo ha logrado nuevamente. El mundo ha recuperado la memoria de su trabajo. El amor eterno que se juraron Romeo y Julieta está vivo en el corazón de la gente.

A Arthur Parker le resbalaron lágrimas por las mejillas. Luego sonrió al ver, entre la multitud, que varias parejas en aquel patio nostálgico se tomaban fotos, se besaban y suspiraban esperando tener un amor que los llevase más allá de los tiempos.

45

Milán,
22 de enero de 2025

La Bruja Avraloviz fue hacia la habitación donde uno de los reptiles mayores estaba a punto de abusar sexualmente de Freyja.

Entró y vio al ente con lascivo deseo, había atado a Freyja y le había quitado la ropa. La Bruja sintió el ambiente cargado de adrenalina y lujuria. Habían sido muchas las veces que había estado guiando rituales que incluían el voltaje de la energía sexual como medio de poder para sus más oscuros fines. Al ser neutra, la energía seguía irrevocablemente los deseos del pensamiento e intención de quien la guiaba.

La Bruja estaba allí para absorber los átomos maestros que la actividad sexual generaba y utilizarlos para su propio beneficio. Ella buscaba hacer suya la energía oscura y lasciva del Reptil para que su magia aumentara.

—¡Saca a este oscuro ente de mi presencia! —exclamó Freyja con voz intensa.

Avraloviz sonrió con malicia.

De la boca del Reptil emanaba más saliva, estaba deseoso de penetrarla.

—Querida, hay momentos en que debes simplemente entregarte a las situaciones. Debes aceptar tu derrota.

—Estamos luchando en inferioridad de condiciones.

—No te resistas. Eso es todo —le dijo la Bruja.

—¿Eres mujer y no ayudas a otra mujer? —retrucó Freyja—. ¿No te avergüenzas?

La Bruja soltó una estruendosa carcajada.

—¿Crees que todas las mujeres somos iguales, cara bonita? Estás muy equivocada. ¿No sabes que tenemos roles arquetípicos? La niña, la mujer, la esposa, la amiga, la hija, la diosa, la sacerdotisa, la puta, la bruja... ¿Cuál crees que eres tú y cuál yo?

—Sin duda, tú eres una oscura bruja.

—No me dices nada nuevo, cariño.

El reptiliano miraba ya con ansiedad las atractivas piernas de Freyja.

—Solo interpreta ahora el rol de puta y ya está. Tú le das placer a él y la energía a mí —dijo la Bruja.

Freyja guardó silencio. Respiró profundo e invocó mentalmente a sus ancestras celtas, antigua generación de mujeres sacerdotisas druidas. Un linaje de hembras de poder, conocimiento y magia.

El reptiliano comenzó a tocar sus piernas. En el rostro de la Bruja se dibujó una sonrisa maligna.

—Me alegra verte cooperando. Solo disfruta.

La Bruja se preparaba para captar los átomos de la energía que estaba aumentando en el ambiente por la combinación del intenso deseo sexual del ente reptiliano y la natural energía del fértil cuerpo femenino de Freyja.

—Maestras de sabiduría, mujeres de corazón noble, almas inmortales de herencia celta, vengan a mi presencia —susurró Freyja con emoción.

El reptiliano arrancó de un tirón la diminuta braguita negra que cubría las torneadas caderas de Freyja.

Tanto la Bruja como Freyja, una mujer que había heredado la sabiduría celta, sabían que la energía sexual contenía electricidad, vibración y átomos creadores que podían ser usados para suscitar el nacimiento de una nueva criatura, o bien, usar la intención y emoción de dicho voltaje para la creación de un poder mágico intenso. La energía sexual tenía poderes curativos, ya que era un fuego interno que podía ser usado en la psiquis como una llama que iluminaba la mente y sus poderes ocultos. La mayoría de los seres humanos no usaba el poder del sexo, sino que únicamente rozaba el nivel del placer más burdo incluso cuando había amor entre los amantes. El poder sexual era una puerta abierta a la magia y la creación y podía ser usado en beneficio propio con las técnicas y la actitud adecuadas. El goce sublimado al nivel divino eliminaba el burdo impulso animal y la oscura ceguera del deseo *per se*. Se podía usar la energía sexual para iluminar la conciencia con sabiduría, como también para oscurecerla si estaba guiada hacia el otro extremo, bañada por la ignorancia.

Habían sido muchas las veces que Freyja y Arthur habían utilizado la energía sexual en ritos antiguos en los bosques para incrementar sus poderes extrasensoriales y su capacidad de manifestación. Encendían pequeñas fogatas, se conectaban con los elementales de la naturaleza y, sobre todo durante luna llena, se dejaban impulsar por el natural deseo que los vinculaba y pasaban horas en éxtasis divino ampliando su conciencia. Freyja era una maestra que podía cabalgar en continuos orgasmos sabiendo que era una ola que incrementaba la mágica fórmula de energía y conciencia. Cuanto más incrementaba su energía y la de Arthur, más se expandía su conciencia.

Freyja recordó la última vez que había estado en Tulum con Arthur, frente al poder del océano. Cuando todos dormían, ellos conectaron con el poder del mar y realizaron una ceremonia sexual de gran energía.

Ahora Freyja se enfrentaba al uso opuesto de aquella energía. Iba a ser invadida y penetrada por un ente de una vibración completamente distinta, bañado en lujuria y posesividad.

Freyja entró a un estado profundo. Respiró por la boca varias veces. El reptiliano observó sus carnosos labios y se excitó aún más. La Bruja sintió el mágico momento en que una mujer está lista para ser penetrada, para que alguien ingrese a su cuerpo sabiendo que es una puerta que abre los misterios más profundos de la existencia. Freyja sabía que la vagina de la mujer era un cáliz de fuego y luz, de poder magnético que regía la vida misma.

Freyja se enfocó en su sexo. Lo sintió una puerta abierta con el elixir de la vida y la fecundidad.

"Si la mujer puede crear a un nuevo ser, puede crear lo que quiera —pensó—. Somos sagradas, somos poderosas".

La Bruja se encendió al ver a Freyja cada vez más cerca de ser invadida.

"Somos diosas. Somos un linaje de vida", repetía Freyja mentalmente.

—Es la hora de gozar —dijo la Bruja. Sus oscuros ojos se deleitaban con la escena.

El reptiliano se acercó y su saliva cayó entre los muslos de Freyja. Sus grotescas garras se posaron en sus pies y tomó sus rodillas para abrir sus piernas.

Freyja sintió que al separar las piernas una puerta mágica también se abrió en su conciencia.

"Ancestras de poder, linaje de sacerdotisas, invoco su presencia. Conecto con sus almas ahora y aquí. Mi voz es en un eco más allá del tiempo", emitió Freyja mentalmente con intensidad.

Todas las células de su cuerpo recibieron un impacto lumínico y su sangre se encendió con un poderoso voltaje. Aquel momento cumbre de tensión extrema estaba siendo utilizado por Freyja para su propia intención. La energía de la entidad sobrehumana, la energía de la Bruja y la intención astral elevada de Freyja triplicaron sus fuerzas. Freyja proyectó un haz de luz que abrió un portal astral por primera vez en su vida. Si bien con Arthur había podido tener atisbos de una apoteosis en sucesivas cadenas de orgasmos, un chispazo del samadhi de la ciencia del yoga, en aquel momento estaba viviendo una iniciación a una prueba que no esperaba con entidades que no deseaba. Eso hizo que sacara fuerzas de lo más recóndito de su alma, encarnada en cáliz de vida, su atractivo cuerpo femenino. Estaba trasmutando las energías y usándolas para su beneficio. El cuerpo de Freyja comenzó a segregar la amrita de las diosas en su sexo, un líquido altamente energético y mágico. El sudor en su piel aumentaba por el fuego interno que estaba generando y su conciencia se abría a más poder.

—Yo soy la presencia de la diosa del inicio. Yo soy la esencia misma de la creación. Yo soy la fuente y el cáliz original de todas las cosas —dijo con voz tronante.

La Bruja Avraloviz sintió una punzada aguda en el pecho. El reptiliano se echó hacia atrás, como si una pared invisible de energía lo impulsara. El magnetismo y electricidad que Freyja estaba provocando, se transformó en un haz de luz astral, parecido a una especie de bobina eléctrica como la que Nicola Tesla había fabricado.

La Bruja Avraloviz cayó al suelo.

Del haz de luz salió una extensa hilera de entidades lumínicas con largas túnicas blancas. El linaje de mujeres de Freyja se presentó a través de un pasaje entre el plano material y el astral. Eran cientos, miles de mujeres con poder. Freyja conocía la ley de bilocación de las almas: que podían estar en varios lugares al mismo tiempo. Su pedido, su poderosa invocación, estaba abriendo un portal de vida entre las realidades y los reinos. Aquellos átomos de fuerza creadora habían sido dirigidos a su intención, ganando a los oscuros deseos de la Bruja.

Algunas de las presencias lumínicas de las mujeres druidas estaban adornadas con sendas coronas de plantas en sus cabezas, otras llevaban cuernos de fertilidad, y otras, un halo de luz entre sus largos cabellos. De sus manos salían hilos de luz, lo mismo que del centro de su pecho. La mirada de aquella multitud de mujeres emitía el sello y marca de la eternidad, de las almas que recuerdan su atemporalidad y brindan el mensaje de vida eterna.

Las mujeres formaron una espiral, tomadas de las manos, para aumentar el voltaje lumínico desde ese reino superior.

Freyja sintió una fuerza sobrehumana en su plexo solar, su sexo, sus pechos y sus manos; se incorporó de un impulso y vio que el reptiliano perdía poder y se mostraba atontando frente a tantas mujeres portadoras de una alta frecuencia astral. La Bruja sintió una especie de borrachera mental y no lograba comprender del todo lo que estaba pasando. Esa polaridad energética venció al burdo e instintivo motor que guiaba a la Bruja y el reptiliano.

Freyja cortó sus ataduras, tomó su ropa y volvió a vestirse.

La hilera interminable de sacerdotisas le dirigió una mirada directo al tercer ojo, activándole aún más la conciencia. Un emotivo sentimiento de amor, más allá del tiempo, bañó totalmente al ser femenino de Freyja y la embargó una emoción sublime. Había sido iniciada en una prueba decisiva en su evolución como alma encarnando en el cuerpo de una mujer.

El reptiliano se encendió con el fuego astral y en minutos pereció calcinado en el plano físico. Su naturaleza reptiliana no podía hacer nada frente al inmaculado y sagrado poder del divino femenino que portaban con autoridad aquellas presencias astrales.

La visión de los ancestros del linaje matriarcal comenzó a diluirse y Freyja, ya vestida, se puso de pie frente a la abatida Bruja, que había perdido el sentido.

Aquella experiencia cumbre le había otorgado a Freyja la visión más poderosa que había tenido en su vida.

Y nuevamente libre y empoderada, Freyja se dispuso a escapar.

46

Milán,
22 de enero de 2025

El momento cumbre había dejado a Freyja con una lucidez y energía extremas.

Si bien ella realizaba rituales y ejercicios de magia celta, aquella experiencia había sido un auténtico renacimiento en su conciencia.

"Arthur, ¿dónde estás?", pensó de inmediato.

Debía rápidamente pensar y actuar. Estaba en medio de una guerra sin precedentes con entidades y grupos de poder de alto peligro no solo para su vida, sino para toda la humanidad.

"Debo organizarme".

A los ojos de un neófito o incrédulo, la experiencia de Freyja podría parecer ciencia ficción, pero varios científicos de renombre estaban confirmando un estudio mundial sobre la posibilidad de la teletransportación de energía. Si bien dicho hallazgo era para usos científicos, no mencionaban aún posibles usos espirituales.

Lo cierto era que, en el mundo académico, por primera vez en la historia, se había conseguido teleportar energía, confirmando una teoría formulada a principios de siglo a partir del descubrimiento de la teleportación de información cuántica. Según el científico que había realizado el experimento: "la capacidad de transferir energía cuántica a largas distancias provocará una nueva revolución en la tecnología de comunicación cuántica"[5].

---

[5] El lector puede consultar el artículo original en: https://www.elconfidencial.com/tecnologia/novaceno/2023-01-20/energia-teleportacion-mecanica-cuantica_3560733/

La teleportación instantánea de información usando partículas cuánticas entrelazada a grandes distancias, era posible desde hacía décadas. La experiencia más notable fue la teleportación a mil cuatrocientos kilómetros usando el satélite Micius, parte del programa chino-europeo Quess. Ése fue el récord de la distancia más larga conseguida en el plano terrestre.

La primera vez que se formuló la posibilidad de teleportar energía sin límite de distancia, fue en 2010, cuando un equipo de científicos japoneses liderados por Masahiro Hotta publicó un artículo detallando los cálculos que lo demostraban. Su trabajo estaba basado en la labor que Charlie Bennett desarrolló en 1993, cuando demostró por primera vez en el Centro de investigación Watson de IBM en Nueva York, que la teleportación de información a nivel cuántico era posible.

Hotta concluyó que los fundamentos de aquel experimento podrían aplicarse a la teleportación de energía sobre distancias ilimitadas y sin reducción del nivel energético, algo que la revista *Technology Review* del Instituto Tecnológico de Massachusetts calificó como "una técnica que tendría profundas consecuencias para el futuro de la física".

Sin sospechar sus alcances espirituales, el también japonés Kazuki Ikeda demostró que Hotta tenía razón al realizar el experimento en uno de los ordenadores cuánticos que la propia IBM tiene a disposición de empresas e instituciones educativas. Desde sus laboratorios en la Universidad de Stony Brook, en Nueva York, Ikeda dijo que logró teletransportar energía usando un par de partículas cuánticas entrelazadas dentro de uno de los chips cuánticos de IBM.

Ikeda escribió un algoritmo para esa máquina siguiendo la teoría de Hotta, que afirma que la medición de un sistema cuántico inyecta energía en el sistema y que esa energía puede ser extraída del mismo sistema en una localización diferente sin que la energía tenga que atravesar ninguna distancia ni usar un canal físico. La energía es siempre la misma, teletransportándose sin pérdida alguna ni ganancia. Sencillamente, desaparece en un sitio y aparece en el otro gracias a las fluctuaciones de los sistemas cuánticos.

Aquello era algo que la ciencia de los misterios del mundo eso-térico conocía desde hacía milenios, había leyes que afirmaban que "la energía sigue al pensamiento. Ninguna energía se pierde, sino que se transforma".

Si bien el descubrimiento era una revolución de consecuencias impredecibles a niveles cuánticos y tecnológicos, pues en palabras de Ikeda "la teletransportación de energía cuántica no tiene lí-mite de distancia", él aseguró que "la realización de un QET (te-letransporte cuántico de energía) de largo alcance tendrá implica-ciones importantes más allá del desarrollo de la tecnología de la información y la comunicación y la física cuántica".

En aquel momento, la potencia mental de Freyja O´Connor fue usada para generar una apertura energético-cuántica de sufi-ciente poder como para abrir una brecha y convocar la energía del alma de sus ancestras. Evidentemente, el uso de energía a distancia propuesto por los científicos era puramente a nivel económico y tecnológico, pues desconocían el nivel teológico y espiritual que Freyja había podido lograr.

Los científicos ignoraban que, de lo tecnológico a lo teológico, había incluso menos que dos letras de diferencia.

Freyja recordó varias ocasiones en las que realizó rituales sexuales de luna llena con Arthur, con quien existía un poderoso deseo sexual y un nivel de libido muy alto. Ya habían generado una nube de átomos que los rodearon y liberaron de la sensación del espacio-tiempo. Muy diferente era el caso del hombre no iniciado, quien, cuando eyaculaba, perdía el poder de su semen junto con los átomos que lo rodeaban y experimentaba un esta-do de vacío. Freyja había sentido esos átomos y los tomó para, por intermedio de su voluntad concentrada, dirigirlos al plexo solar, donde se transformaron en vitalidad y poderes extrasen-soriales.

Los lamas del Tíbet y de la India, como los maestros tántricos, sabían que la energía del deseo sexual podía materializar absolu-tamente todo. Freyja había podido transformar el desenfrenado voltaje de lujuria del reptiliano y el deseo de la bruja, ese voltaje energético erótico libidinoso que sentían por ella, hacia su propio plexo solar y materializar su propio deseo.

El sabio griego Demócrito dio diferentes formas a los átomos y afirmó, entre otras cosas, que las formas se diferenciaban entre sí solamente por el hecho de que la cantidad y la posición de los átomos cambian de una forma a otra. Como los átomos no pueden penetrar el uno en el otro, sino que solamente pueden moverse por encima y por debajo de los demás, los átomos etéricos del reptiliano, creados con el gran poder del deseo de poseer a Freyja como hembra, hizo que ella misma recibiera esa energía y la usara en su beneficio.

Fue una transformación del eros vulgar, hacia lo que se conoce como la ola de Dionisio, el dios griego de lo sensual. Sublimar esa fuerza sexual que es la piedra angular de todo el universo es lograr la máxima energía creadora. Freyja lo sabía y lo había aprovechado a la perfección. Ella y Arthur sabían que todo ser humano que cultivase esa nueva conciencia sexual, dejaría de estar rebajado al instinto animal, puramente procreador y bruto en la lujuria, y podría alcanzar una liberación y una activación de los sentidos ocultos en el ADN humano a nivel espiritual.

Era sabido, en la maestría de la ciencia de lo oculto, que la libido mentalmente manejada ayudaba al ser humano a ennoblecer su carácter y a despertar su potencial vital.

"Qué poder tan abrumante", pensó Freyja.

Ella sentía una vitalidad como nunca antes; si bien estaba rondando las cuatro décadas, se sentía una adolescente en sus células y sus hormonas, con la sabiduría de una sacerdotisa altamente experimentada.

La energía de la libido mentalmente manejada abrió una puerta hacia el espacio de conciencia que ella llevaba dentro de sí misma, tal como las escrituras más antiguas y sagradas de todas las civilizaciones que decían que el cielo es un estado de conciencia poderoso que se encuentra adentro de cada uno.

Con ese estado alterado de conciencia, sentía que podía absolutamente con todo. Sentía la naturaleza a su favor, las flores, los árboles y los frutos, el erotismo que está en los bosques, en las piedras, en las mujeres y hombres que practicaban la alquimia sexual. La raíz del sentir pagano: el ser humano espiritual conectado con la naturaleza.

Arthur Eddington dijo: "Creo que el espíritu tiene el poder de obrar sobre átomos y grupos de átomos, de manera que es capaz de influenciar la causalidad del comportamiento de los mismos. Además, creo que incluso en lo último puede ser determinada la marcha del mundo, no solamente por leyes físicas, sino también por leyes espirituales y por la voluntad de los hombres y las mujeres".

El intenso poder que despertó Freyja no se debía a una mente ordinaria, sino al intenso poder de la mente inconsciente que estaba en conexión con el átomo maestro que está en el interior de todo ser humano y que se había activado.

El átomo *nous*.

La partícula divina inmortal.

Los científicos que seguían una física newtoniana, tenían limitaciones frente a la física cuántica, ya que aún no conocían lo que los antiguos ocultistas llamaban física atómica, el plano donde los átomos obedecían a la conciencia del átomo original.

El aire está lleno de átomos de toda índole que circulan en la atmósfera. Aunque parezca que hay un vacío absoluto entre todos estos átomos, invisibles al ojo del ser humano común por su infinita pequeñez, siempre giran alrededor de cada persona y están dispuestos a penetrarla de una u otra forma debido a su atracción magnética universal, para proveer energía vivificante o destructiva. Se sabe que los diferentes pensamientos, sentimientos e intenciones, son una aglomeración específica de átomos que rodean a los seres humanos, en cuya atmósfera se movilizaban interactuando mutuamente con el nombre de prana, la energía vital.

Freyja se asomó por la rendija de la puerta. Ya no se escuchaban los gritos de Vicky y Sarah, quienes habían corrido una suerte diferente a la suya.

Silencio.

No se oía ninguna palabra en la otra habitación. La Bruja Avraloviz estaba echada en el suelo, inconsciente.

"Necesito salir de aquí urgentemente".

Se dispuso a abrir la puerta de manera sigilosa y caminó con el celo y la concentración de un maestro *shaolin*, como si anduviese sobre papel de arroz. En silencio y con todos los sentidos alerta, se dispuso a llegar a la habitación principal.

Allí escuchó los susurros del Diablo hablando con la Sombra.

Freyja avanzó un par de pasos más.

—¿Qué haremos con el profesor Kirby y los alumnos? —preguntó la Sombra.

—Son demasiado mayores para convertirlos en adrenocromo. Debemos elaborar un plan. —El Diablo miro hacia arriba—. Diremos que algo tóxico explotó en el laboratorio y quedaron atrapados allí.

—¿Los haremos desaparecer sin que revelen sus secretos?

—Intentaremos una vez más. Deberemos deshacernos de uno de ellos, para que Kirby sienta culpa y confiese.

—¿A quién elimino? —preguntó la Sombra.

—Ve por David. Es el que menos información parece tener. Eso hará que Kirby, Mark y Farías suelten lo que saben.

Freyja escuchó aquellas palabras funestas, sentía un fuego en lo alto de su cabeza, como una constante llama etérica iluminando su conciencia. Incluso se dio cuenta de que el Diablo y la Sombra no hablaban con palabras, sino que ella podía percibir los pensamientos de los demás.

Por los ventanales observó que estaba atardeciendo y, aprovechando que se puso más oscuro, Freyja se deslizó con extrema cautela para salir de la casa.

Por primera vez, ella descubrió que los átomos activados también le dieron el poder de volverse invisible al ojo humano.

47

Milán,
22 de enero de 2025

Un taxi frenó en seco, se abrió la puerta y la hija de Fernando Loscano bajó con el cabello revuelto.

—¿Papá? ¡Qué sorpresa! ¿Qué haces aquí?

Loscano le dio un largo abrazo.

—¿No sabes qué me pasó? Debemos hablar.

—Estaba llegando y ahora debo salir para visitar a unas clientas.

—Es urgente —afirmó Loscano.

La cara de Patricia hizo una mueca de desdén. Sabía que su padre cargaba su egoísmo sobre cualquier otro tema de conversación. Se colocaba en una posición en la que los demás debían escucharlo sin interrumpir. Lo había sufrido toda su infancia y en su carrera como vendedora, ya que su padre era también parte de su equipo de ventas.

—Cuéntame, pues.

Entraron al apartamento, el doctor se sentó en el sofá color *beige* y dejó su maleta en el suelo.

—Verás, es que no sé por dónde empezar. Estuve enterrado quién sabe cuánto tiempo o cuántos días, respirando por un tubo, y luego...

—¿Enterrado? —lo interrumpió ella con extrañeza.

—Así es. Enterrado, mamita, enterrado.

—¿Tú dices bajo tierra? ¿Cómo? ¿Dónde? No entiendo, papá.

Loscano respiró. Sabía que aquello era difícil de digerir.

—Me persiguió un hombre alto, un vikingo en los bosques noruegos. Luego me habló de una traición, de algo que tú habías hecho y que yo debía reflexionar sobre eso. Sin que pudiera resistirme, ya que él era demasiado fuerte y grande, me enterró, tal como te estoy diciendo, debajo de la tierra, como si fuese una semilla humana, y me dejó allí respirando por una caña de bambú.

Ella no podía articular palabra. No sabía si su padre se había vuelto loco o si tenía demencia senil.

—Ajá —dijo siguiéndole el hilo—. ¿Y qué pasó? ¿Por qué te hizo eso?

—Me dijo que era por una traición tuya.

—¿Qué traición?

—Cuando me sacó de esa tumba, me dijo que debías solucionar lo que pasó con Mark. Y que las traiciones tarde o temprano se pagan.

Ella se quedó en silencio y tragó saliva.

—Continúa.

—Al final de todo, al parecer eso era un rito, una ceremonia o un ritual de alguna sociedad secreta o de algo similar. En la masonería conocemos rituales similares. Y debo decir que me siento renacido, con el corazón nuevo y una claridad mental que jamás había tenido antes.

—Papá, eso es difícil de asimilar —dijo ella poniéndose de pie y yendo hacia la cocina—. ¿Quieres un tecito? —preguntó, ya que sabía que siempre que su padre tomaba uno de sus tés, se relajaba—. Lo que me cuentas es muy extraño. ¿O sea que tú vas de vacaciones a Noruega y sale un vikingo de la nada en medio del bosque, te entierra, te hace un ritual de quién sabe qué significado y luego te deja venir a decirme que todo fue por una traición que yo cometí?

—Así es. Y aquí estoy, completamente energizado. No puedo estarme quieto.

Loscano se puso de pie y fue caminando nerviosamente hasta la ventana.

—¿Qué quieres que haga? —preguntó ella con el agua hirviendo para el té.

Loscano guardó silencio por un momento, como si una nueva conciencia funcionara dentro de él.

—Reconoce tu error.

—¿Mi error? —exclamó ella, reaccionando mediante su cerebro reptiliano con el mecanismo de lucha o huida—. ¿Cuál error?

—Mamita —le dijo su padre cariñosamente—, si has hecho algo incorrecto, debes repararlo. A ti y a tus hermanas las he educado siempre así.

—Yo no he traicionado a nadie. Él me apoyó en mi trabajo y yo le agradecí, pero nada más.

—Tu pareja trabajó, y su trabajo debe ser altamente valorado. No puedes quedarte con algo que él ha creado y luego ignorarlo para adueñarte de los beneficios. ¿De qué se trata concretamente, hija querida?

Patricia bajó la mirada al suelo, pensativa. Se giró sobre su cuerpo y apoyó las tazas de té energizante sobre la mesa de madera.

—Yo solo prioricé mis intereses. Él era demasiado ambicioso y...

—En los negocios debe ser un ganar-ganar, si no es costo-beneficio —interrumpió su padre—. Si él hizo algo para beneficiarte, no puedes traicionarlo.

Ella sabía que su pareja había hecho que ella creciera exponencialmente en la empresa multinivel, pero robarle su descubrimiento, sus métodos y su inteligencia para quedarse con las ganancias, era un asunto que le generaría karma negativo y debía pagarlo. Ella conocía esas leyes porque tenía una maestra que, durante años, le había inculcado esos conocimientos.

—Parece que te hubieses olvidado de todo —añadió Loscano—. Tú no eres una mujer traicionera, tienes mérito propio, pero también debes darle el mérito a él.

—¡Basta! ¡Viniste a darme sermones, papi!

Ella reaccionó al verse acorralada por su propio padre.

—Solo te digo que he pasado una experiencia cumbre y, al parecer, fue para pagar algo tuyo y una metáfora de la humanidad, o algo así me dijo el vikingo.

—Explícate —le pidió ella tratando de calmarse.

—Sus palabras fueron estas: "Con una traición que se repare, estamos en tiempos de salvar a toda la humanidad de los males de la caja de Pandora; la traición es la más alta forma de energía oscura y de magia negra".

—¡Yo no hago magia negra! —gritó ella.

—Según tengo entendido, no hacen falta conocimientos mágicos para eso, hijita; con solo envidiar a alguien y usar esa energía, se proyecta la imaginación oscura sobre el otro. Es lo que nuestras abuelas llamaban "mal de ojo".

—¿Y por qué yo le habría hecho eso a Mark?

—Eso lo sabes tú, dentro de tu propio corazón.

A la mente de Patricia llegaron las palabras que un compañero de trabajo le dijo años antes, cuando estaba dando una conferencia junto a Mark: "Patricia, ponte pilas, él se está destacando más que tú cuando habla". Aquella sentencia de parte de un asociado en su compañía había dejado la semilla para comenzar a competir en vez de compartir.

Allí había nacido la envidia.

Y eso, cual invisible veneno espiritual, había infectado el corazón de Patricia Loscano.

La envidia había generado una larga lista de desencadenantes trágicos en la historia de la humanidad: desde la crucifixión de Jesús, por la envidia de mentes limitadas del Sanedrín judío, hasta las traicioneras puñaladas recibidas por el poderoso emperador Julio César en las escalinatas del templo a manos de Brutus y sus secuaces, quienes envidiaban su poder; pasando por una extensísima lista de traiciones de todo tipo y medida desde la antigüedad hasta la actualidad.

Lo cierto era que, lo que había vivido el doctor Fernando Loscano a manos de Thor, mediante el ritual de los misterios eleusinos por encargo de Adán Roussos, era un ritual de psicomagia colectiva para eliminar la envidia de todos los corazones de las personas que estaban a punto de subir a la quinta dimensión de conciencia, ya que con esa carga interna en el alma, les sería imposible entrar donde reinaban una conciencia de amor absoluto, paz y los poderes activos del ADN colectivo.

48

Cuarta dimensión
de la conciencia

—¿Qué haremos ahora? —preguntó Arthur—. Ya resolvimos la paradoja de Shakespeare.

Adán lo observó con su ojo interior.

—¿Por qué me miras así?

Adán activó su conciencia con un halo de luz.

—Siento extrañas sensaciones —dijo Arthur—. Como si algo en mi interior estuviese más liviano.

—¿Todavía no te das cuenta a qué se debe?

Arthur se mostró pensativo.

—Algo de mi ser ha cambiado —dijo—. Pero no logro saber qué es.

—¿Como si ya no tuvieses limitaciones? —preguntó Adán.

—¡Correcto! Siento como si todo lo que quisiera, lo pudiese manifestar. ¿Por qué me pasó esto?

—Mejor dicho, para qué. Esa es la pregunta.

Adán guardó silencio para que Arthur terminara de asimilarlo.

—Para qué me pasó esto... ¿La experiencia con Shakespeare? Él fue quien alteró el espacio-tiempo en la Matrix, ¿verdad? Para eso...

—Busca más profundo —respondió Adán—. ¿Para qué estás aquí, si yo solo o con ayuda de seres avanzados también hubiese podido regresar a Shakespeare a su tiempo?

En un momento, a Arthur se le aclaró toda la mente.

Recordó hacía años cuando, estando con Freyja, un niño se le acercó con un papel que decía: "Busca a Adán Roussos". En aquel tiempo, Arthur no sabía lo que significaba, pero allí todo se le aclaró.

Adán leyó su pensamiento y sonrió.

—¿Cómo es posible que alguien supiera en el pasado que yo iba a encontrarte en estas extrañas circunstancias? ¿Quién era ese niño? ¿Por qué?

—La pregunta sigue siendo para qué, Arthur, no por qué.

—¿Para qué me encontré con ese niño, Adán? ¿Para qué aquel mensaje encriptado?

—Para que te prepares, Arthur.

—Me he preparado espiritualmente y en mi crecimiento personal, incluso con Freyja hago meditaciones, rituales, ayunos energéticos, ejercicios de respiración, yoga, conexión con la naturaleza, practicamos el sexo alquímico tántrico, y también…

—Eso es solo la herramienta, los remos para hacer avanzar el bote de la vida personal, Arthur. Pero la pregunta es: ¿para qué tenías que vivir esta experiencia?, ¿para qué tenías que ser el único en el planeta que recordara a Shakespeare cuando los demás lo habían olvidado?

Arthur pensó.

—Es cierto, ¿por qué fui el único que recordaba a Shakespeare cuando todos los demás no sabían quién era? Ni siquiera en Google aparecía algo sobre sus obras.

—Siempre que te preguntes algo, no es por qué… sino para qué.

La repetición de Adán se le hizo un tanto fastidiosa, pero no lograba adivinarlo.

—¿Para qué? —se preguntó Arthur en voz alta.

Adán lo observó con extrema atención. Estaba procesando su estado interno.

—Para que recordase mi poder —dije a modo de pregunta intuyendo ya la respuesta.

—Exacto. Ahora dilo con emoción.

—¡Para que recordase mi poder! —dijo Arthur, esta vez con intensidad.

Adán esbozó una enigmática sonrisa mística.

—¿Y para qué quieres tu poder, Arthur?

—Para evolucionar —respondió sin dudarlo.

—Suponiendo que estás evolucionando, ¿cuál sería tu siguiente nivel evolutivo?

—Supongo que un superhumano, un hombre con la conciencia despierta y los poderes creadores a flor de piel.

—Apunta un poco más alto, Arthur.

—¿Más alto que eso? Está la categoría del *Homo universalis*, un semidios con conciencia del Todo, un humano-divino que trasciende su experiencia humana y se convierte en un ser divino, atemporal y universal.

—Correcto. ¿Y cuál es el propósito de esta experiencia, Arthur?

—El regreso a la conciencia de unidad.

—Muy bien. Ahora el punto es… ¿para qué tú, Arthur?

Ahora, Arthur Parker agudizó sus nuevos sentidos internos que le permitían una lucidez extrema.

Desde que era pequeño, intuyó que algo pasaría en su vida, en esa encarnación, como si fuese la última, el póstumo viaje en un cuerpo humano porque algo iba a suceder, algo fuera de lo normal, algo extraordinario, algo que le hiciese recordar que él era…

Adán sonrió al ver que Arthur lo había captado.

—Tú eres quien alteró la Matrix, Arthur. Shakespeare solo fue movido de su espacio-tiempo, tú eras el encargado de volver todo a su sitio. Tú eres un ser despierto que ha recordado su origen cósmico. Por eso has recordado a Shakespeare, por eso has accedido a este plano dimensional elevado conmigo, por eso has atravesado La puerta de los tiempos como si la conocieras desde siempre. Tú eres la falla en el sistema y eso hará que la Matrix caiga, que los avestrucianos despierten y que motives, inspires y movilices a miles de millones de almas para acompañarlas en la ascensión de la Tierra. ¿Entiendes ahora para qué estás aquí?

Arthur Parker brilló con la luz de mil soles. Se vio reflejado en el espejo de su ser, recordó para qué tenía que vivir esa experiencia. Una intensa emoción recorrió las fibras de su ser.

El camino místico de su recorrido humano cobraba sentido y profundidad, la causa y el efecto de todo lo vivido.

Adán y Arthur, reconociéndose como viejos amigos de la eternidad, se estrecharon en un abrazo de luz que generó un poder cuántico, fotónico y expansivo por toda la superficie de la Tierra.

49

Milán,
22 de enero de 2025

Freyja no podía permitir que el Diablo y la Sombra mataran a Mark para que los demás confesaran.

Sintiendo ahora el poder de su invisibilidad en la tercera dimensión y la captación de los pensamientos de los demás, aprovechó para moverse sagazmente por los pasillos.

Percibió que tanto Vicky como Sarah habían sido abusadas sexualmente por los reptilianos; los demás estaban inmovilizados en dos habitaciones diferentes.

"Esto es grave, necesito liberar primero a los vikingos".

El Diablo estaba en una llamada por su teléfono móvil y la Sombra y el Programador se encontraban en la cocina, preparando algo para comer. Los demás reptilianos parecían haberse ido de la casa.

"Es ahora o nunca".

Se deslizó por una puerta que estaba abierta y escuchó murmullos.

Era claramente la voz del profesor Kirby.

Cuando se dispuso a abrir la puerta para liberarlos, se sorprendió al ver a más de una docena de reptilianos dentro.

"¿Y Kirby?", se preguntó Freyja, asombrada.

Los reptilianos la observaron con aire de triunfo en sus alargadas pupilas.

—¿Creías que seríamos tan ingenuos como para no saber que no estabas en la casa? Pudiste con uno, pero no podrás contra todos nosotros.

Uno de los reptilianos imitó la voz de Kirby. Sonaba igual al profesor.

—¿Dónde están los demás? ¿Qué han hecho con ellos?

A Freyja se le bajó la presión al sentir la energía tan densa de tantos reptilianos juntos.

—Hemos pedido refuerzos. Ahora es tu turno de entregarnos tu cuerpo —dijo otro reptiliano.

—¡Bichos asquerosos! ¡Raza de víboras! ¡Engendros de serpientes! —espetó Freyja con las mismas palabras que había utilizado Jesús para expulsar a los reptiles del templo milenios atrás.

—No gastes tu energía, la necesitaremos.

Cuatro fuertes híbridos reptiloides se abalanzaron sobre ella y la detuvieron en seco.

—¡Suéltenme! —gritó, tratando de hacerse invisible.

—Tus poderes se anulan y no funcionan con emociones bajas —le dijo un reptiliano.

Ella sintió impotencia y enojo.

Los reptilianos la observaron con irónica expresión.

—¿Pensaste que somos tontos? ¿De verdad crees que no sabemos cómo funcionan los humanos? Pobre mortal, esclava con ínfulas de supermujer.

—Las mujeres revolucionaremos la tierra. El divino femenino está cerca, monstruos asquerosos.

—¿El divino femenino? Tuvieron una oportunidad hace tiempo con tus ancestros druidas, pero ahora, con ese tibio movimiento feminista que tiene más testosterona que otra cosa, no podrán hacer nada.

—¿Entonces para qué quieren nuestra energía femenina?

—Son vasijas creadoras, para eso son extremadamente útiles —respondió el reptil mayor.

—Y deliciosas —agregó otro.

—¡Zánganos chupadores de energía! ¡Ya verán lo que las mujeres somos capaces de crear! ¿Dónde tienen al profesor Kirby y a los demás?

—De eso no tenemos dudas. Ustedes han creado nuestra mezcla híbrida en muchos lugares, sobre todo en las monarquías. Gracias a eso, seguimos reinando.

—Basta —dijo el reptil mayor—. No debe saber más.

—¿Qué más da? Una vez que abusemos de su energía sexual, ya no podrá contarle a nadie.

Freyja recordó que habían sido muchas las veces que se le aparecieron en sueños, tratando de copular con ella en el campo astral.

—No importa. Recuerda que ya tiene el poder de la telepatía, podría llamar a alguien.

—En eso tienes razón —dijo una voz fuerte y clara.

Detrás de los reptilianos, apareció una luz que los enceguó por un momento.

—¿Qué está sucediendo?

Todos se llevaron las manos a los ojos. Incluso Freyja. Luego de varios segundos, ya que el ser bajó su intensidad, le vieron el rostro.

Era Adán Roussos.

—¿Qué haces aquí? —preguntó uno de los reptilianos que había visto a Adán en la cuarta dimensión.

—Hemos venido a poner las cosas en orden en este plano también —dijo Adán con autoridad.

—¿Hemos? —preguntó el reptil mayor, mientras los otros todavía veían borroso por la luz de Adán.

—Mi amigo también está aquí —dicho esto, Arthur Parker se materializó a su lado.

—Veo que ya le enseñaste a viajar entre planos —dijo el híbrido.

—¡Arthur! —exclamó Freyja—. ¡Estás aquí, amor!

Cuando ella corrió a abrazarlo, Adán la detuvo con sus palabras.

—Todavía no se toquen —le dijo Adán a Arthur—, la biología de tu cuerpo está aún muy nueva en ambas dimensiones.

—¿Cómo es eso? —preguntó Freyja.

—¡Silencio! —exclamó un reptiliano—. Te pasaste con esto. Él es...

—Así es —respondió Adán con aires triunfales—, una de las ciento cuarenta y cuatro mil almas despiertas que romperán la Matrix.

Arthur lo miró con sorpresa.

—No estás tú solo, Arthur, hay un ejército de almas iluminadas y despiertas que pronto se unirán para...

El Reptil dio la orden de ataque.

La docena de híbridos comenzó a emitir un sonido discordante y nefasto por toda la sala. La vibración de baja frecuencia se expandió y Kirby y el equipo quisieron taparse los oídos en la otra habitación, al igual que los vikingos, impotentes por estar amarrados con los brazos por detrás de la espalda con una fuerte cuerda.

—¡No lo soporto! —exclamó Farías, que era muy sensible a los sonidos.

Un griterío espeluznante se apoderó de la sala.

Freyja y Arthur también se molestaron por esa vibración. Adán trató de crear un escudo protector energético, pero fue en vano. Muchos reptilianos comenzaron a materializarse desde el bajo astral. Ya eran más de cincuenta. Adán le mandó una onda telepática a Arthur para que lo siguiera. Acto seguido, trató de salir rápidamente de la casa. Arthur lo siguió detrás, igual que Freyja. Los reptilianos se movieron velozmente y los rodearon. Adán se expandió en luz tirando a algunos al suelo. Más reptiles comenzaron a aparecer y a realizar un sonido aún más intenso. Farías se desmayó, incapacitado para escuchar esos pitidos. Kirby y David también se desmayaron. Los vikingos trataron de resistir, mas no funcionó. Por último, Vicky y Sarah, en la habitación contigua, seguían inconscientes por la nefasta experiencia que habían pasado.

Adán salió de la casa y Arthur lo siguió. A Freyja la sujetaron media docena de reptiles, insuflándole vibraciones pesadas a través de los ojos, anulando su poder de la invisibilidad.

Aquello era un caos.

En la otra habitación y la cocina, el Diablo, la Sombra y el Programador se llevaron las manos a los oídos.

—¡Basta! —alcanzó a gritar el Diablo—. ¡Deténganse ya mismo!

Dicho esto, el sonido cesó de inmediato.

La Sombra corrió al baño y comenzó a vomitar en el inodoro.

—¿Qué está pasando? ¡Les ordené que no realizaran sonidos de bajo astral a no ser que yo no estuviera! —gritó el Diablo.

—Llegó un ser de la quinta dimensión con uno de los ciento cuarenta y cuatro mil.

Al Diablo se le agrandaron los ojos tras sus gruesas monturas de gafas.

—¿Qué dices? ¿Y dónde están?

—Se escaparon.

—¿Cómo aparecieron aquí?

—Por el espejo, supongo que utilizaron un agujero de gusano.

Al Diablo, aquello lo inquietó.

—¿Dices que era uno de los ciento cuarenta y cuatro mil?

—Así es.

El Diablo sabía que esas almas eran antenas que emitían una energía muy alta y potente debido a su campo energético, y así beneficiaban la ascensión terráquea.

—¿Y el otro quién era? ¿Pleyadiano, siriano, andromedano?

El Diablo trató de saber el origen cósmico de Adán Roussos.

—Por la estatura, supongo que…

—¡Qué más da quién sea! ¡Vayan tras ellos! ¡Ustedes son una legión de reptilianos! ¡Atrápenlos y tráiganlos ante mi presencia!

—Así lo haremos —dijo el Reptil, y se llevó a más de treinta de los híbridos que rápidamente cambiaron a su forma humana, viéndose como seres comunes y corrientes.

Salieron de prisa tras ellos.

50

Milán,
22 de enero de 2025

Adán y Arthur ya estaban a varias cuadras y se dirigían al parque Sempione, que rodeaba al famoso Castello Sforzesco. Estaban sentados en una banca bajo un frondoso árbol.

Al sur, se erigía el Arco della Pace, un arco de maravillosa construcción inspiradora, uno de tantos sitios emblemáticos de Milán. Al oeste, el parque concluía en el Acuario Cívico.

—Aquí estaremos a salvo por un momento mientras haya luz solar, a los reptilianos no les gusta la energía de la naturaleza y del Sol.

El atardecer ya iba cayendo por el horizonte.

—¡Eso estuvo muy cerca! —dijo Parker—. ¿Qué vamos a hacer con ellos? ¡Tienen a todos prisioneros!

—No solo a ellos, Arthur, tienen prisioneros a la mayoría de los habitantes de la Tierra desde hace milenios a base a mentiras y elaborados planes de control.

—¿Los reptilianos?

—Así es —respondió Adán—, desde que uno de ellos se cruzó con la Eva de los orígenes. ¿O acaso crees que era una serpiente común y corriente?

Arthur captó.

—¿Por eso Caín mató a Abel? Los primeros dos niños y uno de ellos mató a su hermano, o mejor dicho, medio hermano, ya que sería hijo de un reptil… ¡eran de diferentes razas!

Adán asintió, al tiempo que observaba con su campo bifocal expandido para percibir presencias externas.

—Centrémonos aquí y ahora. Debemos ejecutar un plan para el despertar colectivo inmediatamente —razonó Adán—. Han convocado a muchos reptilianos, y vendrán más al saber que encontraron a uno de los ciento cuarenta y cuatro mil.

—¿Dónde están los demás?

—Los otros ciento cuarenta y cuatro mil están desperdigados por la Tierra, esperando unirse a la batalla final, aunque aún no sepan quiénes son. Ellos trabajan para la luz, pero no recuerdan completamente el propósito de esta guerra.

—¿Batalla final? ¿Guerra?

—Pronto vas a recordar todo. Arthur, tu propósito de vida y tu misión fue venir a vivir estos momentos de transformación. Tú eres el primero que sabe que pertenece al grupo del plan maestro. Pero estamos en problemas. Problemas muy grandes.

—¿Podemos pedirle ayuda a más almas despiertas, a más de los ciento cuarenta y cuatro mil, o bien, a seres de una dimensión superior?

—La batalla deberá ganarse por méritos propios, cada alma debe despertar completamente. Yo puedo pedir ayuda a seres avanzados dimensionalmente, pero el mérito sería de ellos y no de los humanos. Lo único que se puede hacer es incentivar a quien aún…

Adán se frenó en seco y observó el parque: algunos niños jugando, madres hablando con otras madres, vendedores ambulantes, gente caminando deprisa.

—¿Entonces a quién podemos decirle que nos ayude? Si los reptilianos nos descubren, nos superan en mayoría. ¿Por qué no regresamos a la dimensión superior? —dijo Arthur.

—A nivel molecular, no podemos cambiar tanto de dimensiones. Hace falta readaptarnos bioquímicamente antes de subir otra vez. Esto es un proceso de epigenética.

Adán giró la cabeza.

—¡Psss! ¡Ey, tú! —le dijo Adán a una persona que estaba leyendo un libro a pocos metros de ellos.

La persona con el libro se giró.

—¡A ti, sí, a ti! —repitió Adán con fuerza, mientras el lector lo miraba fijamente a los ojos.

—¿A mí? —preguntó.

—Sí, a ti, que tienes el libro en tus manos.

El lector tragó saliva. Hizo una pausa y pensó: "No puede ser. ¿Me está hablando a mí?".

Adán captó su pensamiento.

—Así es.

"Esto no puede ser posible".

—Sí lo es —dijo Adán con una sonrisa franca—. Llámalo física cuántica, nueva conciencia, ascensión, talento literario, como quieras. Debes ayudarnos.

—¿Ayudarlos? ¿De qué modo?

—Entra en la historia con nosotros.

El lector dudó, parecía un sueño interdimensional, no daba crédito a lo que estaba sintiendo.

—¿Cómo te llamas?

El lector pronuncio mentalmente su nombre.

—Yo soy Adán Roussos, y él es un gran amigo, el detective Arthur Parker.

Nos miramos a los ojos y nos estrechamos la mano.

—Pero yo soy un simple ser humano leyendo este libro.

—¿Te parece raro pasar de simple lector a protagonista? Nosotros también podemos conectar con los lectores, del mismo modo que tú con nosotros.

—¡Esto es absolutamente extraño!

—Todo es posible en el mundo de la mente. El universo es mental, ¿lo sabes?

El lector guardó silencio para pensar; miró la portada de su libro, como si se tratase de una burla de la energía cósmica o quién sabe de qué alucinación mental.

Adán aprovechó para argumentar.

—Dime una cosa, ¿no tienes un cansancio extremo por vivir entre tantos problemas en el planeta Tierra? ¿No te cansas de ir a trabajar, de ver cómo el mundo está envuelto en conflictos múltiples como los trenes que chocan entre sí al mismo tiempo emitiendo una fuga de gases tóxicos al aire, los terremotos por doquier, los vuelos químicos con gases que afectan el cerebro, las vacunas obligatorias, las cuarentenas de varios meses y un control dictatorial por todas partes? ¿Rituales malignos a cara descubierta en los multitudinarios eventos deportivos y artísticos para usar la energía de las multitudes inocentes para oscuros fines? ¿Comida llena de metales pesados para debilitar a la población? ¿Complicaciones, muertes inexplicables y paros cardíacos recurrentes en gente joven después de haberse puesto vacunas?

El lector estaba en *shock*.

—¿Me estás hablando realmente a mí?

—Así es. A ti, que sujetas ahora este libro en las manos.

Adán y Arthur sonrieron en complicidad.

El lector observó el libro y sintió la textura de las páginas como si fuera un objeto mágico viviente.

La puerta de los tiempos —El lector leyó el título en la portada.

—No te asombres. Nos tienes en tus manos ahora mismo. Si tú entras por libre albedrío, podrás cambiar esta historia a favor de la luz.

—¡Pero si ni siquiera saben quién soy! Ustedes no me conocen a mí.

Adán sonrió.

—El ser humano tiene el mismo contenido, aunque cambie el envase. Da igual si eres mujer u hombre, adolescente o mayor; lo importante es tu energía y tu conciencia. ¡Tu alma es la que está involucrándose en este despertar!

Era cierto, estos dos hombres no me habían ni juzgado ni excluido, sino todo lo contrario. Me estaban invitando a unirme a su aventura.

A partir de ahí, yo me sentí partícipe. Un extraño sentimiento de unidad. Tanto, que no sabía quién era más real, si yo, que estaba leyendo esto, o los protagonistas que me hablaban.

Adán y Arthur me observaron a los ojos como si observaran la profundidad de mi alma.

—Ven aquí dentro, con nosotros.

No sabía si reírme o llorar de emoción. ¿Me estaban invitando a entrar en la historia que estaba leyendo?

—Ya estás dentro, a no ser que arrojes el libro lejos de ti. Ahora, ven con nosotros en la ascensión y apóyanos con tu energía y tu inteligencia. El Todo es mente, el universo es mental.

Mi corazón se aceleró.

Sonreí otra vez.

—¿Ustedes dos me llaman inteligente a mí? Les he seguido la pista y han podido hacer muchas cosas y me han enseñado muchas otras en los libros pasados, pero... ¿ahora me piden que aporte mi inteligencia en este libro?

—Y tu energía, compromiso y presencia en la vida real.

Tragué saliva.

—¡Ahora yo estoy dentro del libro! ¡Como si las palabras se fuesen escribiendo al mismo momento que las leo!

—¿Acaso no sabes que el Todo no puede ser el Todo si le falta una de sus partes? —me dijo Adán—. Tú eres una parte importante.

—¡Dios mío! ¡No sé si estoy soñando o si quien escribió esto me está haciendo una jugada!

—Nadie te está tratando de hacer nada. ¡Eres tú quien tiene que hacer la jugada! Y no solo hacer, sino ser. Recuerda la enseñanza: ser o no ser, ¡esa es la cuestión!

Guardé silencio. Necesitaba digerir esto que estaba pasando ahora mismo.

Adán me habló nuevamente.

—¿Vas a ser parte de la ascensión o te conformas, como otros espectadores, llenos de pasividad con la indiferencia como lenguaje? ¿No quieres ayudar a que despierten los avestrucianos y unirte al grupo de despiertos conscientes?

—Adán, necesitamos apurarnos —interrumpió Arthur.

—¿Vienes? —me preguntó nuevamente.

Dudé un segundo.

Debía elegir.

—Hay tres clases de personas —remarcó Adán—: los que hacen que las cosas pasen, los que ven las cosas pasar sin hacer nada y, peor aún, los que se preguntan: ¿qué pasó? una vez que todo ha sucedido.

"Aquellos que eligen", pensé.

Sabía que el viejo paradigma de los elegidos ya no funcionaba. La responsabilidad personal en el cambio de los tiempos era la nueva consigna: los que eligen.

Respiré profundo.

—¡Elegir me vuelve libre! —exclamé a viva voz.

No pude evitar sonreír.

¡Wow! ¡Ahora tenía este libro en las manos y al mismo tiempo saltaba dentro de las páginas, para ayudar a Adán Roussos y Arthur Parker!

Mi autoconciencia de estar dentro de estas páginas y al mismo tiempo dentro de la historia se expandió y lo sentí claramente.

—¡Vamos! —exclamé—. ¡Cuenten conmigo!

A partir de eso, mi cabeza comenzó a funcionar como protagonista y dejé de ser simplemente alguien que leía un libro.

Adán sonrió y se puso de pie. Era alto, con una mística y enigmática belleza. Lo vi tremendamente luminoso.

Arthur también sonrió y me estrechó la mano.

Adán me observó directamente a los ojos y me dijo algo que cambiaría mi conciencia, mi vida y mi destino:

—¡Ahora, tú también estás dentro de La puerta de los tiempos!

51

Milán,
22 de enero 2025

Adán Roussos, Arthur Parker y yo nos fuimos caminando a paso veloz dejando atrás el parque y el Castello Sforzesco. Había guardado el libro en mi bolso y a veces me costaba seguirles el ritmo por los zapatos nuevos que estaba usando ese día.

—¿En qué se supone que yo colabore? —pregunté.

Adán me observó de reojo.

—Caminemos un poco más. Tengo un plan.

Miré hacia atrás. Nadie nos seguía. En pocos minutos, habíamos atravesado la Vía Legnano hacia la Puerta Garibaldi. Una vez que llegamos a la emblemática locación, Adán se detuvo en el porche de una casa antigua.

—Los reptilianos nos seguirán el rastro por el olor y el nivel energético —me dijo Adán—. Pueden oler y percibir a la gente despierta y con luz en su ADN a kilómetros de distancia. Lo mejor será que te vistas con algo de nuestras ropas mientras nosotros entramos en aquella perfumería para despistarlos.

—¿Me dices que los reptilianos me seguirán a mí en vez de a ustedes? Eso me pondría en peligro.

—Tarde o temprano deberás enfrentarte a ellos. Si ahora los despistas, no volverán a seguirte.

—¿Cómo se supone que los despistaré? —pregunté.

—Llevarás una de nuestras prendas y las dejarás a varias calles de aquí, dentro de algún castillo o iglesia donde haya mucha gente.

—Adán, últimamente las iglesias están bastante vacías —argumentó Arthur.

Hubo un silencio.

—También llevarás un cuarzo blanco, que es también un poderoso protector y activador de la frecuencia de tu ADN debido al silicio que posee.

—¿Y de dónde sacaré un cuarzo? —pregunté.

Arthur también me miró con empatía.

Adán frotó sus manos y al instante generó una energía que podía sentirse a metro y medio de distancia. Adán cerró los ojos y colocó una mano en su cuarzo. Tomó varias respiraciones y del puño cerrado de su mano izquierda, se sintió la emisión de un impacto vibratorio. En menos de un minuto abrió la mano y como si de un truco de magia se tratase me entregó un cuarzo blanco trasparente de unos diez centímetros de varias aristas.

Abrí la boca en señal de asombro, extendí las manos y lo recibí. A juzgar por el sentido del tacto pude dar fe de que era un cuarzo real. Sentí su peso y su calor.

Arthur y yo nos miramos con un extraordinario asombro de lo que acabábamos de ver.

—¿Lo has materializado? ¿Cómo has hecho eso? —pregunté tragando saliva.

En el rostro de Adán se dibujó una enigmática sonrisa.

—La fórmula "Pide y se te dará, golpea la puerta y se te abrirá" funciona más que nunca en estos tiempos de frecuencia solar elevada.

—Pero…

Mi mente no daba crédito a lo que había visto.

Arthur le puso la mano en el hombro a Adán.

—Gracias amigo, nos das esperanza.

—No es esperanza en realidad, es ciencia espiritual, es el poder de la genética que se está activando a través del sol y las frecuencias de la Tierra y, por supuesto, de las prácticas energéticas que he realizado desde hace mucho tiempo. Al ascender en conciencia, el poder de la energía y el pensamiento se centra en crear. Podemos crear porque somos seres que han sido creados por La Fuente, tenemos esa herencia. Es uno de los poderes de la quinta dimensión.

—Mi mente no sale del asombro —dije con emoción.

Acto seguido, Adán frotó nuevamente sus manos y le entregó otro cuarzo a Arthur Parker, que lo sostuvo como si tuviese el mismísimo Santo Grial en sus manos.

—¿Explícanos en detalle cómo has hecho eso? —preguntamos al unísono Arthur y yo.

—Una vez que la conciencia del Cristo se activa dentro nuestro podemos materializar lo que queramos. Cristo es un cristal, la conciencia de dimensiones superiores es crística en esencia.

Guardamos silencio.

Aquello ya eran palabras mayores.

—Supongo que así fue como Jesús pudo materializar el agua en vino y caminar por el agua.

Adán sonrió.

—Y lo dejó en su enseñanza al permitirnos también generar esta conciencia.

De inmediato, con el cuarzo en mi mano, sentí que la temperatura de mi cuerpo se elevó.

—¿Próximo paso? —pregunté.

—Toma un taxi hasta la estación de trenes y coloca la ropa en una bolsa dentro del primer tren que salga hacia cualquier dirección. Ellos pensarán que vamos allí y tendrán que olvidarnos o ir tras esa pista falsa.

—Buena idea —respondí—. Yo puedo hacer eso. ¿Y luego?

—Luego necesitamos hablar contigo. Nos reuniremos en el hotel Hilton. Allí tomaremos habitaciones y pasaremos la noche.

—Manos a la obra, entonces. Ya mismo salgo para la estación.

Cuando ya caía el sol entre el horizonte arquitectónico de la añeja ciudad, Adán y Arthur me dieron sus camisetas y se colocaron los abrigos encima de la piel.

Adán colocó las manos en mis hombros y me proyectó un halo de luz por sus ojos y su pecho.

Sentí su poder una vez más.

Arthur me sonrió con la misma luz del origen universal y me dio un abrazo. Claramente recibí el potente impacto energético y emocional en mis células y mi alma.

Rápidamente salimos en direcciones opuestas. Ellos hacia la perfumería, en busca de alguna loción fuerte de moda, y yo detuve el primer taxi hacia la estación de trenes.

52

Milán,
22 de enero de 2025

A pesar del peligro que aquella misión representaba, me dirigí con entusiasmo a cumplir mi cometido.

A pesar de que el frío calaba los huesos en la calle, sentía un fuego interno en mis células, altamente encendidas en mi sangre, como un poderoso néctar afrodisíaco. Nunca había sentido ese calor en mi cuerpo, salvo cuando había experimentado ciertos orgasmos intensos. Alejé mi mente de esos pensamientos, aunque la sensación era similar, mi piel estaba destilando adrenalina y mi nivel de serotonina estaba por las nubes.

Después de todo, el entusiasmo de poder ser parte de la historia llenaba mi corazón de vida. Estaba siendo protagonista, y al mismo tiempo que vivía la aventura, las letras se iban plasmando frente a mis ojos en mi universo mental.

¡Era fascinante, debía ayudar a Adán Roussos y Arthur Parker y a la ascensión de la Tierra! Siempre había querido conocerlos, y ahora ellos me pedían a mí que los ayudase.

Definitivamente, la magia era posible. Todo lo que se imagina, se crea.

"Yo, a lo mío —me dije mentalmente—. Tardaré pocos minutos en llegar a la estación y luego regresaré".

Con mi libro mágico en la mano, ya que era la puerta por la que había entrado a la historia, apuré el paso lamentando haber ido con ese incómodo calzado ese día.

Las calles de Milán no se caracterizaban por ser una pradera, sino un sinfín de baches mezclándose con empedrados antiguos, lo cual dificultaba un tanto andar a buen paso. Llegué a la acera y me detuve buscando un taxi rumbo a la estación de trenes.

En menos de un par de minutos, un coche a buena velocidad se detuvo cuando alcé la mano.

—*Milano Centrale, per favore.*

—*Subito.*

Yo me encontraba en Milán de vacaciones y ahora estaba dentro de una confusa situación. Por primera vez, sentí el peligro. Aquello no era un juego ni una teoría conspirativa, era un hecho. Había visto infinidad de videos en las redes sociales sobre lo que estaba sucediendo en el mundo actualmente y los controles que querían imponer con el Nuevo Orden Mundial a través de normativas y ajustes en las libertades del ser humano.

Si bien me gustaba colaborar con el despertar o simplemente hacer el bien, ahora Adán y Arthur me pedían que me comprometiera aún más. Era lógico, si cada individuo dejase de mirar los noticieros, cambiara la música que escucha por otra más emotiva, hiciera un cambio en la alimentación, practicase la meditación y la activación de los poderes de su ADN y fuera más solidario en lo que es injusto contra la libertad individual y colectiva, el pueblo consciente tendría el poder, y no un puñado de magnates amparados por reptilianos detrás de la escena.

En fin, me sumergí en mis pensamientos con la conciencia de realizar mi labor. Ahora debía hacer que Adán y Arthur estuvieran libres de persecución.

"¿Cómo voy a distraer a los reptilianos?".

Empecé a dejar que mi mente hiciese una búsqueda de soluciones.

En menos de diez minutos, el taxi se detuvo frente a la majestuosa construcción arquitectónica de la estación de trenes de Milán.

—*Grazie mille* —dije en italiano y bajé del coche.

Miré hacia los lados. Multitud de personas iban y venían a paso rápido, otras entraban al mercado que se encontraba en la antesala de la estación, donde bebían cafés y comían desde *pizzas* y pastas hasta sándwiches o dulces. En Italia, la comida era casi una religión.

No podía detenerme a comer, si bien me seducía una buena porción de *pizza*. Empecé a sentir que mi corazón se aceleró. Dejé atrás el café y subí las escalinatas de la impactante estación.

"Los reptilianos", los sentí en mis entrañas.

Como si un nuevo sentido interno se activase en mi ser, empecé a sentir una especie de náuseas al tiempo que, en igual medida, un empoderamiento de mi alma. Una sensación similar la había experimentado en mi niñez, cuando soñaba con los ojos abiertos que cumplía alguno de mis sueños.

En esos precisos momentos, me sentí como Neo y Trinity en *Matrix*: la presencia de mis perseguidores acechándome, siguiendo mi rastro de energía y olor corporal. Era como si supieran exactamente dónde estaba en todo momento, tenían un radar mental más avanzado que el humano.

"Debo estar alerta y en constante movimiento".

Mientras aceleraba la velocidad de mis pasos, me pregunté cómo había llegado a esta situación. Cómo terminé en persecusión por reptiles híbridos en Milán. Sabía que había algo especial en el libro que tenía en mis manos, quizás un conocimiento oculto que estaba saliendo a la luz. Ya lo había leído en otros libros anteriores, pero sentía que todo lo que se había divulgado en las historias pasadas, ahora estaba aquí mismo, sobre la faz de la tierra.

Esos seres, cuando querían algo, no se detenían ante nada para conseguirlo. Lo hicieron múltiples veces eliminando a personajes famosos del mundo del espectáculo y de la política, no querían que nadie tocara lo que ellos consideraban suyo: el planeta y los humanos.

En mi mente, repasé mi plan una y otra vez. Sé que no podía dejar que esos híbridos me atraparan, porque si lo hacían, me obligarían a confesar dónde estaban Adán y Arthur, y además, el libro se perdería para siempre como un detonante de la conciencia de los lectores. Entonces, decidí improvisar y salirme del camino más transitado para desviar mi rastro.

Encontré otro puesto de comida al final de un pasillo sin salida, con otro pequeño café en la esquina. Sin pensarlo dos veces, corrí hacia el café y me metí. Sabía que tenía que hacer algo para despistar a mis perseguidores, así que me dirigí a uno de los jóvenes que trabajaban ahí. Me acerqué al mostrador y traté de balbucear algo en italiano.

—*Un panino alla cipolla.*
—*Formaggio?*

—*No, solo cipolla, per favore.*

Si bien la cebolla yo solo la comía en la exquisita sopa francesa con queso derretido y pan dentro, ahora tenía algo diferente en mente.

El joven rápidamente asintió y se puso manos a la obra.

Con la experiencia de preparar los *paninis* diariamente, me entregó el sándwich de cebolla.

Le di efectivo, para no registrar mi tarjeta, y tomé el sándwich.

El aroma a cebolla me invadió y me retiré hacia los vagones. Di media vuelta y regresé.

—*Potresti darmi una cipolla cruda?*

El camarero me observó como si le pidiese que me llevara a la luna.

—*E che mi piace molto. Mi scusi.*

Sin más, tomó una cebolla y la puso en una bolsa.

—*Due, per favore.*

"¿Va a comer dos cebollas crudas?", debió haber pensado el camarero.

En estos tiempos, hay gente para todo. Eso ni por asomo me volvía una persona friki. Había cosas peores. Me observó como si hubiese perdido la cabeza o quién sabe qué. Seguramente, también pensó que mis besos de lengua no serían agradables para nadie.

Cuando fui a pagar, hizo una seña con su mano y me pidió que me marchara con una actitud entre hostil y confundido.

Cómo explicarle que ahora tenía lo que quería.

Olía a cebolla.

53

Milán,
22 de enero de 2025

Me escondí tras unos probadores de ropa y vi a varios metros a tres hombres vestidos de color verde oscuro cual militares que, a paso autoritario, entraron en el café unos minutos después de haberme ido. Se notaban furiosos porque no me encontraron. En realidad, iban tras el olor de la ropa de Adán y Arthur; debía introducir sus camisetas en el primer tren que saliera hacia cualquier lado.

"¿Cómo atravesar toda la estación sin que me perciban?"

Los hombres altos y fuertes miraron alrededor y vieron al camarero que me atendió. Se acercaron a él y aparentemente lo interrogaron, debido a que seguramente quedó algo del rastro del olor de la ropa que yo llevaba.

Estaba apostando toda mi seguridad personal a que las cebollas los despistaran y pudiera deshacerme de las camisetas.

Me giré por una bulla de voces y observé que a la tienda de ropa entró un grupo de turistas jóvenes, hablando en francés en voz alta y riendo. Eran más de una docena y parecían de un viaje estudiantil o de celebración, quizás con unas copas de más. Una cantidad de aromas de perfumes franceses inundó mis fosas nasales.

Respiré profundo.

"Es el día de los perfumes", pensé.

Yo sabía que, cuando un perfume llega al cerebro, actúa impulsando la memoria y activa diferentes neurotransmisores.

No sabía cómo funcionaba el cerebro reptiliano específicamente, pero creí que tenía la solución. Fingí trastabillar a propósito y choqué con las chicas francesas para que su perfume quedara en mi ropa. Una de ellas, con un rostro pleno de belleza y de no más de veintitantos años, me sonrió, y otra menos agraciada me miró con cara de pocos amigos.

—*Excusez ma, maladresse.*

Me disculpé por mi torpeza al tiempo que me di cuenta de que en un rincón había una sección pequeña de perfumes. Casi con desesperación, tomé cualquier frasco y lo esparcí generosamente en mi cuello, manos y tobillos.

Las chicas francesas me miraron como si vieran a alguien que perdió la razón.

—¡Se está perfumando los tobillos!, —dijo una de ellas en tono burlón.

Hicieron algún chiste que no alcancé a oír y se taparon la nariz para luego reír en una explosión de carcajadas.

Salí de ahí a paso veloz e internamente me encomendé a mi ángel guardián y mis guías. Subí varias escaleras y avancé entre la muchedumbre.

"Cebollas y perfume francés", me dije.

Recé internamente para que la fórmula funcionara.

Supuse que, desde el medioevo, los franceses lo habían usado para tapar el olor corporal, así que ahí íbamos de nuevo.

Vi a los híbridos dirigiéndose a la tienda donde me encontré con las francesas. Supe que mi plan estaba funcionando, aunque con cierta demora. Aun así, tenía cierta ventaja.

"¿Y si hay más de ellos?", pensé.

Mientras los híbridos seguían buscando, me escabullí por la pasarela, observé la gran pantalla que anunciaba los próximos trenes y compré un billete al primero que iba para Zúrich.

Pagué rápidamente en la máquina expendedora, noté que me temblaba un poco la mano y tomé el billete. Caminé rápidamente y pasé el control del guardia de seguridad.

Binario 11, ponía en la señal, y salía en exactamente ocho minutos.

Lo bueno de los trenes europeos es que te puedes subir pocos minutos antes, de que partan. Sabía que no podía bajar la guardia, pero al menos ahora tenía un poco más de tiempo para planear mi próximo movimiento.

Subí al tren y me dirigí al primer asiento vacío que encontré. Arriba de los asientos, deposité disimuladamente las camisetas y las dejé ahí. Había pocas personas en ese vagón, y noté que nadie me observara. Respiré profundo y volví por donde salí para bajarme del tren.

Trataba de que no quedara rastro del olor de la ropa de Adán y Arthur, así que tomé una cebolla y le di un mordisco, luego la aparte interna la pasé por mis manos, mi piel y mi ropa.

"Dios mío, ¡qué olor!", pensé.

El fuerte tufo llenó el aire y comencé a llorar por los químicos de la cebolla. Con mis ojos nublados por las lágrimas, alcancé a ver la imagen borrosa de unos hombres con paso decidido y supuse que eran los híbridos que se acercaban entre la multitud.

"¡Vienen por mí!"

Estaba a punto de ponerme en posición de defensa, pero poco antes de llegar a donde yo estaba, se detuvieron en seco y giraron las cabezas entre la multitud, como si tuviesen ojos láser que observaran más que los ojos humanos. De improviso, la mezcla de los olores humanos y de las cebollas era demasiado fuerte para ellos y comenzaron a estornudar y a toser.

El corazón me latía deprisa. Respiré profundo para calmarme. No sabía si gritar, correr a toda prisa o quedarme inmóvil.

Al ver que se giraban llevándose las manos a la nariz, caminaron rápidamente ante la mirada inquisidora de la multitud que los rodeaba, ya que aquel que tosía después de lo sucedido con los virus mundiales, se convertía en una persona no grata. Rápidamente, los tres corpulentos reptiles se dirigieron a paso militar hacia el Binario número 11, donde yo había dejado la ropa.

En mi rostro se dibujó una tibia sonrisa, y por fin pude exhalar con un suspiro de alivio, creyendo haber logrado mi objetivo. Pero sabía que no todo estaba resuelto todavía. Tenía que moverme con cautela y no bajar la guardia.

Rápidamente caminé en dirección contraria, bajo las escalinatas hacia la calle, y me subí a un taxi de la fila para salir inmediatamente de la estación de trenes. Debía ir al encuentro con Adán y Arthur. ¡Qué tensión sentía! Todavía no creía que estaba dentro de la historia de este libro. Estaba pensando y lo que pensaba se escribía. ¿Y ahora qué se supone que debía hacer? Reflexioné tratando de llevar paz a mi mente. Por lo pronto, dejé la ropa de ellos en un tren camino a Zúrich para despistar a los reptiles. Mi corazón latía deprisa.

Estaba en medio de una experiencia surrealista.

En pocos minutos el taxi llegaría a la puerta del hotel Hilton, donde habíamos quedado de encontrarnos.

Pagué con efectivo y me bajé. Miré hacia los lados y rápidamente entré al *lobby*. No sabía bien qué hacer. Decidí esperar unos minutos sentándome en unos lujosos sofás de cuero en la entrada a la espera de Adán y Arthur.

Pasa un rato y no veo a nadie. El tiempo se hizo lento, pesado, y al mismo tiempo parecía que pasaba velozmente. Era confuso no saber qué hacer. Veía solo gente que venía e iba. Al fondo divisé un bar. Pensé que me vendría bien beber algo después del estrés que sentí. Esperé un poco más.

Al cabo de unos diez minutos, decidí ir hacia la recepción.

—Hola, busco a unos amigos hospedados aquí.

La recepcionista me sonrió.

—¿Bajo qué nombre están alojados sus amigos?

—Adán Roussos —respondí en voz baja y miré hacia los lados.

La recepcionista observó en su listado en la computadora.

Negó con la cabeza.

—No hay nadie con ese nombre.

—¿Arthur Parker?

—Parker —repite la chica—, tampoco.

Pensé por un instante.

"Claro, obvio —me dije—. No creo que se registren con sus nombres reales si están siendo perseguidos.

—Pues esperaré por aquí —le dije y me fui al bar.

"No están en el hotel. ¿Y ahora qué hago?".

Me sentí como un conejillo de Indias a merced de quién sabe quién, ya que yo nunca había visto a ningún reptiliano. ¿Qué se supone que diría si me interrogaban? ¿Quién me iba a creer si le decía que solo era alguien que estaba leyendo este libro y que de repente estaba dentro de la historia? Entonces, ¿qué sucedía aquí? ¿Lo que pensaba se escribía en el momento? ¿O sea que si yo pienso algo se escribía aquí? Yo estoy dentro, ¿verdad?

Hice una pausa.

¡Un momento ¡Yo podía escribir mi propia historia! ¿Entonces por qué iba a esperar lo peor? ¡Iba a decretar lo que quería que pasara, no lo que no quería! ¡Ya sabía que si pensaba con intención acababa sucediendo!

Hice una pausa.

En realidad, vi todo lo que pasaba en este libro, pero ahora no había más protagonista que yo. Y podía decretar lo que quisiera. Podría acabar con esta historia de la ascensión, los viajes en el tiempo, la conspiración contra los seres humanos despiertos para volver a todos adoctrinados avestrucianos, terminar esto aquí e irme a mi casa. Después de todo, yo estaba pasando unos días de vacaciones, no vivía en esa ciudad. Pero eso sería demasiado improductivo. Yo no era avestruciano. Yo tenía la conciencia despierta. Si tenía la oportunidad de escribir la historia, obviamente sería con valor, conciencia, determinación y energía. Con todo el esfuerzo que hicieron Adán y Arthur para ayudar a la humanidad, no vendría yo a terminar lo que aún no había terminado. Lo bueno es que sentía que tenía el poder de ir hacia un lado o al otro, de pensar así o asá. ¡Qué maravilla! ¡Yo podía hacer que pasara lo que yo quería que pasara!

Nuevamente reflexioné en silencio.

¿Toda la historia de este libro me había puesto a mí como protagonista? ¿Era una broma? ¿Y qué había de Shakespeare? ¿Del profesor Kirby y los alumnos? ¿Y Freyja? ¿Dónde se suponía que estaban todos? No solo Adán y Arthur. ¿Dónde estaban todos los demás, Thor, Loscano, Jim Bates, la Bruja Avraloviz?

No acababa de entender. Respiré profundo. Me di un momento para evaluar.

Empecé a comprender que, si todo es mente y el universo es mental, ahora mismo, al leer esto, o mejor dicho, al pensar y materializar las palabras, me daba cuenta de que siempre había sido así: pienso y luego existo, dijo Descartes, ¿verdad? Y ahora estaba pensando y esto que pensaba es lo que era.

Yo era quien yo era.

Bueno, si tenía esa conciencia, podría volver a materializar a todos los que estaban en este libro. Porque el universo es mental y este libro era parte del universo. Y en estos tiempos, la mente clara, firme y conectada era fundamental para aclarar qué está pasando en el planeta. Esta lucha debíamos ganarla. ¡Íbamos a ganar! ¡Con mi poder mental decreté que los personajes aparecieran de nuevo! Y no solo eso, ¡decreté que en mi vida se manifestara todo lo que yo sentía y pensaba para mi mayor bien y el de todos! ¡Así era! ¡Hecho estaba!

Cerré los ojos por un instante porque la situación era poderosa. Mi energía sexual, espiritual y mística me hacía sentir un calor en todas las zonas del cuerpo, percibí mi poder de manifestación, ya entendía lo que estaba pasando y por qué estaba dentro del libro. Respiré profundo y sentí cómo el aire recorría mis pulmones. Sonreí internamente.

¡Qué buena experiencia!

¿Y ahora qué?

Abrí los ojos y vi la inconfundible presencia de Adán Roussos bajando las escaleras por la recepción, viniendo hacia mí.

—¡Hey! ¡Aquí! —Le hice señas con la mano.

—Disculpa la demora —me dijo Adán.

Me puse de pie y me di cuenta nuevamente de su elevada estatura.

—Pensé que no vendrían.

—La palabra es un contrato en la quinta dimensión —dijo Adán sonriente.

—¿Estamos ya en la quinta dimensión?

—No, claro que no, aún. Pero esto es parte del proceso.

—Explícame, porque no termino de entenderlo.

—Todavía estás sintiendo en tu mente la incredulidad de haber ingresado a la historia, ¿verdad?

Asentí.

—Es un poco extraño —dije—. Yo estaba leyendo y ahora pienso con ustedes, tengo que hacer cosas, siento que puedo cambiar a voluntad los hechos.

—Esa es la clave. Has entrado a la historia porque tienes la conciencia de que puedes cambiar los hechos con solo tu voluntad, tu pensamiento y tu determinación. ¿Entiendes?

—Bueno, voy entendiendo, asimilando. ¿O sea que, si cambio mi forma de pensar, de vibrar, de sentir, puedo cambiar mi realidad y hacerla, digamos, más que esta tridimensionalidad?

—Exacto. El ingreso a la quinta dimensión es a través de la conciencia, y sobre todo... —Adán se detuvo—. Digamos que luego de que la Tierra y el Sol entren en la transformación geomagnética, ya nada será igual. No es una tercera dimensión mejorada, es un salto cuántico abismalmente diferente.

—Siento cierta ansiedad por eso. Desde hace tiempo me preocupa el futuro de la humanidad, especialmente con la Agenda 2030, y el Nuevo Orden Mundial en el horizonte apretando cada vez más como un zapato mental que se reduce. No podemos permitir que estos planes de control y manipulación nos dominen.

Adán se me acercó y bajó la voz.

—La única manera de vencer los planes de control es estar unidos y con la conciencia despierta. Tenemos que involucrarnos y luchar inteligentemente por la libertad y la justicia en este planeta y ayudar a los aún dormidos avestrucianos.

—¿A qué te refieres con luchar inteligentemente?

Hubo silencio y me observó a los ojos como si me pasase información.

—Para ganar la batalla y entrar en la quinta dimensión es necesario que liberes tu carga de emociones del pasado y eleves tu frecuencia. ¿Puedes hacerlo? Claro que puedes, con tanta información que ahora tienes dentro tuyo.

—Entiendo, Adán. Cuando la mente decreta algo con todas sus vibraciones elevadas, termina sucediendo. ¿Y ahora qué? Ya he dejado su ropa para despistar a los reptiles. Hueles a pachuli.

Adán sonrió.

—Sí, creo que se nos fue la mano con el perfume. Ahora lo que sucederá depende de lo que pensemos. Así que vamos a buscar a Arthur y sigamos con nuestro plan.

Adán Roussos y yo nos fuimos hacia el encuentro con el detective Parker.

54

Milán,
23 de enero de 2025

"Debo hablar con las Familias."
De la mente del Diablo surgió aquel pensamiento en un momento en el que sentía que las fuerzas del Nuevo Orden Mundial debían actuar más profundamente y con mano más dura. Él ejercía mucho poder, pero no era quien tomaba las decisiones finales a gran escala. Sabía que las trece familias más importantes del planeta eran quienes, tras bambalinas y desde hacía siglos, manejaban los intereses económicos, políticos, religiosos, artísticos, farmacéuticos y educativos de la población. Desde allí partía todo el control para seguir manteniendo la hegemonía sobre los humanos en la Tierra.

Los avestrucianos eran vistos como sus esclavos.

Les daban libertad los fines de semana y durante unas cortas vacaciones para seguir recargando sus baterías y que continuaran trabajando y trabajando sin pensar en ir hacia dentro de sí mismos ni en mirar hacia arriba.

El Diablo había convocado una videollamada de carácter urgente.

Temprano en la mañana europea, desde un lujoso hotel en Milán, se preparó para la confrontación de las nuevas noticias.

Como varios de los líderes vivían en Europa, se conectaron desde sus respectivos países. Algunos tenían sus castillos en Alemania, Francia, Suiza, Israel y los Países Bajos.

—¿Qué haces en Milán? —le preguntó uno de los once representantes de Las Familias, un hombre robusto y en buena forma, de unos setenta y cinco años, de cabello blanco y ojos claros con mirada profunda que hablaba con marcado acento británico.

—Terminando un trabajo importante.

—¿De qué índole? —preguntó un hombre más regordete con gafas de montura de pasta que se había conectado desde Holanda.

—El carácter de esta llamada es que he tenido que tomar cartas personalmente en un asunto de índole iniciática. Iré directo al grano porque el tiempo es oro. Ha aparecido un grupo de jóvenes de Harvard liderados por un iniciado, un viejo maestro rosacruz de alto grado espiritual con conocimientos en física cuántica, que ha diseñado un portal para viajar en el tiempo.

Se produjo un silencio cortante.

—Continúa.

—Han podido ponerlo en funcionamiento —siguió diciendo el Diablo—. He hecho lo posible para hacerme, perdón, para hacernos con la información y apropiarnos del aparato, pero hasta ahora ha sido en vano. He puesto a los híbridos reptiles a extorsionarlos, mas ninguno ha hablado. Los tiene bien enseñados con técnicas ocultistas. Son un bloque de conciencia fuerte. Además, cuentan con la ayuda de un puñado de humanos inteligentes y apareció ahora un ser más avanzado que los está apoyando.

Se sintió otro silencio tenso en toda la videollamada.

Había ciertos temas que para Las Familias eran cruciales a la hora de mantener el control. No habían tenido problemas en sacar del camino a líderes políticos y figuras públicas que conocían sus manejos hasta cierto punto, pero meterse con el funcionamiento de la Matrix y el Tiempo era catalogado como factor urgente dentro de su agenda. Sabían que había otras razas apoyando a los humanos incluso desde la época de Noé y su barca para apoyarlos en su despertar y evolución, lo opuesto a lo que ellos buscaban, y debían ser implacables en ese aspecto.

—¿Cómo vas a seguir manejando este tema? —le preguntó al Diablo un hombre más joven, con acento francés—. ¿No has podido interferir con tecnología de tu empresa?

Al Diablo aquellas palabras le herían el orgullo. Estaba posicionado por liderar una de las marcas más famosas en el rubro tecnológico y no poder dar la talla le generaba un incordio que hacía que comenzase a mover las manos nerviosamente con gesticulaciones.

Aquella no fue la excepción. Expandió sus flácidos brazos sobre su cabeza, a modo de alas protectoras, diría un psicoanalista si evaluase su lenguaje corporal.

Lo cierto era que el Diablo empezó a sentir la presión de las Familias. Él era el encargado de liderar un gran equipo en muchos niveles y esa era una de sus áreas junto con la salud mundial y la tecnología.

—¿Qué tienes en mente? —le increpó el británico.

Hubo silencio.

—Debido a que la tortura no dio resultado alguno, creo que procederemos a eliminarlos.

—¿Y qué hay de las causas y consecuencias?

El Diablo miró hacia arriba para lanzar una idea que ya tenía en su cabeza como un as de espadas.

—Una explosión en su laboratorio sería lo más convincente para deshacernos de ellos.

—No estoy de acuerdo —dijo el hombre de ojos claros con voz firme—. Ese hallazgo merece más paciencia y nuevas técnicas.

—¿Qué propone usted? —le dijo el Diablo con cierta sumisión en las palabras.

—Lo primero es desviar la atención, ya que estamos por lanzar un ataque en todos los niveles y de carácter inminente.

—¿Lo que hablamos en la última reunión en Suiza? —preguntó el Diablo—. Creo que todavía no es la hora, ¿verdad?

—Ya son *los tiempos finales* —remarcó el británico.

Otro silencio que duró siglos pareció apoderarse de la reunión.

—¿Por dónde comenzará el ataque? —preguntó el Diablo tratando de corregir lo antedicho.

—Todo seguirá intensificado como lo hemos hecho. Iniciaremos con el miedo a otro nuevo virus, las noticias, los vuelos químicos, la geoingeniería más agresiva y los chivos expiatorios de nuestras naves para seguir atemorizando a los avestrucianos. Debido a que el Sol está emitiendo cada vez fotones más fuertes electromagnéticamente, lo que puede despertar a los avestrucianos del sueño de la Matrix, hay que actuar con mano dura. Tu propuesta de tapar el Sol no tuvo éxito, así que ahora iremos por el agua y por la presión de no salir de las ciudades. Eso les dará una imperiosa sed de ayuda que nosotros fingiremos darles detrás de la escena.

Al Cínico, tal como conocían a aquel misterioso hombre dentro de las Familias, lo habían apodado por no dar rodeos a la hora de actuar y decir las cosas por su nombre.

—¿Entonces doy la orden para atacar el agua mundial? —preguntó el Diablo.

—Haremos una votación inminente en asamblea general —sugirió el francés, ya que los demás miembros no habían hablado. En aquellas reuniones se presentaban todos, pero no todos hablaban de ciertos temas, dejaban que cada uno ocupase su especialidad.

—Estoy de acuerdo, caballeros y damas, me temo que de la decisión que tomemos se verá el creciente poderío de la Agenda 2030 y que podamos seguir en el poder —enfatizó el holandés.

—Los tiempos finales están aquí —zanjó el británico.

En los ojos del Cínico destiló un extraño reflejo y una sonrisa de hielo se dibujó en su rostro. Era una pieza clave en las Familias y además influía directamente en el foro económico mundial, era un cerebro artífice de lo que llamaban Gran reinicio. Una tapadera de aparentes buenas acciones para encubrir un sistema de control.

"Una vez que los avestrucianos estén dentro del nuevo plan, será como querer salir de una olla a presión."

—Yo voto por que ataquemos de una vez con toda la artillería, estamos en un momento astrológico favorable con la posición de Saturno —dijo el Cínico con firmeza.

Los demás miembros levantaron la mano en señal de aprobación.

Sabían que toda una maquinaria de prensa y logística, que incluía a personajes famosos convocados para ejercer propaganda, militares, incluso brujas y magos oscuros que trabajaban para ellos, se pondrían manos a la obra para aquel nuevo siniestro ataque hacia la humanidad.

Estaban dispuestos a meter una mano en el agua sucia, lanzar nuevos virus y seguir fumigando desde el cielo; a expandir sus mentiras por las noticias provocando alarma y miedo; amenazar con falta de comida y crear geoingeniería para el cambio climático que ellos mismos generaban unido al énfasis en más guerras.

Aquel *modus operandi* de las Familias activaron nuevamente a uno de sus brazos de acción para que ejecutara sus ideas.

En los ojos del Diablo, el ambicioso Jim Bates, se reflejó una expresión impávida, cruel, como si fuesen de hielo.

Ahora tenía luz verde para activar a toda su organización.

55

Milán,
23 de enero de 2025

Arthur se había encargado de conseguir habitaciones y dormimos en el hotel.

A primera hora ya estábamos en el *lobby* luego de tomar un café y unas frutas.

—Adán, ¿tú no comerás nada? —preguntó Arthur—. Nunca te he visto ingerir ninguna comida.

—No hace falta ingerir alimentos con el nuevo programa del ADN. Solo luz solar, activar los cuarzos y zumos de fruta.

Adán llevaba colgando su poderoso cuarzo blanco alrededor de su cuello. Yo toqué el mío, estaba caliente. Arthur hizo lo mismo.

Lo miré un momento y se anticipó a mi pregunta.

—Los cuarzos son protectores y emisores de mucho poder —agregó Adán—. Al cargarlos con el sol, hacen que tengamos la frecuencia alta y la energía elevada.

Asentí.

—¿Debo recargarlo todos los días? —pregunté.

—Tal como cargas tu teléfono celular en la corriente eléctrica, los cuarzos deben estar unos minutos al sol —dijo Adán.

De pronto sentimos una urgencia en nuestros sentidos.

—Debemos ir por Freyja y todos los demás —dijo Arthur.

—Sí, pero no podemos ir así sin más con todo el ejército de reptilianos custodiando esa casa.

—¿Y qué vamos a hacer? —preguntó Arthur Parker con ansiedad en su voz—, no puedo dejar a Freyja sin protección y a todos los estudiantes con el profesor Kirby.

—Y Thor —dijo Adán.

—¿Cómo conoces al vikingo? —preguntó Arthur.

—Él es un aliado que ha hecho algunos trabajos que le he solicitado.

—¿Entonces? —pregunté—. ¿Qué es lo mejor por hacer en estos momentos?

A mí me habían dicho que fuera protagonista del libro y actué como tal. Siempre he querido saber más cosas.

—Ahora vamos a difundir un protocolo para contrarrestar la energía negativa que está emitiendo de diferentes formas el frente del Nuevo Orden Mundial para despertar a los avestrucianos y otro protocolo para quienes ya están despiertos.

—¿Un protocolo? —preguntó Arthur—. Creo que debemos ir por ellos y sacarlos de allí.

—Tranquilo. Lo haremos, pero con más fuerzas.

—Se viene una gran guerra. Hay que estar preparados. Les contaré qué hacer.

56

Boston,
23 de enero de 2025

El teléfono celular de Patricia Loscano sonó con la canción "Flowers", de Miley Cirus.

Mucha gente pensaba que aquella canción era casi una declaración de principios de un férreo feminismo que defendía sus derechos; otros, en cambio, pensaban que esa letra estaba haciendo apología del neoliberalismo femenino con tintes de odio, o al menos con un marcado enojo, sobre el género masculino represor, y otros alegaban victimismo en pos de una mujer que podía comprarse sus flores, no llorar y ocuparse mayormente en ganar dinero.

Lo cierto era que el género femenino había sido vapuleado durante siglos a manos de un patriarcado tosco, burdo y autoritario, era lógico que diversas corrientes de pensamiento y comunidades lucharan por sus derechos.

El doctor Loscano fue al baño cuando Patricia atendió el teléfono.

—¿Patricia Loscano? —dijo una voz femenina.

—Sí, soy yo. ¿Quién habla?

—Debes abrir el puño de tu mano que permanece cerrado —dijo la voz.

—¿Cómo?

—El puño cerrado con el que quieres recibir tus derechos no puede ser el estandarte del acto sublime de recibir. Si has recibido y no das, cortas la cadena de la vida.

—¿Qué dices? ¿Quién habla? —Patricia estaba extrañada. Miró su teléfono, era un número anónimo que decía "Mr. Hughes", pero aquella era una voz femenina que sonaba firme y segura, aunque con dulzura en sus palabras.

—El acto de traicionar es cerrarle el puño a la vida. Dejarás de recibir prontamente un regalo más grande que tus regalías si no solucionas el invento que has traicionado.

Patricia estaba a punto de colgar la llamada.

—Si vuelves para reparar tu error, hay una puerta especial, una puerta sagrada que pronto se abrirá y podrás entrar, si no, te quedarás afuera —dijo la mujer.

—No tengo idea de lo que hablas.

—Sí lo sabes, Patricia. Por tu edad, deberías ser una mujer más sabia y no actuar como una distraída adolescente inconsciente. Has cometido el acto de la traición y debes repararlo.

"La traición otra vez", pensó Patricia Loscano como si aquella marca comenzase a darle más picazón en su alma.

—¿Quién eres? —preguntó con apremio.

—Digamos que soy la voz de tu conciencia, hermana. Espero que procedas con rectitud. Salda tu deuda —respondió la voz de la mujer, quien colgó la comunicación.

Patricia se quedó de pie y rígida, como si fuese de hielo.

Al ver venir a su padre, que salió del baño, ella fue corriendo hacia el lavabo a vomitar.

*　*　*

Unos minutos más tarde, ella salió del baño casi trastabillando.

—¡Mamita! ¿Estás bien? —dijo su padre cuando vio venir a Patricia saliendo del baño con el rostro pálido como la muerte.

Ella se sentó en el sofá, sin fuerzas.

Al verla fuera de sí y tan débil, el doctor Loscano se puso de pie y le sirvió un vaso de agua.

Ella bebió un sorbo lentamente.

—¿Fue el tecito? —dijo el padre al saber que aquel té energético, en exceso, podía dar náuseas y vómitos.

Ella negó con la cabeza.

—He recibido una llamada anónima alertándome que debía saldar mi traición.

El doctor Loscano dio un brinco.

—¿Qué dices?

—Me dijo que yo había cometido una traición y debía repararla.

Hubo silencio.

—¿Quién era, mamita?

—La voz de una mujer, no lo sé.

—¿Y qué más te dijo?

—No mucho.

—¿Y qué piensas hacer?

Patricia respiró profundo.

—Aún no lo sé. Debo pensar. Déjame sola.

El doctor Loscano pasó su mano por la cabeza de ella con delicadeza y se marchó de la casa.

Él también necesitaba espacio y tomar aire fresco.

57

Milán,
23 de enero de 2025

El mundo había vuelto a convulsionar debido a una serie de noticias que al parecer ya habían dado la vuelta al planeta.

Miré las redes sociales en mi teléfono. Todas hablaban de lo mismo:

"Un peligroso virus en el agua".

"Escases de lluvias en los campos".

"Una nueva cepa mortal virósica".

"Cielos oscuros y plomizos en el mundo sin lluvia".

"Una nueva guerra y un cambio en el sistema financiero están aquí".

Muchos personajes famosos salían en las noticias alertando y popularizando el consumo de insectos y dando diferentes consejos basados en el miedo.

Adán, Arthur y yo estábamos ultimando detalles para ir hacia la casa donde estaban los otros secuestrados.

El mundo estaba hecho un caos.

Antes de salir del hotel, una noticia que estaba proyectándose en las pantallas de uno de los amplios televisores llamó la atención de Adán. Se frenó en seco y observó con atención. Yo también comencé a escuchar que la presentadora hablaba sobre unas extrañas luces en diferentes monumentos alrededor de la Tierra.

Leímos la información debajo de los titulares de la CNN.

MONUMENTOS CARGADOS DE RADIACIÓN

El rostro de la presentadora era tétrico y dijo con voz solemne:

—Algo extraño está sucediendo en el mundo. Tanto en la Puerta de Alcalá, una de las cinco antiguas puertas reales que dan acceso a la ciudad de Madrid, como en la Puerta de Adriano, a la entrada del Olympieion, una antigua puerta construida en honor al emperador Adriano y cuyo monumento es uno de los lugares más famosos de Atenas; como también otra Puerta de Adriano ubicada en Turquía, un Arco del Triunfo de la dinastía romana que sobrevivió intacto casi 2 000 años, al igual que la puerta del Palacio de Bellas Artes, en la Ciudad de México, han mostrado extrañas emisiones electromagnéticas que podrían representar un peligro para salud de los ciudadanos. Se alerta a la población que no se acerquen a esas puertas —continuó diciendo la presentadora de CNN.

Adán, Arthur y yo nos miramos con expresión no menos preocupante.

—En otros puntos del planeta ocurre lo mismo —continuó diciendo—, por ejemplo los diez arcos del triunfo en diversas locaciones como el Arco del Triunfo de Orange, en el sur de Francia, uno de los más antiguos que se conservan en buen estado y que fue erigido en honor a los veteranos de las guerras de las Galias, o el Arco del Triunfo de París, también los respectivos arcos de triunfo ubicados en Barcelona, como el Arco del Triunfo de Palmira en medio de la Vía Columnata, misma que atravesaba la antigua ciudad romana.

Las respectivas imágenes de las construcciones iban pasando en la pantalla y se veían chispazos eléctricos saliendo de ellos como en la famosa fotografía de Nikola Tesla sentado en su laboratorio, rodeado por una red de corriente eléctrica.

—Uno de los más impactantes es el Arco de Constantino, perteneciente a la Antigua Roma y que se mantiene en pie en la capital italiana. Es un arco de 21 metros de altura que emite chispas de corriente eléctrica de manera impactante entre sus puertas —concluyó la presentadora.

Arthur y yo miramos a Adán.

—¿A qué se debe esto? —preguntó Arthur.

Adán mostró una sonrisa enigmática.

—El tiempo del no tiempo ha llegado.

—¿A qué te refieres concretamente? —me animé a preguntar.

—La ascensión de la humanidad a la quinta dimensión —dijo sin rodeos—. Ya está aquí. El tiempo que estábamos esperando comenzó a hacer erupción.

—¿Y qué se supone que debamos hacer? —pregunté.

—Vamos por Freyja y los demás —dijo Arthur.

—Sí, vamos allá —respondió Adán, poniéndole una mano en el hombro—. Pero primero deben conocer los protocolos para pasar por las puertas.

—¿Pasar por las puertas? —dijimos al unísono Arthur y yo.

Adán asintió.

—Quien esté preparado a ascender, ascenderá. La vibración de las puertas solo admitirá a quienes hayan elevado su frecuencia.

No pude detenerme a pensar sobre la importancia de aquellas palabras, ya que Adán se puso de pie y salimos rápidamente hacia la casa donde estaban el profesor Kirby, Freyja y los estudiantes junto a Thor y los vikingos.

58

Milán,
23 de enero de 2025

Patricia Loscano se sentía acorralada en su propia mente debido a la extraña llamada recibida.

Se había acelerado su corazón y su palidez se incrementó luego del vómito. Estaba preocupada. Rápidamente pensó qué hacer. Tomó su celular y llamó al padre de Chairman.

Luego de unos segundos que le parecieron siglos, una voz masculina respondió.

—Hola, soy Patricia, señor Chairman, recibí una llamada. Estoy nerviosa porque creo que alguien…

—Un momento, tranquilízate —la interrumpió Chairman—. Con calma, ¿qué es lo que pasó?

—Una llamada de advertencia de una voz femenina que me dijo que sabía que yo había tomado… —se aclaró la garganta— que yo obtuve algo ilegal, sin duda se refería al Pin que Mark construyó.

—¿No dijo quién era?

—No. Solo pude ver que en su número decía Mr. Hughes.

—Tranquila, te enviaré protección.

—No quiero tener estas tensiones.

—Mi gente rastreará la llamada y te dejaré dos hombres de civiles como guardaespaldas.

—Gracias.

—De todos modos, el Pin Vórtex está en mi poder.

David Chairman estaba ansioso esperando los resultados de sus expertos para ensamblarlos con la puerta que su hijo Mark construyó.

"Con ese Pin activo, ya podré viajar hacia el futuro."

Lo cierto era que la pieza que faltaba estaba en los laboratorios, esperando que el destino de la humanidad cambiara por la influencia de los Chairman.

59

Milán,
23 de enero de 2025

El Diablo había puesto en marcha el siniestro plan de las Familias.

Envió a que le comprasen ropa nueva a Milán y regresó para encontrarse en la casa y decidir cómo eliminar al profesor Kirby y sus alumnos.

Para el Diablo, Kirby era un hombre ilustrado un tanto utópico pero útil en su descubrimiento. A dos puntas jugaba sus cartas: por un lado, en la alianza con David Chairman, aunque equivalía a darle el 50% no solo de las acciones, sino de la ideología, ya que Chairman quería priorizar al pueblo judío en su descubrimiento, y el Diablo no era parte de este.

Por el otro, contaba con la posibilidad de tener todo para él arrebatando el descubrimiento del profesor Kirby.

"De un modo u otro, esa puerta para viajar en el tiempo será mía".

El Lamborghini color azul oscuro que lo llevó se frenó en la entrada de la casa y procedió a descender lentamente, tanto como su voluminoso cuerpo le permitiese.

Dio varios pasos y se dispuso a entrar. Una comitiva de híbridos salió a recibirlo. Antes de entrar a la casa, como si fuese un fantasma, se le apareció la imponente presencia de Adán Roussos. Sintió un fuerte y musculado brazo alrededor de su cuello y con el otro le apuntaba directo a la cabeza con una sofisticada arma similar a una espada pequeña.

—Su cabeza puede quedar desintegrada en un instante —dijo Adán con voz fuerte y segura.

Los híbridos conocían esa arma.

No era de la Tierra.

Contaba con un interruptor para emitir vibraciones y sonidos que podrían dejar inmovilizado a un ejército al bloquear sus cerebros y debilitar su ADN. También tenía la facultad de ejercer un escudo protector y volver invisible a quien la portase. Era una tecnología que solo los seres de Sirio poseían.

"Un siriano", pensaron los híbridos.

Sabían que, como los espartanos, estos eran los mejores y más valientes soldados en la antigua Grecia; los sirianos eran de los más avanzados en la galaxia de la Vía Láctea.

—¿Qué haces aquí? —espetó un híbrido.

—Tienen secuestrada gente que no les pertenece. Déjenla en libertad y podré soltar a su líder.

Los híbridos reptiles se miraron. Si bien el Diablo era un empresario altamente poderoso, no era su "líder", solo una pieza más de una maquinaria compleja en su escala de valores. Ellos no le respondían a él, ni siquiera era de su raza. Había acuerdos y contratos, pero ninguna filiación emocional o vinculación.

—Si te deshaces de él, vendrán más como nosotros y verás la derrota, siriano. No tienes oportunidad de victoria.

—Al menos habré detenido a un puñado de seres oscuros que quieren robar algo que no les pertenece. Y eso ya es permitir que la evolución siga su curso.

Hubo silencio.

—Ustedes saben que la ascensión de la Tierra es inevitable, solo están poniendo piedras en la rueda.

Adán sabía muy bien cómo manejar a aquellos seres malévolos y sus planes.

—Tiene razón —afirmó el Diablo—, hagan lo que les pida —dijo guiñando un ojo al líder reptiliano.

Los reptilianos captaron la estrategia.

—Comprendo su intención. No hagan nada inesperado —advirtió Adán.

Los reptilianos tiraron sus armas al suelo y levantaron las manos.

Aquel era el momento en que Adán nos había dicho a Arthur y a mí que ingresáramos para liberarlos.

Sin demorarnos, corrimos hacia el interior de la casa. Había más reptilianos que estaban dentro y habían obedecido lo que el reptil mayor les trasmitió a toda la colonia. Ellos usaban frecuencias mentales para comunicarse sin necesidad de desplazarse.

Arthur se adelantó hacia las habitaciones. Yo, como podía, le seguí el paso. Abrió la puerta y allí estaba Freyja, amordazada y desnuda. Tenía todo el cabello revuelto y las fuerzas débiles. Inmediatamente, Arthur le quitó las cuerdas de las muñecas y los pies.

—¡Ve a la otra habitación! —me dijo—. Tú libera a los demás.

Sin pensarlo dos veces, fui rápidamente e hice lo que me pidió. Estaban todos amordazados y encapuchados. Las mujeres estaban desnudas. Primero liberé al que pensé que sería Thor, para que me ayudara. Una vez que el vikingo sintió sus manos libres, comenzó rápidamente a quitar las sogas de los demás. Se veían exhaustos y agotados. Sarah y Vicky tomaron sus ropas y todos nos preparamos para salir de allí.

60

Milán,
23 de enero de 2025

Adán nos había revelado los protocolos a Arthur y a mí en el tranvía.

Dijo que lo primero era sentir la unidad interior. Eso otorgaba el poder original en el cuerpo, la mente y el ADN. Sentir la herencia divina al caminar, pensar y actuar como lo que somos en realidad: dioses.

—Esa es la primera consigna del protocolo galáctico —nos había dicho Adán.

—Estar en unidad —repetí.

—Así es, no pienses en un plan B. No hay plan B para alguien que comprende que desde la unidad manifiesta lo que quiere, no hay dudas u otras opciones. Ese es el segundo protocolo.

—La manifestación —dijo Arthur Parker.

—Así es. Primero sientes la unidad con La fuente de todas las cosas y luego decretas y manifiestas lo que necesitas.

—¿Y siempre sucede? —me atreví a preguntar.

—Depende de si estás activando el tercer protocolo.

—¿Cuál es? —pregunté a modo de pedir que continuase.

—La frecuencia energética.

—Energía alta y vibración—agregó Arthur.

—Correcto. La frecuencia energética es vibración en acción. Lo que antiguamente se llamaba "FE". Es la abreviatura de Frecuencia Energética. Eso es el significado de la fe, crear algo que no está creado. Es lo que mueve montañas.

Hice una pausa tratando de entender.

—Unidad, manifestación y frecuencia energética —repetí integrando esa divina trinidad de conocimiento en mi mente y mi ser.

—Con esos tres principios, las puertas mentales, la sincronicidad y la buena fortuna se abren.

61

Milán,
23 de enero de 2025

—Ya saben lo que está sucediendo con las puertas alrededor del mundo —dijo Adán en voz alta—. Los tiempos finales han llegado. Ya no hay retorno. El Apocalipsis revela la verdad.

Los reptilianos lo sabían. Se habían acelerado los tiempos debido a la frecuencia solar.

—Ni en sus manipulados noticieros pudieron evitar divulgar lo que sucede en todas las puertas arquitectónicas del mundo —agregó Adán, apretando con firmeza al Diablo—. Es la señal de la victoria de la luz. Ustedes no podrán ascender con el planeta. No podrán seguir manipulando el clima, ni tratando de tapar el sol ni contaminar de mil modos el ADN de la maravillosa creación humana. Las mujeres y hombres de este planeta están destinados a la ascensión porque la Tierra es la que está ascendiendo. No hay alternativas.

A pesar de que sentía el firme brazo de Adán alrededor del cuello y la frecuencia del arma que portaba, el Diablo soltó una risita irónica.

—No des todo por sentado —se atrevió a susurrar.

Adán hizo caso omiso a la advertencia.

Todos rápidamente salimos de la casa.

Thor y los vikingos abrían paso para que los estudiantes y Kirby pudiesen respirar aire fresco.

—El mármol y las piedras no generan electricidad, ¿verdad? —dijo el Diablo—. ¿Qué te hace pensar que es debido a un factor cósmico y no otra nueva implementación del HAARP para adormecer aún más la mente de los avestrucianos?

Los reptiles lanzaron una risa.

El Diablo se refería a las antenas del HAARP (*High Frequency Active Auroral Research Program*, por sus siglas en inglés, o Programa de Investigación de Aurora Activa de Alta Frecuencia), un programa financiado y creado por la Fuerza Aérea y la Armada de Estados Unidos, así como por la Agencia de Proyectos de Investigación Avanzados de Defensa y la Universidad de Alaska. Con dicha tecnología habían generado terremotos y tsunamis, así como ondas electromagnéticas que de manera invisible se filtraban en las ondas cerebrales de la mente humana y la manipulaban a su gusto y placer.

—Eso ya es tecnología obsoleta —respondió Adán con firmeza—. La lluvia de los fotones evolutivos del Sol es imparable. Las tormentas solares son eyaculaciones que preparan el ADN en la Ascensión a la quinta dimensión. Son los tiempos finales y la hora de una actualización en el planeta.

62

Milán,
23 de enero de 2025

os ojos saltones de Claude Schawapp no daban crédito a lo
que estaba escuchando en el auricular del teléfono inteligente.
—¿Lo has visto en varios países? —le preguntó a su interlocutor.

—Sí, me temo que es un fenómeno de masas. Los avestrucianos están despertando, señor —dijo la voz con tono alarmante.

—¿Qué signos han dado, exactamente?

—En nuestros barómetros bioeléctricos hay una alta elevación
de la conciencia de la masa colectiva. Al mismo tiempo, estos extraños chispazos electromagnéticos en las puertas de todo el mundo
deben tener que ver con el proceso. Los estudios científicos de los
barómetros indican que hay más de un 15% de la población que
está despertando del sueño de la Matrix, señor.

Los ojos del Sapo crecieron más.

—¿El 15%? Eso es preocupante.

El Sapo conocía la famosa ley de Sheldrake o la teoría del cen-
tésimo mono, que mencionaba que si una colonia llegaba a tener
un nuevo descubrimiento de cualquier índole y era aceptado por
el 17%, esa era una cifra que haría que por ósmosis genética, toda
la colonia, ya sea de animales o de humanos, aceptara ese nuevo
descubrimiento.

"Si despiertan más almas de avestrucianos y descubren quiénes
son, harán despertar a toda la humanidad", pensó el Sapo al tiempo
que sintió pavor. Sus ojos emitieron un destello de miedo y preocupación. Recibir una llamada del Departamento de Barómetros
Bioeléctricos era un mal augurio.

—¿Concretamente qué pasó? —preguntó.

—Están haciendo preguntas.

—¿Preguntas? ¿De qué tipo?

—Están desmenuzando todo lo que ha venido pasando desde las torres gemelas hasta las vacunas. Están intuyendo lo que pasó detrás del escenario. Ya no lo ven como una loca conspiración. Están saliendo a las calles con pancartas que dicen: "No es una teoría de conspiración, son hechos comprobables."

—Lo preocupante son los niveles de los barómetros de energía y conciencia —dijo el Sapo.

—Así es.

Se referían a sofisticados mecanismos que usaba el gobierno secreto para emitir ondas electromagnéticas apenas audibles para llegar al cerebro de la población mediante las antenas 5G y poder medir el nivel medio de la conciencia del ser humano.

Ese trabajo ya había sido expuesto y robado de un brillante científico llamado David R. Hawkins, que lo había expuesto brillantemente para demostrar los diferentes rangos que tiene la conciencia desde el miedo hasta la iluminación.

—Aumenten el voltaje para adormecerlos —dijo el Sapo.

—Ya lo hicimos tres veces y no ha hecho más que jugarnos en contra. Están despertando. Después de que la Organización Mundial de la Salud aumentara su poder y solicitara un pasaporte de futuras pandemias, una gran mayoría se rebeló.

El Sapo recordó una frase que le había dicho su padre: "Cuando a alguien le aprieta el zapato durante mucho tiempo, de una u otra manera buscará la forma de quitárselo".

Un silencio frío recorrió la sangre de Claude Schawapp.

No podía permitir que la humanidad se rebelase.

A su mente llegó la imagen opuesta a lo que sucedía en la serie *The Walking Dead*, en la que los muertos vivientes pululaban en las calles como cadáveres andantes, casi uno de los objetivos del Nuevo Orden Mundial; en cambio, los imaginó llenos de vida, de conciencia y energía, como si todos hubiesen tomado la píldora correcta para salir de la Matrix.

Esa imagen le dio un súbito sentimiento de pavor que se apoderó de él.

—Mantenme al tanto —dijo con voz seca y colgó la comunicación.

63

Milán,
23 de enero de 2025

Adán Roussos sintió una extraña sensación.

Sus canales de percepción extrasensorial se intensificaron. Lo mismo le pasó a Arthur Parker. Una fría corriente de energía densa se apoderó de ellos.

Por detrás, más de un centenar de híbridos se aproximaba con actitud hostil y victoriosa.

"No puede ser", pensó Adán.

Todos nos giramos a verlos, ya que su densa vibración se sentía a lo lejos.

—Un mega ejército de reptiles —dijo Thor.

Adán, Arthur y yo nos giramos atónitos. Freyja pareció recuperar sus fuerzas.

—Dijiste que no hay Plan B —le increpó Arthur a Adán—, pero creo que ahora lo necesitaremos.

—No muestren ni miedo ni confusión. Mantengan el poder y la conciencia.

Todos respiramos profundo tratando de sentirnos con fuerza.

—Ya no hay más que hablar —dijo el reptil mayor—. Suéltalo —le dijo a Adán en referencia a que tenía sujeto al Diablo.

—¡Suéltalo ya! —le ordenó otro reptil.

Adán se mostró estoico e inmóvil.

"No sé qué estará pensando hacer Adán —me dije para mis adentros—, pero espero que podamos salir de esta".

En ese momento, el ejército de reptiles nos rodeó por completo.

64

Milán,
23 de enero de 2025

El teléfono del Diablo sonó en el bolsillo de su pantalón.

—¡Suéltalo o los pulverizamos a todos! —volvió a ordenarle el Reptil a Adán Roussos.

Al parecer, Adán pensó en las consecuencias y aflojó el brazo con el que rodeaba al Diablo.

—Tira el arma, siriano.

Volvió a hacer lo que le ordenaron.

Yo tragué saliva. La situación empeoraba. Estábamos en disminución de número, y ahora, sin el arma de Adán.

Mientras un grupo de reptilianos nos aprehendía atándonos las manos, el Diablo tomó la llamada.

Por alguna extraña razón que pienso que era genética, todos podíamos escuchar la conversación. Quizás fuese por las facultades que Adán tenía y a que su campo energético podía extrapolar a quien quisiese, como si fuese el acceso a un wifi de la conciencia.

"Estamos percibiendo lo que habla, —pensé—. ¡Asombroso!".

Aquello que los científicos llamaban El Campo ahora estaba accesible a las conciencias más sensibles.

La voz del otro lado sonaba alarmada.

—Algo extraño está sucediendo, Jim —dijo una voz. Los avestrucianos están generando una rebelión.

—¿A qué te refieres? Explícate.

—Hay grupos que se autodenominan "Los nuevos Templarios" y han hecho estallar la OMS y capturado al doctor Iccuaf, lo están obligando a confesar todo. Hay miles en las calles con pancartas y carteles preocupantes.

—¿Te alarmas por una manifestación?

—Los carteles indican palabras peligrosas, Jim. Dicen "Ya estamos despiertos", "Viene la Ascensión a la 5D", "La verdad nos libera", "El cuerpo es un templo".

El Diablo hizo una pausa. Los reptilianos también sentían lo que estaban hablando.

—Entiendo —respondió fríamente el Diablo—. Veo que deberemos apretarlos más.

—Ya lo han hecho con frecuencias y al parecer no ha dado resultado. Cada vez hay más en todas las calles del mundo.

El Diablo palideció o eso me pareció, ya que su rostro se volvió blanco, como de piedra.

—Saquen los tanques militares a las calles para doblegar por la fuerza.

—¿Tanques? ¿Estás bromeando? ¡Ya lo hicimos! Se han subido encima de ellos y los han inmovilizado como millones de abejas contra un insecto. ¡Incluso en China! ¡Son millones despertando, Jim! ¡Millones de personas! ¡Estoy preocupado!

El Diablo se imaginó por un momento la situación. Tantas personas despiertas, eso era lo peor que podía pasarle al plan del Nuevo Orden Mundial.

65

Roma,
24 de enero de 2025

Algo inesperado comenzó a suceder en el Coliseo Romano. Era el amanecer de un día épico.

Más de un centenar de mujeres encapuchadas cubriendo sus cabezas con túnicas que llegaban hasta sus pies y formaron un amplio círculo dentro del Coliseo.

Eran altas, esbeltas y desprendían una extraña luz a su alrededor. Elevaron las manos al cielo e invocaron sonidos en un lenguaje que no era de la tierra. En sus pechos colgaba un cuarzo blanco a la altura del plexo cardíaco.

Aquella presencia dentro del añejo monumento que otrora había sido símbolo de tortura, temor y dolor, ahora estaba emitiendo un aura de infinita armonía y amor universal. La megalítica construcción cambió por completo su imagen, parecía que el oscuro pasado se unía con un futuro lumínico en un presente maravilloso.

Aquel grupo de féminas, sacerdotisas de luz, estaban congregadas con una misión trascendente para el planeta tierra en su ascensión.

—Si la Tierra va a dar a luz, nosotras somos las que sabemos cómo guiar un parto, somos las guardianas del cambio hacia el nuevo nacimiento de la humanidad —dijo una de ellas, que parecía ser la que las lideraba.

Comenzaron a entonar una vibración como un zumbido con sus bocas cerradas y el ambiente se cargó de poder.

La aterciopelada voz de la radiante mujer que había hablado pertenecía a Alexia Vangelis, quien había estado junto a Adán Roussos en tiempos pasados liberando información para el despertar.

Ahora regresaba desde una dimensión superior para ayudar al poderoso cambio planetario que se iba a producir.

Ella comandaba un grupo de mujeres de Sirio con un plan para el apoyo en la ascensión.

Tal como había dicho Arquímedes: "dame un punto de apoyo y gobernaré el mundo", las mujeres estaban usando el mítico punto del Coliseo Romano para transmutar aquella energía de dolor en amor y desde allí ser un punto energético que atraería a los seres de conciencia para generar la mente maestra hacia la quinta dimensión.

Aquellas mujeres sacerdotisas de un linaje cósmico eran la llave que abría la puerta hacia el gran portal de conciencia que se avecinaba.

66

Boston,
23 de enero de 2025

Patricia Loscano comenzó a sentir la pesada carga de la culpa como un ancla en su corazón.

El aire frío le hizo sentir su cara como un bloque de hielo. Sus dedos casi congelados se habían entumecido. Aquel frío se extendía por su corazón inundado de sentimientos encontrados.

"No debí traicionarlo".

El dolor de haber cometido un acto de burla a la confianza de Mark le calaba hasta los huesos.

"Fui demasiado ambiciosa".

En aquel momento sintió que haber ido tan lejos para obtener beneficios para ella misma no valió el trance que estaba pasando. Amenazada y confundida, su mente se nublaba cada vez más.

Si bien confiaba en que el padre de Mark la protegería, no le gustaba estar a merced de las circunstancias, sin tener el control. Estaba anocheciendo y ya iba de regreso a su departamento a hablar con su padre cuando un coche negro frenó a metros de donde iba caminando. De manera muy rápida, como si lo hubiesen preparado anteriormente con una impecable logística, tres hombres delgados y atléticos bajaron del coche, en menos de diez segundos se acercaron y con absoluta decisión uno de ellos la cogió de los brazos, el otro le tapó la boca y el tercero rápidamente le introdujo una jeringa en el cuello.

Impactada por aquel momento inesperado y súbito, Patricia no atinó a nada, sintió el pinchazo como un pin que se incrustaba en ella. Fue tan sorpresivo que solo sintió que se dormía y que la película de su vida pasaba ante sus ojos. De pronto se desmoronó y cayó al suelo. Los tres hombres volvieron al coche, que desapareció rápidamente. En cuarenta segundos, Patricia había partido de este mundo de forma repentina.

Los informes dirían que murió producto de un ataque al corazón.

Su labor a favor de David Chairman le había jugado en contra, ya que el magnate la había enviado a eliminar.

"No puedo dejar cabos sueltos —había pensado el padre de Mark—, los Chairman debemos salir intactos y vencedores con este descubrimiento. Esta chica ya ha cumplido su cometido".

Y así, la traicionera se vio traicionada por quien confiaba en su desmedida ambición. Fue la última vez que Patricia vio a su padre y al mundo. Luego de aquel suceso, el doctor Fernando Loscano ya no tendría voluntad de vivir.

Eran tiempos de karma instantáneo.

67

Roma,
24 de enero de 2025

Alexia emitió un pensamiento que todas las mujeres captaron. Comenzaron con cánticos de alta frecuencia vibratoria que provocaban unas extrañas emociones místicas de arrebato espiritual de unidad con el universo. El cántico aumentó en fuerza y retumbaba en las empedradas paredes ovaladas del Coliseo. La conexión que partía de la esencia de aquellas misteriosas mujeres sirianas generó un llamado ancestral, primitivo, estelar, a muchas otras mujeres del planeta Tierra. A medida que los cánticos aumentaban, también comenzó a incrementarse la presencia de otras mujeres que llegaban desde diferentes partes de Roma. Se unieron a las radiantes mujeres sirianas formando otro círculo detrás de ellas.

El sol en el cénit ya iluminaba de lleno el escenario. Las autoridades del sitio se veían impedidas en atinar a sacar a las mujeres, ya que sentían aquel arrebato como algo externo a este mundo. Una rara sensación extrasensorial les inundaba el corazón.

Un llamado, un recordatorio, un impulso espiritual que les hizo cerrar los ojos y sumarse a la vibración del cántico que se transformó en un eco constante y en aumento.

Al cabo de una hora, se habían reunido cerca de medio millón de mujeres en torno al círculo que rodeaba ya el Coliseo por dentro y por fuera.

Las autoridades de los policías y carabinieri se agruparon también, pero había algo tan fuerte en el ambiente que aquella paz les impedía hacer algo contra las mujeres.

Iban llegando como en peregrinación desde varias partes de la ciudad. Un evento tan inesperado como transformador tocaba las puertas del inconsciente colectivo femenino, el principio de la vida, el origen de la presencia humana en la Tierra, las guardianas de la llama sagrada.

El sol reinante en los cielos, sin ninguna nube que lo tapase, se transformó en el Sol Invictus de antaño, pero con una frecuencia fotónica sin precedentes.

Y así, por lo que antiguamente habían combatido todos los reinos, clanes, grupos de poder, ejércitos, emperadores, reyes, rebeldes o luchadores que habían querido invadir y gobernar sobre Roma, en esos momentos la mítica ciudad había sido tomada por el poder del divino femenino.

68

Milán,
24 de enero de 2025

El ejército de reptiles tenía apresados a Adán, Arthur, Freyja, al profesor Kirby y sus estudiantes.

A mí también. Yo no tenía dónde ir. Estaba dentro de todo lo que sucedía, viendo el proceso en primera línea.

Era el mediodía, todos teníamos hambre y sed. Noté que los reptiles se mostraban inquietos.

—Necesitamos agua —dijo el profesor Kirby.

Ignorado como si no hubiese dicho nada, el grupo de híbridos que parecían ser los líderes se comunicaban entre ellos con actitud hostil.

Yo no sentía ni miedo ni dolor. Más bien experimentaba una energía especial en el ambiente.

Un sopor energético, como un impulso en mi cuerpo. Tenía vigor en mi interior, una fuerza más intensa que los días previos.

—Saldremos pronto de esta situación —le dijo Adán al profesor Kirby.

Freyja y Arthur se miraron en complicidad.

—Estoy sintiendo un mayor voltaje energético —dijo Freyja.

—Profesor, ¿cómo se siente? —le preguntó Arthur a Kirby.

—Estoy bien, solo sediento.

—Yo me siento con más lucidez —dijo Mark.

—Y yo —agregó Farías.

Tanto Vicky como Sarah asintieron.

—¿Qué es esta energía? —pregunté.

—El arrebato —dijo Adán—, es un impulso en el ADN por la energía terrestre en aumento.

Uno de los reptiles del grupo que estaba inquieto encendió la televisión.

Hizo una rápida búsqueda por los canales y encontró el canal internacional británico BBC.

El presentador mostraba una cara tensa y preocupada.

"Al parecer, la extraña predicción del científico Nikola Tesla se está haciendo real en la tierra y tiene preocupada a la comunidad científica por ser algo nunca antes visto en términos de un cambio planetario.

Nos referimos a una alteración en las ondas de la superficie terrestre, conocida como la resonancia de Schumann.

Descubierta por el científico Winfried Otto Schumann, se le atribuye el nombre del fenómeno sobre los efectos que generan las alteraciones en las ondas de la tierra. En los últimos días ha estado ocurriendo un fenómeno intrigante y casi nunca antes visto en la humanidad.

Científicamente, la resonancia Schumann consiste en un patrón de ondas electromagnéticas naturales que resuenan en la cavidad entre la superficie terrestre y la ionosfera. Esto es un ruido electromagnético estacionario de fondo que se propaga en la cavidad entre la superficie terrestre y el límite inferior de la ionosfera a altitudes de 45-50 kilómetros en el rango entre 5 y 50 hercios.

En las últimas semanas, se ha reportado que la resonancia aumentó sus vibraciones y pasó de estar en un rango normal, que son los 7 hercios, a más de 180. Estos cambios en las vibraciones de las ondas llegan desde el espacio y entran al planeta Tierra.

Desde hace algún tiempo, las vibraciones que esto provoca en la tierra han aumentado considerablemente, siendo actualmente un fenómeno que alerta a los científicos.

La resonancia de frecuencias electromagnéticas que se propagan en la atmósfera terrestre, generadas por las descargas de energía eléctrica en la ionosfera, son creadas por los rayos solares durante temporadas de tormentas.

Lo preocupante, indican los científicos, son los impactos que puede tener en las personas y otros seres vivos.

Hace más de 100 años, Nikola Tesla predijo este fenómeno. En 1905, el serbio observó que es posible que la frecuencia se altere y se produzca una modificación en la energía, y que la humanidad experimente un cambio.

El mundo confirma que seis décadas después, la hipótesis planteada por Schumann y Tesla se ha hecho realidad. Desde hace algunos días la resonancia aumentó y, el equipo investigador de *Space Observing System* confirmó que este fenómeno de actividad eléctrica afecta la salud mental y el cuerpo físico. Mucha gente alrededor del planeta alega que siente mareos, dolores de cabeza, en la espalda y el estómago, fobias, ansiedad y cansancio, como también lucidez y energía desbordante, entre otros efectos.

Del mismo modo, este cambio en la resonancia genera en las personas la sensación que las horas pasan más rápido, experimentando que en vez de 24 horas, el día se siente de 16 horas. Por primera vez en la historia desde los descubrimientos del físico alemán, las ondas han subido considerablemente sus hercios.

Se recomienda permanecer en sus casas y no exponerse al sol. Al parecer, los reportes indican que muchos individuos hospitalizados están experimentando súbitos cambios en los estados de ánimo, extrañas sensaciones, energía elevada, incluso experiencias paranormales en los sueños".

El comentarista hizo una pausa para tomar un papel que le entregaron detrás de cámara. Lo leyó con rostro adusto y frío.

"Nos informan con carácter de urgencia que los tanques militares en las ciudades han sido desalojados, ya que muchos soldados han colapsado por la frecuencia electromagnética que se está apoderando del planeta. Mucha gente está cayendo por la ola de calor y el elevado electromagnetismo.

Lamentamos tener que informar que el mundo se encuentra en un caos sin precedentes.

Seguiremos informando."

El Reptil apagó el televisor y volteó hacia los líderes.

—Ha subido la frecuencia de la Tierra.

Una mueca de molestia se mostró en sus ajados rostros.

—Sabíamos que llegaría el día —sentenció uno de ellos.

Se produjo un silencio escalofriante.

Adán y Arthur se miraron en complicidad.

Sentí que ambos intuían que se aproximaba un revés para los controladores.

En ese preciso momento, los reptiles se agruparon en un círculo deliberando en silencio, y después de que tomaran una decisión, rápidamente se marcharon de la casa, nos dejaron atados y sin poder movernos.

69

Milán,
24 de enero de 2025

—¿Qué está sucediendo? —preguntó el profesor Kirby.

—Se han ido —respondió Vicky.

—Así es —dijo Mark. No se ve a nadie desde la ventana.

—¿A qué lo atribuyes? —le preguntó Freyja a Arthur.

—Algo está por suceder. Lo percibo —dijo Parker.

Yo miré a Adán Roussos, estaba con los ojos cerrados, pensativo.

—¿Y ahora qué? —preguntó Sarah.

—Estamos atrapados aquí, sin poder movernos —dijo David.

—*Forever*? —reaccionó Farías involuntariamente nervioso.

—¿Y bien? ¿Cómo salimos de aquí? —preguntó el profesor Kirby.

Thor y los vikingos trataron en vano de zafarse las ataduras en las manos.

Adán Roussos abrió los ojos.

—No hay que preocuparse, vendrán por nosotros.

—¿Vendrán? ¿Quiénes? ¿Los reptiles? —preguntó Kirby.

Adán negó con la cabeza.

—Ellas vendrán.

—¿Ellas? ¿A qué te refieres? —preguntó Freyja.

—Las Emperatrices. Vendrán a buscarnos, ya me he comunicado telepáticamente.

—¿Quiénes son las Emperatrices?

—Las guardianas de la vida. Son las que van a ayudar a la tierra en su parto. Así debe ser.

Ninguno de nosotros sabía de lo que estaba hablando, pero le creímos. Aquella situación se estaba tornando muy agotadora, el grupo estaba impaciente de querer liberarse.

—¿Vendrán a salvarnos? —pregunté.

—Claro que no. La salvación es individual. Cada individuo debe salvarse a sí mismo de los miedos, las limitaciones, las creencias obsoletas y represoras, la culpa y todos los daños que lleva en su ADN y su ser. Ése es un trabajo individual que nadie puede hacer por el otro. Es la iniciación personal. En la ascensión, solo quienes hayan podido hacer un cambio interior tendrán acceso a la dimensión superior.

—¿Y cuándo sucederá eso? —preguntó Sarah, que no había hablado nada después de haber estado apresada y sometida por los reptiles.

—Está viniendo. Ya casi está sobre nosotros —dijo Adán al tiempo que escuchamos ruidos afuera de la casa.

—Alguien está viniendo —dijo Vicky.

—¿Quién? —preguntó Farías.

Los ojos de Mark y de Vicky se abrieron con expresión de sorpresa al ver lo que se aproximaba por la ventana.

70

En las afueras de Milán,
24 de enero de 2025

El doctor Icuaff sudaba gotas frías que se deslizaban por su cuerpo, mientras se movía nerviosamente en la mansión del Diablo.

Claude Schawapp había terminado de hablar por teléfono con varios líderes, buscando soluciones al problema que tenían entre manos.

El Diablo apareció por la sala con paso cansino y expresión de angustia en el rostro. Con más de ciento veinte mil millones de dólares en su patrimonio, múltiples conexiones personales, siendo mano derecha de las Familias y con un sinfín de negocios, sintió que no tenía nada.

—El panorama es nefasto, Jim —le dijo el Sapo Schawapp. Hemos querido ser los maestros del universo, pero lo que está sucediendo ahora nos sobrepasa.

—¡Maldición! —espetó el Diablo con los dientes prietos.

—Ni la nueva pandemia, ni las crisis, ni el cambio climático, ni el agua contaminada, nada ha podido con el despertar —zanjó Schawapp, que sintió una puntada en su pecho.

—Hemos elaborado los planes a detalle —reflexionó el Diablo, lanzándole una mirada inquisidora al doctor Icuaff, que era la cara visible del plan de conflictos de salud.

—Hemos hecho todo lo posible. ¿Qué más podemos hacer? —preguntó Icuaff.

—Ya tenemos los salvoconductos preparados —advirtió el Sapo.

Se refería a búnkeres que habían mandado construir desde hacía décadas con todo lo necesario para una supervivencia por catástrofes en el planeta.

Jim Bates, el Diablo dentro de los Illuminati, era uno de los mayores terratenientes del mundo, con terrenos a su nombre en varios países.

—Me niego a ir a los búnkeres como un animal asustado —espetó el Diablo, golpeando con su puño sobre una mesa—. Debemos hablar con las Familias para activar la megaguerra mundial. La guerra generará mucho terror y...

—Reflexiona, Jim. Veremos qué sucede y en cuanto a eso procederemos. La energía fotónica del sol y la tierra está avanzando y nuestros científicos ya han enviado los nuevos informes —dijo Schawapp.

—Los chinos ya nos advirtieron. Los americanos también. Ahora que estamos en Europa, podremos liderar desde aquí —agregó Icuaff, tratando de zanjar el tema.

—¿Liderar? ¡Es la hora final! ¡No tenemos más opciones! ¡Incluso muchos de los avestrucianos están despertando! ¡Todo lo que meticulosamente hemos planeado se está desmoronando! —gritó el Diablo.

Schawapp y el doctor Icuaff estaban mudos de impotencia.

Después de un par de minutos que parecieron siglos, Schawapp articuló unas palabras.

—Es hora de partir hacia los búnkeres, Jim —reflexionó Claude Schawapp—. No es una derrota, es solo una retirada para ver mejor el panorama.

El Diablo sintió en su mente el pinchazo de la vacuna de la justicia que se volteaba hacia él. Después de haber mandado a matar a mucha gente, la balanza se inclinaba en su contra.

71

Milán,
24 de enero de 2025

—¿Qué ven? —preguntó el profesor Kirby.

Mark estaba estupefacto.

Vicky se giró hacia todos y sonrió.

Freyja y Arthur miraron a Adán, que tenía una enigmática sonrisa en el rostro.

—¿Qué hay allí? —preguntó Sarah con mayor énfasis.

—Un grupo de mujeres viene hacia aquí. ¡Son incontables!

—¿Mujeres? —preguntó Kirby, que no podía moverse para llegar a la única ventana.

—Son ellas… ¡Las Sacerdotisas, las Emperatrices y las Diosas! —dijo Adán, que rectificaba lo que nos había advertido minutos antes.

—No entiendo nada —dijo Kirby—. Explícame.

En ese preciso momento entraron varias mujeres empoderadas emitiendo una extraña energía y luz dorada en sus auras. Todos podíamos ver y sentir ese magnetismo.

Varias de ellas desataron a Thor y a los vikingos y luego ellos comenzaron a desatarnos. Yo tenía las manos entumecidas y me costaba moverlas. Apreté, cerré y abrí varias veces mis puños para activar la circulación de la sangre.

Me impactó ver a esas mujeres silenciosas, como si supieran lo que hacían por medio de un plan anteriormente establecido. De ellas se desprendía una poderosa sensación de paz.

Una se acercó a Adán. Rápidamente le quitó las ataduras y se abrazaron, como si se conocieran de antes.

—Adán, ¿estás bien? —preguntó la mujer.

—¡Mi amada Alexia, aquí juntos otra vez! —respondió Adán Roussos al tiempo que abrazaba a la mujer, visiblemente emocionado.

* * *

Nos quedamos impactados con aquellas enigmáticas mujeres y del abrazo que unía esos dos seres como si fuesen uno solo.

—Explícanos por favor, ¿qué está pasando aquí? —pidió Kirby.

Adán y Alexia le sonrieron.

—Ella es Alexia Vangelis, mi gran compañera de camino —respondió Adán.

Alexia caminó hacia Kirby, se acercó a pocos centímetros y lo miró a los ojos con un amor desbordante.

—El planeta está por dar a luz. Ha llegado la hora y solo las mujeres saben cómo hacer esta labor de parto.

—Entiendo. ¿Pero de dónde han salido ustedes?

El profesor Kirby observó a las mujeres con túnicas hasta los pies.

—¿Y qué es esa... energía que las rodea?

—Somos las guardianas del planeta —dijo Alexia—. Nos dicen las Sacerdotisas de la Conciencia, las Emperatrices de la Luz, las Diosas del Planeta; hemos estado detrás de escena durante siglos, como un cáliz que porta vida, nos conocen como la Hermandad de la Rosa Mística, somos hermanas, dadoras de vida como María Magdalena, Isis, Afrodita, Perséfone, Freyja y muchas otras diosas de varias culturas. Somos el divino femenino, profesor, las mujeres que serán el puente entre una dimensión y otra.

El profesor Kirby tragó saliva.

Freyja, Sarah, Vicky y Alexia destilaban brillo en los ojos.

—¿Ustedes cómo se conocen? —preguntó Arthur.

—Nuestra historia tiene un largo camino —respondió Alexia con emoción al mirar a Adán.

—Hemos estado juntos en la tercera dimensión, y ahora, desde la quinta, regresamos para ayudar, como muchos otros seres ascendidos.

—Nunca antes había visto una unidad tan genuina y profunda en una pareja —atiné a decir.

Alexia se volteó hacia mí. Era una mujer extraordinariamente bella y poderosa.

—El amor con mayúsculas hace que la unidad de todo lo que nos rodea se nos manifieste y estemos conscientes de eso —me dijo.

Todos hicimos silencio.

—El poder del divino femenino está aquí para el salto cuántico —añadió Alexia Vangelis—. Es hora de movernos.

Dicho esto, salimos de la casa escoltados por una multitud de mujeres que estaban por doquier.

72

Milán,
24 de enero de 2025

Salimos rápidamente de Milán.

La multitud de mujeres avanzaba y se iban sumando cada vez más. Aquello se tornó un maremágnum de gente. Ahora las mujeres también atraían hombres, niñas y niños.

—¿Dónde vamos? —preguntó el profesor Kirby.

—Hacia las montañas.

—Me siento como si fuésemos hacia el Arca de Noe —dijo Mark Chairman.

Alexia Vangelis se giró hacia él mientras seguía caminando a paso rápido.

—Algo así —respondió.

Adán Roussos le puso la mano en el hombro, ya que sintió que Mark estaba pensando en su descubrimiento y en la alteración que había producido en la Matrix al modificar el ciclo espacio-temporal de Shakespeare.

—Tranquilo, todo estará bien —escuché que Adán le dijo a Mark—. Esto es parte del proceso.

—¿Qué proceso? —preguntó Sarah.

—La Ascensión —le respondió Alexia—. Estamos aquí por esa razón. Es la oportunidad más grande para la tierra y la humanidad de buena voluntad.

—No logro entender. ¿Te refieres a una ascensión por el feminismo, por el poder femenino? —me animé a preguntar.

Alexia negó con la cabeza.

—Esto es un ciclo geomagnético, no tiene que ver con un movimiento humano. De todos modos, el feminismo actual es solo un movimiento político manipulado para crear división y sacar odio y enojo de la mujer contra el hombre. El divino femenino es otra cosa.

—Explícame —dijo Sarah.

—El divino femenino es un arquetipo de la creación; en términos humanos, es un linaje de amor y conciencia. Es el florecimiento de la raza humana, es el perfume de la hembra, es poesía, es una mano abierta y un corazón noble. No es un estandarte con el puño cerrado como el ícono del actual feminismo. Con los puños cerrados no se puede recibir nada, solo con las manos abiertas es posible. Nosotras somos flores, estamos para florecer. Cuando activamos a la Sacerdotisa, a la Emperatriz y a la Diosa en nuestro interior, el divino femenino nos guía. Es la fuente de todas las cosas y eso es el amor y la conciencia.

Intenté reflexionar. Era cierto, las manifestaciones feministas en varios países eran más una terapia para sacar enojos antiguos que una propuesta de paz sobre el planeta.

—¿Y cómo entiende una mujer la diferencia entre feminismo y el culto del divino femenino? —preguntó Vicky.

—El divino femenino no necesita luchar ni combatir, esa energía es patriarcal, la presencia del divino femenino es tan poderosa que abre todas las puertas.

—Hablando de puertas —dijo una Sacerdotisa que se acercó a Alexia—. Ya está sucediendo.

—¿Ya se están activando? —preguntó.

—Así es, tal como esperamos, Alexia.

—¿Qué puertas? ¿De qué hablan? —preguntó el profesor Kirby.

—Profesor —le dijo Adán con tono esperanzador—, sin saberlo, o mejor dicho, intuyéndolo, ustedes han creado un microprocesador que emula lo que sucederá con la tierra a gran escala. Se van a abrir las puertas para que la humanidad pase a través del tiempo y el espacio a otra realidad de la conciencia.

—No entiendo. Ahora estamos lejos de nuestro laboratorio y de nuestra puerta de los tiempos, debemos repararla y…

—Ya no es necesario, profesor —zanjó Adán—. La naturaleza ha creado el portal más maravilloso para atravesar el tiempo y la multidimensionalidad.

Kirby hizo una mueca, no alcanzaba a comprender.

—Hemos activado el Coliseo Romano y ahora se sincronizará con las puertas emblemáticas del mundo —dijo Alexia—. Acabamos de llegar hoy de Roma.

—¿Cómo han llegado tan rápido? —preguntó Kirby.

—La teletransportación es una de las facultades de la nueva dimensión, profesor. Solo es cuestión de tiempo para que la gente despierta y de frecuencia elevada también lo pueda hacer.

Mi cabeza comenzó a marearse, no sé si por la energía que desprendían esa multitud de mujeres y lo que estaban hablando, por caminar tan deprisa o porque la fuerza geomagnética estaba aumentando sus hercios.

—¿Sientes mareo? —me preguntó Alexia.

Asentí con la cabeza.

—Es normal —me dijo—. Las tormentas solares han aumentado y afectan al cuerpo. Ahora mismo estamos experimentando una cantidad intensiva de actividad en el sol, lo que está afectando tanto a la tierra como a los seres humanos.

Mark recordó que había leído en la revista *New Scientist* que existía una conexión directa entre las tormentas solares y el sistema biológico humano. Decía, en ese informe, que el conducto que facilita que las partículas cargadas del sol perturben al ser humano es el mismísimo conducto que dirige el clima de la tierra a través del campo magnético terrestre y también a través de los campos magnéticos alrededor de los humanos.

En dicho informe se mencionaba que las llamaradas solares afectan al sistema nervioso central, la actividad del cerebro y el equilibrio, y pueden causar síntomas como nerviosismo, ansiedad, preocupación, mareos, inestabilidad, temblores, irritabilidad, letargo, agotamiento, problemas de memoria, palpitaciones del corazón, náuseas, intranquilidad, presión y dolores de cabeza.

Pareció que Alexia nos leyó la mente y dijo:

—Las llamaradas solares y las ondas de fotones están cambiando el tejido de la realidad física, ya que tienen un poderoso efecto en el nivel físico celular, causando que despierte la memoria celular del ADN. Las emociones son energías de baja frecuencia almacenada en las células de experiencias pasadas y traumas que mucha gente no ha procesado nunca, por lo que son almacenados como memoria celular. La energía fotónica es una energía de frecuencia mucho más alta que sube la frecuencia emocional más baja, de manera que se pueda calibrar a una frecuencia más alta. Por ello, muchos humanos se encontrarán liberando bajas emociones como la tristeza y el dolor sin saber por qué.

—Yo me he sentido así —dijo Vicky.

—Yo también —agregó Sarah—. Pensé que era por los reptiles y su energía densa.

—Los elementos de nuestra plantilla emocional están interconectados en la conciencia celular y el ADN —agregó Alexia—, y cuando la plantilla es amplificada a través de energías y de fotones, diversos elementos de la plantilla celular se filtran en la conciencia y ahí es cuando comienzan a recordar el verdadero propósito de por qué están aquí y ahora, viviendo en este tiempo en particular.

Estábamos sumamente atentos.

—En otras palabras, muchos humanos han sido impulsados a hacer cambios de todo tipo en su vida, pero no se daban cuenta de la razón en particular, y es por estas frecuencias energéticas —agregó Adán.

—¿Estamos en peligro? —preguntó Farías.

Adán se detuvo para aclarar el tema.

—El hecho interesante acerca de esta energía es que al ser de una frecuencia más alta, permite que se pueda crear el poder de la manifestación instantánea de los pensamientos, lo que significa que lo que sea que pensemos, lo creamos al instante. Esto nunca había ocurrido antes en los lapsos de vida humana, y es por eso que muchas personas están manifestando con su poder. —Adán destilaba luz en sus palabras—. La energía fotónica se conecta a nuestros pensamientos, por lo que es importante que cada individuo sane y se conecte con su alma, pues si alguien está atascado en el pasado a través de sentimientos de sufrimiento, victimización, ira o miedo, simplemente creará más lazos para quedarse en la tercera dimensión sin poder dar el salto cuántico.

Alexia se nos acercó más.

—Lo más importante que deben saber es que los efectos de las recientes llamaradas solares están empezando a afectar al tiempo y el espacio.

—¿Y qué consecuencias habrá? —preguntó Mark altamente interesado en escuchar la respuesta.

Todos nos acercamos.

Adán y Alexia se miraron a los ojos, luego nos dirigieron una mirada noble.

—La humanidad comenzará a sentir que está perdiendo la noción del tiempo.

73

A las afueras de Milán,
24 de enero de 2025

Las mujeres alrededor de las ciudades de todo el mundo estaban encendidas por el impacto que estaban teniendo en el inconsciente colectivo femenino.

Mujeres de las ciudades y del campo, mujeres empresarias, parejas, madres, hijas, mujeres místicas, mujeres líderes, expresivas, silenciosas; todas las mujeres de espíritu noble estaban siendo llamadas por un evento nunca antes visto.

El arrebato espiritual.

El llamado de la Madre Tierra.

El eco de la eternidad.

Esa unidad de almas y cuerpos estaba siendo la mayor conglomeración de personas en toda la historia de la humanidad. Una incontable aglomeración en las calles emitiendo un intenso poder, un poder primitivo, ancestral, un poder no solo humano, aquello era un poder divino.

Las autoridades policiales, al ver semejante cantidad que superaba cualquier forma de cordón policial o retención, no pudieron hacer absolutamente nada. De hecho, muchos de los policías comenzaron a llorar debido a que la energía que vibraba en el ambiente era tan avasallante que se dieron cuenta de que el auténtico poder venía de la vida que las mujeres trasmitían en su interior.

El sol había mantenido una frecuencia elevada y los neurotransmisores y neuropéptidos del cerebro humano estaban en constante transformación. Muchas personas se sentaban en el suelo debido a la intensa energía que estaban recibiendo.

Las tormentas solares seguían provocando alteraciones en el campo magnético de la tierra y estaban alterando la percepción del tiempo y la realidad. Algunas personas estaban teniendo experiencias místicas, cambios de conciencia y alucinaciones, y otras comenzaron a sentir intensos poderes mentales.

Yo estaba sobre el suelo en un círculo con Adán, Alexia, Freyja, Arthur, el profesor Kirby, Mark, Vicky, Farías, Sarah, David, Thor y los vikingos, que parecían ser los más mareados de todos.

Al parecer, el súbito incremento de la actividad solar había tratado de ser mermado y silenciado por los últimos vuelos desesperados de la élite oscura por medio de los *chemtrails* en los cielos, pero esos aviones emitiendo tóxicos y nubes de químicos ya no podían hacer nada debido a los *cloudbusters* que muchos individuos despiertos habían construido para tal fin.

El *cloudbuster*, que literalmente significa "destructor de nubes" en inglés, es un dispositivo diseñado por el famoso psicoanalista austríaco Wilhelm Reich, que puede producir lo que él llamó "energía orgónica".

Un *cloudbuster* contiene pequeños tubos metálicos huecos paralelos que se conectan en la parte posterior a una serie de mangueras metálicas flexibles de un diámetro igual o ligeramente menor al de los tubos paralelos.

Debido a aquel descubrimiento en 1951, Reich afirmó haber descubierto otra forma de energía y diseñó entonces un "cloudbuster", realizando docenas de experimentos y llamando a su investigación "ingeniería orgónica cósmica".

Debido a estos y muchos otros descubrimientos energéticos que no le convenían al establishment, Reich fue arrestado y encarcelado. Actualmente cientos de personas alrededor del mundo habían subido videos para enseñar a construir fácilmente sus propios *cloudbusters* rellenados con cristales y limaduras de metal, que apuntan hacia el cielo para limpiar las estelas químicas de los aviones militares que buscan mantener a los avestrucianos controlados.

Era demasiado tarde.

El sol había puesto la balanza a favor de la luz.

El sol estaba iniciando su gran eyaculación cósmica.

El sol era la energía soberana que fecundaba a la tierra en un ansiado y esperado embarazo evolutivo.

Los oscuros ya no podían influir negativamente ni tratar de tapar el sol o inventar falsas historias de cambios climáticos ni manipulaciones químicas. Era un plan muy bien pensado y ejecutado a través de varias décadas, pero ahora la humanidad estaba despertando a gran escala. El ejército de la conciencia tenía varios frentes trabajando.

Los estudios científicos habían reportado que el campo magnético normal le permitía al ser humano mantener un estado de conciencia normal y una percepción del tiempo normal. Pero un campo magnético completamente diferente, tal como estaba sucediendo en el planeta, estaba generando estados mentales alterados y una distorsión en la percepción del tiempo.

Muchos científicos que llevaban varias décadas investigando este campo de la ciencia, dijeron que el efecto de las perturbaciones geomagnéticas creadas por las tormentas solares era similar a los efectos de las drogas alucinógenas. Cuando la mente humana es expuesta a este tipo de campos magnéticos, el cerebro produce una serie de sustancias que son las que generan esas alucinaciones o distorsiones de la realidad y el tiempo. Los estados mentales de gran parte de la humanidad estaban siendo alterados, provocados por procesos neuroquímicos y por la producción de sustancias psicoactivas naturales dentro del mismo cerebro. Los científicos dijeron que dichos estados alterados desconcertantes podían ser estados extremadamente placenteros que algunos podrían denominar de "iluminación" o "arrebatos místicos", como los que experimentaron Jesús, Buda, Moisés, Juana de Arco o Pablo de Tarso al escribir el Apocalipsis.

—No todos sentiremos lo mismo —nos dijo Alexia— ni reaccionaremos de la misma manera. Algunas personas experimentarán paz y euforia mientras que otros pasarán por momentos de agresividad, depresión y miedo. El factor determinante para tener una experiencia negativa o positiva será el miedo. Para quienes hayan meditado o entrenado su mente y el cerebro, su ADN tendrá una transición más sencilla hacia la quinta dimensión".

Los campos electromagnéticos se intensificaron y todo cambió de color. Un calor sofocante, primitivo, un calor abrasador nos obligó a tomar amplias bocanadas de aire y nos obligó a quitarnos las ropas. No soportábamos ni relojes ni ropa ni cadenas ni zapatos ni calcetines.

Nada para acceder al Todo.

La humanidad, en pocos minutos, quedó desnuda.

Por un momento me pareció que estaba soñando. Miles de personas únicamente con la vestimenta de la piel humana experimentando un cambio de conciencia.

No había posesiones ni marcas de ropa.

Ni estatus ni distinciones.

Éramos una sola humanidad.

Un océano de conciencias dentro de cuerpos naturales, vivos, salvajes, conscientes.

Cada ser humano en la tierra estaba expuesto a los poderosos campos electromagnéticos que se veían como ondulantes luces de colores violetas, doradas, verdes y azules.

El profesor Kirby balbuceó.

—¡Mi sueño! —dijo con voz entusiasmada—. Es lo que había visto. ¡Portales de conciencia para acceder más allá del tiempo!

—No hizo falta construirlos, profesor —le dijo Arthur Parker a mi lado—. La naturaleza ya lo ha hecho.

El profesor había captado intuitivamente lo que vendría en el futuro próximo. Su trabajo había sido emular a la naturaleza.

Todos nos veíamos diferentes, con una sutil corriente de luz a nuestro alrededor.

—Prepárense y manténganse en vigilia atenta —dijo Alexia, que era la más radiante junto a Adán y las Sacerdotisas que los rodeaban.

Nos habían dicho hacía unos minutos que los humanos usábamos una ínfima parte del cerebro, que era como si usáramos el área de una pequeña habitación cuando disponemos de una mansión de quinientos cuartos lujosos.

En ese momento sentí que una conciencia colectiva nacería en los seres humanos. Percibí un funcionamiento en muchas partes de mi cerebro que nunca había utilizado.

Imágenes, sensaciones, intuiciones profundas.

En medio de un proceso que activaba la restructuración de las redes neuronales por primera vez en la historia humana, al parecer íbamos a comenzar a usar el enorme potencial de nuestros cerebros.

De repente, un silencio abrumador lo invadió todo.

El tiempo pareció moverse más lentamente.

Alrededor de la multitud comenzaron a aparecer presencias lumínicas, se escuchaban voces como de un coro celestial y oleadas de fuerzas invisibles generaban una poderosa unión con el universo que nos rodeaba.

Nos dejamos caer al piso.

Era imposible no rendirse ante tal fuerza magnética.

Yo me tumbé con mi corazón sobre la hierba y abrí los brazos y las piernas como si abrazara a todo el amado planeta Tierra.

El libro que llevaba en mi bolso se cayó también y fue como si me saliera de la historia, del tiempo y de la realidad a la que me había acostumbrado.

Todos estábamos entrando en La puerta de los tiempos.

74

En algún lugar de la antigua Grecia, en el siglo VII antes de Cristo

S obre tierra helena, donde los dioses y los mortales danzaban en una sinfonía eterna, un hombre sabio, de blanca barba y alta estatura, se mostraba impaciente por revelar un valioso conocimiento.

El hombre al que todos conocían como Hesíodo, era un poeta, erudito y contemporáneo de otro sabio de renombre como Homero, ambos conocidos por su inspirada sabiduría y capacidad de relatar el origen del mundo.

Hesíodo había recibido el don de la inspiración por parte de las musas, también llamadas las Sacerdotisas de la luz, para utilizar las palabras de manera poética y profética sin nunca antes haber estudiado la materia literaria por parte de humanos.

Hesíodo manifestó a un círculo de personas que él había recibido una voz divina para plasmar lo que sentía, intuía y escribía, y con ello justificó el difícil hecho de que un simple mortal como él pudiera tener acceso a una sabiduría sobrehumana sobre el origen del mundo, del tiempo y de la tierra.

Su asistente tomó pluma y pergamino para tejer su magistral obra. La llamaría *Teogonía o genealogía de los dioses*. Fue en un tiempo lejano, impregnado de misterio y esplendor, que Hesíodo dio vida a las palabras que narran el origen divino del universo y la creación de los seres.

Hesíodo partía de tres pilares: aspiración a la verdad, explicación de los orígenes y énfasis por el orden de las cosas. Se esforzaba en trasmitir una verdad revelada por los dioses y las musas.

Bajo la sombra de los olivos centenarios, en una fresca morada bañada por los rayos dorados del sol, Hesíodo entregó su corazón y su sabiduría a las páginas de su libro con actitud devocional. Cada trazo de tinta, cada verso cuidadosamente labrado, fue un tributo a los dioses del Olimpo y a la maravillosa creación que los envolvía.

El viento susurraba secretos ancestrales mientras Hesíodo comenzó a tejer una red de mitos y genealogías divinas. Con cada palabra escrita, el pasado cobraba vida y la tierra misma resonaba con el eco de los dioses que una vez caminaron por sus sagrados senderos.

A través de sus versos, Hesíodo desveló la danza cósmica de las deidades, revelando los lazos que unen al cielo y la tierra en una alianza eterna.

Aquel autor estaba forjando un puente entre los mortales y los dioses, entre el tiempo y la eternidad.

La magia de las palabras que se escribirían intentarían guiar a las almas curiosas que intuían una época pasada donde los dioses revelaban los secretos ocultos en los pliegues del tiempo.

En aquella tarde, Hesíodo se encontraba en su estudio, absorto en las voces que danzaban en su mente. Su asistente, Fidias, se acercó con un gesto de intriga en el rostro.

—Maestro, ¿sobre qué inspirado tema impulsará hoy su visión en la escritura?

—Hoy contaré sobre los orígenes de los dioses del Olimpo y sobre Cronos.

—Escucharé con suma atención. ¿Podría ilustrarme sobre este enigmático ser y su conexión con Urano y Gea?

—Ah, Fidias, estaremos pisando terreno sagrado. Lo que la mayoría de los mortales llama mitología, quienes percibimos el universo y sus diferentes dimensiones sabemos que es Cronos, uno de los titanes, el padre del tiempo y la destrucción, es una figura de temor y misterio. Cronos fue el hijo menor, engendrado por Urano, el dios del cielo, y Gea, la diosa madre de la tierra.

—El Tiempo, la Tierra y el Cielo —replicó Fidias. ¿Y cuál fue su papel en esta compleja trama de divinidades?

—Cronos, el padre tiempo, se rebeló contra su padre Urano, el cielo, y le cortó los testículos con una hoz afilada. Cuando Urano se encontró con Gea, Cronos lo sorprendió y lo atacó con la hoz y lo castró. De la sangre y del semen que salpicó en la tierra surgieron los Gigantes, las Erinias y las Melias. También nacieron las Furias, que son la personificación de la venganza y del antiguo concepto del castigo. Las furiosas eran tres: Alecto, Tisífone y Megara. Moraban en las tinieblas infernales y se les representaba como demonios femeninos alados, el pelo lleno de serpientes, un puñal en una mano y una antorcha o un látigo en la otra. Asimismo, cuando Cronos arrojó al mar la hoz y los genitales amputados de Urano, alrededor del miembro surgió una espuma de la que emergió Afrodita, la diosa del amor.

Fidias hizo silencio, pensativo.

—Es por ello que, en el corazón humano están la furia y el amor y cada uno es libre de elegir a quién servir y alimentar —razonó Fidias.

—Así es, luego de eso, Cronos se convirtió en el gobernante de los titanes y estableció su reinado en el mundo. Se hizo llamar Cronos, el Padre Tiempo. Sin embargo, su reinado no estuvo exento de peligro.

—¿A qué peligro se refiere, maestro?

—La profecía que lo había llevado a derrocar a su padre también anunciaba su propia caída. Cronos temía ser destronado por sus hijos, así que, en un acto de brutalidad, devoró a sus propios hijos al momento del nacimiento.

—¡Qué horrendo destino! ¿Cómo pudo perpetuar esa atrocidad? El tiempo se come a sus hijos.

—Ése es el camino del Caos original que impuso Cronos. Y así, generación tras generación, a todos los seres humanos los devora el tiempo. Una ley injusta en contra de la eternidad.

—El tiempo es la niebla de lo eterno.

—Así es, Fidias, el tiempo hace olvidar que somos eternos en el aquí y ahora; pero Gea, la Madre Tierra, no pudo soportar la crueldad de Cronos. Cronos se casó con su hermana Rea y tuvieron seis hijos: Hestia, Deméter, Hera, Hades, Poseidón y Zeus, padre de los dioses y los hombres. Sin embargo, Cronos era un padre problemático y paranoico, ya que sus padres le habían advertido que sus propios hijos se pondrían en su contra, al igual que había hecho Cronos con su padre. En secreto, la Madre Tierra, Gea, planeó con su hijo Zeus derrocar al tirano Cronos. Zeus logró escapar del destino de ser comido, el mismo que aguardaba a sus hermanos, y finalmente, desafió a su padre Cronos en una feroz batalla.

—¡Qué tensión y poderío debe haberse desatado en esa confrontación! ¡Una batalla entre los dioses!

—Sin duda, Fidias. Zeus, junto con sus hermanos y hermanas, los dioses olímpicos, emergieron victoriosos, destronaron a Cronos y pusieron orden en el caos. El tiempo de Cronos se desvaneció y el reinado de los dioses olímpicos comenzó sobre el macro y microcosmos en el Monte Olimpo.

—Es una historia asombrosa, maestro, sabido es que la palabra cosmos significa orden. Pero ¿qué le deparó a Cronos después de su derrota?

—La figura sombría de Cronos —dijo Hesíodo con voz calma— nos recuerda que el tiempo inexorablemente consume todo en su implacable avance. Cronos fue enviado al interior de la tierra, al Tártaro, el oscuro Hades desde donde bajo tierra espera entre tumbas para convertir a sus hijos en huesos y cenizas.

—Me queda claro que Cronos, en el simbolismo del corte de los testículos de Urano, cortó y nos privó de la conexión de la vida y la sabiduría de los cielos, el hogar eterno del Padre Cielo.

—Así es, astuto Fidias. El tiempo le ocultó la eternidad del cielo a sus hijos, dejando a los seres humanos sumidos en la ignorancia y el miedo.

75

Dentro de los búnkeres,
en algún lugar debajo de Gea, la Tierra

En una amplia sala de avanzada decoración y confort se reunieron varios expertos trabajando en computadoras cuánticas y sensores de inteligencia artificial que proyectaban en visores panorámicos la situación de varias ciudades del planeta.

La tierra se podía observar a detalle desde aquellos cuarteles armados con múltiples elementos vanguardistas, desde tecnología de avanzada hasta alimentos congelados en varios pisos. Era una ciudad subterránea muy bien diseñada, desde hacía décadas, para controlar desde allí a la población. Había carreteras de varios kilómetros que conectaban con lugares secretos y públicos para diferentes fines.

Allí, en una de las oficinas más lujosas, el Diablo estaba furioso.

Parecía que el espíritu de las Furias, las hijas salidas del esperma de Urano, lo consumía en su interior dejándolo impotente, vencido y encadenado al tiempo y a la oscuridad.

A su lado, los magnates más poderosos de las Familias deliberaban sobre el próximo plan.

El Diablo, Claude Schawapp y el doctor Icuaff se consideraban a sí mismos, como muchos otros, hijos del Caos original y habían celebrado ritos oscuros a Cronos o Saturno en la tradición romana, Geb en la tradición egipcia, donde los Illuminatti, de los cuales Jim Bates sacaba los conocimientos, proyectaban sus turbias obras.

Una de las obsesiones del Diablo era gobernar el tiempo, tener a Cronos en la palma de su mano. Convertirse en Cronos y, así, matar con sus virus y controles a gran parte de la humanidad.

Su ideología iba más allá que hacer dinero. Era de una estirpe oscura.

Debajo de la tierra, bajo todo el armamento tecnológico de los búnkeres, deliberaban el Diablo, los híbridos reptiles y sus secuaces, que se adherían a los oscuros planes de Cronos. Usaban la energía y posicionamiento del planeta Saturno como estandarte para impulsarlos a liberar la carga con la que Cronos había maldecido a los seres humanos, encadenando a la humanidad para no poder acceder al recuerdo de la eternidad espiritual existente en los cielos.

Habían sido muchas las veces que alimentaban con sangre y carne a Cronos, en las oscuras y abominables fiestas rituales de Saturnalia a Moloch, el nombre hebreo de Cronos-Saturno.

Lo que para la mayoría de los mortales era simple mitología, para los ocultistas de estudio, los librepensadores, investigadores de la historia real de la humanidad, los gigantes, los dioses, las musas, los héroes, los titanes, las Sacerdotisas, las Emperatrices y las Diosas no eran un mito, sino algo muy real tapado por historias más recientes, por religiones que parchaban la visión del ser humano en una ceguera contagiosa e infectada por el virus del miedo y de la ignorancia.

El Diablo sabía de primera mano que el profesor Kirby pertenecía, como *Magus Imperator*, a la Antigua Orden de los Rosacruces, que tenía una ideología totalmente diferente y se inclinaba a apoyar a los hijos del sol, los radiantes, los buscadores de la iluminación y la evolución de la raza humana.

Para el profesor Kirby, conseguir aquel descubrimiento e ingresar al tiempo era la liberación de la auténtica verdad de la historia del pasado, una historia manipulada y tergiversada tal como Napoléon Bonaparte había afirmado: "La historia es un conjunto de mentiras pactadas".

Kirby quería liberar al ser humano del tiempo, como Zeus lo hizo con Cronos.

En cambio, Jim Bates, el Diablo, por ser un alto grado de un brazo jerárquico Illuminati, estaba obligado a responder a las Familias teniendo el control y dominio preciso, como un cronómetro que sincroniza sus oscuros deseos para mover el tiempo a su favor.

Se podía decir que, por un lado, encarnaban los ideales de Zeus, y por el otro, de Cronos.

La titánica batalla continuaba en otros niveles.

El Diablo había trabajado para anestesiar a toda la humanidad en su plan de infectarlos con miedos, virus, vacunas, gases químicos, agua contaminada y trampas para entrar al ADN humano mediante la anestesia del tiempo, ya que quería borrar el recuerdo del poder olímpico y divino que cada ser humano lleva dentro.

El poder del Yo Soy.

El poder de vivir como hijas e hijos del cielo.

El poder de recordar la eternidad.

76

En todo
el planeta Tierra

En toda la faz de la tierra sucedían vertiginosos cambios.

Para empezar, se cortó el internet en todo el mundo. Las comunicaciones habían colapsado. Los vuelos aéreos, trenes y autobuses no funcionaban. Ni los supermercados ni ningún organismo que se manejase por medios electrónicos. No había cajeros automáticos, sonaban alarmas y gritos por doquier.

La gente, en su mayoría viviendo en un alto grado de histeria y estrés, debía estar inevitablemente en contacto consigo misma, pero les era muy difícil. Otras personas rezaban o meditaban, tratando de calmarse.

En el cielo se producía un enorme foco de colores nunca vistos. Una lluvia de plasma, poderosos fotones solares, llegaban al planeta en una elevada escala de frecuencia. Tal como una eyaculación cósmica para fertilizar a la tierra.

Las puertas emblemáticas de todos los países desde el Arco del Triunfo, en París; la Puerta de Barcelona, la Puerta de Alcalá, en Madrid; la Puerta de Adriano, en Italia, y todas las puertas emblemáticas de toda la faz de la tierra, comenzaron a emitir un magnetismo especial. En las montañas también se abrían portales en medio del aire flotante. En todos lados se abrían una especie de ojo ovalado astral dentro de los portales.

—Las puertas de la nueva humanidad están aquí —dijo telepáticamente Adán Roussos, con un brillo poderoso a su alrededor.

—Es hora de atravesarlas uno a uno —nos trasmitió Alexia.

No estábamos asombrados de que la telepatía fuese el lenguaje de alma a alma por medio de la frecuencia mental. No teníamos miedo ni mucho menos. Creo que todo el grupo sentía una poderosa confianza, energía y alegría.

Era el momento, todos los iniciados preparados estaban sintiendo el llamado y recibiendo una llave mágica en su ser.

Arthur Parker y Freyja O´Connor fueron los primeros en atravesar aquel portal. Le dirigieron una mirada a Kirby y a los estudiantes. También a mí me sonrieron.

Luego, Mark y Kirby se abrazaron en silencio.

Todos los estudiantes se unieron al abrazo grupal.

La energía y frecuencia aumentaba poderosamente.

—Vamos a concretar nuestro sueño —mentalizó Mark.

—Así es —respondió Kirby—. La naturaleza lo hizo mejor y para todos.

—¡Estaremos juntos en la quinta dimensión! —emitió Vicky con alegría.

—*Forever!* —exclamó Farías con su mente llena de euforia.

—¡Sí! —respondimos todos con nuestra mente en la misma frecuencia.

—*Forever!*

* * *

Debajo del búnker más importante, las cosas eran diferentes y el Diablo, las Familias y todo su equipo jerárquico tenían otros planes para la tierra y sus habitantes.

Inmersos en medio de computadoras cuánticas, habían determinado, después de varias horas reunidos, realizar un último y desesperado ataque para que la menor cantidad de almas pudiese subir a la nueva dimensión.

David Chairman había llegado y se habían hecho varias reuniones para que su siniestro plan fuese en beneficio de ellos mismos.

Habían decidido proyectar un ataque global mediante un poderoso virus que les impidiese respirar con normalidad y afectase a los iniciados para avanzar en el salto cuántico, y a los avestrucianos les impediría despertar debido a la nueva enfermedad.

427

—Todo seguirá estando en nuestro poder —dijo David Chairman, que sintió un avance en su escala jerárquica al ofrecer una solución a los planes del resquebrajado Nuevo Orden Mundial.

—Has sido muy hábil en ofrecernos esta salida extrema y la vamos a ejecutar —dijo Claude Schawapp, a quien se le notaba cansado, aunque ambicioso.

—Seremos los dueños de lo que quede del mundo —dijo Chairman.

El Diablo masticó furia, pero como estaban las cosas, tuvo que ceder parte de su poder.

—Señores, no podemos detenernos ni perder más tiempo. Si queremos que Cronos tenga la victoria, debemos aprobar el ataque.

Todos los allí reunidos votaron, como en tiempos del Coliseo Romano, con sus pulgares hacia arriba.

—En vista de la unanimidad de la votación, realizaremos rápidamente la operación que nos salvará de perder al rebaño —dijo Chairman.

Dicho esto, varios técnicos en sus computadoras cuánticas activaron un mecanismo conjunto y se disparó masivamente y de manera fulminante un rayo destructor a gran velocidad, que esparció un nuevo virus por toda la faz de la tierra.

* * *

Arthur y Freyja habían pasado por uno de los portales, desapareciendo de la vista de todos.

Se sentía en el ambiente una elevada energía y un cambio en la realidad.

Me pregunté por un momento si la nueva dimensión nos permitiría usar nuevas áreas de nuestro cerebro y si conservaríamos el cuerpo físico. Lo cierto era que, para todos, lo que venía después de pasar por La puerta de los tiempos era terreno desconocido. ¿Tendríamos más poderes mentales? ¿La telepatía sería siempre nuestro lenguaje de comunicación? ¿Usaríamos propiedades cuánticas? ¿Estaríamos en realidades paralelas? ¿Cómo serían las otras dimensiones?

De pronto, me habían surgido miles de preguntas.

Alexia Vangelis y Adán Roussos captaron mi inquietud.

—Lo que nos espera es completamente diferente —dijo ella—. Es una nueva realidad, una nueva vida para los nuevos seres.

—Nada será igual —añadió Adán, sonriente—. No existirán las emociones de baja vibración, es un nuevo mundo. No será una tercera dimensión mejorada, imagina que no habrá supermercados ni colas de banco ni atascos de tráfico. No han hecho tanto esfuerzo para simplemente aceptar un poco de cambio social tridimensional. No es que ahora la señora de la esquina, que siempre ha sido malvada y envidiosa, cambie de la noche a la mañana sonriendo en el elevador o comenzando a practicar yoga; no es que los políticos ahora serán benevolentes con el pueblo, no es que quien lleva enojo en su interior ahora haga meditación, no es simplemente un cambio tan poco motivante.

—¿Entonces? —pregunté con cierta inquietud—. ¿Cómo será exactamente la nueva dimensión?

Adán y Alexia se acercaron. Sentí su voltaje amoroso.

—Lo que viene es, sin duda, la mayor aventura de la humanidad.

* * *

Varios gritos nos desconcentraron del proceso de ascensión en el que estábamos.

La multitud se movía, unos se retorcían de dolor en el suelo y otros, en éxtasis, desaparecían tras los portales.

Los gritos cercanos eran de Vicky, Sarah y Kirby.

—¡Farías! ¿Qué sucede?

La tos y las convulsiones se habían adueñado de su cuerpo, que había caído al suelo.

—¡Farías! ¿Qué te pasa? —le dijo Kirby ahora con la voz normal. Parecía que el canal que usábamos con la telepatía se había cerrado.

—De pronto cayó al suelo —dijo Vicky.

—Está sudando —comentó Sarah, poniéndole la mano en la frente.

—Vuela de fiebre —añadió Kirby.

Todos miraron a Alexia y Adán, que estaban buscando la causa de lo que sucedía.

—Yo también me siento mareada —dijo Sarah.

—Y yo —añadió Mark.

—Siento mucho calor en mi pecho. No puedo respirar bien —agregó Sarah con voz ronca.

Alexia y Adán se miraron y me di cuenta de que estaban comunicándose, pero ya no podíamos sentir su telepatía.

—Es un virus —dijo ella—. Hay algo en el ambiente que lucha para que la energía luminosa de la ascensión se bloquee.

—¿Un virus? —preguntó Kirby.

—Así es —dijo Adán, ahora con voz firme—. Sabía que los oscuros no se quedarían de brazos cruzados. Han lanzado un nuevo virus que afecta la respiración.

—¿Y ahora qué haremos? —preguntó Kirby.

—Todos deberán elegir rápidamente —respondió Adán.

—¿Elegir? —pregunté yo, con asombro—. ¿Qué debemos elegir?

Alexia nos miró con ojos nobles.

—Toda la humanidad tendrá que elegir entre colapsar por la puerta del nuevo virus en un mundo enfermo o abrir la puerta del despertar y ascender a un nuevo mundo. No hay más opciones.

* * *

Por un momento me mareé.

El panorama era confuso.

Una niebla interna en la mente de todos.

Ya no escuchaba ni la voz de Kirby ni la de los estudiantes, ni la de Adán ni Alexia. Arthur y Freyja ya no estaban.

Sentía que había ahora una clara elección entre dos mundos. El viejo y caduco sistema del tiempo y la Matrix y uno completamente nuevo.

—¿Por qué dudo? —me dije.

De pronto, escuché una voz dentro de mi cabeza.

—¿Quién eres? —pregunté.

—Soy tu alma. Soy tú.

—Si tú eres yo, ¿yo quién soy?

—Tú y yo somos uno. Solo que ahora escuchas mi voz nítidamente. Tú y yo somos un alma viajando por la eternidad. Lo que tú llamas "tú", es tu personalidad. Es lo que debe transformarse en lo que Yo Soy.

Hice silencio tratando de comprender.

Parecía un enigma metafísico.

—¿Quieres decir que yo soy temporal y tú eterna?

Mi alma soltó una risa maravillosa.

—Así es —me dijo telepáticamente. ¿Ahora recuerdas?

Respiré profundo.

Una sensación de hogar me invadió totalmente.

—¡Sí, lo recuerdo! ¡Yo soy tú! ¡El ser divino que vive para siempre!

De pronto, mi alma proyectó mi vida tridimensional como personalidad tal como una película.

Me vi cuando recién nacía. Y paso a paso, vi lentamente mi vida. Desde que nací hasta los siete años. ¿Dónde nací? ¿Qué sucedió allí? Esos años marcaron algo en mi ser. La voz de mi alma dijo:

—Perdonar y soltar. Esos años de tierna infancia marcan a bebés y lo que serán como seres adultos futuros.

Luego la película de mi vida se fue de los siete a los catorce años. ¿Qué pasó allí? Hice mi reflexión. Memoricé recuerdos. ¿Y de los catorce a los veintiuno? Todo saltaba de siete en siete. Vi como cambiaban mis células biológicas y mis actitudes internas. ¿Qué pasó en cada etapa que debo sanar, soltar, aprender y avanzar?

Mi alma emitió un sentimiento de unidad profunda.

—Observa paso a paso tu vida y agradece lo vivido. Todo siempre es por un bien mayor. Todo es para aprender. Todo es parte del propósito y misión de tu vida. Todo es mágico. Todo es eterno. Todo cambia y se renueva.

Comencé a llorar.

Eran lágrimas de emoción y autosatisfacción.

Nunca antes había sentido tal unidad.

Vi toda mi vida pasando frente a mi ojo mental.

Entendí las causas y los efectos de las decisiones que había tomado en el pasado. Comprendí que todo lo vivido, desde los momentos que sufrí hasta los momentos de éxtasis y celebración, tuvieron origen en mis decisiones. En mis emociones y pensamientos. En mis acciones. Hice una lista de perdón, cambios y agradecimientos, puesto que cada lección me llevó a un nuevo estado. Cada lucha, debate y combate emocional me hizo más fuerte. El pasado era un maestro. El pasado de mi yo fue mi escuela. Cada persona debía hacer su propia evaluación, su propia meditación.

Me sentí con tanta unidad que lloraba de alegría, de júbilo.

Mi alma me venía a buscar para dar un salto hacia la evolución.

La quinta dimensión era conectarse cada quien con su propia alma.

Una parte del alma original de todas las cosas.

* * *

Salí del trance y vi que Farías ya estaba mejor. Se había incorporado y los demás también.

Sonrieron y se abrazaron.

Una nueva nube de plasma solar había generado un nuevo voltaje de poder.

A lo lejos, la nube del virus hacía caer a mucha gente. Gente que aún seguía desconectada de su alma.

Adán y Alexia se acercaron.

Yo caminé hacia el grupo.

Adán nos observó a todos con un extraño brillo en los ojos.

—¿Están listos para ascender y conocer la verdad?

77

Hacia la quinta dimensión

— Toda mi vida he sido un buscador de la verdad —dijo Kirby.

—¿Y cuál es la verdad para ti? —preguntó Alexia.

Sentimos en nuestro ser que debíamos experimentarla cada uno como un proceso individual, aunque el despertar era colectivo.

La verdad de la existencia. La verdad de la vida. La rotura definitiva del velo de la Matrix nos permitiría ver la Verdad.

Caminamos hacia el portal por donde Arthur y Freyja se habían adelantado.

Fueron pasando uno a uno.

Mark encabezó y desapareció tras de sí.

Sarah, Vicky, David y Kirby hicieron lo mismo.

Farías me miró y sonrió.

Sus ojos estaban resplandecientes. Chocó su mano con la mía…

Caminó con seguridad y pasó tras el portal.

Era mi turno.

Observé a Adán y Alexia. Sus ojos eran un reflejo del amor puro y universal.

Estaban allí para ayudarnos. Amigos del camino.

Pude ver que muchos caídos en la tercera dimensión se quedarían presos del miedo y el control. En su futuro, no recordarían a nadie que hubiera ascendido, como si nunca hubiéramos existido.

Me encaminé y pensé en este libro y cómo estaba dentro, viviendo una historia maravillosa junto a los protagonistas. Había pasado de ser alguien que lo estaba leyendo a convivir con los protagonistas; por este libro estaba aquí, viviendo este mágico proceso.

Con un profundo sentimiento de gratitud, amor y confianza, caminé y traspasé La puerta de los tiempos.

Dejé la tercera dimensión y fui a una dimensión desconocida.

Y, de pronto, desaparecí tras la luz.

Epílogo

El Infinito.
Un tiempo sin tiempo.
Un profundo recuerdo.

Sentí en el ambiente una unidad ancestral como jamás la había sentido. Lo primero que me gustó, era que seguía teniendo mi cuerpo físico, aunque mucho más radiante que nunca. Lo que me impactó fue que en el aire había algo así como una señal constante que repetía:

HOMO DEUS ROTA, VERITATEM EST

"Dios gira dentro del ser humano, esa es la Verdad".

Era un mensaje de bienvenida. Un perfume etérico y apoteótico que se podía sentir en el ambiente.

Con la inspiración, el intelecto, la intuición y la imaginación, pulsarás y se te abrirá siempre la puerta para vivir en la Verdad.

Lo que sentía en mi alma.

Yo Soy.

En ese momento, aparecieron todos mis seres queridos. Aparecieron también Adán, Alexia, Arthur, Freyja, Kirby, Mark, Farías, Vicky, Sarah y David.

Una sensación de euforia espiritual nos embargó a todos. Al momento, una presencia magnética nos obligó a girarnos.

La radiante imagen de Shakespeare sonriente se nos acercó y reímos a carcajadas.

Ni la más excelsa de las comedias habría podido imaginar tal dicha, deleite y júbilo.

Aparecieron junto a él millones de artistas que habían tratado de plasmar con su alma algo del infinito. Los artistas, las mujeres, las niñas y los niños, formaron un círculo que abarcaba toda la tierra. ¡Todos sentíamos esa conexión! ¡Era magnífico! ¡Nadie se sentía lejos! ¡Todo estaba a un pensamiento de distancia!

Luego de un instante, en el cual parecían estar todos los instantes, cada uno de los ascendidos recibimos una llave entregada por un enorme grupo de Sacerdotisas. Una multitud de féminas ancestrales nos entregó a cada quien una llave en forma de colgante. Acto seguido, una corona en la cabeza de cada ser se activó de inmediato. Era una corona etérica. ¡En ese momento sentí un poder inmenso! ¡Un deleite magistral en mi alma desbordante de amor y conciencia! ¡No había ninguna sensación de tiempo ni de espacio!

Respiré en éxtasis.

Recordamos quiénes éramos y el plan que cada alma tenía para la ascensión de la tierra.

El presente, el tiempo del no tiempo.

El ahora eterno.

Aquí y Ahora.

Todo basado en la Ley de manifestación.

El futuro desapareció. Era una ilusión. La idea de tiempo era lo que generaba división. De pronto, la viscosidad pegajosa de la Matrix se evaporó de nuestra alma como gotas de rocío después de la lluvia.

Lo vimos todo claro.

¡Siempre es ahora mismo!

Ahora, el Todo.

La ascensión a la quinta dimensión nos sumergió en un nuevo mundo, un mundo etérico y, aunque teníamos el cuerpo físico, sentíamos el mundo astral y podíamos teletransportarnos a voluntad.

Liviandad.

Felicidad.

Materialización.

Todo se manejaba por el correcto pensamiento. Todo se movía a gran velocidad. Plenitud. Unidad con la Fuente. ¡Nuevos colores, sensaciones de éxtasis, júbilo desbordante!

La nueva realidad era que todos éramos el ser cósmico original y al mismo tiempo individuos con libre albedrío.

No existía el egoísmo. La Ley del altruismo reinaba por doquier. La nueva naturaleza era la reina de la existencia.

La tierra vibraba como planeta de luz.

En un instante comprendí que, en la nueva dimensión, un conjunto de mujeres Sacerdotisas, Emperatrices y Diosas mantenían a la Tierra junto a Hombres de luz, Caballeros, Creadores y Reyes, todos teníamos conexión con otras razas del universo.

Nos habíamos graduado como especie humana en una lección de miles de siglos. Vencimos la Matrix y la ilusión del tiempo de Cronos.

Habíamos recordado lo que siempre fuimos, somos y seremos...

Un intenso manantial de Amor Universal.

FIN

(¿O el descubrimiento del eterno presente que nunca finaliza?).

***

"Yo descubrí que el tiempo no existe, yo entendí que todo es nuevo, a la mitad del camino me di cuenta de que el pasado está en los otros, ví que todas las edades y todos los tiempos están presentes en cualquier acto o pensamiento. Me di cuenta de que amar a alguien es verlo volar, dejarlo ser sin poseerlo, sin hacerlo o hacerme dependiente. Supe que soy bueno porque los demás me enseñan. Sé que lo más valioso es aprender de uno mismo, que allí está la fuente del conocimiento pues soy parte y soy todo el universo".

JACOBO GRINBERG

Nota final del autor

—Te sientes cerca?

El autor del libro y tú están aquí y ahora.

Te pregunto a ti, lector, que ahora tienes este ejemplar en tus manos, ¿es raro que el autor te integre a la historia del libro?

Estás dentro de las páginas, pero lo más importante es que estás dentro de la ascensión, aquí y ahora.

Has estado al lado de Arthur Parker y Adán Roussos, con Freyja O´Connor y Alexia Vangelis y todo el equipo del profesor Kirby para colaborar en la ascensión. Ya podemos viajar en el tiempo. Estoy aquí contigo y tú conmigo.

Probablemente tienes el libro en tus manos y estás en tu cama, en un café o en algún rincón de tu casa o de tu ciudad. Da igual, estamos en sintonía. Tu mente y la mía están ahora conectadas, y a su vez, con la mente maestra, con la mente universal. Además, es divertido, ¿verdad? ¡Qué loco!, pensarás. Pero aquí estoy, imprimiendo la energía para que la sientas.

¡Es espectacular lo que se avecina!

Ahora, tu misión inmediata es viajar al pasado a sanar tus emociones y activar las emociones elevadas y observar el presente en el que vives para crearlo tal y como quieres que sea, con la autoridad que el universo te ha dado.

Reclama tu poder.

Provoca tu manifestación, tu sanación, tu visión elevada. Iremos juntos, como humanidad consciente, en este viaje espacio-temporal.

Si quieres, comparte el mensaje de este libro con tu gente. Háblales de esto. Recomienda que lo lean.

Dicen que, aunque el mensaje no llegue a su destino, vale el esfuerzo enviarlo.

Tal como los protagonistas de esta obra, ayudemos a despertar a los avestrucianos adormecidos. Deja que el libro haga el trabajo y regala un nuevo ejemplar a tus amistades.

¡Vamos a desarrollar todo nuestro potencial espiritual!

¡Vamos a dar el salto hacia una nueva humanidad!

Escríbeme para entrar en el grupo de Sacerdotisas de luz o en los Caballeros de Conciencia.

Telegram/sacerdotisasdeluz
www.universidaddesacerdotisas.com

Instagram.com/guillermoferrara
Facebook.com/guillermoferrara
Twitter/guilleferrara
Youtube/guillermoferrara

Página web
www.lapuertadelostiempos.com

E-mail
guillermoferrara09@yahoo.com